Emma Temple
Der Tanz des Maori

PIPER

Zu diesem Buch

Die junge Medizinstudentin Sina reist mit ihrer Freundin durch Neuseeland. Ein unbeschwerter Urlaub zwischen Regenwäldern und Fjorden ist geplant, doch seit der Ankunft träumt Sina jede Nacht von einem tanzenden Maori. Als sie in einem alten Fotoalbum das Bild einer Frau entdeckt, die ihr wie aus dem Gesicht geschnitten scheint, ist sie schockiert: Wer war diese Unbekannte, die Anfang des 20. Jahrhunderts an der Westküste gelebt hat? Was weiß die alte Maori, die ihr das Album verkauft hat, darüber? Dann lernt sie Brandon, einen jungen Kapitän, kennen und verliebt sich Hals über Kopf. Dessen Großvater versucht jedoch, das Glück zu verhindern – er verbietet Brandon jeden Kontakt mit der jungen Deutschen. Hat das etwas mit den alten Bildern in dem Album zu tun? Sina ist fest entschlossen, das Geheimnis zu lösen. Sie reist an die Westküste und deckt eine fast hundert Jahre alte Geschichte von Freundschaft und Verrat, Geld und Verlust auf. Ihr wird langsam klar: Ihr Glück wird sie erst finden, wenn sie das Rätsel um ihre Herkunft gelöst hat … Mitreißend, gefühlvoll, voller unerwarteter Schicksalswendungen – eine einzigartige Familiensaga.

Emma Temple ist das Pseudonym einer erfolgreichen deutschen Autorin. Sie wurde 1967 in Düsseldorf geboren und wuchs in München auf. Während ihres Studiums der Geschichte und der Politik entdeckte sie ihre Liebe zu Neuseeland und verbrachte ein Jahr auf einer Farm in der Nähe von Christchurch – ein Ort, zu dem sie immer wieder zurückkehrt. Nach dem Studium war sie zunächst Journalistin, seit ein paar Jahren arbeitet sie an ihren Romanen und Drehbüchern. Sie lebt heute mit ihrer Familie an der Weinstraße.

Emma Temple

Der Tanz des Maori

Roman

Piper München Zürich

Mehr über unsere Autoren und Bücher:
www.piper.de

Originalausgabe
Dezember 2010

Umschlagkonzept: semper smile, München
Umschlaggestaltung: Cornelia Niere mit Bettina Steenbeeke
Umschlagabbildung: Artem Efimov / Shutterstock (Symbol);
Richard Schultz / Corbis (Landschaft)
Karte: cartomedia, Karlsruhe
Satz: Kösel, Krugzell
Papier: Munken Print von Arctic Paper Munkedals AB, Schweden
Druck und Bindung: CPI – Clausen & Bosse, Leck
Printed in Germany ISBN 978-3-492-25932-3

Für Georg und die Maus

Neuseeland, Südinsel, 1995

1.

Sein dunkles Gesicht war nass, die Augen weit aufgerissen. Er trommelte sich auf seine Brust, schrie und stampfte dazu auf den Boden. Die schwarzen Haare lagen in feuchten Locken um sein Gesicht, während ihm der Regen ins Gesicht peitschte. Er brüllte etwas Unverständliches. Es klang wie eine Kampfansage. Aus den dunklen Wolken schüttete es, ein Blitz zuckte über den Himmel, während der Mann im hohen Gras drohend zwei Schritte in ihre Richtung machte …

Sina schreckte hoch und starrte in die Dunkelheit. Regen prasselte gegen die Zeltplane, in der Ferne grollte ein Donner. Neben ihr atmete Katharina tief und ruhig. Ihr Gesicht, umrahmt von dunklem Haar, war in der schwachen Beleuchtung nur ein heller Fleck. Benommen schüttelte Sina den Kopf. Sie hatte nur einen üblen Traum gehabt, kein Grund, sich aufzuregen. Das hier war der lang ersehnte Traumurlaub in Neuseeland. Gemeinsam mit ihrer besten Freundin Katharina wanderte sie durch ein märchenhaftes Tal im Schatten der Farnbäume an dem kleinen Fluss Mohikinui entlang. Trotzdem: Der Eindruck aus dem lebhaften Traum ließ sich so schnell nicht vertreiben. Immer noch sah sie das dunkle Gesicht des wütenden Mannes vor sich.

Ein weiteres Donnern, diesmal lauter, ließ sie zusammenzucken. Direkt danach schien der Regen noch heftiger zu werden. Sina seufzte leise. Hier an der Westküste änderte sich das Wetter ständig, und leider regnete es viel zu häufig für ihren Geschmack. Sie konnte sich jetzt nicht einmal vor dem Zelt einen Tee zur Beruhigung machen – so wie sich das Prasseln anhörte, war man im Freien innerhalb von Sekunden bis auf die Haut durchnässt.

Woher kam nur dieser Traum, der sie seit ihrer Ankunft vor zwei Wochen in Neuseeland quälte? Immer wieder wachte sie auf, immer an der gleichen Stelle – wenn der geheimnisvolle Mann im Regen drohend auf sie zukam.

Sie sah erneut zu Katharina hinüber, die immer noch selig schlief. Von dieser Reise hatten sie geträumt, seitdem sie sich im ersten Semester an der Universität kennengelernt hatten. Sie erinnerte sich noch gut an den Moment, als sie nebeneinander in der Schlange an der Mensa standen und Katharina nachdenklich die bräunliche Masse auf ihrem Teller betrachtet hatte. »Billig und sättigend. Was will ich mehr?«, hatte sie gemurmelt.

»Geschmack wäre kein Fehler«, war damals Sinas Antwort gewesen. Wenig später saßen sie gemeinsam mit ihrem »Rahmgulasch« an einem der langen Tische und hatten sich über die Suche nach einer bezahlbaren Wohnung und den Kampf um einen Platz in einem Seminar unterhalten. Es dauerte nicht lange und sie wussten, dass sie einen gemeinsamen Traum hatten: Einmal im Leben für ein paar Monate nach Neuseeland! Sina hatte diesen Traum, seit sie in einem Bildband ein paar Fotos von klaren Fjorden und verwunschenen Buchten gesehen hatte. Ihr war damals so, als ob diese Landschaft sie rufen würde, wie ein vertrautes, aber vergessenes Haus. Katharinas Gründe waren simpler. Sie wanderte für ihr Leben gern, die Trecks, die kreuz und quer über die beiden Pazifikinseln führten, bedeuteten für Katharina das Paradies.

Es vergingen ein paar Jahre, bis sie es endlich geschafft hatten: Drei Monate lang wollten sie hierbleiben, mitten im deutschen Winter genossen sie das Land ihrer Träume ... Und ausgerechnet jetzt wurden ihre Träume von einem immer wiederkehrenden Albtraum begleitet. Dabei hatte sie noch nie Probleme mit Ängsten und Träumen gehabt. Eher im Gegenteil: Ihre Mutter hatte sie immer lachend »meine nüchterne Tochter« genannt – und sie hatte sich mit ihrem Medizinstudium ganz bewusst für eine Naturwissenschaft entschieden. In der Medizin ging es um Fakten, Zahlen und Formeln – nicht um Philosophien und Meinungen. Ihre Freundin Katharina war da ganz anders: Sie studierte Politik und Soziologie und konnte sich stundenlang über irgendwelche Gesellschaftstheorien auslassen.

Ein Blitz erhellte das Zelt, Bruchteile von Sekunden später beendete ein lauter Donnerschlag sogar Katharinas legendär festen Schlaf. Mit einem Schreckenslaut richtete sie sich auf.

»Was war das denn?«

Sina zuckte mit den Schultern – eine überflüssige Bewegung, in dem Zelt konnte man nur Schemen erkennen.

»Ein Unwetter an der Westküste. Hat man uns davor nicht gewarnt?«

»Vielleicht hört es ja bis morgen früh wieder auf?« Katharinas verschlafene Stimme klang hoffnungsvoll.

»Sicher«, grinste Sina. »Es könnte aber auch sein, dass es eine Woche lang nicht mehr aufhört. Alles ist möglich am anderen Ende der Welt ...«

Als wollte er antworten, wurde der Regen erneut stärker, das Prasseln auf der Zeltplane wurde zu einem ohrenbetäubenden Lärm. Dazu mischte sich ein beunruhigendes Rauschen. Misstrauisch lauschte Sina. Was konnte das jetzt schon wieder sein? Vorsichtig kroch sie durch das Vorzelt, griff nach dem Reißverschluss und öffnete ihn einen winzigen Spalt, um mit einer Taschenlampe in die finstere Nacht hinauszuleuchten. Der Himmel hatte alle seine Schleusen geöffnet, die Gräser lagen flach auf dem Boden. Nichts erinnerte mehr an die herb-schöne Landschaft des Vorabends. Sie hatten sich herumliegendes Holz zusammengesammelt, ein kleines Lagerfeuer gemacht und in den Nachthimmel gesehen, während es allmählich dunkler wurde. Jetzt war von der Feuerstelle kaum noch etwas zu sehen. Stattdessen der Bach, der zu einem reißenden Wildflüsschen angeschwollen war. Täuschte sie sich, oder war er breiter geworden? Dann bemerkte sie die breiten Rinnsale, die sich links und rechts von ihrem Zelt ihren Weg bahnten, um sich mit dem Bach zu vereinigen – und das Rauschen wurde immer lauter. Erschrocken zog Sina den Reißverschluss wieder hoch und drehte sich zu Katharina um.

»Wenn mich nicht alles täuscht, dauert es nur noch ein paar Minuten, und wir zelten mitten in einem Flussbett!« Sie bemühte sich, keine Panik in ihrer Stimme zu zeigen. Möglichst ruhig redete sie weiter. »Was sollen wir jetzt nur tun?«

Katharina konnte ihre Gefühle schwerer verbergen. »Bist du dir sicher? Dann müssen wir fliehen! Wir könnten in diesem Zelt ertrinken!«

»Aber wohin?«, gab Sina zu bedenken. »Den letzten Unterstand haben wir vor ein paar Stunden gesehen. Eine Straße ist zwar ziemlich nah, aber an diesem gottverlassenen Ende der Welt wird wohl kaum jemand vorbeikommen!«

Für eine Sekunde hörte man in dem Zelt nur das Geräusch des Regens. Dann räusperte Katharina sich. »Vielleicht hält das Zelt ja dicht? Dann können wir warten, bis es hell wird, und uns dann zur Straße durchschlagen. Irgendwann im Laufe des Tages wird schon jemand vorbeikommen.«

Sina versuchte, sich an die Gebrauchsanweisung des Zeltes zu erinnern. Sie war sich sicher, dass sie sie durchgelesen hatte – sie las jede Gebrauchsanweisung durch. Sogar die von einem Toaster. Ihr letzter Freund hatte sich in einem fort darüber lustig gemacht. Aber jetzt war dieser kleine Tick ziemlich nützlich. »Keine Ahnung, ob das wirklich dicht hält – aber bis zu etwa zehn Zentimeter Höhe sitzen wir in einer Art Gummiwanne. Und von oben schützt uns das Zelt vor dem Regen. Wahrscheinlich ist es besser, hier drin zu sitzen, als ungeschützt auf der Wiese zu stehen.«

Die nächsten Minuten drängten sie sich in der Mitte ihres kleinen Kuppelzeltes aneinander und überprüften immer wieder, ob nicht doch schon Wasser ins Innere drang. Aber der Verkäufer in dem kleinen Outdoor-

Laden hatte nicht zu viel versprochen, als er ihr das Zelt wegen seiner »Allwettertauglichkeit« empfohlen hatte. Sie blieben im Trockenen sitzen. Worte fielen wenige. Sie waren zu müde und zu ängstlich, nickten immer wieder ein, um dann beim nächsten Donner wieder aufzufahren und erneut die Wasserfestigkeit ihres Zeltes zu überprüfen. Eine gefühlte Ewigkeit später dämmerte es draußen, und der Regen wurde etwas schwächer.

Sina wagte einen weiteren Blick vor die Zelttür – und musste kichern, als sie sah, wo ihr Zelt inzwischen stand: inmitten des inzwischen gar nicht mehr kleinen Baches, der etwa knöcheltief um ihr Zelt herumfloss. Sie hatten ihr Zelt hinter einem Busch aufgeschlagen, der sie jetzt vor der stärksten Strömung bewahrte. Der Himmel war immer noch grau verhangen, ein scharfer Wind zerrte an den Zeltplanen.

»Ich glaube, es hat keinen Sinn mehr, noch länger zu warten«, beschloss Sina. »Wir sollten zusammenpacken und möglichst schnell ein trockenes Plätzchen finden.«

Katharina nickte. »Okay. Vielleicht gibt es an deinem trockenen Plätzchen sogar einen heißen Kaffee …«

Die Rucksäcke hatten sie am Abend unter dem Vorzelt verstaut – für diese großen Trumms gab es einfach keinen Platz im Inneren des Zeltes. Aber das Vorzelt hatte das Wasser, wie sie jetzt entsetzt feststellen mussten, nicht so zuverlässig abgewiesen. Ihre Rucksäcke waren tropfnass und zentnerschwer. Sina wollte sich nicht einmal vorstellen, dass von der letzten Unterhose bis zum dicken Wollpulli jetzt wahrscheinlich einfach alles tropfte. Wie sollten sie nur die nächsten Tage halbwegs trocken überstehen? Schweigend stopften sie ihre feuchten Schlafsäcke dazu. Sie packten das Zelt zusammen. Dann zwängten sie ihre nassen Füße in die klammen Wanderstiefel, schlüpften in die atmungsaktiven, tropfenden Regenjacken und schulterten die Rucksäcke. Katharina fluchte in der nächsten Stunde nur ab und zu leise vor sich hin – sie war ohne einen Kaffee zum Frühstück ohnehin nicht zu genießen. Sina setzte einfach einen Fuß vor den anderen und hoffte auf ein Wunder.

Als sie am Vortag im strahlenden Sonnenschein die kleine Straße passiert hatten, war es Sina so vorgekommen, als ob sie nur wenige Minuten später das Zelt aufgeschlagen hätten. Jetzt zog sich der Weg eine kleine Ewigkeit. Immer wieder rutschten sie auf den matschigen Pfaden aus, kleine Rinnsale waren zu reißenden Bächen geworden, in denen rutschige Steine nur wenig Halt boten. Wenigstens wurde der Regen allmählich weniger, bis es nur noch nieselte.

»Ist das ein Auto?« Katharina blieb wie angewurzelt stehen. Ein kleines rotes Auto schoss nur wenige Meter entfernt vorüber und verschwand um eine Kurve. Sie hatten die Straße erreicht. Sina sah dem Auto hinterher und seufzte.

»Wahrscheinlich war das die Rushhour des Tages – das nächste Auto kommt garantiert erst heute Abend vorbei …«, stöhnte Katharina.

»Sei doch nicht so pessimistisch …«, wollte Sina gerade antworten, als das kleine rote Auto auch schon wieder auftauchte und direkt neben ihnen stehen blieb. Eine Fensterscheibe öffnete sich, und freundliche Augen sahen die beiden durchnässten Freundinnen an.

»Was zum Teufel macht ihr denn bei diesem Wetter in der Wildnis?«, fragte die Fahrerin, die auffallend blaue

Augen hatte und einen einfachen Pferdeschwanz in einem undefinierbaren Blond trug.

»Gestern war es noch schön!«, grinste Sina zur Verteidigung.

»Und morgen scheint vielleicht wieder die Sonne, ich weiß.« Die Frau lachte, stieg ohne Umschweife aus ihrem Auto und öffnete den Kofferraum. »Ihr seht aus wie gebadete Mäuse. Ich schlage vor, ihr kommt erst einmal mit zu mir, und wir schauen, ob wir euch wieder trocken bekommen.«

Wenig später saßen sie dicht gedrängt in dem kleinen Auto. »Wir machen alles nass«, entschuldigte Sina sich.

»Macht nichts«, war die fröhliche Antwort. »In diesem Teil der Welt wird alles mal nass. Morgen ist es wieder trocken, und bis dahin habe ich mit meiner Rückbank nichts Großes vor.« Sie drehte sich kurz um und musterte ihre Gäste neugierig. »Woher kommt ihr denn? Euren Akzent habe ich noch nie gehört.«

»Aus Deutschland. Wir sind seit vierzehn Tagen in Neuseeland, und gestern Morgen sind wir losgewandert. Der Plan war einfach: Wir wollten am Mohikinui entlanglaufen, vielleicht bis zum Kahurangi-Nationalpark.«

»Ganz schönes Stück, das ihr euch da vorgenommen habt«, bemerkte die Frau nur und bog schwungvoll in eine Auffahrt zu einem kleinen, blau gestrichenen Holzhaus ein.

Sie machte eine einladende Bewegung. »Fühlt euch wie zu Hause. Die Haustür ist offen, in der Küche findet ihr einen Trockner und eine Kaffeemaschine. Das Zelt könnt ihr in der Garage aufhängen.«

Sie sah ihre bewegungslosen Passagiere an. »Was ist

los? Ich muss jetzt zur Arbeit, wir können uns heute Abend unterhalten.«

»Aber …« Sina schnappte nach Luft. »Sie kennen uns doch gar nicht!«

»Aber ihr braucht ein trockenes Plätzchen, und ich habe eins. Das sollte doch reichen, oder?« Die Frau lachte wieder, und Sina sah die vielen freundlichen Fältchen um ihre Augen. »Und jetzt steigt endlich aus, sonst bekomme ich Ärger mit meinem Chef. Ihr könnt auch ein heißes Bad nehmen, Handtücher sind im Schrank.«

Zögernd stiegen Sina und Katharina aus dem Auto, wuchteten die tropfenden Rucksäcke aus dem Kofferraum und sahen verblüfft, wie die Frau mit viel Schwung rückwärts aus der Ausfahrt fuhr und verschwand.

»Das können wir doch nicht annehmen«, murmelte Katharina.

Sina sah ihr Gepäck an, das im leichten Nieselregen in der Auffahrt stand. Allmählich bildete sich eine Pfütze rings um die Rucksäcke. »Ich fürchte, uns bleibt nicht viel anderes übrig, wenn wir in den nächsten Tagen auch nur halbwegs trocken schlafen wollen.«

Sie nahm ihren Rucksack, machte sich auf den Weg zur Eingangstür und drückte vorsichtig dagegen. Sie war tatsächlich nicht verschlossen und schwang mit einem leichten Knarren auf.

Dahinter öffnete sich ein kleiner Flur, in dem klobige Pantoffeln, lehmverschmierte Wanderschuhe und abgeschabte Sneakers wild durcheinanderlagen. An der Garderobe hingen Regenjacken, Wollmäntel und Sweatshirts übereinander. Sina ging weiter in die Küche. Helles Holz, große Fenster und – wie versprochen: eine Kaffeemaschine, eine Waschmaschine und ein Trockner. Ein Paradies. Sina winkte Katharina, ihr zu folgen. »Komm, hier können wir wirklich alles wieder trocken kriegen.«

Später an diesem Vormittag rumpelte der Trockner mit seiner dritten Ladung, die Kaffeemaschine blubberte leise, in der Garage trocknete das aufgespannte Zelt. Sina rubbelte sich nach einer heißen Dusche mit einem genussvollen Seufzer ab. »So etwas gibt es einfach nicht in Deutschland, oder? Wir wissen noch nicht einmal, wie unsere Wohltäterin überhaupt heißt!«

Katharina deutete auf einen Bibliotheksausweis, der an einem Pinnbrett hing. »Mary-Ann McAulister. Sie ist vierunddreißig.«

Sina schlüpfte in die bereits getrockneten Jeans und flocht ihre noch feuchten Haare zu einem Zopf. »Wir sollten Mary-Ann etwas zum Abendessen kochen. Die Nachbarin kann uns sicher sagen, wo der nächste Supermarkt ist. Oder wenigstens das Ortszentrum. Dann erfahren wir vielleicht sogar, ob der Ort einen Namen hat, der ein bisschen ansprechender als ›in der Mitte von Nirgendwo‹ klingt.«

Katharina nickte nur. »Gute Idee!«

Wenig später wussten sie, dass sie in Seddonville gelandet waren. Das Ortszentrum war nicht zu verfehlen. In einem kleinen Laden gab es von Zeitschriften über Zigaretten bis hin zu Gemüse, Eiern und Fleisch einfach alles. Sina und Katharina einigten sich schnell auf einen typisch deutschen Eintopf – eine Art Pichelsteiner, bei dem sie statt Rindfleisch Lammfleisch nahmen. Das riss kein großes Loch in ihre knapp berechnete Reisekasse. Dazu noch zwei Flaschen feinen Weißwein aus Marlborough, und schon war ihr Einkauf für das Dankeschön-Mahl fertig.

Zufrieden machten sie sich mit ihrer großen Tüte wieder auf den Heimweg, als Katharina wie angewurzelt vor einem kleinen Schaufenster stehen blieb. Mit goldenen Lettern wurden hier »Antiques« angepriesen.

»Ich würde gerne mal sehen, was es hier gibt. Antiquitäten in einem Land mit gerade mal hundertfünfzig Jahren Geschichte!« Katharina konnte ihre Neugier nicht bremsen. Sina nickte nachsichtig.

»Klar, schauen wir uns ein bisschen um.«

Quietschend öffnete sich die Tür des Ladens, der nur von zwei funzeligen Lampen erleuchtet wurde. Katharina kniete vor einer Nähmaschine nieder. »Wahnsinn, das Ding ist fast hundert Jahre alt. Das muss noch eine der Siedlerinnen mitgebracht haben!«

Während Katharina begeistert das Fußpedal inspizierte und nach einem Firmennamen suchte, sah Sina sich weiter um. Angeschlagene Waschschüsseln, emaillierte Töpfe aus vergangenen Zeiten, Sessel mit abgegriffenen Lehnen, abgetretene Teppiche … Der Laden beherbergte ein wildes Sammelsurium von Erinnerungen längst verstorbener Menschen. Auf einem kleinen runden Tisch mit kunstvoller Holzeinlegearbeit stapelten sich ein paar in Leder gebundene Alben. Neugierig nahm Sina eines davon in die Hand und blätterte ein wenig durch die Seiten. Kleine schwarz-weiße Fotos aus einer anderen Zeit. Frauen mit weißen Schürzen über dunklen Kleidern, die Haare in einem strengen Knoten aus dem Gesicht gehalten. Männer mit Schaufeln, die auf einem steinigen Weg standen und so ernst dreinblickten, als ob die Geschicke der Welt von ihrer Arbeit abhingen. Nachdenklich legte Sina das Album wieder auf den Stapel und strich über den Ledereinband, der mit ein paar einfachen Prägungen verziert war.

Ein leises Hüsteln aus der dunklen Ecke des Ladens ließ sie zusammenfahren. Eine kleine Gestalt erhob sich von einem der alten Stühle und trat in das schwache Licht. Weiße, kurz geschnittene Haare und ein dunkles Gesicht mit tief liegenden schwarzen Augen, die Sina durchdringend musterten. Die drahtige Frau wirkte eigentlich selber wie ein Ausstellungsstück, eine polynesische Mumie. Sina konnte ihr Alter beim besten Willen nicht schätzen. Um der wortlosen Musterung zu entkommen, griff sie spontan nach dem Album und lächelte. »Das würde ich gerne kaufen.«

Die Alte nickte, als ob sie mit dieser Erklärung gerechnet hätte. »Sicher willst du das«, sagte sie mit einer erstaunlich jungen, kraftvollen Stimme. »Du siehst genauso aus wie sie!«

Sina war sich nicht sicher, ob sie richtig gehört hatte. »Wie sie?«

Die Alte nickte überzeugt. »Wie meine Schwester!«

Sina schüttelte den Kopf. Die Schwester dieser kleinen Frau, die an ein zähes Stück Leder erinnerte, sah ihr bestimmt nicht ähnlich. An Sina war nichts Dunkles. Ihre Haare waren von einem dunklen Blond mit warmen Goldreflexen, ihre Augen je nach Stimmung hellgrün oder hellblau. Ihre Haut war nach zwei Wochen in Neuseeland leicht gebräunt, auf der Nase zeichneten sich ein paar Sommersprossen ab.

Die Alte ließ sich von ihrer Einschätzung jedoch nicht abbringen. Mit einem festen Griff fasste sie an Sinas Kinn und drehte ihr Gesicht in das schwache Licht.

Ihre schwarzen Augen musterten Sina und sahen sie prüfend an. Sina hatte für einen kurzen Moment das Gefühl, die Frau könnte ihre geheimsten Gedanken lesen. Dann nahm sie sogar mit ihren knotigen Fingern Sinas Zopf zwischen die Finger. Wie zur Bestätigung nickte sie noch einmal, diesmal heftiger. »Genau wie sie!«

Um dieser offensichtlich verwirrten Alten zu entkommen, machte Sina ein paar Schritte rückwärts. »Ich glaube, Sie verwechseln mich. Ich bin zum ersten Mal in Neuseeland, ich habe hier sicher keine Verwandtschaft.« Sie zwang sich zu einem Lachen, das sogar in ihren eigenen Ohren etwas zu schrill klang. »Außerdem: Sind Sie nicht eine Maori?«

»Ich schon«, nickte die Alte. »Aber nicht meine Schwester.«

Sina hatte endgültig genug von dem wirren Gebrabbel der alten Maori. Sie sah sich nach Katharina um. Die hatte ihrer kleinen Unterredung offensichtlich keine Beachtung geschenkt, sondern untersuchte immer noch mit gerunzelter Stirn die alte Nähmaschine und bewegte probeweise das Schwungrad mit einer Hand. Sina legte ihrer Freundin die Hand auf die Schulter. »Komm, wir gehen!«, erklärte sie.

Katharina hörte die Dringlichkeit in Sinas Stimme. Sie stand auf und klopfte sich den Staub von ihrer Hose. »Was ist denn los? Wir haben doch noch gar nicht alles gesehen. Findest du das nicht alles wahnsinnig aufregend? Wenn diese Sachen reden könnten …«

Sina schüttelte den Kopf und deutete möglichst unauffällig zu der Ladenbesitzerin, die ihr zum Glück nicht gefolgt war. »Die alte Schachtel erzählt mir ständig, dass ich ihrer Schwester ähnlich sehe. Völliger Blödsinn, das ist eine Maori …«

Schulterzuckend wandte Katharina sich zur Tür. »Okay, gehen wir zu Mary-Ann und kümmern uns um unseren Eintopf. Wird sonst sowieso zu spät …«

Eine Spur zu hastig riss Sina die Tür auf und flüchtete aus der staubigen Atmosphäre des Ladens. Sie holte tief Luft. Mit einem Mal war ihr die Anwesenheit der alten Frau beklemmend vorgekommen. Doch noch bevor sie ihre Lungen ein zweites Mal mit der klaren frischen Luft gefüllt hatte, klingelte noch einmal die Türglocke des kleinen Antiquitätenladens. Die alte Maori tauchte neben ihr auf und hielt ihr das in Leder gebundene Album auffordernd vor das Gesicht. »Das musst du mitnehmen! Es gehört dir!«, erklärte sie dabei mit ernster Miene.

Sina schüttelte den Kopf. »Ich habe es doch gar nicht bezahlt, es gehört mir also ganz sicher nicht!«

»Doch.« Die Frau hielt ihr das Album noch drängender hin. »Du musst es nicht kaufen. Es gehörte dir von Anbeginn an.«

Hilfe suchend sah Sina Katharina an. »Sag was!«, flüsterte sie leise.

Katharina machte eine wegwerfende Handbewegung. »Nimm das Ding einfach. Vielleicht nervt sie dann nicht mehr.«

Sie hatte deutsch gesprochen, die Maori konnte sie also nicht verstehen. Trotzdem nickte die Alte so überzeugend, als hätte sie verstanden, was Katharina da vorgeschlagen hatte.

Mit einem Seufzer nahm Sina das alte Album in die Hand. Das Leder fühlte sich weich und abgegriffen an.

Zufrieden nickte die alte Frau ein letztes Mal, drehte sich um und verschwand wieder in ihrem Laden, noch bevor Sina etwas sagen konnte.

Verblüfft sah Sina auf das Album in ihrer Hand. Katharina nahm es und blätterte ein bisschen darin herum. »Unglaublich, diese alten Bilder. Wenn man sich vorstellt, wie die vor siebzig, achtzig Jahren hier gelebt haben – das muss ja so primitiv gewesen sein.«

Sina konnte sich jetzt nicht auf die alten Bilder konzentrieren. »Klar. Und keiner weiß, warum eine verwirrte Greisin mir unbedingt dieses Album schenken wollte.« Trotzdem nahm sie es wieder in die Hand.

Sie blätterte noch ein wenig weiter – und starrte plötzlich auf eine Studioaufnahme. Sie zeigte eine ernste junge Frau, die mit unbewegter Miene in die Kamera blickte, eine Hand auf einen Stuhl gestützt, die andere auf den Bauch gelegt. Ihre Kleidung sah teuer aus, die Haare waren kunstvoll aufgesteckt. Sina fühlte sich einen Moment lang unsicher, sie hatte das Gefühl, als ob der Boden unter ihr schwankte. Das Gesicht der Frau hatte sie schon Hunderte Male gesehen. Jedes Mal, wenn sie in den Spiegel blickte, sahen ihr genau diese Augen entgegen, verzogen sich genau diese Lippen zu einem Lächeln. Unter dem Bild stand weiter nichts als ein Name: Ava. Keine Jahreszahl, kein Hinweis, wer diese Ava sein sollte. Sina schüttelte den Kopf, als ob sie einen Traum vertreiben wollte. Das musste ein Zufall sein, ein launiges Ergebnis des Gen-Roulettes, das bei der Erschaffung jedes neuen Menschen gespielt wurde. Ein wenig zu hastig klappte sie das Album wieder zu.

Sie steckte es in ihre Einkaufstüte und wandte sich zum Gehen, ohne Katharina das Bild von dieser Ava zu zeigen. »Komm, wir sollten für Mary-Ann unser Dankeschön-Essen machen. Am besten, bevor sie nach Hause kommt.«

Eine halbe Stunde später durchzog der Geruch von gebratenem Fleisch und Gemüse das gemütliche blau gestrichene Haus. Katharina deckte den Tisch, schmückte ihn mit ein paar Blumen aus dem Garten und sah dann zufrieden das Ergebnis ihrer Mühe an. Gerade rechtzeitig. Der kleine rote Wagen, der sie ein paar Stunden vorher aus dem kalten Regen gerettet hatte, bog mit Schwung in die Auffahrt. Mary-Ann betrat das Haus, hob ihre Nase und lachte ihre Gäste an. »Das riecht einfach wunderbar! Genau das, wovon ich seit einer Stunde träume …«

Gemeinsam setzten sie sich an den einfachen Holztisch. Nachdem sie sich einander endlich namentlich vorgestellt hatten, füllte Sina die tiefen Teller aus blauweißer Keramik, schenkte den kalten Weißwein in die Gläser ein und ließ sich dann selber auf einen der Stühle fallen. Sie hob das Glas. »Auf unsere wunderbare Retterin! Ohne dich wären wir jetzt nicht schon wieder trocken und guter Dinge!« Sie deutete auf das Fenster. Es dämmerte allmählich und ein frischer Wind lud zu allem anderen als eine Nacht in einem Zelt ein.

Mary-Ann winkte ab. »Das ist doch selbstverständlich! Vor allem, wenn man so belohnt wird!«

Neugierig sah Sina sich um. »Was arbeitest du denn?«

Mary-Ann zuckte mit den Achseln. »Nichts Aufregendes. Ich sitze in der Buchhaltung bei einer Kohlemine. Ein klassischer Job, der einen nicht zu sehr aufregt, aber auch nicht die echte Erfüllung bringt. Aber ich darf mich nicht beschweren: Hier an der Westküste sind die Jobs nicht zu reichlich gesät. Das Einzige, was es bei uns ohne Ende gibt, sind Sandflöhe und Seehunde …«

Alle lachten.

»Und – was verschlägt euch nach Neuseeland? Was macht ihr, wenn ihr nicht in trockenen Flussläufen campt?« Mary-Ann sah ihre Gäste fragend an.

»Ich studiere Medizin«, erklärte Sina. »Nächstes Jahr bin ich fertig, dann muss ich mich um meine weitere Ausbildung in Krankenhäusern kümmern. Dieses Jahr ist meine letzte Chance, um noch einmal einen richtig langen Urlaub zu machen!«

»Bei mir ist es fast das Gleiche«, stimmte Katharina ihr zu. »Ich studiere Politik und Soziologie – da wartet zwar kein anstrengender Job im Krankenhaus auf mich –, aber ich muss mir wirklich was einfallen lassen, um überhaupt eine Arbeit zu finden.« Sie zog eine Grimasse. »Die Menschheit hat nicht gerade auf Soziologen und Politologen gewartet …«

Mary-Ann nickte mitfühlend. »Ich denke, das ist nirgendwo anders. Und was sagen eure Familien zu so einem langen Trip hierher?«

Katharina zuckte lässig mit den Achseln. »Die sind von mir nichts anderes gewöhnt. Seitdem ich mich geweigert habe, die Lehrstelle in der Bank anzutreten, sind meine Eltern der festen Überzeugung, dass ich ohnehin bereits auf die schiefe Bahn geraten bin.«

»Ich glaube, meine Eltern freuen sich, dass ich mal nicht so wahnsinnig ehrgeizig bin«, bekannte Sina.

Mary-Ann schenkte eine weitere Runde Wein aus. »Und eure Freunde?«

»Freunde? Du meinst Männer?« Sina schüttelte den

Kopf. »Die gibt es in unserem Leben nicht. Irgendwie sind sie immer entweder nicht interessiert oder schon besetzt oder so langweilig wie ein Meter Landstraße.«

Mary-Ann nahm einen kräftigen Schluck und grinste. »Glaubt ja nicht, dass es hier anders ist. Hier an der Küste kommt allerdings oft noch ein verwegener Aussteiger-Typ dazu. Von dem man übrigens auch die Finger lassen sollte.«

Es wurde sehr spät, bis sie endlich ins Bett gingen, zu den ersten Flaschen gesellte sich noch eine weitere aus dem Kühlschrank von Mary-Ann – und sie hatten das Gefühl, als ob sie sich schon seit Jahren kannten.

Die Sonne strahlte am nächsten Morgen von einem leuchtend blauen Himmel – so als ob sie sich für ihr schlechtes Benehmen zwei Tage vorher entschuldigen wollte. Sina und Katharina umarmten ihre Gastgeberin. Die Adressen hatten sie schon ausgetauscht, sie wollten sich auf jeden Fall wiedersehen, bevor sie sich auf den Heimweg nach Deutschland machten. Aber jetzt sollte es erst einmal weitergehen: die Westküste Richtung Süden, zu den großen Gletschern und den berühmten Fjorden. Mary-Ann hatte sie zu einer kleinen Kreuzung gebracht, um ihre Chancen beim Autostopp zu erhöhen. »Steigt aber nicht gleich bei jedem Typen ein!«, warnte sie noch. »Inzwischen gibt es auch bei uns in Neuseeland die Freaks, die nur darauf warten, dass ihnen eine wehrlose Touristin in die Finger fällt!«

Sina winkte noch einmal, dann standen sie alleine am Straßenrand. Katharina setzte ihre Sonnenbrille auf und lachte: »Das Abenteuer geht weiter!«

2.

»Halbzeit – aber von unserem Geld haben wir sehr viel mehr als die Hälfte verbraucht«, stellte Sina mit einem Blick in ihren Geldbeutel fest. »Ich fürchte, wir müssen zwischendurch ein bisschen Geld verdienen. Der Urlaub ist doch teurer, als wir uns vorgestellt haben.«

»Aber hättest du auf nur eine einzige Sache verzichten wollen? Den Helikopterflug über den Franz Josef Glacier? Die Bootsfahrt auf Milford Sound – und erst den Treck? Oder die Wale, die wir in Kaikoura gesehen haben?« Katharinas Augen leuchteten bei der Erinnerung an ihre wunderbaren Erlebnisse der letzten Woche.

»Nein«, stimmte ihr Sina zu. »Das ändert aber nichts daran, dass wir jetzt auf die Bremse treten müssen. Sonst verbringen wir die letzten vier Wochen vor dem Abflug in Auckland beim Tellerwaschen.«

Die Freundinnen liefen einen Schotterweg entlang, der zu einem einsamen Ort an der Banks Peninsula führte. Das Gras hatte sich in der Sommersonne zu einem strohigen Gelb verfärbt, während das Meer türkis strahlte. »Okay«, stimmte Katharina widerstrebend zu.

»Aber erst einmal machen wir noch diesen Ausritt. Das klang doch einfach viel zu gut ...«

Sie hatten in dem kleinen »Backpackers«, in dem Rucksacktouristen aus aller Herren Länder eine billige Unterkunft suchten, die Prospekte der »Port Levy Trecks« gesehen. Da sollte es auf trittsicheren Pferden über die Hügel von Banks Peninsula gehen, mit atemberaubenden Blicken auf das Meer und einsame Buchten.

Vor ihnen tauchten Pferdekoppeln auf. Fünf oder sechs Pferde grasten friedlich in der Nachmittagssonne, ohne die beiden Frauen zu bemerken. Ein zierlicher Rappe hob schließlich den Kopf und trottete zum Zaun. Katharina streichelte über seine Nüstern. »... einen Job können wir uns dann immer noch suchen.«

Sina seufzte. Katharina hatte hin und wieder einen verhängnisvollen Hang dazu, die Wirklichkeit einfach auszublenden. Dazu gehörte leider auch die Ebbe auf ihrem Konto. Sie hatte keine Ahnung, warum sie sich beim Frühstück noch einmal zu diesem Treck über die Hügel der Halbinsel hatte verlocken lassen. Sicher: Beide hatten in ihrer Kindheit die komplette Freizeit auf irgendwelchen Reiterhöfen verbracht. Aber ihr letzter Ausflug im Sattel lag fast ein Jahrzehnt zurück. Trotzdem liefen sie jetzt die ausgewaschene Auffahrt zur »Port Levy Farm« hinauf.

Auf Katharinas energisches Klopfen hin öffnete eine zierliche Frau mit einem akkuraten Pagenkopf die Tür und sah sie streng über ihrer dunklen Hornbrille an. »Seid ihr angemeldet?«

»Nein«, begann Sina. »Aber ...«

Die Frau schüttelte den Kopf. »Ich habe so viel zu tun,

dass ich nicht weiß, wo mir der Kopf steht. Tut mir leid, aber ohne Anmeldung kann ich keine Ritte mehr veranstalten!« Sie warf ihnen noch ein entschuldigendes, nicht unfreundliches Lächeln zu. Und damit wollte sie die Tür auch schon wieder schließen.

Katharina strahlte die Frau an. »Wir würden Ihnen gern helfen. Wir können reiten. Vielleicht können wir ja für Sie die Trecks leiten?«

Sina blieb vor Schreck fast der Mund offen stehen. Wie konnte Katharina nur so etwas Verrücktes vorschlagen? Noch größer war ihre Überraschung allerdings, als die Frau die Tür wieder öffnete und sie beide von oben bis unten musterte. »Ihr könnt reiten?«, fragte sie. Das Misstrauen in ihrer Stimme war nicht zu überhören.

Katharina nickte. »Seit unserer Kindheit.«

»Ich kann nichts zahlen. Nur ein Taschengeld, Kost und Logis. Wenn euch das reicht …« Die Frau sah sie fragend an.

Katharina nickte heftig, während Sina nur hoffte, dass sich die Pferde nicht als wilde Mustangs entpuppten, die sie erst zureiten mussten. Ihre Erfahrung im Sattel beschränkte sich auf freundliche Reitschulpferde.

Einen Moment lang schien die Frau noch hin- und hergerissen zu sein. Dann fällte sie ihre Entscheidung. »Kommt mit«, winkte sie und führte sie ohne große Umschweife zu einer kleinen weißen Hütte, die direkt am Meer lag. Sie öffnete die Tür und deutete auf ein Stockbett, das vor einer geblümten Tapete stand. Daneben ein kleiner Tisch mit einem Radio, das auch gut in ein Museum gepasst hätte. Ein leise vor sich hin brummender Kühlschrank und ein wackelig aussehender Küchenschrank vervollständigten die Einrichtung. Sehr schlicht, aber sauber. Mit einer Aussicht von der kleinen Terrasse, die bei einem Luxushotel nicht besser sein konnte: Pferde auf der Koppel und eine malerische Bucht des Pazifiks.

Die Besitzerin zeigte ihnen noch eine zweite Hütte, die verborgen von ein paar Büschen ein paar Meter entfernt stand. »Da findet ihr eine Dusche und könnt euer Geschirr abspülen. Oder ihr tragt es zu mir in das Haupthaus, ich habe eine Spülmaschine.«

Sie sah ihre beiden Überraschungs-Besucher noch einmal aus ihren sehr hellen Augen an. »Und ihr seid euch sicher, dass ihr reiten könnt?«

Katharina nickte. Sina bemühte sich um ein Gesicht, das ihre Zweifel nicht zu deutlich zeigte. Erst jetzt schien die Frau überzeugt zu sein. Sie streckte ihnen ihre schwielige, braun gebrannte Hand entgegen. »Ich heiße Caroline. Auf der Farm kümmert sich mein Mann um die Schafe und ich um die Pferde. Wir bieten verschiedene Trecks an: vormittags, nachmittags, zum Sonnenuntergang und auf Wunsch auch über einen oder mehrere Tage. Am besten kommt ihr heute Abend mit auf den Sunset-Treck. Dann lernt ihr gleich die Pferde und die Strecke kennen. Danach können wir darüber reden, ob ihr diesen Job wirklich haben wollt.«

Noch bevor sie sich mit Katharina groß absprechen konnte, fand Sina sich mit einem schweren Sattel im Arm vor einem stämmigen braunen Wallach wieder. Er schien sich an ihrer Gegenwart nicht zu stören und döste mit halb geschlossenen Augen weiter. Sie wuchtete das Teil auf seinen Rücken – und erinnerte sich mit einem Mal wieder an die vertrauten Handgriffe ihrer Kindheit. Sie rückte den Sattel in die richtige Position, zog den Sattelgurt fest und streifte das Zaumzeug über den klobigen Kopf von »Woody«. So hieß das Tier, wie ihr seine Besitzerin mitteilte.

Wenig später lenkte sie ihr Pferd auf einen schmalen Pfad, der oberhalb des Meeres hinaus auf eine Landzunge führte. Es roch nach trockenen Tannennadeln, Eukalyptus und vom Meer her nach trocknendem Tang. Schon nach hundert Metern fühlte Sina sich wieder sicher im Sattel, sie schloss die Augen und genoss für einen Augenblick den Frieden dieses Ortes. Dann drehte sie sich strahlend zu Katharina um, die im Sattel einer Schimmelstute saß. »Wenn wir diesen Job wirklich kriegen, dann hast du das ziemlich genial eingefädelt!«

Die Sonne versank langsam hinter den Hügeln, während sie über einen kleinen Hang allmählich wieder zurück zur Farm ritten. Die Touristen, die diesen Ausritt gebucht hatten, erwiesen sich allesamt als humorvolle Nichtreiter, die dankbar waren, dass ihre Pferde sich als geduldig und gutmütig erwiesen.

Nach dem Absteigen verschwanden sie schnell wieder mit ihren Autos Richtung Christchurch, der nächsten größeren Stadt, die hinter den Hügeln in knapp zwei Stunden zu erreichen war.

Gemeinsam mit Katharina sattelte Sina unter den kritischen Augen von Caroline der Reihe nach alle Pferde ab. Mit einem groben Tuch rieben sie die Schweißspuren aus der Sattellage, dann wurden die Pferde auf eine riesige Koppel direkt hinter dem Haus entlassen.

Caroline wirkte jetzt schon viel freundlicher. »Kommt, ihr könnt mit uns essen. Dann können wir besprechen, was ihr hier für mich tun könnt.«

Im Inneren des Farmhauses stand ein großer, alter Holztisch, direkt vor einem riesigen Fenster, das sich zur Bucht öffnete. Käse, Schinken, frisches Brot und eine Schale voller Obst sahen nach dem langen Ausritt unglaublich verlockend aus. Noch bevor Katharina und Sina sich hinsetzen konnten, schlug die Tür auf und ein etwa sechzigjähriger Mann mit wettergegerbtem Gesicht kam herein. Er sah sie überrascht an.

»Die Mädchen können mir mit den Pferden helfen. Dafür lasse ich sie in der Schafscherer-Hütte wohnen«, beeilte Caroline sich zu erklären. Ein warmes Lächeln machte sich auf seinem Gesicht breit. »Dann seid ihr mir mehr als willkommen. Caroline hatte in den letzten Wochen viel zu viel zu tun!« Er streckte ihnen seine riesige, schwielige Hand entgegen. »Ich bin Tim.«

Sie setzten sich gemeinsam an den Tisch. Sina deutete auf das Fenster. »Der Blick ist einfach atemberaubend! Haben Sie diese Farm selber gebaut?«

»Nein«, schüttelte Tim den Kopf. »Leider nicht. Hier in der Gegend von Christchurch haben sich die Aussiedler aus Europa schon früh niedergelassen, ein Schotte hat vor etwa hundert Jahren diese Farm gebaut. Er hatte ein gutes Händchen für einen schönen Ausblick, das muss man ihm lassen. Leider war sein Enkel der Letzte der Familie. Der ging vor zehn Jahren ins Altersheim und hat mir dieses wunderbare Stück Land verkauft.«

»Wie groß ist es denn?«, fragte Sina nach.

»Uns gehören die gesamte Landzunge, etwa fünftausend Schafe und dreißig Pferde!« Der Stolz in seiner Stimme war nicht zu überhören. »Und das machen Sie nur zu zweit?«, mischte Katharina sich jetzt ein.

»Sicher. Aber in den Sommermonaten läuft das Pferde-Geschäft von meiner Frau so großartig, dass es jetzt doch ein bisschen zu viel wurde – ihr seid also gerade richtig gekommen.« Er sah sie beide erwartungsvoll an.

»Hat Caroline euch schon genau erzählt, was ihr machen sollt?«

Caroline lachte. »Dazu sind wir noch überhaupt nicht gekommen. Es ist aber auch sehr einfach: Ihr helft mir dabei, die Pferde von der Koppel zu holen und zu satteln, ihr leitet einen Teil der Trecks – und ihr helft mit, die Touristen hier auf der Farm zu bewirten.«

»Kein Problem«, erklärte Katharina. »Was machen wir da genau? Beim Bewirten, meine ich.«

»Nun, ein Teil der Trecks ist mit einem Barbecue verbunden. Wir grillen unser eigenes Lamm, dazu ein paar Salate, ein paar kühle Bierchen, und als Nachtisch gibt es Kuchen. Die Japaner sind davon immer ziemlich begeistert – die sehen in ›hausgemacht‹ ein echtes Qualitätsmerkmal. Ihr müsstet dabei helfen, die Sachen auszugeben und darauf achten, dass die Gläser immer gut gefüllt sind und immer wieder Lamm anbieten.«

»Das klingt einfach«, erklärte Katharina. »Das können wir.«

»Ach ja«, lachte Caroline. »Eine Sache wäre da noch: Ihr solltet natürlich immer so wirken, als ob ihr echte Kiwi-Mädchen seid. Die Touristen haben schließlich eine echte ›Kiwi-Experience‹ gebucht. Die sollen sie dann auch bekommen …«

»Dann brauchen wir nur noch ein paar Nachhilfestunden in Ihrem Akzent, und die Sache wäre in trockenen Tüchern!«, strahlte Katharina.

Sie schüttelten sich noch einmal die Hände, um den Vertrag mit ihren neuen Arbeitgebern zu besiegeln. Dann gab Tim eine Runde Bier aus – und etwas später am Abend fanden die beiden jungen Frauen sich auf der kleinen Veranda ihrer Hütte wieder. Für einen Moment setzten sie sich auf die alten Stühle, die unter ihrem Gewicht leicht knarzend nachgaben. Der Himmel war sternenübersät, das Kreuz des Südens stand strahlend am Himmel, während sich die Mondsichel in den Wellen des Pazifiks spiegelte.

»Es ist einfach unglaublich, wie viel Glück wir haben!«, seufzte Sina. »Von so einem Ort wagt man ja nicht einmal zu träumen! Hast du gehört, wie Caroline erzählt hat, dass hin und wieder sogar Delfine in der Bucht spielen? Ich möchte hier nicht mehr weg!«

Katharina lachte. »Quatsch. Für ein paar Wochen ist das in Ordnung, aber dann würde dir wahrscheinlich deine Medizin fehlen. Du eignest dich doch auf Dauer gar nicht als Naturmädel!«

Sina lachte mit ihr. Aber ganz heimlich musste sie zugeben, dass sie sich ein Leben fern von jedem Stress immer besser vorstellen konnte. Das Einzige, was sie an diesem Neuseeland immer noch störte, waren die wiederkehrenden Träume von dem wütenden Mann im Regen … Aber vielleicht wurde es ja besser, wenn sie hier in Port Levy etwas zur Ruhe kamen.

3.

Mit einem gewaltigen Knattern schwebte der Helikopter durch die verschlafene Bucht. Einige Möwen protestierten mit schrillem Geschrei gegen diesen Angriff auf ihre Ruhe – aber die Pferde und Schafe hoben nicht einmal mehr den Kopf. Sie waren an diesen Besuch an jedem zweiten Tag gewöhnt. Und auch Sina und Katharina standen inzwischen routiniert mit einem breiten Lächeln am Landeplatz. Nach nur zwei Wochen wussten sie: Diese »Kiwi-Experience« war für die Farm eine der wichtigsten Geldquellen überhaupt.

Offensichtlich fehlte Japanern in den Flitterwochen vor allem eines: Zeit. Die sechs Tage, die sie meistens nur zur Verfügung hatten, mussten sie möglichst effektiv nutzen. Deswegen war Caroline gemeinsam mit einem Helikopter-Unternehmen auf die Idee des Kurz-Urlaubs in Port Levy verfallen. In nur drei Stunden erlebten die Besucher dabei alles, was eine echte neuseeländische Farm ausmachte. Der Helikopter landete, und der Motor erstarb mit einem letzten Knattern. Die Tür öffnete sich, und zwei Pärchen sprangen lächelnd heraus. Sie hatten jetzt zwanzig Minuten lang Banks Peninsula von oben erlebt, nun warteten schon die gesattelten Pferde auf sie.

Sina streichelte über die Nase des zierlichen Rappen, der sie als erstes Pferd begrüßt hatte. Längst wusste sie, dass es sich um den freundlichen »Smokey« handelte – ausgestattet mit dem perfekten Gemüt, um einen Touristen über die Hügel zu tragen. Keine Stunde später pfiff Tim nach seinen Hütehunden, die eine kleine Herde routiniert über eine Koppel trieben, einen Hammel aussortierten, durch ein Tor schickten und sich dann hechelnd niederließen. Applaudierend verschwanden die Japaner in der Scheune, in der die Schafe geschoren wurden. Jetzt war zwar die völlig falsche Jahreszeit für eine Schafschur – aber Tim führte trotzdem vor, wie er in Windeseile einem der blökenden Tiere seine noch relativ kurze Wolle abnahm.

Zum Abschluss des Vormittags landeten saftige Lammsteaks auf dem Grill, während Sina und Katharina mit einem strahlenden Dauerlächeln Bier anboten. Und sehr un-neuseeländischen Sake. Der kleine Stilbruch schien vor allem bei den Männern gut anzukommen. Bevor sie sich allerdings allzu gemütlich niederließen, wurden sie schon wieder von dem Piloten in den Hubschrauber gescheucht und verschwanden knatternd über den Hügeln. Grinsend wandte Sina sich an Caroline. »Ich kann es immer noch nicht glauben, dass noch niemand außer Ihnen diese Idee hatte!«

Caroline zuckte verlegen mit den Achseln. »Zumindest in Christchurch – in Queenstown hätte ich mehr Konkurrenz. Wahrscheinlich sind es einfach meine Kiwi-Gene: Wir probieren gerne immer wieder etwas Neues aus. Unsere Vorfahren waren schließlich Auswanderer, die nichts dabei fanden, in eine völlig ungewisse Zukunft aufzubrechen – sie waren sich total sicher, dass alles besser werden kann. Womöglich ist es genau dieses Vertrauen in die Zukunft, das uns Kiwis auszeichnet …«

Mit diesen Worten griff sie nach den leeren Salatschüsseln und verschwand im Haus.

Katharina gähnte und streckte sich. »Hast du etwas dagegen, wenn ich mich heute Nachmittag mit einem Buch unter einen Baum lege? Wenn ich mir die Voranmeldungen richtig angesehen habe, dann kommen heute Nachmittag nur vier oder fünf Touristen – den Treck müssen wir nicht zu zweit führen.« Sie machte ein bittendes Gesicht. »Ich übernehme dafür morgen die Arbeit.«

»Klar, mach es dir einfach gemütlich. Ich komme schon alleine zurecht.« Sina musste sich beherrschen, um nicht vor sich hin zu kichern. Gestern waren sie bei der benachbarten Farm auf ein Barbecue eingeladen gewesen. Typisch Kiwi-Style: Sie hatten Fleisch über dem offenen Feuer gegrillt, und dazu war reichlich Bier aus der Dose angeboten worden. Sina mochte das dünne Bier nicht sonderlich gerne und hatte sich an das Wasser gehalten. Ganz anders ihre Freundin, die fröhlich eine Dose nach der anderen geöffnet und dabei ganz unverhohlen den Sohn der Nachbarfarm angeflirtet hatte. War ja ihr gutes Recht – aber es war wirklich kein Wunder, dass Katharina heute lieber schlafen wollte …

Gemütlich richtete Sina in der Mittagssonne die Sättel und Zaumzeuge für den Nachmittag her. Sie genoss den Frieden, den dieser Ort ausstrahlte. Sie hörte nur ein paar Fliegen summen, die Hitze flirrte über dem

Schotterweg. Sie schob sich ihren Hut mit der breiten Krempe ein wenig tiefer in die Stirn. Ein Blick auf die Uhr verriet ihr, dass in einer halben Stunde die Gäste ankommen würden. Zeit, die Pferde von der Koppel zu holen. Am Telefon im Haus lag das Auftragsbuch. In Carolines ordentlicher, enger Schrift war da vermerkt, dass drei Männer und zwei Frauen kommen wollten. Also drei kräftigere Pferde und zwei kleinere. In Gedanken ging Sina die Pferde auf der Koppel durch und wählte die kleine Schimmelstute und die zierliche Fuchsstute für die Frauen aus. Gemütlich lief sie über die Hügel und hielt Ausschau nach den Wallachen, die sie heimlich »Gewichtsträger« nannte. Manche Männer brachten schließlich reichlich Kilos in den Sattel …

Als die beiden Autos in einer großen Staubwolke die Auffahrt herauffuhren, lehnte Sina schon wieder gemütlich am Zaun und sah ihnen unter ihrem Hut entgegen. Sie parkten am Rand der Auffahrt, und aus dem ersten Wagen stieg eine zierliche, dunkelhaarige Frau mit einem kräftigen Begleiter. Er sah aus, als ob er mit Begeisterung Football spielen würde. Die neuseeländische Variante, in der Dinge wie Schutzkleidung als lächerliches Accessoire für Weicheier betrachtet wurden. Aus dem anderen Auto stieg ein Paar mittleren Alters, denen ein drahtiger junger Mann folgte. Das Söhnchen, von seinen Eltern zu einem Ausflug verdonnert, beschloss Sina heimlich für sich. Gleichzeitig setzte sie ihr breitestes Kiwi-Lächeln auf und streckte ihre Hand aus.

»Hi, ich bin Sina, und ich leite heute Ihren Treck.«

»Ich bin Greg, das hier ist Trish«, erklärte der Footballspieler.

»Und ich bin Marvin«, stellte sich der ältere Mann vor. »Meine Frau Paula – und das hier ist Brandon.«

Sina schüttelte alle Hände und fragte nach der Reiterfahrung. Marvin, Paula und Brandon gestanden freimütig, noch nie auf einem Pferd gesessen zu sein. Greg lachte: »Wenn man rechts zieht, gehen die Dinger nach rechts, wenn man links zieht, gehen sie nach links – und wenn man beide zieht, dann bleiben sie stehen. Das ist sogar einfacher als ein Auto, nicht wahr, Trish?«

Seine Freundin nickte nur ernst. Sie sah so aus, als ob sie sich vor dem harmlosen Ausritt fürchtete. Sina gab ihr Smokey. Der freundliche Rappe war vom Ausritt mit den Japanern müde, da waren keine Überraschungen zu erwarten. Den Rest verteilte sie schnell auf die Pferde und half beim Aufsteigen.

Als sie Brandon auf Woodys Rücken half, grinste er sie verschwörerisch an. »Du bist aber kein ganz echtes Kiwi-Mädchen, oder?«

Sina zuckte mit den Achseln. »Echt genug für diesen Treck!« Sie mochte keine Muttersöhnchen, auch wenn dieser Brandon sich wirklich rührend um seine Eltern kümmerte und immer wieder fragte, ob es ihnen auch wirklich bequem sei. Er selber saß erstaunlich geschickt im Sattel, während er sich mit seiner tiefen Stimme mit seinen Eltern unterhielt. Sina drehte sich ein paar Mal neugierig um, um einen genaueren Blick auf ihn zu werfen – aber sie konnte nicht mehr sehen als seine zerzausten blonden Haare und seine dunkelgrauen Augen. Dann musste sie sich wieder umdrehen. Schließlich war sie die Leiterin dieses Trecks!

Die erste Stunde verging friedlich. Greg quatschte pausenlos mit seiner Begleitung, ansonsten war es ruhig.

An einem Aussichtspunkt zügelte Sina ihr Pferd und wartete, bis alle anderen neben ihr zum Stehen kamen. Sie deutete auf eine winzige Bucht, die direkt unterhalb von ihrem Standpunkt lag. Sie war offensichtlich nur über einen schmalen, fast überwachsenen und abenteuerlich steilen Pfad zu erreichen. »In dieser Bucht wohnten noch vor einem Jahrhundert Walfänger. Sie ist extrem windgeschützt, und es ist von hier nur ein kurzer Weg zu den tiefen Gewässern, in denen sich die Wale herumtreiben.«

Brandon sah neugierig nach unten. »Die Bucht ist wirklich tief genug, obwohl sie nur so schmal ist?«, fragte er neugierig nach. Zum Glück hatte Sina exakt die gleiche Frage gestellt, als Caroline das erste Mal mit ihnen zu dieser Bucht geritten war. So konnte sie überzeugt nicken.

»Ja. Tatsächlich ist dieser Pfad jüngeren Datums – die Walfänger haben hier nur gewohnt, während sie gejagt haben. Sie kamen mit ihren Booten, und sie gingen auch wieder mit ihren Booten. Wahrscheinlich haben sie in den Hütten da unten nur ein paar Wochen übernachtet, ihre Frauen – wenn sie denn welche hatten – waren hier sicher nicht dabei. Heute sind von der Siedlung nur noch ein paar verwitterte Holzplanken übrig. Der Landweg ist heute wichtiger.«

Brandon nickte zustimmend. »Das kann ich mir vorstellen.« Er musterte sie genauer. »Woher kennst du diese Geschichte?«

Sina deutete in Richtung der Farm. »Die Besitzer haben sie mir erzählt. Aber ich kann mir gut vorstellen, dass sie wahr ist …«

»Geht es jetzt weiter?« Greg klang genervt. »Wir wollen hier schließlich reiten und nicht langweilige Geschichten aus einer längst vergangenen Zeit hören. Nicht wahr, mein Schatz?«

Trish nickte. Wenn das überhaupt möglich war, dann sah sie noch bleicher aus als ein paar Minuten vorher. Aus dem Augenwinkel sah Sina, dass Greg sich einen kleinen Ast von einem der Büsche gebrochen hatte. Noch bevor sie begriff, was er plante, holte Greg auch schon aus und ließ den kurzen Ast auf die Kruppe von Smokey klatschen. Der warf überrascht seinen Kopf nach oben, schnaubte noch einmal heftig, drehte sich auf der Hinterhand und verschwand dann im Galopp über den schmalen Pfad, der sie zu diesem Aussichtspunkt geführt hatte.

Die anderen Pferde sahen ihm angespannt mit erhobenen Köpfen und straff gespitzten Ohren hinterher, aber kein Einziges machte Anstalten, dem kleinen Rappen zu folgen.

Sinas Gedanken überschlugen sich. Sie konnte die Gruppe nicht alleine lassen, aber gleichzeitig konnte sie unmöglich Trish ihrem Schicksal überlassen. Wahrscheinlich war sie in der ersten Kurve schon aus dem Sattel gerutscht.

Sina versuchte eine Entscheidung zu fällen, als Brandon neben ihr auftauchte. »Ich bleibe bei der Gruppe, du folgst am besten dem Mädchen – keine Sorge, wir sitzen alle ab und führen dir die Pferde hinterher, da kann doch gar nichts passieren.« Sein gedehnter Kiwi-Akzent klang beruhigend. Sina hatte keine Wahl, sie musste auf seinen Vorschlag eingehen. »Danke!«, presste sie heraus, dann drückte sie ihre Fersen in die Seiten ihres Pferdes und sprengte im Galopp hinter Smokey und Trish her.

Sie musste nicht lange suchen. An der Stelle, wo der Pfad mit einer leichten Biegung in dichtes Gebüsch abbog, lag Trish. Sina zügelte ihr Pferd und sprang ab. »Bist du verletzt?«

Trish hielt stöhnend ihren Knöchel umklammert. »Mir geht es ganz okay, aber mein Knöchel tut so verflixt weh. Wenn Greg nicht so ein Riesenidiot wäre! Wie konnte er nur so dämlich sein!«

Sina zog vorsichtig an dem Stiefel, den Trish trug. Er rührte sich nicht, und Trish schimpfte nur noch lauter über ihre Begleitung.

»Kannst du aufstehen?«, unterbrach Sina ihren Redeschwall.

Trish zuckte mit den Schultern. »Ich kann es probieren.« Mühsam zog sie sich an Sina nach oben und belastete den Fuß probeweise ein wenig. Sofort wurde sie noch bleicher, auf ihrer Stirn bildeten sich große Schweißperlen. Sinas bisherige Ausbildung zur Ärztin reichte, um zu wissen, dass Trish offensichtlich Schmerzen hatte. Wahrscheinlich war der Knöchel übel verstaucht oder gebrochen. So oder so: Wie sollte sie Trish wieder zurück zur Farm bringen?

Zum Glück tauchte in diesem Moment der Rest der Gruppe auf. Brandon hatte sein Versprechen gehalten. Alle hielten brav die Zügel ihrer Pferde in der Hand und stolperten über den steinigen Weg allmählich näher. Greg fand seine große Klappe sofort wieder, als er sah, dass seine Freundin schon wieder auf ihren Füßen stand. »Du kleiner Angsthase! Gib es zu, du hast dich fallen lassen, damit du nicht weiterreiten musst …«

Trish richtete sich auf. »Verschwinde!«, brüllte sie. »Nur du kannst so dämlich sein, es für eine besonders tolle Idee zu halten, mein Pferd zum Durchgehen zu bringen! Jetzt stehe ich hier auf einem Bein mitten in der Pampa, und du tönst immer noch groß herum – das gibt es doch nicht …« Ihre Wut verebbte, und sie begann zu schluchzen.

Sina legte ihr tröstend die Hand auf die Schulter. Sie erinnerte sich gut an den Moment, als ihr bei ihrem letzten Freund aufgefallen war, dass er ein kompletter Fehlgriff war. Trish ging es in diesem Moment sicher nicht besser – und ihr tat darüber hinaus der Knöchel höllisch weh.

Brandon erkannte als Erster, wo das Problem lag. »Wie bringen wir sie wieder nach Hause?«, fragte er.

»Wenn wir sie irgendwie auf eines der Pferde heben, dann könnten wir sie einfach zurück zur Farm führen«, erklärte Sina. »Soweit ich das beurteilen kann, ist der Knöchel wahrscheinlich nur verstaucht. Greg könnte sie dann in ein Krankenhaus nach Christchurch fahren.«

»Okay.« Brandon sah Greg auffordernd an. »Dann wollen wir mal versuchen, Trish wieder in den Sattel zu bringen!«

Greg machte einen Schritt nach hinten und hob abwehrend die Hände, während Trish entsetzt aussah. »Gibt es wirklich keinen anderen Weg?«, fragte sie mit verzweifeltem Unterton.

»Leider nein«, gab Sina zu. »Ich könnte natürlich auch zurück zur Farm reiten und versuchen, mit dem Jeep hierherzukommen. Aber das dauert sicher ziemlich lange – und ich kann auch nicht ganz bis hierher fahren. Ich fürchte, dafür fehlt mir dann doch die Erfahrung mit einem Jeep.«

»Ich kann damit umgehen!«, behauptete Greg.

»Du hast für einen einzigen Tag genug bewiesen, wovon du keine Ahnung hast«, brachte Brandon ihn zum Schweigen. »Wir versuchen am besten erst einmal die Nummer mit dem Pferd.«

Er sah sich suchend um und deutete dann auf das Pferd der älteren Dame, die Sina für seine Mutter hielt. »Das hier ist nicht so groß, das nehmen wir.«

Sina war sich nicht sicher, ob sie beleidigt sein sollte, weil Brandon einfach die Leitung an sich riss – oder ob sie dankbar sein sollte. Sie entschied sich für Letzteres.

Er fasste Trish um die Taille und hob sie ohne sichtbare Anstrengung in den Sattel. Sina vermutete, dass er regelmäßig zum Training ging. Sicher, diese Trish sah aus wie ein kleines Püppchen und wog sicher keine fünfzig Kilo. Aber trotzdem – er hatte sie so mühelos hochgehoben wie ein Spielzeug. Heimlich starrte sie ihm auf die Oberarme. Er war zwar eher mager, aber seine Muskeln waren ziemlich ausgeprägt. Brandon sah sie fragend an, und Sina musste sich eingestehen, dass sie seine Frage nicht gehört hatte. Konnte es sein, dass sie so sehr in den Anblick seiner Arme vertieft war? Wenn das nicht peinlich war …

Sie bemühte sich um ein Lächeln. »Was hast du gesagt?«

»Ob ich das Pferd von Trish führen soll – und die anderen reiten einfach unter deiner Führung hinterher?«

Sina schüttelte den Kopf. »Nein. Du reitest zurück – und ich führe Trish. Immerhin werde ich für den Job bezahlt. Und ich fühle mich auch wohler so.«

Offensichtlich widerstrebend gab Brandon die Zügel ab. Er schien es gewöhnt zu sein, sich um alles selbst zu kümmern und die Verantwortung zu übernehmen. Das

Grüppchen Reiter machte sich langsam wieder auf den Heimweg. Statt des fröhlichen Geredes war die Stimmung jetzt ziemlich gedrückt. Der Weg schien sich endlos zu dehnen, bis sie endlich über den letzten Hügel zur Farm hinunterkamen. Caroline stand schon am Tor und kam ihnen die letzten Meter entgegen. Sie sah besorgt aus. »Ich wollte schon einen Suchtrupp nach euch losschicken! Was ist passiert? Smokey ist schon vor fast zwei Stunden alleine nach Hause gekommen!«

»Ich hoffe, ihm ist nichts passiert?!« Sina hatte keinen einzigen Gedanken an den kleinen Rappen verschwendet.

Caroline machte eine wegwerfende Bewegung mit der Hand. »Der steht schon längst auf der Koppel und schlägt sich den Bauch voll.« Sie sah Trish an. »Was fehlt denn dir, Herzchen?«

»Ich bin runtergefallen und habe mir wohl den Knöchel verstaucht …«

»Smokey hat dich abgeworfen?« Caroline sah ehrlich überrascht aus.

»Nur weil dieser Oberidiot von meinem Freund ihn mit seiner Peitsche ein bisschen aufmuntern wollte!« Trish sah vielleicht aus wie ein blondes Püppchen – aber sie konnte fluchen wie ein Walfänger aus den frühen Tagen dieses Landes.

»Jetzt komm erst einmal mit!« Caroline nahm Sina die Zügel aus der Hand und führte das Pferd die letzten Meter selbst. Sina folgte ihr mit leeren Händen und fühlte sich einen Moment lang ziemlich nutzlos. Bis es darum ging, Trish möglichst schonend wieder aus dem Sattel zu heben. Gemeinsam mit Caroline hob Sina Trish auf einen Stuhl.

Dann versuchte sie noch einmal, ihr den Stiefel auszuziehen. Ohne Erfolg.

»Wir müssen den Stiefel aufschneiden. Wenn dein Knöchel noch mehr anschwillt, dann wird die Blutzirkulation abgeschürt, und das könnte üble Folgen haben. Ist das in Ordnung?«

Trish nickte tapfer. »Sind sowieso alte Dinger.«

Einen Moment später zog Sina auch den Socken von Trishs Fuß. Zum Vorschein kam ein dick angeschwollener Knöchel, der schon anfing, sich bläulich zu verfärben.

Sina fuhr vorsichtig darüber und versuchte, den Knöchel zu bewegen. Trish stöhnte ein wenig. Beruhigend lächelte Sina: »Ich denke, da ist wirklich nichts gebrochen – sonst wärst du jetzt bestimmt ohnmächtig geworden ...«

»Hast du Erfahrung mit so etwas?«, fragte Trish.

»Wie man es nimmt: Ich studiere Medizin, aber ich habe meine praktische Ausbildung zum größten Teil noch vor mir. Der Test mit dem Knöchel ist allerdings ziemlich einfach.« Sie drehte sich zu Caroline um. »Haben wir ein bisschen Eis? Das könnten wir in einem Handtuch um den Knöchel packen und dann Greg in die nächste Klinik schicken.«

Überraschend heftig schüttelte Trish den Kopf. »Mit diesem hirnlosen Geschöpf in einem Auto? Auf keinen Fall! Nicht mehr in diesem Leben.« Sie drehte sich zu Brandon um. »Könntest du mich nicht mit in die Stadt nehmen? Dann kann mich eine meiner Freundinnen abholen und sich um alles kümmern!«

Brandon nickte. »Kein Problem. Ich bringe dich in die Klinik – und dann sehen wir erst einmal weiter.«

Greg hatte dem Gespräch mit fassungslosem Gesicht zugehört. Dann drehte er sich ohne ein weiteres Wort um und stapfte zu seinem Auto, warf sich hinein und verschwand in einer großen Staubwolke von der Farm. Wäre die Straße asphaltiert, hätte man die Reifen quietschen gehört.

Brandon half Trish in seinen Wagen, lud das ältere Ehepaar, das sich freundlich lächelnd im Hintergrund gehalten hatte, ebenfalls ein, wollte schon fast selber einsteigen, drehte sich dann wieder um – und kam mit ernstem Gesicht zu Sina zurück.

»Ich würde dich gerne wiedersehen! Wie sieht es aus? Nächstes Wochenende? Ich hole dich ab, wir können vielleicht rüber nach Akaroa fahren. Oder …« Er zögerte, dann gab er sich einen Ruck: »Wenn du möchtest, können wir an die Westküste fahren. Ich besuche einen Freund, wir gehen ein bisschen wandern, nur ein paar Tage. Bekommst du hier frei?« Er wagte ein schüchternes Lächeln, das ihm ausnehmend gut stand.

Sina war sich mit einem Schlag so sicher wie selten in ihrem Leben: Sie wollte unbedingt an die Westküste mit diesem Mann! Bestimmt konnte Katharina hier auf der Farm die Stellung halten. Sie nickte. »Westküste klingt gut. Wann?«

»Ich hole dich in drei Tagen ab!«

Damit drehte er sich um, setzte sich an das Steuer seines Autos und folgte der Staubwolke, die Greg hinterlassen hatte und die sich nur langsam wieder senkte.

Sina sah ihm hinterher und konnte es nicht glauben, dass sie gerade eben ganz spontan eine Einladung zu einem mehrtägigen Ausflug mit einem Mann angenommen hatte, von dem sie noch nicht einmal den

Nachnamen kannte. Und das sollte ihr passiert sein, die sogar Probleme hatte, sich zwischen einer Pizza Funghi und Tonno zu entscheiden, ohne für ein paar Minuten die Argumente dafür und dagegen abzuwägen?

Neben ihr räusperte sich jemand. Erst jetzt merkte sie, dass Caroline immer noch neben ihr stand und sie belustigt ansah. »An die Westküste? Mit dem Typen?«, fragte sie nach.

Sina nickte, als müsste sie sich selbst noch einmal überzeugen. »Ja. Ich meine, wenn das in Ordnung ist. Katharina kann ja in den Tagen für mich einspringen. Oder geht das nicht?« Mit einem Schlag machte sich bei ihr die Sorge breit, dass Caroline sie nicht einfach gehen lassen würde. Sie hatte das Gefühl, sie würde wirklich etwas Entscheidendes verpassen, wenn sie nicht mit an die Westküste fahren würde.

Caroline konnte sich jetzt ein belustigtes Lächeln nicht mehr verkneifen. »Dann solltest du deine Freundin vielleicht möglichst bald über deine Pläne informieren. Von mir aus geht dein Ausflug in Ordnung!«

Sina machte sich erleichtert auf den Weg zu ihrer Hütte, in der Katharina immer noch ihren Kater vom Vorabend ausschlief. Wenn die erfuhr, was sie alles verpasst hatte, würde sie ihren Rausch bestimmt noch bitter bereuen. Unwillkürlich fing Sina an, leise zu summen.

4.

Holpernd knatterte das verblichene blaue Auto die schottrige Einfahrt zur Farm herauf. Katharina boxte ihre Freundin in die Seite. »Dein Verehrer hat das letzte Mal wohl das Auto von Mami und Papi gefahren. Das da ist wahrscheinlich sein ganz eigenes Wrack!«

Sina rang sich ein kleines Lächeln ab. Seitdem sie vor drei Tagen mit der Neuigkeit in die Hütte geplatzt war, dass sie mit einem ihr völlig unbekannten Mann einen Kurzurlaub an der Westküste plante, hatte Katharina sich nicht mehr beherrschen können. Sie war nie wirklich bösartig, aber fast zu jeder vollen Stunde hatte Katharina Bemerkungen über den Superhelden, den Traummann, den Prinzen in seiner glänzenden Rüstung gemacht, den Sina jetzt endlich gefunden hatte. In Wirklichkeit platzte Katharina einfach vor Neugier. Schließlich wusste sie aus den letzten Jahren, dass Sina sich nicht so schnell für einen Mann entscheiden konnte. Sie fand immer das Haar in der Suppe, fand einen Grund dafür, einen Mann doch nicht in ihr Leben zu lassen. Da war der fröhliche Biologie-Student mit den braunen Locken, der Sina seit Jahren verehrte. Und was machte sie? Sie ließ ihn einfach stehen, murmelte etwas von »viel zu harmlos« und verschwendete keinen weiteren Gedanken an ihn. Andere mussten mit dem Urteil »zu dämlich« oder »der geht gar nicht!« leben, ohne dass Katharina jemals wirklich aufgefallen wäre, was an den Männern nicht stimmte. Sina blieb lieber alleine. Und jetzt verreiste sie mit einem dahergelaufenen Brandon für ein paar Tage – bloß weil er in einer kritischen Situation nicht den Kopf verloren hatte? Katharina konnte es nicht glauben. Dabei wusste Sina ja noch nicht einmal den Beruf von diesem Brandon. Wenn er denn überhaupt einen hatte. Womöglich war er ja auch einfach nur ein reiches Söhnchen oder ein Taugenichts, der gutgläubigen Touristinnen auf der Tasche lag!

Sie beschattete ihre Augen mit einer Hand, um einen möglichst genauen Blick auf diesen Brandon werfen zu können, der da gerade aus seinem alten, staubigen Auto kletterte. Mittelgroß, ein bisschen zu dünn, aber breite Schultern, ausreichend Muskeln und ein freundliches Lächeln. Irgendwie hatte sie ihn sich ein wenig aufregender vorgestellt.

Er kam mit ausgestreckter Hand auf sie zu und begrüßte sie mit einem breiten Lächeln. »Du musst Katharina sein. Die Frau, die uns vor ein paar Tagen alleine mit Sina auf den Treck geschickt hat.« Seine Stimme war überraschend tief, und seine grauen Augen sahen sie aufmerksam an, während sich die Lachfältchen rings um seine Augen vertieften. »Was rede ich? Vielen Dank, dass du in den nächsten Tagen dafür sorgst, dass Sina mit mir verreisen kann!«

»Wenn ich nicht eine so schreckliche Gruppe wie eure bekomme, ist wohl alles in Ordnung.« Unwillkürlich strahlte Katharina ihn an. Was war nur an diesem Typen, dass man sich in seiner Gegenwart sofort wohlfühlte?

»Wir waren nicht schrecklich!«, verteidigte Brandon sich mit gespielter Empörung. »Wir waren wundervoll. Und Greg hat uns allen vor Augen geführt, wie wunderbar und einfühlsam neuseeländische Männer sein können!«

In der Zwischenzeit hatte Sina ihre Tasche aus der Hütte geholt und warf sie jetzt mit Schwung auf die Rückbank des kleinen Autos. »Fahren wir?«

Erst jetzt fiel Katharina auf, dass sich Brandon und Sina nicht einmal richtig begrüßt hatten. Die beiden verreisten vielleicht miteinander, aber sie wirkten so schüchtern wie zwei Teenager bei ihrem ersten Date. Mit einem Schmunzeln sah Katharina zu, wie die beiden sich linkisch anlächelten, in das Auto stiegen und es dabei vermieden, sich noch einmal anzusehen. Katharina beugte sich durch das Beifahrerfenster und umarmte ihre Reisegenossin. »Lass es krachen! Der sieht wirklich in Ordnung aus!«, flüsterte sie Sina ins Ohr. »Und vergiss nicht: Irgendwann solltet ihr euch schon mal berühren …«

Sie trat schnell einen Schritt vom Auto zurück, um Sinas gezieltem Schlag auszuweichen.

Brandon ließ den Motor an, wendete und verschwand ebenso knatternd und holpernd, wie er vor ein paar Minuten in Port Levy angekommen war.

Katharina sah ihnen nach. So ein Gefühl hatte sie selten, wenn sie ein frisches Paar sah. Aber diese beiden passten auch für einen Außenstehenden so gut zusammen, dass man sie sich nur als Paar vorstellen konnte.

Merkwürdig. Dabei wusste sie doch immer noch nicht, was dieser Brandon machte …

Vielleicht war er ein Blender, ein Mann, der seine positive Ausstrahlung nur dazu nutzte, um Frauen zu verwirren? Katharina schüttelte den Kopf. Sie las entschieden zu viele merkwürdige Bücher und Zeitschriften. Immerhin war es ja möglich, dass es auch einen netten Mann gab. Einfach so. Sie wünschte es ihrer Freundin.

Der Motor knatterte, hin und wieder unterbrochen von einer lauten Fehlzündung. Dazu dudelte aus dem Autoradio irgendein Lied von Bon Jovi. Sina sah schweigend aus dem Fenster auf die wunderbare Landschaft der Canterbury Plains. Sie wollte so viel von Brandon wissen, aber sie wusste nicht, wie sie das Gespräch anfangen sollte. Dabei war sie noch nie schüchtern gewesen. Brandon selber hatte einen Arm in das Fenster gelegt, summte leise die belanglosen Liedchen aus dem Radio mit und schwieg.

Sina grinste und lehnte sich zurück. Irgendwie war mit ihm sogar das gemeinsame Schweigen nicht unangenehm.

»Wie lange wollt ihr eigentlich noch in Neuseeland bleiben?«, fing er schließlich an.

Sina zuckte mit den Achseln. »Eigentlich nur noch einen guten Monat. Aber wir haben auch schon darüber nachgedacht, einfach noch ein bisschen zu verlängern. Das Leben auf der Farm in Port Levy ist wie ein Traum. Es fällt schwer, so etwas einfach wieder zu verlassen.«

Er nickte. »Warst du schon öfter in Port Levy?«, fragte sie schließlich.

Wieder ein Nicken. Diesmal redete er allerdings weiter. »Meine Eltern wohnen auf der anderen Seite des Hügels, auf dem halben Weg nach Christchurch. Und Port Levy ist ein beliebtes Ausflugsziel. Ich habe den Ausritt schon ein paar Mal mit Besuch aus aller Welt gemacht. Da sehen sie etwas von Banks Peninsula – und reiten ist lange nicht so anstrengend wie wandern.«

»Waren das etwa gar nicht deine Eltern, mit denen du hier warst?«, fragte Sina überrascht. »Du hast dich so nett um sie gekümmert, dass ich mir ganz sicher war, dass ihr verwandt sein müsst.«

Brandon grinste. »Mein berühmter Charme ... Nein, im Ernst: Die beiden sind Freunde meiner Eltern aus Auckland. Sie sind für ein paar Tage bei uns zu Besuch, und ich habe mich angeboten, ihnen ein bisschen etwas von der Landschaft zu zeigen.«

Sina seufzte. »Tut mir leid, dass sie jetzt nur einen Vollidioten besichtigen durften, der seine Freundin ins Krankenhaus bringt.«

»Marvin und Paula sind da nicht so nachtragend. Es sind die ältesten Freunde meines Vaters, die kennen mich seit meiner Geburt. Nimm es nicht so schwer: Du bist jetzt in einem Land, in dem es fast nie so rundläuft, wie man sich das so vorstellt ... wir sind es gewöhnt, zu improvisieren.« Er lachte.

»Wo genau fahren wir jetzt eigentlich hin? Wo wohnt dein Freund?« Sina wechselte absichtlich das Thema, sie wollte nicht weiter über diesen misslungenen Ausritt reden.

»Wir fahren zu Hakopa. Er lebt im Paparoa-Nationalpark, in der Nähe von Punakaiki ...«

»... da war ich schon mit Katharina vor ein paar

Wochen«, unterbrach ihn Sina. »Das sind doch diese geschichteten Steine. Unglaublich schön!«

»Seid ihr auch schon den Fluss hochgewandert?«, wollte Brandon wissen.

»Nein«, schüttelte Sina den Kopf. »Lohnt sich das denn?«

»Das wirst du schon sehen«, grinste Brandon geheimnisvoll.

Einige Stunden später holperte das alte Auto eine steile Straße hinab zu einer windschiefen Wellblechhütte. Sina sah Brandon fassungslos an. »Dein Freund lebt hier? In einer Hütte?«

»Hakopa legt keinen Wert auf Luxus. Er arbeitet für das Department of Conservation – unsere Umweltbehörde. Hakopa kriecht lieber nachts den Kiwis hinterher, als dass er sich um ein schöneres Haus bemüht.« Er bremste direkt vor der Haustür auf einem Stück Gras. Noch bevor Brandon den Motor ausmachte, flog die Tür auf, und ein dunkelhaariger Mann lachte ihnen entgegen. Sina stockte für einen Moment der Atem. Hakopa sah genauso aus wie der Mann in ihrem Traum. Natürlich mit trockenen Haaren und lange nicht so Furcht einflössend. Sie schloss für einen Augenblick die Augen und ermahnte sich leise, jetzt bloß nicht albern zu sein. Es konnte nicht sein, dass sie seit Wochen von einem Mitglied der neuseeländischen Umweltschutzbehörde im Regen träumte. Das war einfach zu absurd! Als sie die Augen wieder öffnete, sah Hakopa sie besorgt an.

»Ist dir nicht gut? Die Kurven hier an der Westküste können auch einem stabilen Magen das Letzte geben!« Seine dunklen Augen sahen besorgt aus.

Sina schüttelte den Kopf. »Das geht schon wieder. Mir ist nur für einen Moment schlecht geworden. Ich habe in den letzten Stunden nichts gegessen und bin geradezu am Verhungern!« Das entsprach wenigstens der Wahrheit.

Brandon sah sie entsetzt an. »Warum hast du denn nichts gesagt? Wir hätten doch irgendwo halten und eine Kleinigkeit essen können!«

Hakopa legte ihm die Hand auf die Schulter. »Tja, mein Freund. An deinen Qualitäten als guter Gastgeber wirst du noch arbeiten müssen. Wenn du schon arme Touristinnen verführen willst …«

»Ich will doch gar nicht …«, protestierte Brandon. Aber sein Protest ging im allgemeinen Gelächter unter.

»Kommt rein«, lud Hakopa sie in sein Haus. »Es ist nichts Besonderes, aber mein eigenes Reich. Ich bin leider kein großer Koch, aber wir sind heute Abend auf ein Hangi im Marae eingeladen. Und bis dahin habe ich ein paar Kekse hier, die dafür sorgen, dass du uns nicht umkippst.«

»Hangi? Marae?« Sina versuchte, nicht allzu dämlich zu fragen. Sie hatte die Begriffe schon irgendwo gelesen – wenn sie sich richtig erinnerte in dem Kapitel über die Kultur der Maoris in ihrem Reiseführer. Hatte das nicht irgendwas mit einem Versammlungshaus zu tun?

»Ein Fest im Gemeindesaal der Maori-Gemeinde«, klärte sie Hakopa in diesem Augenblick auf. »Wir nutzen jede Gelegenheit, die sich bietet, um ein Hangi zu feiern. Du wirst es mögen – jede Menge Fleisch, Fisch, Muscheln und Süßkartoffeln.«

Brandon hob die Taschen aus dem Auto. »Welchen Anlass gibt es denn dieses Mal zum Feiern?«

Hakopa zuckte mit den Achseln. »Ich glaube, es soll Geld für den Kindergarten gesammelt werden. Oder Geld für neue Bücher für die Bibliothek? Auf jeden Fall irgendeine gute Sache. Die Gemeinde ist ziemlich aktiv.«

Sina folgte Brandon mit ihrer Tasche in die Hütte. Das Innere war übersichtlich. Ein kleiner Wohnraum mit einem Kanonenofen, eine Tür führte offensichtlich zu Hakopas Zimmer – Sina konnte ein ungemachtes Bett und einen Stapel von verwaschenen T-Shirts und Jeans erkennen. Brandon öffnete die zweite Tür. Eine winzige Kammer, in der außer einem schmalen Bett wirklich nichts Platz fand. Sina sah Brandon mit hochgezogenen Augenbrauen an. Er konnte nicht ernsthaft glauben, dass sie sich mit ihm ein so enges Bett teilen würde. Er schien ihre Gedanken lesen zu können und zeigte ihr wieder sein breites Grinsen, seine Augen funkelten.

»Entspann dich! Ich werde draußen im Zelt übernachten.« Sina schmiss ihre Tasche auf das Bett und überlegte, ob sie jetzt enttäuscht oder erleichtert war. »Gut. Wo sind jetzt diese Kekse, von denen Hakopa erzählt hat? Und – woher kennt ihr euch überhaupt?«

»Von der Uni. Wir haben gemeinsam ein paar Semester Biologie studiert. Dann hat er sich auf den Umweltschutz gestürzt – und ich habe mich dann doch lieber um die Schifffahrt gekümmert. Sehr zur Freude meines Vaters. Der hatte schon Angst, dass ich überhaupt nicht in seinen Betrieb einsteigen würde.«

»Seinen Betrieb? Was macht ihr denn?«

»Sag bloß, du weißt nicht, wer die Cavanaghs sind?!«, mischte Hakopa sich von der Tür her in das Gespräch ein. »Damit bist du wahrscheinlich das einzige Mädchen auf der gesamten Südinsel, das das nicht weiß!«

Sina hob die Hände. »Wir sind erst seit ein paar Wochen in eurem Land, da kann ich doch noch nicht wissen, bei welchen Männern es sich lohnt, seine Hemmungen zu verlieren.« Sie grinste. »Also, rück schon raus: Was erbt dein Freund Brandon?«

»Jetzt hör schon auf ...«, versuchte Brandon seinen Freund noch zu bremsen. Aber Hakopa kam jetzt erst richtig in Fahrt.

»Brandon ist der einzige Erbe der Reederei der Cavanaghs, der ›Pacific Shipping Company‹. Nach seiner wilden Zeit, die er mit mir – seinem nichtsnutzigen besten Freund – an der Uni verbracht hat, hat er sich zum Glück für die Familie und ihre große Tradition entschieden. Und wenn alles mit rechten Dingen zugeht, dann wird dieser Mann hier noch in diesem Jahr der jüngste Kapitän eines Supertankers im gesamten Pazifik sein.«

Mit großer Geste deutete er bei diesen Worten auf seinen Freund.

Der winkte ab. »Einmal ist es noch gar nicht sicher, dass ich dieses Jahr noch mein Kapitänspatent bekomme. Und dann ist es nicht so einfach gewesen, dass ich meinen Eltern nachgegeben und brav gemacht habe, was sie von mir verlangten. Mir macht die Seefahrt und die Nautik wirklich Spaß. Wenn man einmal mitten in der Nacht auf der Brücke von einem Tanker gestanden hat, dann weiß man, wie sich der König der Welt fühlen muss. Nur ich und der Pazifik ...« Seine Stimme hatte einen schwärmerischen Klang bekommen.

Hakopa riss ihn reichlich brutal aus seinen Träumen.

»Na ja. Du, hundert malayische Matrosen, Tausende von Tonnen Stahl – in meiner Welt sieht Einsamkeit anders aus.«

»Du hast ja keine Ahnung, wie einsam man unter hundert Matrosen aus Malaysia sein kann«, maulte Brandon.

Sina sah den beiden bei diesem Schlagabtausch zu. Sie wirkten wie ein eingespieltes Team, dieses Gespräch hatten sie ganz sicher nicht das erste Mal geführt. Der Umweltaktivist und der künftige Tankerkapitän – aber trotzdem beste Freunde.

Wenig später brachen sie auf. Das Marae erwies sich als ziemlich moderner Bau, der an der Vorderseite und am First mit traditionellen Schnitzereien verziert war. Davor herrschte geschäftiges Treiben. Sina hatte die Maoris bisher nur hin und wieder auf den Straßen gesehen, in Rotorua hatten sie und Katharina die Vorstellungen der »echten Tänze« der Maoris gemieden. Schon die Plakate mit den halbnackten, tätowierten und ihre Zunge herausstreckenden Maoris wirkten auf sie wie eine reine Touristenfalle. Schließlich trugen die Maoris auf der Straße alle ganz normale Kleidung und rannten nicht mit Baströckchen und Federumhängen herum. Und die Tattoos wurden für die Touristen sicher auch nur mit Kajalstift aufgemalt.

Dieses Hangi hatte jedoch nichts mit einer irgendwie gearteten Kostümveranstaltung zu tun. Alle Mitglieder der Gemeinde waren mit Jeans, T-Shirts und Flip-Flops überaus westlich gekleidet. Weit und breit kein Bastrock. Sina atmete erleichtert auf. Ihr war es immer irgendwie peinlich, wenn Mitglieder einer Volksgruppe auf ihre

Bräuche reduziert wurden und sich mit traditioneller Kleidung lächerlich machten. Sie konnte ja kaum hinsehen, wenn in manchen arabischen Restaurants die Bauchtänzerinnen in ihren knappen Flitterkleidchen hereinkamen.

Eine ältere Frau kam mit ausgebreiteten Armen auf Hakopa zu und umarmte ihn. »Na, hast du dir für uns ein paar Stunden Zeit genommen und einen Moment lang die Rettung der Welt ruhen lassen?«, lachte sie ihn an. Neugierig musterte sie Hakopa und Brandons Begleitung so lange, bis Hakopa zur Vorstellungsrunde ansetzte. »Mama, das ist Sina. Ich kann dir über sie nichts erzählen – außer, dass sie aus Deutschland ist. Brandon hat sie gerade eben das erste Mal mitgebracht.«

Brandon lächelte Hakopas Mutter an. »Und ich fürchte, Sina fühlt sich nicht wohl, wenn sie von allen hier wie die größte Neuigkeit seit der Entdeckung der Cook Islands betrachtet wird.«

»Ganz so schlimm ist es ja nicht«, wehrte Hakopas Mutter ab. »Aber du musst zugeben, dass es schon einige Jahre her ist, dass du ein Mädchen an die Küste mitgebracht hast.«

Sie streckte Sina ihre Hand entgegen. »Willkommen! Fühl dich hier wie zu Hause – und ich hoffe, du hast viel Hunger mitgebracht. Das Essen ist gerade eben fertig geworden.« Mit einem herzlichen Nicken verschwand sie wieder in der Menge.

»Du bist öfters hier?«

Sina sah Brandon neugierig an.

Er nickte. »Bei Hakopa und seiner Familie fühle ich mich hin und wieder wohler als in meiner eigenen Familie. Ich nehme an, es liegt daran, dass sie nichts von mir erwarten und sich die Gespräche nicht immer um die Reederei drehen …«

Hakopa tauchte mit zwei riesigen Tellern auf, die mit Essen überladen waren. Er drückte einen davon Sina in die Hand. »Lass es dir schmecken!«

Sina sah die dampfenden Köstlichkeiten an. Fleisch, Fisch, irgendein Gemüse, an einer Seite eine grünliche Masse. »Was ist das genau?«, fragte sie ihn, während sie sich an einem der langen Holztische niederließ und mit Begeisterung anfing zu essen. Es schmeckte unglaublich saftig und aromatisch.

»Wie ich schon gesagt habe: ein Hangi«, erklärte Hakopa. »So haben unsere Vorfahren schon das Essen zubereitet. Dafür graben wir eine Grube, erhitzen Steine im Feuer und legen sie auf den Grund der Grube. Dann Körbe mit Essen, ein paar feuchte Tücher, Erde – und schon hat man einen natürlichen Dampfgartopf. In den vulkanischen Gegenden der Nordinsel funktioniert das auch ganz ohne Strom. Da nehmen wir einfach heiße Steine aus den kochenden Quellen.« Er zeigte auf Sinas Teller. »Das hier ist Hühnchen, das ist Lamm, Süßkartoffel, Kürbis …« Er deutete zuletzt auf den grünlichen Haufen, »… und das hier sind Abalone-Schnecken. Du hast garantiert schon jede Menge Schmuck aus den Paua-Muscheln gesehen. Das war mal ihr Zuhause.« Er deutete auf die Augen der geschnitzten Holzfiguren am Versammlungshaus. »Das ist auch Paua.«

Vorsichtig kostete Sina von der Abalone. Und schob sich überrascht gleich noch einen weiteren Happen in den Mund. Diese Schnecken schmeckten wirklich köstlich. Wenn man nicht zu intensiv darüber nachdachte, dass es Schnecken waren …

Brandon sah ihr belustigt zu. »Na, überrascht? Die polynesische Kultur hat die Sache mit dem Dampfgaren lange vor uns entdeckt. Ich glaube, die halten uns mit unseren Barbecue-Abenden immer noch für Banausen.«

Hakopa boxte ihm in die Seite. »Und du bist der Meinung, wir bevorzugen immer noch die Kanus und lehnen Autos ab, oder?«

Viel zu schnell für ihren Geschmack war Sinas Teller leer. Mit einem kleinen Stückchen Brot wischte sie noch die letzten Reste der Soße auf.

Hakopa sah auf die Uhr und sprang auf die Beine. »Ich schlage vor, wir gehen zu meiner Hütte und trinken noch ein Bier. Wir wollen morgen schließlich früh raus!«

Fast bedauernd gab Sina ihm den Teller. Sie hätte durchaus noch einen Nachschlag verkraftet.

5.

Atemlos zog Sina das Kajak ans Ufer und ließ sich daneben fallen. Ihr tat jeder einzelne Muskel weh, aber sie konnte sich nicht erinnern, sich jemals so glücklich gefühlt zu haben. Seit dem frühen Morgen war sie mit den beiden Männern den Pororari River hinaufgepaddelt, vorbei an Steinformationen, die vor Urzeiten von Wasser und Wind geformt wurden. Sie spiegelten sich in dem glatten Wasser des Flusses, sodass sie mehr als einmal das Gefühl hatte, in einem Gemälde dahinzugleiten. Jetzt hatten sie am Ende des Tages den Ausgangspunkt wieder erreicht, und Sina träumte von nichts mehr als von einer heißen Dusche und einem leckeren Essen. Zu ihrer Überraschung bog Hakopa allerdings nicht in Richtung seiner Hütte ein, als er die Hauptstraße erreichte. Er fuhr stattdessen einige Kilometer hügelaufwärts, bis er schließlich an einem kleinen Parkplatz oberhalb des Pazifiks anhielt.

»Und jetzt zeige ich euch mein Geheimnis!«, verkündete er und warf sich einen großen Rucksack über. Sina schnappte ihren sehr viel kleineren und fand sich Augenblicke später auf allen vieren rückwärts einen steilen, fast völlig zugewucherten Pfad hinunterkrabbelnd wieder. Sie verfluchte Hakopa. Da wollte sie Brandon mit ihrer Eleganz und ihrer Schönheit beeindrucken – und Hakopa sorgte nach einem ganzen Tag im Kajak dafür, dass sie auch noch einen lehmigen Hang hinunterkletterte. Jetzt war sie nicht nur verschwitzt, sondern auch noch lehmverschmiert. Unauffällig sah sie sich nach Brandon um. Aber auch der war damit beschäftigt, nicht in einem der Farnbüsche zu landen. Die Luft roch nach Erde, Meer und den vereinzelten Manuka-Büschen, die hier wuchsen. Eine Sekunde lang richtete sie sich auf und sah in die Tiefe. Weit unten sah sie einen schmalen Kiesstrand, in der Bucht ein paar hoch aufragende Felsen, um die das Meer brandete. Das Tosen der Wellen war bis hier oben zu vernehmen. Urplötzlich gab der weiche Boden unter ihren festen Wanderstiefeln nach. Sie rutschte ab und hielt sich mit Mühe am nächsten Strauch fest.

»Das ist zwar der schnellste Weg nach unten«, grinste Hakopa. »Aber ich würde doch davon abraten. Könnte ein bisschen hart sein, wenn du unten landest.«

»Danke für den guten Rat«, murmelte Sina. Allmählich fand sie diese Klettertour übertrieben. Wer wollte nach einem ganzen Tag mit dem Paddel in der Hand noch eine Steilwand bezwingen? Sie ganz sicher nicht. Aber inzwischen war der Weg nach oben sicher ebenso lang wie der nach unten. Da machte sie besser weiter. Außerdem war eine jammernde Europäerin sicher nicht die Begleitung, von der die beiden Männer geträumt hatten. Entschlossen griff sie wieder nach einer Wurzel, um nicht noch einmal abzustürzen. Sie sah auch nicht noch einmal nach unten.

Brandon war ausnahmsweise still und stieg schweigend hinter ihr her in die Tiefe.

Mit einem Mal spürte sie, wie der Boden unter ihren Füßen eben wurde. Sie drehte sich vorsichtig um und stellte fest, dass sie hinter einer letzten Reihe von zerzausten Palmen direkt am schmalen Strand stand. Die Wellen, die an die zerklüfteten Felsnadeln im Meer brandeten, waren höher als sie selber. Die Bucht war ein perfekter kleiner Halbmond. Staunend ging sie die letzten Meter zum Meer.

Brandon trat neben sie. Für einen Moment berührten sich ihre Hände, dann trat er einen kleinen Schritt zur Seite. »Atemberaubend!«, murmelte er.

»Du kennst diesen Strand noch gar nicht?«, fragte Sina überrascht.

Brandon schüttelte den Kopf. »Hakopa hat mir von diesem Ort seit Monaten vorgeschwärmt, aber bis jetzt hatte ich keine Lust, ihm auf diesem Pfad zu folgen. Aber es hat sich gelohnt.«

Hakopa ließ ihnen allerdings noch immer keine Ruhe. »Kommt mit! Am Ende der Bucht muss ich euch etwas zeigen.«

Ohne ihre Antwort abzuwarten, drehte er sich um und lief los. Brandon und Sina sahen sich kurz an. »Was soll denn jetzt noch kommen?«, fragte Sina leise.

Brandon zuckte mit den Achseln. »Keine Ahnung. Wir folgen ihm lieber.«

Die Bucht war nicht allzu groß. Nach ein paar hundert Metern wurde der Strand noch schmaler – und die Küste wölbte sich hoch über ihnen auf. Der Überhang formte eine tiefe, geschützte Höhle, in der mehrere große, flache Steine für eine bequeme Sitzgelegenheit sorgten. Hakopa hockte sich mit einem breiten Lächeln nieder.

»Meine Vorfahren wussten einfach, wo die schönsten Orte der Welt sind. Hier haben sie abends auf ihrem Trail Rast gemacht, geschützt von der Höhle und mit dieser Aussicht …«

Sina folgte seinem Blick. Nur wenige Meter von der Höhle entfernt türmten sich die riesigen Wellen, aber hier drinnen war es trocken. Der große Überhang sorgte dafür, dass die Höhe wie ein beschützender Raum wirkte. Schweigend blieben sie zu dritt sitzen und sahen den Wellen ein Weilchen zu. Sina genoss die Ruhe und die Müdigkeit in ihren Muskeln. Das Schweigen wirkte so vertraut wie unter Freunden, die sich schon eine Ewigkeit kannten. Erst als es dämmerte, erhob Hakopa sich und sammelte schnell einen Arm voll Treibholz zusammen.

Als das kleine Lagerfeuer gemütlich knisterte, zog er eine Flasche Wein und eine Tasche mit Fleisch und Gemüse hervor. In der dunklen Höhle konnte Sina sich lebhaft vorstellen, wie hier einst die Maoris saßen und sich ihre Sagen und Geschichten erzählten.

»Auf was für einem Trail sind deine Vorfahren hier denn gewesen?«, wollte sie schließlich wissen.

»Jade. Der Stein liegt hier häufig im Kies, daraus haben wir Schmuck gemacht.« Er fingerte kurz unter seinem Hemd herum und brachte ein matt glänzendes Schmuckstück zum Vorschein, das an einem Lederband um seinen Hals hing. »Der hier ist bestimmt schon sehr alt. Er stammt noch aus der Zeit, in der es keine weißen Einwanderer gab.«

Sina betrachtete das Schmuckstück, das vom langen Tragen ganz glatt geschliffen war. »Warum ein Haken?«

»Damit hat der sagenhafte Maui die Nordinsel aus dem Meer gefischt.« Er sah sie aufmerksam an. »Interessiert dich wirklich die ganze Sage?«

Sina nickte.

Brandon legte sich mit einem Seufzer zurück. »Achtung, jetzt kommt Onkel Hakopas Märchenstunde …«

Die ruhige Stimme von Hakopa erfüllte in den nächsten Stunden die Höhle. Mit den tanzenden Schatten an den Wänden kam es Sina so vor, als ob seine Vorfahren zuhören würden und immer wieder anerkennend nickten, wenn ihr Urenkel eine besonders spannende Geschichte erzählt hatte. Irgendwann musste sie dabei allerdings eingenickt sein.

Sie schreckte auf, als Hakopa wieder in die Höhle zurückkam und sich seine nassen Haare mit einem Handtuch trockenrieb. »Du hast geduscht?«, fragte sie fassungslos.

»In dem Luxushotel am anderen Ende der Bucht«, erklärte er todernst. Erst als er Sinas völlig überraschtes Gesicht sah, fing er lauthals an zu lachen. »Blödsinn. Ich zeige es dir, sobald Brandon wieder hier ist.«

Augenblicke später kam auch Brandon mit tropfenden Haaren und nacktem Oberkörper wieder. Sina konnte ihre Augen nicht von ihm wenden. Er war durchtrainiert bis in den letzten Muskel, wo andere Männer – und auch Hakopa – einen kleinen Bauchansatz hatten, waren bei Brandon nur flache Muskeln zu sehen. Eine Sekunde lang stellte sich Sina vor, wie es wäre, Brandon zu streicheln.

Dann stand Hakopa vor ihr. »Komm mit – wir haben eine Kerze am Wasserfall gelassen.«

Er ging durch die Dunkelheit voraus zur Seite der Höhle. Und tatsächlich ergoss sich hier ein kleiner Wasserfall die Steilküste hinunter und endete in einem flachen Teich. Ein Kerzenstumpen ließ die Wassertropfen funkeln. Hakopa reichte ihr ein Handtuch und lächelte verschwörerisch. »Nicht erschrecken. Das Wasser ist ganz schön kalt.« Damit verschwand er in der Dunkelheit.

Sina sah sich kurz um, dann glitt sie aus ihrem verschwitzten Top und den verdreckten Jeans. Als sie sich unter den schmalen Wasserstrahl stellte, verschlug ihr die Kälte für einen Augenblick den Atem. Dann fing sie an, das prickelnde Gefühl auf ihrer Haut zu genießen. Sie schloss für einen Moment die Augen und versuchte, sich klarzuwerden, was sie hier eigentlich wollte. Sicher – mit Hakopa und Brandon sah sie Teile von Neuseeland, die kaum ein Tourist jemals zu Gesicht bekam. Aber warum war sie Brandon wirklich hier an die Küste gefolgt? Sie dachte an seine Lachfältchen um die grauen Augen, den durchtrainierten Oberkörper, sein sorgloses Lachen, mit dem er jedem Moment seine Ernsthaftigkeit nahm. Und sie musste sich eingestehen, dass sie sich Hals über Kopf in ihn und seine tiefe Stimme verliebt hatte. Er strahlte genau das aus, was sie immer gesucht hatte – ohne es zu wissen. Er war selbstsicher, ohne überheblich zu sein. Aber konnte sie sich einfach so auf einen Mann einlassen? Hier – am anderen Ende der Welt?

Sie öffnete die Augen wieder und trat aus dem eiskalten Wasserstrahl, bevor sie blaugefroren war. Mit dem

Handtuch rieb sie ihre Haut trocken. Die prickelte, als ob Tausende von Nadeln auf sie einstechen würden. Du dumme Kuh, ermahnte sie sich. Wahrscheinlich will er überhaupt nichts von dir wissen. Immerhin hatte Hakopa selber darauf hingewiesen, dass Brandon einer der begehrtesten Männer der Südinsel ist. Großes Erbe und dann auch noch dieses Aussehen – der hatte ganz sicher nicht auf eine Medizinstudentin aus Deutschland gewartet.

Sie schlüpfte in ein frisches, weites T-Shirt, das sie mitgenommen hatte. Dazu die Shorts, die auch im kleinsten Rucksack Platz fanden. Gut, dass die Küste sich heute von ihrer besten Seite zeigte und eine laue Nacht herrschte. Rings um den Wasserfall leuchtete es jetzt im Unterholz. Glühwürmchen. Einfach ein magisches Land. Sina lächelte und beschimpfte sich gleich selber als heillos romantisch.

Hier war nichts magisch. Vielleicht unberührt und ungewohnt, aber magisch? Kaum. Glühwürmchen waren keine Zauberei, sondern einfach Käfer mit einem leuchtenden Hinterteil. Die Wissenschaftlerin in ihr nickte zufrieden.

Sie ließ ihr nasses Haar offen und kehrte zum Lagerfeuer zurück. Mit einem tiefen Seufzer setzte sie sich wieder hin. Ein bisschen näher an Brandons Seite, aber noch nicht so, dass man es nicht als Versehen hätte abtun können. Zu ihrer Überraschung sah Hakopa sie kurz an, dann erhob er sich.

»Ich gehe jetzt nach Hause«, erklärte er unvermittelt.

Sina sah ihn völlig verblüfft an. »Nach Hause? Im Dunkeln über diesen Pfad? Warum denn?«

Er musterte erst sie, dann Brandon. Ein schiefes Grinsen zog über sein Gesicht. »Ich kenne meinen Freund seit vielen Jahren. So wie heute Abend habe ich ihn eigentlich noch nie gesehen. Ich habe das Gefühl, ich bin hier überflüssig.« Er sah ihr in die Augen. »Und zwar unglaublich überflüssig!«

Mit einem Winken verschwand er wie ein Geist im Dunkeln. Einen Augenblick hörten sie noch seinen schnellen Schritt auf dem Kiesstrand, dann wurde es still.

Sina nahm ein Stöckchen und stocherte verlegen in der Glut. Verzweifelt durchsuchte sie ihre Gehirnwindungen nach einem klugen Spruch, den man in einer solchen Situation fallenlassen konnte. Es fiel ihr nichts ein. Schließlich sah sie Brandon an. »Und jetzt?«

»Ich habe ihn nicht gebeten, zu gehen, das musst du mir glauben«, erklärte er mit einem halben Grinsen. »Wenn es dir nicht recht ist, dann können wir auch gehen!«

Sina fing an zu lachen. »Ich weiß ja nicht, wie es in dir aussieht, aber ich habe keine Lust, jetzt noch zu klettern. Vor allem bin ich mir sicher, dass Hakopa schneller ist – und uns dann mit dem Auto davonfährt. Wir würden also nur oben an der Straße stehen und müssten den ganzen Weg zu seiner Hütte wandern. Ich bin dafür jetzt wirklich zu müde!«

Innerlich ärgerte sie sich wieder über sich selber. Warum nur zeigte sie ihm nicht, dass sie Hakopa für seinen selbstlosen Nachtspaziergang eigentlich dankbar war? Immerhin hatte er dafür gesorgt, dass sie jetzt alleine mit dem Mann war, in den sie sich Hals über Kopf verliebt hatte.

Sie sah ihn an, plötzlich ernst geworden. »Ist es denn so schlimm? Mit mir alleine zu sein, meine ich?«

Er schüttelte leicht den Kopf und legte vorsichtig den Arm um ihre Schulter. Wie eine Antwort umarmte sie ihn. Erst vorsichtig, dann fester. Sie küsste ihn in die Halsbeuge, ganz leicht, fast hingehaucht. Er schmeckte salzig und warm.

Erst als sie seinen Atem in ihren Haaren spürte und er leise flüsterte: »Es ist genau das, was ich wollte, von Anfang an«, wurde sie mutiger. Sie ließ ihre Hand unter sein T-Shirt gleiten und streichelte über seine Haut, die sich straff über die Muskeln spannte. Er fühlte sich noch besser an, als er ausgesehen hatte. Brandon ließ sie gewähren. Er nahm ihr Gesicht in beide Hände und küsste sie. Am Anfang vorsichtig, dann fordernder und leidenschaftlicher. Sie spürte, wie seine kräftigen, rauen Hände unter ihrem T-Shirt über ihren Rücken glitten und dann langsam ihre Brüste suchten. Als Brandon ihr Shirt nach oben schob und sich seine Lippen um ihre Brustwarzen legten, stöhnte sie auf und schlang ihre Beine in den kurzen Shorts um seinen Unterkörper. Die tosenden Wellen des Pazifiks waren nur wenige Meter von ihr entfernt – aber in ihr tobte ein noch viel heftigerer Sturm …

Sehr viel später in der Nacht gingen sie Hand in Hand den Strand entlang. Der Mond glitzerte auf dem Meer, und die nassen Kiesel am Strand glänzten silbrig. Brandon drückte zärtlich ihre Hand.

»Ich habe es in dem Moment gewusst, in dem du am Tor der Farm in Port Levy gestanden hast. So eine Frau wie dich habe ich noch nie gesehen …«

»Es gibt keine Blondinen in Neuseeland?« Sina versuchte, seine Bemerkung ins Lächerliche zu ziehen. Aber er ging nicht auf ihren Scherz ein und schüttelte nur den Kopf.

»Nein. Nicht so ...« Er suchte nach dem richtigen Wort und zögerte, bevor er weitersprach. »So ernsthaft. Ich weiß, wir Kiwis sind für unsere lockere Art und unseren fröhlichen Lebensstil bekannt. Aber ich habe immer ein bisschen die Ruhe dahinter vermisst. Und genau das bist du für mich: Ein ruhender Pol.« Er nahm ihre Hand und küsste sie sanft.

Sina schnürte es bei diesen Worten fast den Hals zu. Ihr ganzes Leben lang war ihr immer ihre nüchterne, ruhige Art vorgehalten worden. Zu ernsthaft, zu streberhaft – aber alle Menschen hatten sie immer trotz ihrer ganz eigenen Art geliebt.

Und jetzt war völlig aus dem Nichts ein Mann aufgetaucht, der sie gerade wegen ihrer spröden Art mochte. Eine nagende Stimme in ihr fragte nach, was auf der anderen Seite Brandon für sie so anziehend machte. War es nicht nur der Exotik-Effekt? Ein gutaussehender Mann im Urlaub, in einer Höhle an einem verlassenen Strand? Innerlich schüttelte sie den Kopf. Nein, das war es nicht. Sie mochte Brandon wegen seiner geradlinigen Art. Er schien keine Schnörkel und keine Umwege auf dem Weg zu seinem Ziel zu kennen. Keine Spielchen. Sie atmete leise aus. Bei diesem Mann musste man nicht ständig mit angehaltenem Atem auf die nächste Katastrophe warten. Hoffentlich. Sie schickte ein leises Stoßgebet gen Himmel, dass sie sich nicht irrte. Oder sich nicht doch noch etwas zwischen sie und ihr neu gefundenes Glück stellte.

Brandon sah sie erwartungsvoll an. Er wartete wohl immer noch auf eine Antwort auf seine nicht gestellte Frage. Ihr Herz war übervoll, aber sie brachte kein einziges Wort über die Lippen. Stattdessen zog sie noch einmal sein Gesicht an das ihre und küsste ihn lange und hingebungsvoll. Das musste als Antwort reichen. Zumindest für den Anfang.

6.

Fiona strich noch einmal über ihre gestärkte Schürze und ließ ihre Augen prüfend über den langen Tisch gleiten. Dicht an dicht standen da grüne Salate, Schalen mit eingelegtem Gemüse, Mais und Süßkartoffeln, die nur darauf warteten, auf den Grill gelegt zu werden. Ebenso das Fleisch, die Würste und der frische Fisch. Alles stand unter einem alten, verwitterten Pohutukawa-Baum, der mit seinen dunklen Blättern für Schatten sorgte. Der leicht abfallende Garten bot einen wunderbaren Blick über Charteris Bay, ein paar Boote schaukelten gemächlich in der leichten Brise. Sie lächelte und trat neben den alten Mann, der sehr aufrecht auf seiner Terrasse stand und auf seine Besucher wartete.

»Das hat er noch nie gemacht!«, bemerkte sie. »Zumindest nicht mehr, seitdem er erwachsen ist.«

»Nein. Brandon war immer der Meinung, dass ich seine Freundinnen erst sehen muss, wenn er sich sicher ist, dass es etwas Ernstes ist. Offensichtlich ist es jetzt das erste Mal so weit.« Der alte Mann hatte eine überraschend tiefe und kräftige Stimme. Seine breiten Schultern waren durch das Alter nur ein wenig nach vorne gesackt, die Falten um seine Augen rührten wohl eher vom häufigen Aufenthalt im Freien als vom ständigen Lachen. Er würdigte seine Haushälterin keines Blickes. »Hat er dir denn irgendetwas von diesem Mädchen erzählt? Eine deutsche Studentin, ich weiß – aber aus welcher Familie kommt sie? Wo haben sich die beiden kennengelernt?«

Fiona war an die schroffe Art ihres Chefs gewöhnt und antwortete ihm, ohne sich deshalb zu bekümmern.

»Über die Familie weiß ich nichts. Ich glaube auch nicht, dass Brandon sie groß ausgefragt hat. Solche Dinge sind ihm immer sehr egal. Kennengelernt haben sie sich in Port Levy. Erinnerst du dich nicht? Brandon hat da vor ein paar Wochen mit Marvin und Paula einen Ausritt gemacht. Das Mädchen hat da wohl gearbeitet …«

»Auf einer Pferdefarm. Wenn man das nötig hat …« Mürrisch beendete der alte Mann seinen Satz nicht einmal.

»Jetzt freu dich erst einmal auf unser Fest!«, versuchte Fiona seine schlechte Laune ein wenig zu mildern. »Immerhin sind Marvin und Paula hier, dazu ein paar Freunde vom Golfclub – und die drei Kapitäne, die gerade im Heimathafen liegen. Das wird bestimmt ein wunderbarer Nachmittag. Und wer weiß schon, was aus Brandons Freundin wird. Vielleicht ist es ja nur ein kleines Sommer-Strohfeuer, das schnell vergangen ist.«

»Hoffentlich«, knurrte der Alte, immer noch nicht mit den Neuigkeiten des Tages versöhnt. »Ich mag keine Deutschen!«, schickte er wie eine Erklärung hinterher.

Er sah auf seine Uhr und schob die Unterlippe etwas nach vorne. »Pünktlichkeit ist schon einmal nicht die

Stärke unserer beiden Turteltäubchen. Sie wollten doch vor den anderen Gästen hier sein!«

Noch bevor Fiona antworten konnte, hielt ein brauner Pick-up vor der Tür, und die ersten Gäste stiegen aus. Der alte Cavanagh zauberte aus dem Nichts ein Lächeln auf seine Lippen, das seine Augen allerdings nicht erreichte. Mit ausgestreckter Hand lief er seinen Gästen entgegen. »Wie schön, euch hier zu sehen!«, rief er und umarmte sie. »Kann ich euch einen Willkommensdrink anbieten?« Die Gastfreundschaft der Cavanaghs war legendär, daran hatte die ruppige Art des alten Patriarchen nichts geändert. Im Gegenteil: Er war vielleicht etwas eigenwillig, aber auf seine Freundschaft konnte man sich verlassen.

Der Reihe nach kamen seine Gäste in den großen Garten und wurden von ihm willkommen geheißen. Sie verteilten sich in dem weitläufigen Garten, während Fiona und ein Koch sich um den großen Grill kümmerten und Fleisch und Kartoffeln allmählich verlockend dufteten.

Das Fest war in vollem Gange, als George Cavanagh zufällig wieder zum Tor sah. Da sah er die schlanke Figur seines Enkels, der eine goldblonde Frau im Arm hielt. Von ihr sah Cavanagh anfangs nur die Haare und eine Hand, in der sie einen bunten Blumenstrauß hielt. Augenblicke später stand sie vor ihm und hielt ihm unbefangen ihre Hand hin. »Sie müssen George Cavanagh sein. Brandon hat viel von Ihnen erzählt. Sie müssen ein ganz besonderer Großvater sein!«

Wortlos nahm der Alte ihre Hand. Eine Sekunde lang musterte er sie genau. Dann schien er fast einen Schritt zurückzuweichen, seine dunklen Augen weiteten sich.

Fast unmerklich schüttelte er den Kopf. »Wie war noch einmal Ihr Name?«, fragte er mit plötzlich schwankender Stimme.

»Den habe ich noch gar nicht gesagt«, erklärte Sina etwas überrascht. »Ich heiße Sina Gehrling. Medizinstudentin aus Deutschland. Berlin, um etwas genauer zu sein.«

»Nicht Hamburg?« Die Frage klang fast wie eine Beleidigung.

»Nein.« Sina sah ihn etwas verdutzt an. Das sollte der nette alte Herr sein, von dem Brandon ihr jetzt seit Wochen vorschwärmte? Das war ein misstrauischer, unhöflicher alter Mann, wenn man ihre Meinung hören wollte. Aber sie riss sich zusammen. Schließlich konnte jeder einmal einen schlechten Tag haben.

Fiona sah das Zusammentreffen von ihrem Platz am Grill aus. Der alte Cavanagh schien beim Anblick der neuen Freundin seines Enkels blass zu werden. Dabei sah die Blondine mit den meergrünen Augen sehr nett aus, fand Fiona. Zumindest nicht bedrohlich. Aber der Alte schien bei ihrem Anblick nichts Gutes zu erwarten. Fiona runzelte die Stirn. So hatte sie ihn noch nie erlebt.

Sina bemühte sich, ihre gute Laune nicht zu verlieren, als sie die Begrüßung hinter sich hatte. »Sieht er jeden neuen Gast so durchdringend an?«, wisperte sie Brandon ins Ohr. »Bei dem fühle ich mich ja spontan wieder wie ein kleines Mädchen, das in der Schule abgefragt wird. Mit dem Unterschied, dass ich dieses Mal keine Ahnung hatte, was eigentlich der Stoff sein sollte.«

Brandon streichelte ihr kurz über den Arm. »Jetzt mach dir mal keine Sorgen. Es kommt letzten Endes nicht darauf an, dass du meinem Großvater gefällst, sondern mir.« Er setzte sein unschlagbares Grinsen auf. »Und mir gefällst du sogar sehr gut!«

»Das will ich hoffen!« Lachend schlang Sina ihren Arm um Brandons Hüfte, während sie mit ihm weiter durch den Garten schlenderte. Er stellte ihr noch ein paar Bekannte seines Großvaters vor, und schließlich landeten sie bei Marvin und Paula, die ihnen schon von Weitem entgegenlachten. »Schön, euch wiederzusehen. Wir haben damals ja sofort gedacht, dass ihr ein schönes Paar abgeben würdet …«

Brandon deutete unauffällig in Richtung seines Großvaters. »Habt ihr irgendeine Idee, was Grandpa an Sina stört? Immer wenn er uns einen Blick zuwirft, von dem er annimmt, dass er total heimlich ist, sieht er so aus, als ob er sie gleich mit einem langen Prügel vom Hof vertreiben würde … So kenne ich ihn gar nicht. Sogar Hakopa hat er mit offenen Armen willkommen geheißen, obwohl er sonst nicht immer gut auf die Maoris zu sprechen ist …«

Paula schüttelte bedauernd den Kopf. »Ich habe keinen blassen Schimmer. Aber du musst Geduld haben. Ich kann mir vorstellen, dass er in deiner Freundin schon die Miterbin seiner Reederei sieht. Es könnte ja sein, dass er deswegen besonders misstrauisch ist.«

»So ein Blödsinn«, ereiferte Brandon sich. »Sina ist wahrscheinlich auf dieser Insel das einzige Mädchen, das keine Ahnung hatte, dass ich eine gute Partie bin.«

»Unterschätze mich nicht«, lachte Sina. »Ich habe auf einen Blick gesehen, dass du mit deinen ausgewaschenen Jeans, dem verbeulten Hillman und den geflickten Schuhen nur versuchst, dein Erbe zu verbergen. Erbschleicher wie ich …« Der Rest des Satzes ging in Gelächter unter, während Brandon versuchte, ihr den Mund zuzuhalten.

Ganz allmählich fühlte Sina sich in dem großen Garten mit dem atemberaubenden Blick auf den Pazifik wohl. Sie vergaß den eigentümlichen Empfang durch den Alten, der sie zwar immer wieder mit einem finsteren Blick musterte, aber sonst jedem Gespräch mit ihr aus dem Weg ging.

Sie genoss die saftigen Fleischstücke und das kalte Bier, das es bei diesem Sommerfest gab. Etwas später am Nachmittag tauchten auch noch Brandons Eltern auf. Sein Vater, ein dunkler Typ, der Brandon nicht im Mindesten ähnlich war, gab ihr die Hand und sah ihr in die Augen. Was er sah, schien ihm zu gefallen. »Nenn mich einfach Ewan!«, erklärte er und deutete auf eine sportliche Frau mit kurzen Haaren. »Und das hier ist Brandons Mutter, Dolores!«

Mit einem Schlag wurde Sina klar, wem Brandon ähnlich sah. Ganz sicher nicht seinem Vater – stattdessen sah seine Mutter mit den leicht unordentlichen dunkelblonden Haaren und den ausdrucksvollen grauen Augen ihrem Sohn geradezu absurd ähnlich. Sina strahlte sie an. »Offensichtlich haben Sie durchschlagende Gene!« Sie sah sich suchend um. »Und ich könnte schwören, dass ich einen Strauß Blumen für Sie dabeihatte, als ich hier angekommen bin. Aber irgendwie muss mir das Ding auf dem Weg abhandengekommen sein.«

Dolores lachte. »Wahrscheinlich hat die unglaublich tüchtige Haushälterin meines Schwiegervaters den Strauß schon lange in eine Vase geräumt. Wir fragen sie am besten später danach. Fiona sieht immer, was zu tun ist …«

Dolores wirkte so herzlich und fröhlich, dass Sina sich endgültig entspannte. Jeder war fröhlich, es gab keinen Grund, lange über George Cavanagh nachzugrübeln. Männer über achtzig waren nun einmal ab und an etwas wunderlich. Sie nahm einen großen Schluck von ihrem Bier. Selbst wenn der alte Cavanagh sie nicht leiden konnte, gab es immer noch genug Menschen, mit denen sie sich sofort verstanden hatte. Sie drehte sich um und sah auf die malerische Bucht hinunter. Allmählich wurde es Abend, und die Boote hatten ihre Positionsleuchten gesetzt, die sich jetzt in den Wellen spiegelten.

»Ich glaube Ihnen nicht!« Wie aus dem Nichts tauchte neben ihr George Cavanagh auf. Den Satz spuckte er aus, als hätte er schon den ganzen Nachmittag darauf herumgekaut. Seine Augen konnte sie bei der zunehmenden Dämmerung nicht sehen. »Sie haben meinen Enkel gesucht und wollen sich jetzt rächen. Nach so vielen Jahren!«

Sina sah sich um. Brandon stand nur wenige Meter entfernt und wedelte in einer Diskussion mit einem halb abgegessenen Maiskolben. Er sah nicht zu ihr herüber und merkte nicht, dass sein Großvater sie plötzlich alleine erwischt hatte.

Der Alte musterte sie immer noch. Sina schüttelte den Kopf. »Es tut mir leid. Ich habe keine Ahnung, wovon Sie reden. Ich bin das erste Mal in meinem Leben in Neuseeland. Und meine Familie ist auch noch nie hier gewesen. Mein Großvater ist Arzt in Berlin, da hatte er wohl kaum Zeit, um auf Abenteuerfahrt hierherzukommen.«

Für eine Sekunde schien der alte Cavanagh zu zögern. Dann redete er mit unvermindertem Zorn weiter. »Mir können Sie nichts erzählen! Ich werde dafür sorgen, dass Brandon Sie nicht mehr trifft, egal was Sie behaupten! Merken Sie sich meine Worte: Finger weg von meiner Familie!«

Mit diesen Worten verschwand er wieder im Schatten des Gartens. Sina sah ihm verblüfft hinterher. Dieser alte Mann war doch eindeutig nicht ganz bei sich! Sie war nun wirklich nicht hinter dem Erbe seines Enkels her – so verlockend fand sie eine Reederei am Ende der zivilisierten Welt nun auch wieder nicht. Als Ärztin hatte sie es zudem gar nicht nötig, sich von einem Mann durchfüttern zu lassen.

Gerade als sie zu Brandon gehen wollte, um ihrer Empörung Luft zu verschaffen – und ihm einen sofortigen Abgang vorzuschlagen –, sah sie, wie die Haushälterin zu ihm ging und ihm etwas ins Ohr flüsterte. Er nickte kurz und folgte ihr. Sina blieb alleine auf dem Fest zurück.

Brandon folgte Fiona in das Haus. Insgeheim fragte er sich, was der alte Herr nun wieder von ihm wollte. George Cavanagh hatte sich an diesem Nachmittag einfach unmöglich benommen. Er ging durch den hellen Flur in das Arbeitszimmer seines Großvaters. Der erwartete ihn stehend an seinem Schreibtisch. Sein Gesicht verhieß kein fröhliches Gespräch.

»Grandpa, was ist denn los?«, begann Brandon ohne weitere Umschweife. Er hatte keine Lust auf Höflichkeiten.

Sein Großvater sah ihn finster an. »Ich weiß, dass meine Bitte dir merkwürdig vorkommen wird. Aber ich möchte dich jetzt schon bitten, ihr Gehör zu schenken.

Du kannst mir glauben: Ich habe es mir heute Nachmittag reiflich überlegt, aber mir fällt kein anderer Ausweg ein. Du darfst diese Frau nicht mehr sehen!«

»Redest du von Sina?« Brandon wollte sich nur versichern, dass er die völlig unsinnige Bitte seines Großvaters richtig verstanden hatte.

Der alte Mann nickte. »Ich kann dir leider nicht erklären, warum. Aber du musst mir glauben: Diese Frau ist nicht gut für dich. Sie bedeutet deinen Ruin!«

»Warum?«

»Wie ich dir schon gesagt habe: Du wirst von mir nicht den Grund dafür hören. Aber ich bin entschlossen, dass du diese Deutsche nie mehr sehen darfst.« George Cavanagh packte seinen Enkel an den Oberarmen und sah ihm eindringlich in die Augen. »Wenn du mit dieser Frau zusammen bist, dann werde ich dich verlieren. Vielleicht nicht sofort, vielleicht nicht in einem Jahr. Aber in der Zukunft wird sie dafür sorgen, dass ich keinen Enkel mehr habe. Bitte, lass es nicht so weit kommen!«

Brandon schüttelte den Kopf. »Grandpa – das ist doch lächerlich. Ich stelle dir zum ersten Mal in meinem Leben eine Frau vor, weil sie mir wichtig ist. Weil ich mir vorstellen kann, mit ihr den Rest meines Lebens zu verbringen. Und du unterhältst dich nicht einmal mit ihr. Stattdessen siehst du sie an wie ein Gespenst. Was stört dich an ihr? Dass sie Deutsche ist? Grandpa, der Krieg ist lange vorbei …«

»Darum geht es doch gar nicht!« Die Stimme seines Großvaters klang ungeduldig.

»Worum denn dann? Du kannst sie einfach nicht leiden? Dann musst du sie kennenlernen. Ich kenne keinen Menschen, der so aufrecht durch das Leben geht. Sina würde sich nie verbiegen, nur um daraus einen Vorteil für sich zu schlagen ...«

»Das mag sein. Aber ich zweifle, dass ihr Motiv nur Liebe zu dir ist. Ich sage es dir noch einmal: Du darfst diese Frau nicht mehr sehen. Tu es für mich!« Der alte Mann ließ sich in seiner Meinung nicht beirren.

Brandon spürte, wie kalte Wut in ihm aufstieg. Er hatte bis zu diesem Zeitpunkt noch nie gegen seine Familie rebelliert. Es gab einfach keinen Grund. Er liebte das Meer, da war es das Selbstverständlichste der Welt, sich der Seefahrt zuzuwenden. Aber jetzt wollte ihm sein Großvater seine große Liebe rauben.

»Nein.« Er legte Nachdruck in seine Stimme. »Das werde ich nicht tun. Sina gehört zu mir.«

Für einen Moment war es still in dem Raum. Draußen hörte man das fröhliche Geplauder der feiernden Menschen in einer lauen Sommernacht. Aber in dem Büro regierte nur kalte Feindseligkeit.

George Cavanagh schüttelte den Kopf. »Ich habe geahnt, dass es dazu kommen wird. Du zwingst mich dazu, dich zu zwingen ...«

»Nichts und niemand kann mich zwingen, Sina zu verlassen!«, brauste Brandon auf. Er stand nur wenige Zentimeter von seinem Großvater entfernt und sah ihm voller Wut ins Gesicht.

»Nein, zwingen kann ich dich nicht«, gab der Alte zu. »Aber ich kann alle deine Konten sperren. Nicht mehr das Geld für deine Ausbildung zahlen. Dann wird es nichts mit deinem Kapitänspatent. Das Erbe musst du sowieso vergessen.«

Brandon blieb der Mund offen stehen. Er wusste, wie teuer die Ausbildung war. Bis jetzt war das nie ein Thema gewesen, schließlich sollte er in die Reederei einsteigen. Ihm fehlte nur noch ein knappes Jahr, bis er sein Kapitänspatent haben würde. Aber wenn er gezwungen war, sich sein Geld selber zu verdienen, dann würde das sehr viel länger dauern. »Das kannst du nicht tun«, entgegnete er schließlich lahm.

»Natürlich kann ich das.« Um den Mund seines Großvaters zeigte sich ein herrischer Zug, den Brandon nur aus den Zeiten kannte, in denen es in der Firma nicht gut lief. »Ich kann dein Auto abmelden. Deine Wohnung kündigen. Und vor allem: Ich kann dafür sorgen, dass dich niemand anstellt, wenn du es doch noch schaffen solltest, dein Patent zu bekommen. Alles, was ich von dir verlange, ist: Verlass diese Deutsche! Dann bleibt der Geldhahn weiter geöffnet, du kannst weiter alles tun, was dir Spaß macht. Such dir ein nettes Mädchen aus Neuseeland, das kann doch nicht so schwer sein.«

»Du weißt nicht, was du da von mir verlangst …« Langsam ließ Brandon sich auf einen der Stühle in dem Arbeitszimmer fallen. Sein Großvater legte ihm die Hand auf die Schulter. »Das weiß ich. Trotzdem: Tu es. Irgendwann wirst du mir dankbar sein.«

»Was soll ich ihr denn sagen? Dass ich mich geirrt habe, als ich ihr gesagt habe, dass ich sie liebe? Du hast gesagt, wir Cavanaghs stehen zu unserem Wort!« Brandon fühlte sich, als ob seine Welt gerade an allen Ecken zusammenbrach. Noch während er der Erpressung seines Großvaters nachgab, kam ihm ein genialer Gedanke. Was, wenn er die Trennung nur vorgaukelte – und sich mit Sina einfach heimlich traf? Irgendwann würde sein Großvater doch sicher merken, dass »diese Deutsche« die beste Frau der Welt war – oder etwa nicht?

»Sag ihr einfach, dass du etwas aus ihrer Vergangenheit erfahren hast, womit du nicht leben kannst«, erklärte der Alte. »Ich bin kein Unmensch, du musst ihr das nicht heute sagen. Besuche sie morgen auf dieser Farm in Port Levy und erkläre ihr, dass deine Gefühle sich verändert haben. Ihr seid beide noch jung, da passiert so etwas doch ... Und jetzt geh zurück zu dem Fest. Wir werden sicher schon vermisst.«

Brandon konnte nur noch schwach nicken. Er fühlte sich, als ob eine zentnerschwere Last auf ihm lag, als er sich erhob und ohne ein weiteres Wort das Arbeitszimmer wieder verließ. Seine ganze Kindheit hatte er dieses Büro geliebt. Der Geruch nach alten Ledermöbeln, die Bilder von den alten Schiffen und den ernsten Gesichtern der Pioniere vor vielen Jahrzehnten – all das war ihm immer wie ein gewaltiges Abenteuer erschienen. Jetzt wirkte die vertraute Umgebung auf ihn so anheimelnd wie eine Folterkammer. Was war nur in seinen sonst so vernünftigen Großvater gefahren? Sicher, George Cavanagh hatte immer seinen Kopf durchgesetzt – aber noch nie hatte er eine Forderung aus heiterem Himmel gestellt. Sina war für ihn offensichtlich wie ein böser Albtraum, der bei einem friedlichen Familienfest plötzlich Gestalt angenommen hatte.

Als Brandon wieder in den Garten trat, war es bereits dunkel. Fiona hatte überall Fackeln verteilt, die die Gesichter in ein unruhiges Licht tauchten. Er fand Sina bei seinen Eltern. Unbemerkt beobachtete er sie für einen Moment. Sie erzählte wohl gerade irgendetwas Lustiges, seine Eltern hörten ihr lachend zu, und Sina fuchtelte wild in der Luft herum. Sie hatten sichtlich keinerlei Probleme mit der neuen Freundin ihres Sohnes.

Brandon ging zu der kleinen Gruppe und stellte sich neben Sina. Seine Mutter sah ihn an und bemerkte die Veränderung. »Was ist passiert? Fiona hat gesagt, dein Großvater wollte mit dir reden?«

Brandon winkte ab. »Nur eine seiner großen Reden über die Zukunft der Seefahrt und vergangene Zeiten. Es tut mir leid, dass ich euch so lange alleine lassen musste.«

Dolores musterte ihren Sohn eindringlich, gab sich aber mit seiner Antwort zufrieden. »Wenn du es sagst …«, murmelte sie. Brandon legte einen Arm um Sina. »Ich denke, wir ziehen uns allmählich zurück. Wir wollten heute Abend noch ein bisschen das Nachtleben von Christchurch unsicher machen – immerhin hat Sina endlich einmal Ausgang von ihrer langweiligen Farm in Port Levy.«

»Die ist nicht langweilig!«, protestierte Sina lachend. »Es ist höchstens – malerisch. Oder beschaulich.«

»Ein anderes Wort für langweilig«, entschied Brandon und zog sie allmählich Richtung Tor. Schnell verabschiedete er sich von seinen Eltern – und nur Augenblicke später saßen sie in dem alten Hillman, der sich knatternd in Bewegung setzte.

»Was ist los?«, fragte Sina sofort. »Du gehst zu einer Besprechung mit deinem Großvater, und nur eine halbe Stunde später tauchst du wieder auf und siehst aus wie ein Gespenst! Erzähl mir nicht, er hat nur ein bisschen über Seefahrt geplaudert, darauf ist ja nicht einmal deine Mutter hereingefallen!«

Brandon schüttelte den Kopf. »Grandpa ist völlig durchgedreht. Er hat von mir verlangt, dass ich dich verlassen soll.«

»Was?«, Sina schrie fast. »Was habe ich dem alten Mann denn getan, dass er mich so wenig leiden kann?«

»Er hat es mir nicht gesagt. Aber er ist sich sicher, dass du mich in mein Unglück stürzen wirst. Wenn nicht sofort, dann langfristig.« Brandon schluckte. Das Gespräch kam ihm schon jetzt unwirklich vor. »Ich habe mich geweigert. Dann hat er mir angedroht, dass er alle meine Konten sperren lässt.«

»Und was bedeutet das?« Sina sah ihn fassungslos an.

»Dass ich kein Kapitän werden kann. Die Ausbildung ist sehr teuer, mein Großvater hat sie finanziert. Er treibt es aber noch weiter: Er schwört, dass ich auch keine Anstellung finde, wenn ich jetzt auf eigene Faust weitermache.«

Sina biss sich auf die Unterlippe. Was hatte sie diesem alten Mann nur angetan? Sie erinnerte sich an seine Fragen nach einer neuseeländischen Vergangenheit. Mit wem verwechselte er sie? Wem sah sie so ähnlich, den er so fürchtete?

»Was machen wir jetzt? Was machst du?« Sie fürchtete die Antwort. In den letzten Tagen hatte sie sich das erste Mal in ihrem Leben rundum glücklich gefühlt. Mit Brandon fühlte sich alles gut und richtig an. Für ihn würde sie auch nach Neuseeland ziehen, mit ihm konnte sie sich sogar so etwas wie eine Familie vorstellen. Es konnte doch nicht sein, dass ein alter Mann jetzt einfach ihr Glück zerstörte?

»Ich muss mich von dir trennen. Zumindest muss es für meinen Grandpa so aussehen«, erklärte Brandon. »In Wirklichkeit bleiben wir natürlich zusammen, ich möchte dich nicht verlieren. Aber wir dürfen nicht mehr zusammen bei Festen auftauchen, uns nur noch heimlich treffen. Hakopa wird uns sicher helfen – und bei ihm wird mein Großvater nicht nachforschen. Die Höhle …«

Sina schüttelte den Kopf. »Wie lange willst du so leben? Das ist doch Wahnsinn! Wenn wir Pech haben, dann wird dein Großvater hundert Jahre alt, und wir leben immer noch versteckt von allen deinen Freunden.« Während sie über den Pass fuhren, dachte sie nach. »Ich glaube, wir müssen herausfinden, was er gegen mich hat. Nur so können wir ihn davon überzeugen, dass ich nicht das personifizierte Böse bin – auch wenn er mich so sehen will.«

Brandon fuhr mit dem Auto an den rechten Straßenrand, hielt an und nahm Sinas Gesicht in seine Hände. »Aber bis wir das herausgefunden haben – versprichst du mir, dass du bei mir bleibst? Ich könnte ohne dich nicht leben.«

Sina beugte sich vor und streichelte über sein Gesicht. Sie spürte eine Träne und merkte nicht, dass auch ihr Tränen über das Gesicht liefen. »Ich will dich nicht verlieren«, flüsterte sie. »Wir treffen uns. Heimlich. Versprochen.«

7.

Katharina fuhr sich durch die Haare. »Keine Erklärung? Ich meine, nicht einmal eine Andeutung? Ist in Brandons Familie der Irrsinn verbreitet?«

Sina schüttelte den Kopf. »Nein. Glaube mir, wir haben uns den Kopf zerbrochen, warum der alte Cavanagh mich unbedingt aus seinem Nest schubsen will. Bis jetzt waren ihm die Freundinnen von Brandon immer ziemlich egal.«

»Trotzdem, so etwas passiert nicht ohne Grund. Erzähle mir noch einmal genau, was er zu dir gesagt hat.« Katharina griff nach einem Notizzettel. »Ich notiere mir, was mir auffällt – und vielleicht finden wir dann zusammen eine Lösung. Oder wenigstens die Andeutung einer Lösung.«

Sina nickte und fing an zu reden. Ihr kam es vor, als ob sie die Gespräche dieses Nachmittags im Garten der Cavanaghs zum hundertsten Mal erzählte. Als sie fertig war, breitete sich erst einmal Schweigen auf der kleinen Terrasse vor ihrer Hütte in Port Levy aus. Nachdenklich sah Katharina auf ihren Zettel. Sie runzelte die Stirn, während sie zögerlich anfing zu sprechen.

»Sag mal, klingt das nicht ein bisschen wie diese verrückte Alte? In dem kleinen Antiques-Laden? Als wir bei Mary-Ann untergekrochen sind?«

Sina erinnerte sich nur verschwommen an die Maori, die ihr das alte Fotoalbum aufgedrängt hatte. Was hatte sie noch einmal gesagt? Sie versuchte sich zu erinnern.

»Diese alte Schreckschraube. Warte ... Sie hat etwas von ihrer Schwester gebrabbelt. Dass ich genauso aussehe wie sie. Was soll das mit dem alten Cavanagh zu tun haben?«

Katharina wirkte ganz aufgeregt. »Aber das ist doch total klar: Er ist der Meinung, dass du jemand bist, den er kennt. Offensichtlich aus Deutschland. Und diese Maori ist genauso der Meinung, dass sie dich kennt. Was wäre denn ...«, Katharina machte eine Pause, bevor sie weiterredete. »...wenn du jemandem ähnlich siehst, den beide kennen? Ein absurder Zufall oder so etwas. Es kann doch nicht sein, dass innerhalb von zwei Monaten zwei völlig verschiedene Menschen dich erkennen – und dass das nichts bedeutet! Hast du noch das Album?«

Sina nickte und verschwand in der Hütte. »Sicher. Aber ich kann dir immer noch nicht folgen. Dann hätte der Alte doch etwas gesagt, oder? Und ich glaube nicht, dass er eine Maori in mir sieht. Dafür bin ich viel zu blond.« Sie fand das alte Album sofort. Es lag tief in ihrem Rucksack vergraben, genau da, wo sie es vor zwei Monaten hingesteckt und sofort vergessen hatte. Sie musterte die hübsche Verzierung des Leders. Nach dem Hangi mit Hakopa erkannte sie jetzt die geometrischen Muster der Maoris.

Mit dem Album in der Hand trat sie wieder heraus. Sie reichte es ihrer Freundin.

»Schau doch selber nach, ob du etwas findest. Ich habe es bis jetzt nur kurz durchgeblättert, aber da ist mir nichts weiter aufgefallen. Das sind einfach ein Haufen ernster Menschen, die Anfang des Jahrhunderts in einer ziemlich rauen Gegend der Welt nach ihrem Glück suchten. Das war halt keine Zeit zum Lachen.«

Katharina schien Sina überhaupt nicht zuzuhören. Sie blätterte in dem Album weiter und überflog auf jeder Seite die Bilder. »Vielleicht entdecke ich ja etwas. Ich bin schließlich nicht so stark beteiligt wie du …« Ihre Stimme brach ab, ihr Finger blieb auf einem Bild liegen. »Das bist ja wirklich du!«, flüsterte sie.

Sina warf einen Blick auf das alte Foto, auf das Katharina deutete. Eine ernste, junge Frau. Eine Hand auf dem Stuhl, die andere auf dem Bauch.

Sie zuckte mit den Achseln. »Ja, das ist mir damals schon aufgefallen. Aber die Ähnlichkeit ist doch ziemlich weit hergeholt …«

»Bist du blind?« Katharina schrie vor Aufregung. »Die Frau sieht aus wie dein verschollener Zwilling. Okay – ein Zwilling mit einem ziemlich altmodischen Klamottengeschmack und einer wirklich schrecklichen Frisur. Aber diese Augen, dieser Mund – Sina, bist du blind?«

Sina zwang sich, noch einmal einen genaueren Blick auf das Bild zu werfen. »Sicher, eine gewisse Ähnlichkeit ist da schon vorhanden«, gab sie widerstrebend zu. »Aber glaubst du wirklich, dass das etwas zu bedeuten hat?«

Ohne Zögern nickte Katharina. »Ich glaube, diese Frau ist der Schlüssel. Du musst herausfinden, wer sie ist!«

»Ava.« Sina hob hilflos die Hände. »Mit diesem Namen kann sie von überall her kommen. Auch aus Deutschland.«

Sie blätterte in dem Album weiter. Ernste Männer vor einem Stapel Holz. Ein großes Steinhaus mit dem Meer im Hintergrund. Eine ebenso ernste andere Frau mit einem Baby im Arm. Noch mehr ernste Männer. Nirgendwo waren die Bildunterschriften ausführlicher. Nur hin und wieder ein Name, nie eine Jahreszahl. Heimlich schwor Sina sich in diesem Moment, ihre eigenen Bilder ein wenig sorgfältiger zu beschriften. Sonst würde womöglich in hundert Jahren jemand verwirrt vor ihren Hinterlassenschaften sitzen. »Ich kann nicht erkennen, wann das gemacht wurde. Oder wo«, erklärte sie schließlich.

»Aber vielleicht weiß das ja diese alte Frau in dem Laden?«, schlug Katharina vor.

Mit einem Schlag erinnerte Sina sich wieder an die Frau. Sie war ihr unheimlich gewesen, womöglich war diese Maori mit den dunklen Augen ja sogar verwirrt. Aber was, wenn sie die einzige Chance war, die sie hatte? Langsam nickte sie.

»Erinnerst du dich noch daran, wo das eigentlich war?«, fragte sie.

»Hm, das war doch direkt, nachdem uns Mary-Ann aus dem Fluss gerettet hat. Der kleine Ort an der Küste – doch, das finde ich auf der Karte wieder.« Katharinas Augen leuchteten. Sie sah in all dem offensichtlich ein großes Abenteuer.

»Vielleicht leiht Brandon mir ja sein Auto.« Sina hatte keine Lust auf endloses Trampen. Sie wollte diesen Besuch bei der alten Maori möglichst schnell hinter sich bringen. Wenn sich herausstellte, dass die Alte nichts wusste, dann konnte sie sich wenigstens nichts vorwerfen. Dann hatte sie sogar eine reichlich abwegige Spur verfolgt. »Kommst du mit?« fragte sie schließlich. Sie hatte keine Lust, ganz alleine quer über die Insel zu fahren.

»Das lasse ich mir doch nicht entgehen!«, nickte Katharina. »Außerdem können wir Mary-Ann besuchen. Das wollten wir doch sowieso, bevor wir nach Hause fliegen – und so ganz allmählich sollten wir auch daran denken, den Rückflug zu buchen.«

Sina nickte geistesabwesend. Bis jetzt hatte sie es vermieden, ihrem Abflug aus Neuseeland auch nur einen Gedanken zu widmen. Und nach der Geschichte mit Brandons Großvater konnte sie sich noch weniger vorstellen, die Insel zu verlassen. Auf jeden Fall musste die Sache geklärt werden. Dann würde sie über einen Rückflug nachdenken.

»Ich rufe Brandon an. Mal sehen, was er von deiner Idee hält«, meinte sie schließlich und erhob sich. Als sie im Inneren der Hütte verschwand, blieb Katharina alleine auf der Terrasse sitzen. Sicher, diese Spurensuche machte ihr Spaß. Sie fand es auch großartig, dass sich ihre Freundin endlich mal wieder verliebt hatte. Aber irgendwie hatte sie das dunkle Gefühl, dass diese Sache hier keine harmlose Urlaubsliebe war, die in dem Augenblick endete, in dem Sina durch die Türen des Flughafens schritt. Die Sache mit dem Großvater klang schon nach reichlich Drama … Aber jetzt wollte sie erst einmal nachforschen, warum hier jeder glaubte, Sina zu erkennen.

Nur zwei Tage später holperte der himmelblaue Hillman wieder die Auffahrt zur Farm herauf. Sina wandte sich noch einmal an Caroline. »Sind Sie sich ganz sicher, dass Sie bis übermorgen ohne uns zurechtkommst?«

Caroline lachte. »Ich war bis vor zwei Monaten ohne euch beide, ich werde irgendwann im Herbst auch wieder ohne euch auskommen – macht euch keine Sorgen. Und ich drücke euch die Daumen, dass ihr findet, was ihr sucht.«

Die beiden Frauen hatten Caroline in ihre Suche eingeweiht. Caroline hatte sich zwar auch nicht vorstellen können, dass diese Ava auch nur das Geringste mit Sina zu tun hatte – aber sie hatte auch keine bessere Idee gehabt. Jetzt nahm sie Sina in den Arm und sah sie ernst durch ihre dunkle Brille an. »Sei nicht zu enttäuscht, wenn du das Rätsel nicht lösen kannst. Ich glaube immer noch, dass er alte Mann dich einfach nicht leiden kann – und in seinem Starrsinn der Meinung ist, dass alles in seinem Leben nach seinem Willen gehen muss!«

Sina nickte. »Das fürchte ich auch.«

Der Hillman hielt neben ihnen, und Brandon sprang mit seinem üblichen breiten Lachen aus dem Auto. »Hier ist meine noble Kutsche für die edlen Damen auf der Suche nach der Wahrheit!«, rief er mit einer tiefen Verbeugung, bei der er einen imaginären Hut durch die Luft wedelte.

Die Frauen lachten, Sina umarmte Brandon. Für eine Sekunde wirkte alles wie ein fröhliches Treffen. Dann wurde Brandon wieder ernst. »Ihr nehmt mich am besten mit zu der großen Kreuzung kurz vor Christchurch. Da holt mich dann ein Freund ab. So ist die Gefahr nicht so groß, dass mich mein Großvater oder einer seiner Freunde zufällig sieht.«

Sie kletterten alle in das alte Auto und machten sich gemeinsam auf den Weg. Kaum waren sie auf der befestigten Straße, drehte sich Brandon zu Sina um. »Darf ich auch mal einen Blick in das Album werfen? Vielleicht erkenne ich ja irgendetwas!«

Er hielt in einer Parkbucht und blätterte neugierig durch die Seiten. Bei Avas Anblick schüttelte er den Kopf. »›Sie sieht mir ähnlich‹, war ja wohl die Untertreibung des Jahrhunderts, Sina. Diese Frau sieht genauso aus wie du – bis hin zu dem Ausdruck in den Augen. Bloß nicht sagen, was man fühlt, bloß nichts rauslassen … Autsch!« Sina hatte ihm gegen den Arm geboxt. »Keiner zwingt dich, mit mir zusammen zu sein!«

Er legte versöhnlich seinen Arm um sie. »Entschuldige, aber bei dem Anblick von diesem Foto habe ich wirklich das Gefühl, dich vor mir zu sehen. Unglaublich.«

Er blätterte weiter, dann zuckte er entschuldigend mit den Schultern und gab Sina das Album zurück. »Mehr als ›irgendwo an der Westküste‹ fällt mir dazu auch nicht ein. Nur das eine Bild von den Jungs vor der Höhle – das könnte in Wirklichkeit der Eingang zu einer Mine sein. Davon gab es in der Nähe von Seddonville eine ganze Menge. Aus dieser Ecke der Westküste kommt doch auch das Album, oder? Aber ich fürchte, euch kann wirklich nur diese alte Maori weiterhelfen … Ich drücke euch die Daumen.« Er drückte Sina noch einen Kuss auf die Lippen, dann sprang er aus dem Auto.

Sina rutschte auf den Fahrersitz, rückte den Rückspiegel zurecht, schob den Sitz nach vorne und atmete tief durch. »Dann mal los.« Sie warf Katharina ein schräges Lächeln zu. »Und sollte ich aus Versehen auf der falschen Straßenseite fahren, darfst du mich treten. Oder schreien. Auf jeden Fall: Tu irgendetwas!«

Der Hillman setzte sich knatternd Richtung Westen in Bewegung.

Triumphierend deutete Katharina auf das Ladenschild des kleinen Antiquitäten-Geschäfts. »Ich habe dir doch gesagt, dass ich mir sicher bin, dass es hier ist!«

Sina nickte und ließ das Auto am Straßenrand auslaufen. Sie drehte den Zündschlüssel um, mit einem letzten Knattern erstarb der Motor.

»Und jetzt gehe ich da einfach rein und frage die Alte, warum sie der Meinung ist, dass ich ihre Schwester bin. Was, wenn sich herausstellt, dass sie wirklich verwirrt war und sich an nichts mehr erinnert?«

»Dann sind wir heute vier Stunden umsonst quer durch Neuseeland gefahren«, erklärte Katharina geduldig, so wie sie es schon ein paar Mal in den letzten Stunden getan hatte. »Wir besuchen Mary-Ann und fahren morgen wieder nach Port Levy. Nichts einfacher als das ... Jetzt hör auf, dir Sorgen zu machen. Bloß weil der Opa von deinem Freund durchgeknallt ist, muss sich jetzt nicht alles gegen dich verschworen haben. Pass auf: Du willst unbedingt alles für deine große Liebe tun – dann müssen wir jetzt wohl in diesen Laden hinein.«

Sie öffnete resolut die Beifahrertür und stieg aus. Sina folgte zögernd. Ihr war die ganze Sache unheimlich. Immerhin war sie vor ein paar Wochen vor dieser alten Frau fast geflohen. Aber jetzt gab es kein Zurück mehr, Katharina stieß schon die Tür zu dem Laden auf. Das Glockenspiel erklang, es roch ebenso muffig und alt wie bei ihrem ersten Besuch.

»Was kann ich für Sie tun?«, erklang die Stimme eines

jungen Mannes aus dem Halbdunkel des Ladens. Er kam mit einem breiten Grinsen auf sie zu, rothaarig und sommersprossig. Ganz sicher kein Maori. Sina atmete tief durch – erst jetzt merkte sie, dass sie die ganze Zeit die Luft angehalten hatte. Sie räusperte sich vorsichtig.

»Ich habe nur eine kleine Frage«, erklärte sie. »Vor ein paar Wochen habe ich hier ein altes Fotoalbum gefunden. Die Verkäuferin war eine alte Lady, die so wirkte, als ob sie mehr über diese Bilder weiß. Aber vielleicht können Sie mir auch weiterhelfen?«

»Ach, die alten Fotoalben – darüber weiß nur Ruiha Bescheid. Ich wollte sie ja gar nicht anbieten, aber sie hat darauf bestanden, dass wir diese Alben verkaufen. Inzwischen ist fast keines mehr da. Die Leute sind ganz versessen auf Bilder aus der alten Zeit. Wahrscheinlich hängen sie die alten Dinger an die Wand und behaupten, von den Pionieren abzustammen, obwohl sie in Wirklichkeit erst vor ein paar Monaten aus dem Flugzeug gestiegen sind.« Er lachte unbekümmert.

»Wann kommt diese Ruiha denn wieder in den Laden?«, fragte Sina nach. Offenbar war es dem Rotschopf in seinem Laden langweilig. Sina stand allerdings nicht der Sinn danach, heute einem Kiwi, der Lust auf ein Schwätzchen hatte, die Zeit zu vertreiben.

»Sie hat erst Ende der Woche wieder Dienst«, erklärte er bereitwillig.

»Wohnt sie denn hier im Ort?«

Er runzelte die Stirn. »Sie ist nur eine Aushilfe, ich zahle sie immer in bar. Aber ich denke schon, dass sie hier wohnt. Aber wo genau? Da kann ich Ihnen leider nicht weiterhelfen.« Bedauernd hob er die Hände. »Aber vielleicht wollen Sie sich noch ein bisschen umsehen?

Wir haben schöne, neue Ware hereinbekommen. Da sind Teile aus dem neunzehnten Jahrhundert dabei!«

»Danke, aber wir wollten wirklich nur mit Ruiha sprechen«, lächelte Sina und verabschiedete sich, bevor er sie in ein längeres Gespräch verwickeln konnte.

Sie winkte zum Abschied und verließ gemeinsam mit Katharina den Laden. »Nachdem wir nicht bis Ende der Woche in diesem Ort festsitzen wollen, suchen wir lieber selber nach Ruiha. Hier muss doch schließlich jeder jeden kennen. Vielleicht kann uns sogar Mary-Ann weiterhelfen«, meinte Sina. Sie hatten sich bei Mary-Ann schon angekündigt, die ihnen natürlich sofort wieder das Gästezimmer angeboten hatte. Das ersparte ihnen immerhin die Kosten für das Hostel von Seddonville.

»Fahren wir doch einfach ein bisschen herum. Mit einem Auto können wir mehr von der Gegend sehen als vor ein paar Wochen beim Trampen!«, schlug Katharina vor. Sina hatte das Gefühl, dass Katharina diese ganze Suche inzwischen möglichst schnell hinter sich bringen wollte.

»Okay«, stimmte sie zu. Wenig später kurvten sie über eine schmale Straße einen Hügel hinauf. Die letzten Häuser ließen sie hinter sich, rechts und links neben der Straße versperrten große Farnbäume die Aussicht, bis sie ein Hochplateau erreicht hatten. Sina fuhr ziellos weiter, bis sie urplötzlich ein Schild am Straßenrand wiedererkannte. Sie bremste so abrupt, dass Katharina sich mit einem Schrei an der Tür festhielt. »Was soll denn das?«

Sina deutete auf das verwitterte Schild. »Haben sich die ernsten Jungs nicht vor dieses Schild gestellt? Das war damals alles neu und die Straße ein Schotterweg – aber dieser Schriftzug kommt mir irgendwie bekannt vor.«

Katharina sah das Holzschild genauer an. »Matakite. Was immer das bedeuten mag.«

Neugierig stieg sie aus dem Auto und trat näher an das Schild heran. Ein kleiner Pfad führte direkt daneben in den Wald. »Ob der früher größer war?« Vorsichtig ging sie ein paar Schritte auf dem Pfad weiter – aber der schien nur bis zu einem kleinen Bach zu führen und dann einfach zu enden. Achselzuckend kehrte Katharina zum Auto zurück.

Sie seufzte und sah sich um. »Ich glaube, das hier bringt dich keinen Zentimeter näher an die Lösung deines Rätsels. Komm, wir fahren am besten wieder zurück. Vielleicht ist Mary-Ann ja schon zu Hause.«

Beide schwiegen, während sie durch den dichten Wald fuhren. Schon der kleine Ausflug hatte ihnen deutlich gemacht, dass sie ohne die Hilfe dieser Ruiha kaum weiterkommen würden.

Es dauerte fast eine halbe Stunde, bis sie den kleinen Ort wieder erreicht hatten. Der Ausflug auf das Hochplateau hatte länger gedauert, als sie angenommen hatten. Aber schließlich bogen sie in die Straße ein, an deren Ende Mary-Ann wohnte. Sina ließ ihren Blick über die gepflegten Gärten schweifen. Basketballkörbe, wenig Zäune, Rasen, Dreiräder ... eine ganz normale Wohngegend.

Auf einer Bank vor einem großen, aus grauen Steinen gemauerten Haus saß eine alte Frau in der Sonne. Sie reckte ihr Gesicht den wärmenden Strahlen entgegen und hielt ihre Augen geschlossen. Sina blinzelte und sah noch einmal hin. Es war eine Maori mit kurzen, weißen Haaren – und sie sah genauso aus wie die Maori, die sie suchten. Zum zweiten Mal an diesem Nachmittag stieg

Sina heftig in die Bremse. Diese Frau sah nicht nur aus wie die Frau, die sie suchten. Das war sie! Das musste einfach Ruiha sein!

Diesmal sprang sie zielstrebig aus dem Auto und ließ Katharina zurück, die sich lautstark über den ruppigen Fahrstil ihrer Freundin beschwerte. Schnell näherte sie sich der alten Frau, bis sie schließlich vor ihr stehen blieb. Schlief sie etwa? Vorsichtig räusperte Sina sich. Mit flatternden Lidern schien die Alte wieder zum Leben zu erwachen. Sie richtete sich auf, schlug die Augen auf und sah Sina mit dem gleichen hellwachen Blick an, mit dem sie sie schon vor ein paar Wochen gemustert hatte.

Dann nickte sie. »Ich habe dich früher erwartet.«

»Erwartet?« Sina fühlte sich wieder so beklommen wie bei ihrer ersten Begegnung.

»Sicher. Früher oder später würdest du das Bild von Ava entdecken. Und dich dann fragen, wer diese Frau ist. Und ich bin die Einzige, die dir das sagen kann.«

Ohne Umschweife setzte Sina sich neben die Alte auf die Bank. »Genau das ist der Grund, aus dem ich hier bin. Bitte, sagen Sie es mir: Wer ist das?«

»Das ist eine lange Geschichte. Und sie muss vom Anfang bis zum Ende erzählt werden, nichts darf ausgelassen werden.« Sie lächelte versonnen.

»Ich habe Zeit.« Aufgeregt legte Sina ihre Hand auf Ruihas Arm. »Bitte, erzählen Sie mir alles!«

Ruiha deutete in Richtung des Autos. Der Motor lief immer noch, die Tür stand offen, und Katharina sah neugierig zu ihnen hinüber. »Das sieht mir nicht aus, also ob du wirklich viel Zeit mitgebracht hättest. Ich habe doch gesagt: Die Geschichte von Ava ist lang.«

Entschuldigend grinste Sina. »Okay, ich mach eben noch den Motor aus …«

Die Alte schüttelte den Kopf. »Nein. Jetzt habe ich so lange auf dich gewartet – da kannst du dich auch bis zum Abend gedulden. Komm um acht, ich koche uns etwas.«

Sina wollte noch widersprechen, dann sah sie die Entschlossenheit in dem Blick der alten Frau. Sie nickte. »Ich werde da sein. Danke.«

Damit stand sie auf und ging zurück zu dem Auto. Katharina sah ihr entgegen. »Und: Wer ist diese Ava?«

»Sie will es mir erst heute Abend sagen.« Sina schob sich wieder hinter das Lenkrad, legte einen Gang ein und fuhr die letzten Meter zu Mary-Anns Haus. »Offenbar hat sie mit mir gerechnet, seit ich dieses Album bekommen habe. Was lächerlich ist, wenn man bedenkt, dass ich ohne Brandon nicht weiter an dieser Geschichte interessiert wäre. Egal, auf jeden Fall hat sie mich zum Abendessen eingeladen und will mir dann alles über Ava erzählen.« Sie fuhr in die Einfahrt, zog die Handbremse an und sah Katharina fragend an. »Kann ich dich heute Abend mit Mary-Ann alleine lassen? Ich weiß, es ist ziemlich unhöflich, mich einfach so davonzuschleichen. Aber ich hoffe, Mary-Ann hat Verständnis …«

»Keine Sorge«, beruhigte Katharina sie. »Ich erkläre ihr, was passiert ist. Du wirst zum Frühstück dann allerdings die Kurzversion von Avas Geschichte erzählen müssen.«

Erleichtert nickte Sina. »Das ist ja wohl selbstverständlich.«

Mary-Ann war natürlich noch nicht zu Hause, aber wieder einmal war nicht abgeschlossen – wahrscheinlich hatte Mary-Ann ihren Hausschlüssel noch nie benutzt.

Die beiden machten es sich auf der Veranda gemütlich und verdösten den Rest des Nachmittags. Katharina las in einem Krimi, den sie vor ein paar Tagen in Christchurch erstanden hatte, und Sina sah sich versonnen die vielen Pflanzen an. Sie war zu unruhig, um jetzt noch ein Buch zu lesen. Immerhin würde sie heute Abend endlich das Rätsel um diese Ava lösen.

Die Sonne sank langsam Richtung Horizont, als das kleine rote Auto endlich die Straße entlangkam. Mary-Ann stieg strahlend aus. »Ich hoffe, ihr habt noch nicht lange gewartet?« Sie winkte mit einer großen Tüte. »Auf jeden Fall habe ich Wein, Salat und Pasta für uns. Wir müssen unbedingt unser Wiedersehen feiern!«

Katharina deutete auf Sina. »Leider sind wir nur zu zweit. Sina muss heute dem großen Geheimnis von einem Fotoalbum auf die Schliche kommen.« Sie erzählte mit möglichst wenigen Worten die Geschichte von dem Album, Brandon und seinem Großvater. »Und jetzt hoffen wir darauf, dass diese Ruiha das Geheimnis aufklären kann!«

Mary-Ann nahm das Album, das Sina zur Erklärung herausgezogen hatte. Vorsichtig blätterte sie darin und sah sich die ernsten Menschen auf den vergilbten Bildern an. »Wenn euch jemand helfen kann, dann ist es Ruiha. Sie ist bestimmt schon über achtzig und hat diese Gegend nie verlassen«, sagte sie nebenbei. Bei dem Bild der Männer vor dem Schild »Matakite« stutzte sie kurz und tippte darauf. »Das ist der Name einer Kohlemine, die schon seit Jahrzehnten verlassen ist. Völlig verfallen, aber sie gehört zu dem Konzern, bei dem ich angestellt bin. Die behalten solche Minen gerne für den Fall, dass eines Tages der Preis für Kohle wieder steigt. Dann könnte man die Schächte ja wieder öffnen … aber bei Matakite würden sie ein Problem haben. Die Mine ist angeblich verflucht. Zumindest haben sie uns Kindern das immer erzählt.«

»Warum?« Sina war neugierig. Der Wald hatte heute friedlich und alles andere als verwunschen ausgesehen.

Mary-Ann machte eine Geste, die wohl bedeuten sollte, dass sie keine Ahnung hatte. »Was weiß ich. Wird womöglich irgendein Maori-Ding sein. Vielleicht erfährst du heute mehr von Ruiha. Vergiss nicht, mir zu erzählen, was der Grund war. Ich kann so alte Geschichten gut leiden …« Sie sah auf die Uhr. »Mach dich auf den Weg. Wenn Ruiha extra für dich gekocht hat, solltest du sie nicht warten lassen. Und mach dir keine Sorge um Katharina und mich: Wir werden die Pasta auch zu zweit schaffen. Den Wein bekommen wir auch weg.«

Katharina und Mary-Ann häuften sich schon die Teller voll, als Sina sich auf den Weg zu Ruiha machte. Sie spürte eine merkwürdige Spannung in sich: Was würde diese alte Frau ihr wohl erzählen? Und würde das wirklich etwas mit Brandon und seinem Großvater zu tun haben? Sie beruhigte sich selber. Wenn sie heute Abend in den Schlafsack kriechen würde, dann wüsste sie sicher mehr.

Ruiha empfing sie direkt an der Tür. »Hallo, mein Liebes. Komm herein, das Essen ist gerade fertig.« Sie führte Sina auf die Veranda. Der Tisch war mit ein paar einfachen Blumen aus dem Garten geschmückt, in einer Karaffe stand Wein bereit, und Ruiha hatte mit Tellern aus schlichtem, weißem Porzellan gedeckt. Die Tafel war schlicht, aber sehr elegant. Sina blieb kurz überrascht stehen. »Vielen Dank für die Einladung!«, sagte sie schließlich.

Ruiha sah sie ernst an. »Ich freue mich, dass ich meine Geschichte endlich loswerden kann. Ich habe sie viel zu lange für mich behalten. Außerdem macht es mir Spaß zu kochen. Ein Lammbraten für mich alleine lohnt sich einfach nicht. Ich hoffe, du magst Lamm?« Noch während Sina nickte, redete Ruiha weiter. »Wie heißt du überhaupt? Und was hat dich nach Neuseeland gebracht? Komm mit in die Küche, du kannst mir helfen, das Essen auf die Veranda zu tragen.«

Sie verschwand im Inneren des Hauses. Sina folgte ihr und sah sich dabei verstohlen um. Es sah gemütlich aus, Bilder von lachenden Kindern schmückten die Wand. Ein abgeschabter Lehnstuhl direkt am Kamin war wohl der Ort, an dem Ruiha sich am häufigsten aufhielt. Direkt vor dem Kamin lag eine zusammengerollte Tigerkatze, die sich von dem Besuch nicht in ihrer Ruhe stören ließ. Auf einem kleinen Tisch stapelten sich Zeitschriften, eine Teetasse stand leer daneben. Grinsend schimpfte Sina sich selber. Was hatte sie erwartet? Irgendeine geheimnisvolle Maori-Voodoo-Höhle mit Schnitzereien und magischen Kräutern? Blödsinn. Schnell folgte sie Ruiha in die Küche, wo die gerade einen nach Kräutern duftenden Braten aus dem Backofen holte und auf eine Platte legte. Dazu noch dampfende Süßkartoffeln, gebratene Zucchini – Sina lief das Wasser im Mund zusammen.

Sie folgte Ruiha mit den beladenen Tellern auf die Terrasse. Einen Augenblick herrschte Schweigen, während sie sich bedienten. Dann lächelte Ruiha. »Jetzt möchte ich aber erst einmal wissen, warum du nach Neuseeland gekommen bist. Was hat dich neugierig auf das Land gemacht? Was hat Ava erzählt?«

Bedauernd schüttelte Sina den Kopf. »Ich kenne keine Ava, tut mir leid. Deswegen bin ich ja hier. Ich habe gehofft, dass Sie mir etwas über diese Frau erzählen können. Nach Neuseeland bin ich nur gekommen, weil ich Bilder von den Landschaften gesehen habe. Sie sahen so wunderschön und wild aus, das wollte ich unbedingt mit eigenen Augen sehen.«

Stirnrunzelnd sah Ruiha ihren Besuch an. »Du kennst Ava nicht? Das kann ich mir nicht vorstellen. Du bist ihr viel zu ähnlich. Aber wer weiß schon, was Ava gemacht hat, als sie von hier fortging …«

»Was hat sie denn hier gemacht? Wo hat sie gelebt? Und woher haben Sie Ava gekannt?« Allmählich konnte Sina ihre Neugier nicht mehr im Zaum halten.

Ruiha lächelte und schob sich ein weiteres Stück Lamm in den Mund. »Langsam, Kind, langsam. Lass uns erst einmal essen. Und bis ich etwas erzähle, musst du mir erst einmal sagen, warum du Avas Geschichte hören willst. Wenn du nichts von ihr weißt und noch nie von ihr gehört hast, dann ist es doch merkwürdig, dass du alles über sie erfahren willst, findest du nicht? Bloß weil sie dir ähnlich sieht?« Sie sah sie wieder mit diesem wissenden Lächeln an.

»Das ist es nicht«, wehrte Sina ab. In wenigen Sätzen erklärte sie ihre Freundschaft zu Brandon und die Ablehnung durch George Cavanagh. »Er will mich mit aller Gewalt von seinem Enkel fernhalten«, schloss Sina ihren Bericht. »Da kam mir die Idee, dass dieser unbedingte Wunsch des alten Mannes etwas mit der Vergangenheit zu tun haben könnte. Sie müssen es doch wissen: Hatte Ava vielleicht mit einem George Cavanagh zu tun?«

Jetzt war es an Ruiha, ihren Kopf zu schütteln. »Cavanagh? Nie gehört. Aber das Schicksal nimmt hin und wieder merkwürdige Wege. Nur eines ist sicher: Es wird dich immer zum Ziel führen.«

Sie schenkte sich noch ein wenig Wein in ihr Glas und lehnte sich in ihrem Stuhl zurück. Sinnend sah sie in das Kerzenlicht. »Aber vielleicht fange ich am besten ganz am Anfang an …«

8.

Ich erinnere mich noch genau an den Tag, an dem John Denson meine Eltern besuchte. Wir waren eine einfache Familie, lebten in einem kleinen Dorf, in dem wir Maoris unter uns blieben. Die Weißen waren bestimmt keine schlechten Menschen, aber sie waren ganz anders als wir. Andere Sitten, andere Bräuche und andere Lieder. Mein Vater arbeitete immer nur so lange für einen der Weißen, bis er wieder genug Geld hatte, um uns für ein paar Monate das Auskommen zu sichern. Dann ging er lieber wieder zum Fischen oder Muschelsammeln. Immerhin: Er schickte mich und meine Geschwister in die kleine Schule, die der Pfarrer für uns »Wilde« eröffnet hatte. »Ihr müsst schreiben und rechnen lernen, sonst bringt ihr es in dieser neuen Welt nie zu etwas«, sagte er immer und rollte dabei seine Augen, damit wir ihn auch wirklich ernst nahmen.

Ich ging gerne zur Schule. Die Geschichten in den Büchern haben mir gut gefallen, da war immer von Heiligen die Rede, die dafür sorgten, dass es uns allen gut ging. Auch das Rechnen fiel mir leicht. Ich glaube, ich war eine gute Schülerin.

Auf jeden Fall empfahl der Pfarrer mich an Master John, als der ein Hausmädchen suchte. Und so klopfte es irgendwann im Frühling an unserer Tür. Draußen herrschte strahlender Sonnenschein, ich spielte gerade mit meinem kleinen Bruder auf der Wiese, als Denson ankam. Er war nicht sonderlich groß, hatte aber sehr breite Schultern. Sein mächtiger Bart flößte allen Respekt ein – die Männer in meinem Volk trugen nie Haare im Gesicht. Eigentlich tun sie das bis heute nicht ... aber das hat nichts mit meiner Geschichte zu tun. Als Denson klopfte, öffnete meine Mutter. Ich war neugierig – das bin ich bis heute – und schlich mich schnell an ein offen stehendes Fenster. Was konnte dieser Mann nur von meinen Eltern wollen? Ich konnte Denson leicht verstehen, er hatte eine laute Stimme.

»In ein paar Wochen kommt meine zukünftige Frau aus Deutschland an«, erklärte er. »Sie braucht jemanden, der ihr zur Hand geht, sie hat noch nie einen Haushalt alleine geleitet. Pfarrer Rose hat mir Ihre kleine Ruiha empfohlen. Er meint, sie stellt sich sehr geschickt an.«

»Sie kann sogar schreiben und rechnen«, erklärte meine Mutter stolz. »Ruiha ist ein ganz besonders kluges Mädchen.«

Denson nickte. »Das ist gut! Wann kann sie denn bei mir anfangen? Sie sollte sich in meinem Haus auskennen, bevor meine zukünftige Frau ankommt.«

Ich konnte es einfach nicht glauben. Meine Eltern gaben mich einfach in den Dienst eines völlig fremden Mannes – und sie fragten mich nicht einmal um meine Meinung! Sicher, ich wusste, dass ich bald anfangen sollte, zu arbeiten. Aber nie und nimmer habe ich damit gerechnet, dass es so bald sein würde! Immerhin war ich erst vierzehn, ich war noch ein Kind, das mit aufgeschürften Knien und einem einfachen Leinenkleid zum Spielen durch die Wälder rannte. Und überhaupt: Durfte ich weiter zu meinem Unterricht? Ich wusste längst noch nicht genug, um in der Welt der Weißen zurechtzukommen. Tatsächlich hörte ich gar nicht mehr, was Denson weiter mit meinen Eltern besprach, so wütend war ich. Ich merkte nicht einmal, dass er ging – bis meine Mutter nach mir rief.

Ich setzte mein wütendstes Gesicht auf, als ich zu ihr ging. Sie musterte mich und legte mir dann mit einem Seufzer eine Hand auf meinen Kopf. »Mein Schatz, du hast schon wieder am Fenster gelauscht.«

Ich nickte – und brach sofort in wildes Schluchzen aus. »Ihr wollte mich weggeben, einfach so. Ohne mich zu fragen! Was, wenn ich aber einfach nicht zu diesem Mann will? Wenn ich ihn nicht leiden kann?«

Meine Mutter schüttelte traurig den Kopf. »Wir können es uns nicht leisten, so viele Kinder nur von dem Geld, das dein Vater verdient, durchzufüttern.«

»Dann soll er doch mehr arbeiten!«, rief ich. »Und nicht seine Tochter zu einem Pakeha in den Haushalt verkaufen!«

Als meine Mutter mich jetzt ansah, konnte ich in ihren Augen die Tränen sehen. »Dein Vater ist kein schlechter Mann«, flüsterte sie. »Aber er kann nicht jeden Tag zur Arbeit gehen, das würde er wohl nicht überleben. Dafür liebt er die Freiheit viel zu sehr.«

»Warum hat er dann sechs Kinder? Damit wir für ihn arbeiten?« Ich konnte mich jetzt nicht mehr beherrschen, so sehr musste ich weinen. Nur einer meiner Brüder war noch älter als ich, er arbeitete schon seit zwei

Jahren bei einem Schmied. Und jetzt war also ich dran. Meine Mutter nahm mich in den Arm und tröstete mich, so gut sie es konnte – aber ich wusste schon damals, dass das nichts an ihrer Entscheidung änderte. Ich sollte als Haushälterin zu John Denson kommen, da konnte ich heulen und schimpfen so lange ich wollte.

Nicht einmal eine Woche später brachte meine Mutter mich zu Densons Haus. Die Tasche mit meinen wenigen Kleidungsstücken war erschreckend klein. Das Haus war wirklich schön, die Mauern waren aus Stein, und die Eingangshalle erschien mir so groß wie in einem Palast. Denson zeigte mir mein Zimmer. Es lag unter dem Dach, hatte ein schönes Fenster, aus dem ich fast bis zum Meer sehen konnte. Es war überhaupt das allererste Mal in meinem Leben, dass ich ein Zimmer nur für mich hatte. Bis jetzt hatte ich meine kleinen Schwestern immer bei mir, unsere Hütte hatte nur drei Zimmer. Das war nicht ungewöhnlich: Es gab einfach keine größeren Hütten in unserem Dorf. Jetzt hatte ich sogar einen Tisch, einen Stuhl und einen Schrank für mich alleine.

Auch der Rest gefiel mir: Denson hatte das ganze Haus mit hellen Stoffen eingerichtet, deswegen gab es keine düsteren Ecken. Die Sessel und Polster waren mit leuchtend roten Kissen verziert, sie machten einem bessere Laune, wenn man sie nur ansah! Und auf dem hellen Holzboden hatte er Teppiche und Läufer von einem Blau gelegt, wie es das Meer kurz vor Sonnenuntergang hat. Als Letztes zeigte er mir die Küche, in der ich künftig viel arbeiten würde. Das war die größte Überraschung: In der Mitte war ein großer Backofen, an den man von allen Seiten hintreten konnte. In den Schränken standen schöne, neue Töpfe und weißes, wertvolles

Porzellan. Denson wollte wohl an nichts sparen für seine neue Frau.

Er selber wirkte einfach nur geschäftsmäßig – er kaufte mich ein, wie er vorher die Töpfe gekauft hatte. Als er mir die Küche gezeigt hatte, nickte er allerdings freundlich. »Wenn du noch irgendetwas benötigst, dann habe keine Scheu, es mir zu sagen. Schließlich sollst du Ava dabei helfen, sich hier einzugewöhnen.«

Erst einmal brauchte ich selber Zeit, um mich an das Haus zu gewöhnen. Es war zwar nur eine knappe Stunde von unserem Dorf entfernt, aber für mich war das eine neue Welt. Die Pakehas in ihren steifen Anzügen und mit ihrem feinen Gehabe waren mir einfach nur fremd. Und dann sollte ich plötzlich für Denson kochen. Heute weiß ich, dass er unglaublich geduldig war. Ich hatte bei meiner Mutter nur ein paar Aufläufe gelernt – und ich wusste natürlich, wie ein Hangi geht. Aber das half mir alles nichts auf diesem modernen Herd in der Mitte der Küche. Denson bekam von mir in den ersten Wochen verkochte Süßkartoffeln, zähes Fleisch und matschige Früchte – aber er ließ sich nicht einmal anmerken, dass er von meinen Kochkünsten entsetzt war. Stattdessen machte er immer nur Vorschläge. »Versuch doch mal, das Gemüse ein bisschen zu salzen – oder das Fleisch nicht einfach nur in kochendes Wasser zu werfen«, murmelte er freundlich, bevor er mein schreckliches Essen in sich hineinschob …

Natürlich war ich auch wahnsinnig stolz, dass ich auf dem Markt plötzlich wie eine erwachsene Frau auftreten konnte. Ich lief herum, wählte aus, was ich nach Hause bringen wollte und fällte meine eigenen Entscheidungen. Natürlich haben die Händler meine Unwissenheit gnadenlos ausgenutzt. Die Eier, die ich bekam, waren immer schon angebrütet, der Fisch nicht mehr frisch und das Gemüse kurz vor dem Schimmeln. Ich glaube, ich war die schlechteste Haushälterin von ganz Seddonville – und dann kam Ava.

Keiner ahnte, wann genau sie ankommen würde. Schließlich brauchte das Schiff drei bis vier Monate für die Überfahrt. Und dann sollte Ava mit einem befreundeten Kaufmann an die Westküste fahren. Der fuhr aber nur alle paar Wochen von Christchurch nach Seddonville – eben dann, wenn seine Geschäfte diese Reise erforderlich machten.

Und so hielt an einem unglaublich heißen Tag im Hochsommer völlig unerwartet vor unserem Haus eine Kutsche. Denson war nicht da, er war bei der Westport Coal Company als Geschäftsführer angestellt und an diesem Tag wie an allen anderen natürlich in der Firma. Als es klopfte, rannte ich zur Tür und riss sie auf – und vor mir stand Ava.

Das blonde Haar klebte ihr im verschwitzten Gesicht, sie trug ein viel zu dickes Wollkleid, das für unseren Sommer wirklich völlig ungeeignet war. Sie sah mich von oben bis unten an – und ich weiß bis heute nicht, was sie wirklich dachte. Vor ihr stand schließlich eine dunkelhäutige Eingeborene mit einem leichten blauen Kleid. Noch dazu war ich barfuß. Wenn Denson nicht im Haus war, zog ich immer die Schuhe aus, die Dinger drückten schließlich ganz schrecklich. Für Ava muss ich wie eine Vogelscheuche ausgesehen haben. Sie hatte ihr Haar aufgesteckt, ihre Hände sahen gepflegt aus, und ihre Schuhe waren sauber. Und das nach fast vier Monaten Reise! Ich sah schon nach einem Ausflug in mein

Heimatdorf immer aus, als ob ich im Wald übernachtet hätte. Auf jeden Fall schaffte Ava es, mich freundlich anzulächeln und im feinsten Englisch zu fragen: »Können Sie mir bitte sagen, ob ich hier Mr. Denson finde? Sagen Sie ihm bitte, dass seine Verlobte angekommen ist.«

Vor lauter Verlegenheit machte ich gleichzeitig einen Knicks und streckte meine Hand aus. »Ich bin Ruiha, die Haushälterin. Master John hat mich eingestellt, damit ich Ihnen ein bisschen helfen kann.«

Sie sah mich ernst an, während ihr ein weiterer Schweißtropfen die Schläfe herunterlief. »Das freut mich sehr, Ruiha. Und wo steckt Mr. Denson jetzt?«

»Er ist bei der Mine«, erklärte ich. »Leider wird er erst heute Abend heimkommen. Aber vielleicht kann ich Ihnen helfen, sich ein wenig frisch zu machen?«

Zum ersten Mal zeigte sich, wie erschöpft Ava eigentlich war. Sie seufzte und deutete auf die Kutsche. »Das wäre sehr freundlich von dir. Könntest du vielleicht noch meine Tasche holen? Vielleicht findet sich ja ein frisches Kleid in meinem Gepäck.«

Ich rannte, so schnell ich konnte, zu der Kutsche und trug eine Tasche ins Haus. Keine sehr große Tasche übrigens – und das war alles, mit dem Ava schon so lange unterwegs war.

»Kommen Sie«, meinte ich mit einem weiteren Knicks, für den ich seit Wochen heimlich vor dem Spiegel geübt hatte. »Wenn Sie es wünschen, dann kann ich ein Bad für Sie machen!«

»Das wäre einfach wunderbar …«

Natürlich dauerte es damals ziemlich lange, bis ich die kupferne Badewanne mit warmem Wasser gefüllt hatte.

Aber eine Stunde später konnte ich Ava dabei behilflich sein, sich aus ihrem schweren Wollkleid herauszuschälen. Zu meinem Entsetzen hatte sie auch noch einen Unterrock an – dazu Strümpfe und Schnürstiefel. Als sie die endlich ausgezogen hatte, spielte sie versuchsweise mit den Zehen und murmelte so etwas wie: »Egal, wie er ist. Hier gehe ich erst einmal nicht mehr weg.«

Ich war mir allerdings nicht ganz sicher, ob ich das richtig gehört hatte.

Mit meiner Hilfe kletterte sie in die Wanne. Während ich ihr die Haare wusch, wagte ich, ein paar Fragen zu stellen.

»Sie haben Master John noch nie gesehen?«

Ava schüttelte das goldblonde Haar. »Nein.«

Ich war überrascht. »Woher wissen Sie dann, dass Sie ihn heiraten wollen?« Meine Umgangsformen waren damals noch unglaublich schlecht, ich hatte keine Ahnung, dass sich so eine Frage wirklich nicht schickte. Aber Ava ließ sich nichts anmerken.

»Er hat mich gefragt«, antwortete sie schlicht. »Er hat vor fast zwei Jahren eine Anzeige aufgegeben, in der er nach einer Frau suchte, die bereit wäre, mit ihm am anderen Ende der Welt zu leben. Ich habe ihm einen Brief geschrieben, er hat geantwortet – und mit seinem zweiten Brief hat er mir einen Heiratsantrag gemacht.«

Jetzt war ich wirklich vollkommen überrascht. Die Pakehas heirateten, wenn sie nur ein paar Briefe ausgetauscht hatten?

»Hat denn Ihr Vater nicht Master John kennenlernen wollen?«, fragte ich vorsichtig nach. Vielleicht war es bei den Weißen nicht so wichtig wie bei unserem Volk, dass der Vater der Braut den Bräutigam leiden konnte.

Sie sah mich ernst an. »Ja, das hätte er ganz bestimmt. Aber leider ist die Reise hierher viel zu weit. In meiner Heimat, in Hamburg, gibt es nicht genug Arbeit. Meine Familie – sie hat nicht viel Geld. Also musste ich woanders nach meinem Glück suchen. Und ich habe beschlossen, es hier zu versuchen!«

»Da wünsche ich Ihnen aber gutes Gelingen!«, brach es spontan aus mir heraus. Ein Satz, der mir als Hausmädchen nicht zustand, ich weiß. Aber Ava lachte nur. »Das hoffe ich doch!« Dann wurde sie wieder ernst. »Ruiha, du bist die Einzige, die ich hier kenne. Bitte nenne mich Ava – das mit der Misses kannst du dir für offizielle Anlässe oder Empfänge aufheben.«

Ich nickte. »Wenn Sie es so wünschen, dann sage ich gerne Ava.«

»Danke«, nickte sie und genoss für einen Moment das heiße Wasser. Dann drehte sie sich zu mir um. »Und jetzt musst du mir sagen, was für ein Mensch mein zukünftiger Gatte ist. Wie ist er so?«

Ich dachte nach. »Er hat viele Haare im Gesicht. Und er ist sehr kräftig.«

»Und wie ist er zu dir?« Sie sah mich neugierig an.

»Er ist sehr geduldig. Ich kann auf dem modernen Herd nicht gut kochen. Aber er schimpft fast nie.« Verlegen sah ich auf meine Hände. »Ich sollte nicht über ihn reden. Immerhin wird er Ihr Gatte, dann sollten Sie selber sehen, ob er ein guter Mann ist.«

Ava schloss die Augen und ließ ihren Kopf auf den Rand der Badewanne sinken. »Ja, sicher. Aber bis jetzt kenne ich nur ein Foto und einen sehr netten Brief. Da war es mir wichtig, von jemandem zu hören, der ihn kennt, was er für ein Mensch ist. Wenn du jetzt geschwiegen hättest, dann hätte ich Angst bekommen ...« Mitten im Satz schlief sie plötzlich ein. Ich hatte gar nicht bemerkt, wie erschöpft sie von der Reise war. Leise schlich ich mich aus dem Bad und brachte ihre Tasche in ihr Zimmer.

Als ich sie auspackte, war ich überrascht, wie wenige Kleider sie mitgenommen hatte. Neben dem Wollkleid, mit dem sie angekommen war, hatte sie nur ein Kleid aus einfachem dunkelblauem Tuch, einen langen schwarzen Rock und zwei weiße Blusen. Das war alles. Ich war mir für einen Moment nicht sicher, ob sie vielleicht bei der Überfahrt nicht mehr hatte mitnehmen dürfen. Aber das war unwahrscheinlich. Selbst mir jungem Ding war damals klar, dass Ava wahrscheinlich nicht mehr Kleider besaß oder jemals besessen hatte.

Nach einer halben Stunde weckte ich sie mit einem dampfenden Tee. »Sie sollten aus dem Wasser steigen, bevor es zu kalt wird – oder Ihr Verlobter hereinkommt, um seine zukünftige Frau zu besuchen«, flüsterte ich leise.

Ihre überraschend hellgrünen Augen flogen auf, und sie sah sich einen Moment lang etwas verwirrt um. Dann erst schien sie sich zu erinnern, wo sie war. Sie seufzte erleichtert und stieg dann aus der Wanne.

Während sie sich abtrocknete, erklärte sie: »Auf dem Schiff gab es nur einen Waschraum für bestimmt zwanzig Menschen. Ich bin mir nicht sicher, ob wir nach der Benutzung dreckiger oder sauberer waren – so schrecklich verschmiert und übelriechend war dieser Raum. Irgendwann habe ich beschlossen, dass ich ihn nicht mehr aufsuche. Das Hotel in Christchurch war schon eine wunderbare Verbesserung – aber das hier kommt mir vor wie das Paradies.«

Sie sah sich suchend um. Ich versuchte ein Lächeln. »Ich habe in Ihrer Tasche nur einen Rock und ein weiteres Kleid gefunden …«

Sie winkte ab. »Ja, ich weiß. Der Rock und eine Bluse müssten sauber sein. Ich habe sie mir extra für den heutigen Tag aufbewahrt. Bringst du es mir bitte?«

So schnell es ging, brachte ich ihr die gewünschten Kleidungsstücke. Sie zog sich rasch an und bürstete dann kräftig durch ihr noch feuchtes Haar. Mit ihren langen, schlanken Fingern teilte sie die Haare und flocht einen langen, dicken Zopf, den sie dann zu einem Knoten wand. Ich war überrascht, wie viel strenger und älter sie mit dieser Kleidung und der Frisur wirkte.

Dann richtete sie sich auf. »Am besten gehen wir jetzt in die Küche, und du zeigst mir, was du für heute Abend zum Essen geplant hast. Vielleicht komme ich mit deinem Herd besser zurecht – auch wenn ich in Hamburg keine Erfahrung mit modernen Küchen sammeln durfte.«

Minuten später zeigte ich ihr mein nicht mehr ganz frisches Stück Lammfleisch und die welken Rüben, die ich dazu gekauft hatte. Ava runzelte bei dem Anblick die Brauen. »Das ist ja fast schlimmer als auf dem Schiff«, murmelte sie. »Wer hat dir denn das aufgeschwatzt?«

»Auf dem Markt hieß es, das sei ganz frisch«, versuchte ich mich zu verteidigen.

»Wann war das?«, fragte Ava mit resoluter Stimme nach. Es sollte nicht allzu viel Zeit vergehen, bis ich diesen Ton kannte und wusste, dass man sich jetzt besser in Acht nehmen musste. »Vor einer Woche?«

Ich schüttelte den Kopf. »Nein. Heute Vormittag. Ich gehe jeden Tag einkaufen. Ich habe gehofft, dass ich so vielleicht ein bisschen frischere Sachen bekommen würde.«

»Ist der Markt noch offen?« Sie war schon Richtung Ausgang unterwegs.

Ich stolperte hinterher. »Sicher. Aber wir können doch da nicht einfach …«

»Doch. Können wir. Wenn sie es wagen, einem jungen Mädchen so schlechtes Fleisch zu verkaufen, bloß weil es noch keine Erfahrung hat, dann bin ich sogar verpflichtet, ihnen einen Besuch abzustatten …« Damit öffnete sie die Tür und sah mich mit einem aufmunternden Nicken an. »Du musst mir nur zeigen, welcher Metzger dir dieses alte Stück Fleisch verkauft hat!«

Minuten später waren wir wieder auf dem kleinen Markt von Seddonville, der hier zweimal die Woche stattfand. Ich deutete unauffällig auf den Stand des Fleischers. Als Ava sich vor ihm aufbaute, erlebte ich das erste Mal ihr Temperament, für das sie später berühmt wurde.

»Darf ich mich vorstellen? Ich bin die zukünftige Miss Denson. Und …«, sie deutete auf mich, »das hier ist mein Hausmädchen Ruiha. Es mag sein, dass mein zukünftiger Gatte Ihr stinkendes Fleisch erduldet hat, weil er keine Zeit hatte, sich darum zu kümmern. Und dieses Kind hat nicht gewagt, Ihnen zu widersprechen. Aber jetzt bin ich da.« Sie klatschte ihm das übelriechende Stück Fleisch auf den Verkaufstisch. »Das hier hat Ruiha heute Morgen gekauft. Ich bin nicht willens, es zu essen. Das wären Sie wohl auch nicht, oder?«

Der Fleischer musterte sie mit überraschtem Gesicht. Ava war ziemlich hoch gewachsen, die weiße Bluse und die strenge Frisur ließen sie wie eine englische Lehrerin aussehen. Offensichtlich beschloss er in dieser Sekunde, dass er sich mit der zukünftigen Miss Denson gutstellen musste. Er zauberte ein zahnlückiges Lächeln in sein Gesicht.

»Ich wusste doch nicht, dass dieses Mädchen für den Haushalt von Mr. Denson einkauft«, erklärte er. »Sonst hätte ich ihr ein viel besseres Stück gegeben! Das alte Stück Fleisch da ist gerade eben noch recht für diese Hangis der Eingeborenen, da wäre es doch schade, wenn man ihnen ein frisches Stück gibt. Sie verbuddeln es ohnehin nur in der Erde.«

Ava wurde noch ein wenig wütender. »Ich kann es nicht leiden, wenn man meine Angestellten als Eingeborene beleidigt. Gehen Sie künftig respektvoll mit Ruiha um, und wir werden keine Probleme bekommen.«

Damit schnappte sie sich ein frisches Stück Fleisch, nickte dem Fleischer noch einmal knapp zu und ging mit mir zusammen zurück zum Haus. Dabei lachte sie, als ob ihr ein besonders guter Streich gelungen wäre. Heute weiß ich, dass Ava damals erst neunzehn Jahre alt war. Sie war ein sorgloses, mutiges Mädchen, das vor nichts und niemandem Angst hatte.

In der Küche zeigte sie mir, wie man aus dem feinen Stück Fleisch einen zarten Braten machte, und bereitete selber einen köstlichen Auflauf aus Süßkartoffeln und Rüben. »Das hat mir meine Mutter beigebracht«, erklärte sie, während sie mit geübter Hand eine Soße zubereitete. »Sie hätte es nicht geduldet, dass ich in die Welt hinausziehe, um zu heiraten – und dabei nicht kochen kann. Dabei habe ich ihr immer wieder erklärt, dass ich sicher eine Haushälterin haben werde …«

Wir lachten beide in der Küche, als wir hörten, wie

die Tür zu der großen Eingangshalle aufschwang. Eine polternde Stimme legte sofort los: »Was höre ich da? Lachen? Und die ganze Stadt redet über nichts anderes als über den Auftritt meiner Verlobten bei Smithson, dem Fleischer?«

Master John tauchte in der Tür auf. Neugierig sah er Ava an, die seinem Blick mit Ruhe und Gelassenheit begegnete. Bis heute erinnere ich mich an diesen Moment. Sie sahen sich an, und ihre Seelen erkannten sich. Für eine kleine Ewigkeit fiel kein Wort.

Dann nickte Ava. »Ich nehme an, Sie sind John Denson?«

Denson streckte seine kräftige Hand nach ihrer aus und hielt sie so fest, als wollte er sie nie wieder hergeben. »Da haben Sie recht. Und Sie sind Ava? Die ganze Stadt redet schon über Sie.«

Endlich löste er sich von ihr, hob neugierig den Topfdeckel an und schnupperte. »Angeblich hat sie Smithson einfach das beste Stück Lamm weggenommen und ein Stück alten Hammel auf dem Verkaufstisch liegen lassen – das hat mir mein Vorarbeiter erzählt! Wenn mich der Geruch nicht täuscht, dann stimmt zumindest der Teil mit dem feinsten Stück Lamm.«

Ava zuckte mit den Achseln. »Das Stück Fleisch, das Smithson Ruiha mitgegeben hat, war schon fast verrottet. Mit so einem Mahl wollte ich mich hier im Hause nicht einführen!«

Denson lächelte sie an. »Liebste Ava, du hättest dich mit fast jedem Mahl hier gut eingeführt«, meinte er trocken. »Es wäre dir schwergefallen, noch schlechter als Ruiha zu kochen. Aber ich bin mir sicher, du wirst ihr schnell diese Kunst beibringen. Und Smithson wird es nie wieder wagen, ihr ein schlechtes Stück Fleisch zu verkaufen …«

Wieder nahm er ihre Hand und sah sie mit einem Blick an, als ob ihm plötzlich ein Schatz in den Schoß gefallen sei. »Aber jetzt sollten wir in den Salon gehen und uns vielleicht bei einem Glas Wein unterhalten, bis das Abendessen fertig ist. Die Küche ist schwerlich ein angemessener Ort, um sich kennenzulernen.«

Ava sah mich fragend an. »Kommst du alleine zurecht?«

Ich nickte. »Ich serviere das Abendessen dann in einer halben Stunde.« Etwas leiser fügte ich hinzu: »Wenn ich noch eine Frage habe, darf ich dann noch einmal zu Ihnen kommen?«

Ava nickte, und damit verschwanden die beiden in den Salon. Ich werde nie erfahren, wie ihr erstes Gespräch verlaufen ist – aber als ich sie nur eine halbe Stunde später wieder sah, wirkten sie auf mich wie ein Ehepaar, das sich schon länger kennt. Offenbar planten sie, ihre Verlobungszeit so kurz wie möglich zu halten.

In den nächsten Tagen lernte Ava Seddonville kennen. Der Ort war damals noch übersichtlicher, als er heute ist – und das will einiges heißen! Eine Hauptstraße, ein paar Geschäfte, Bars von mehr oder weniger zweifelhaftem Ruf und etwas verstreut die Farmen und Häuser derjenigen, die in den Minen arbeiteten. In dem Ort herrschte ein rauer Ton, Frauen waren Mangelware und die Männer viel zu oft nur unter sich. Trotzdem gelang Ava es innerhalb kürzester Zeit, sich Respekt zu verschaffen. Ob beim Schneider, bei dem sie ein Hochzeitskleid mit den Worten bestellte: »Ich brauche kein schickes Kleid, das ich nach diesem Tag nicht mehr brauchen kann. Schneidern Sie mir einfach ein vernünftiges Kleid, zu dem ein hübscher Kragen und ein Hut passen!«, oder bei Pfarrer Rose, den sie ermahnte, keine allzu lange Predigt zu halten. »Ich möchte nicht, dass sich bei meiner Hochzeit jemand langweilt!«

Energisch lud sie am Sonntag die wichtigen Männer des Ortes zum Essen ein. Wenn Denson protestierte, dann erklärte sie ihm in sehr bestimmtem Ton: »Wir wollen künftig in diesem Ort leben und auch mitbestimmen, wie er sich entwickelt. Da sollten wir so schnell wie möglich sehen, wer hier an den Hebeln sitzt.«

Denson wehrte sich nicht lange. Im Gegenteil: Ich hatte das Gefühl, dass er seine Verlobte gerade wegen ihrer Energie so sehr schätzte.

Ganz besonders erinnere ich mich aber an eine dieser Sonntagseinladungen. Ava hatte Pfarrer Rose eingeladen, dazu einen Mann aus dem Gemeinderat und seine Frau. Wir planten das Essen. Ich erinnere mich, als ob es erst gestern war: Es sollte eine Suppe mit Krebsen und dann Geflügel geben.

Da stieß vor einem Laden ein junger Mann mit Ava zusammen. Damals dachte ich mir noch nichts dabei. Er entschuldigte sich wortreich, bezeichnete sich als Tollpatsch – und wies doch gleichzeitig darauf hin, dass er sich glücklich schätzte, endlich die Verlobte von John Denson kennenzulernen. Ava nahm an, dass er mit Denson gut bekannt sein musste, und lud ihn spontan zu diesem nächsten Sonntagsessen ein. Erst Jahre später wurde mir klar, dass wahrscheinlich sogar dieser unbeabsichtigte Rempler auf der Straße alles andere als ein Zufall war. Aber an diesem sonnigen Nachmittag sahen wir nur einen eifrigen, höflichen Mann, der sich ehrlich über die

Einladung zu freuen schien. Sicher, er sah Ava einen Augenblick länger in die Augen, als es sich gegenüber einer verlobten Frau ziemte. Aber das musste nichts bedeuten – wie gesagt: In Seddonville gab es viel zu wenig Frauen, wer konnte es da einem Junggesellen verdenken, wenn er eine junge Frau ein wenig zu lange ansah?

Ava erzählte Denson beim Abendessen von diesem Treffen. Er kratzte sich nachdenklich am Hals. »MacLagan? Nie gehört. Vielleicht einer dieser jungen Heißsporne, die vom großen Glück an der wilden Westküste träumen? Wenn es so ist, dann kommt in unser langweiliges Essen mit diesem Pfarrer und diesem so ernsthaften Gemeinderat wenigstens ein bisschen Leben.«

Ava legte ihm entschuldigend die Hand auf den Arm. »Ich war mir wirklich sicher, dass er dich schon lange kennt. Er sprach von dir, als ob ihr schon seit Jahren eng befreundet wärt. Sonst hätte ich ihn nicht eingeladen, das musst du mir glauben.«

Denson schüttelte begütigend den Kopf und streichelte ihr mit dem Daumen über den Handrücken. »Das ist doch nicht schlimm, reg dich nicht auf. Wie ich schon gesagt habe: Es könnte sein, dass er erst für ein anregendes Gespräch mit diesen Langweilern sorgt!«

Zu dieser ganz speziellen Sonntagseinladung tauchte MacLagan fast eine Stunde zu früh auf. Ich erinnere mich noch ganz genau, wie er mit seinem Strauß Blumen, die er wohl auf irgendeiner Wiese gepflückt hatte, und in seinem besten Anzug in der Tür stand. Ich nehme zumindest an, dass es sein bester Anzug war. Vielleicht war es auch sein einziger: ein abgeschabtes, dunkelbraunes Ding mit Flicken auf den Ellenbogen.

Vielleicht sollte ich sagen, dass MacLagan ein sehr gutaussehender junger Mann war. Dunkle Haut, dunkle Augen, dunkle Haare. Groß, kräftig, mit schnellen, entschlossenen Bewegungen. Er wirkte wie ein edles Vollblut – während der kleinere, breitschultrigere Denson ein bisschen wie ein stämmiges Kutschpferd wirkte. Ich weiß, dieser Vergleich ist nicht ganz angemessen, aber das ging mir sofort durch den Kopf, als ich MacLagan sah. Er betrat unseren Salon mit einer Selbstverständlichkeit, die in keinem Verhältnis zu seinen Verdiensten stand. Er bediente sich bei den bereitstehenden Aperitifs und winkte mir herrisch zu. »Geh und sag Miss Ava, dass ich auf sie warte.«

Zögernd ging ich die Treppe nach oben und klopfte bei Ava an die Tür. Sie saß vor ihrem Spiegel und steckte sich das Haar zu einem lockeren Knoten auf. Als ich ihr die frühe Ankunft von MacLagan meldete, zog sie nur eine Augenbraue hoch und schüttelte den Kopf.

»Weiß er nicht, dass es unhöflich ist, so viel zu früh zu kommen? Bitte, liebe Ruiha, gib ihm einen Drink, und setz ihn in unseren Salon. Ich brauche noch etwas Zeit – und John wird überhaupt erst in einer halben Stunde wieder nach Hause kommen.«

»Das muss ich nicht tun«, grinste ich Ava an. »Er hat sich selbst an unserer Bar bedient – und im Salon hat er sich einen schönen Platz am Fenster gesichert.«

Sie schüttelte fast unmerklich den Kopf. »Gibt es hier in der Wildnis kein gutes Benehmen?« Sie sah mich an. »Achte bitte darauf, dass es ihm an nichts mangelt … Wenn er sich schon vor dem Essen betrinken will, dann bin ich bestimmt nicht die Frau, die ihn daran hindern wird.«

Ich ging zurück in den Salon. MacLagan schien kaum zu bemerken, dass ich in den Raum kam. Offensichtlich wollte er uns »Einheimische« nicht sehen. Oder ich gehörte für ihn einfach zum Personal und war damit auch keiner weiteren Geste würdig.

Ava betrat nur wenige Minuten später den Salon. Wie immer sehr aufrecht und sehr korrekt. Sie nickte ihm höflich zu, während er aufsprang und ihr entgegeneilte. »Sie kommen früh, Mr. MacLagan«, begrüßte sie ihn kühl.

Er nahm ihre Hand und führte sie an seinen Mund. »Ich habe so sehr gehofft, dass ich auf diese Art wenigstens ein paar Minuten mit Ihnen alleine sein kann.« Seine Stimme klang dunkel vor Verlangen.

Ava zog ihre Hand so schnell zurück, als ob sie von einem wilden Tier gebissen worden wäre. »Was wagen Sie?«, zischte sie zwischen ihren zusammengepressten Lippen hervor. »Wie Sie sicher wissen, bin ich mit dem Herrn des Hauses verlobt – da schickt es sich wohl kaum, mich auf diese Art zu begrüßen.«

Jeder andere Mann hätte sich nach dieser Zurechtweisung getrollt. Nicht so MacLagan. Es schien fast so, als ob er gar nicht bemerkt hätte, wie schroff sie ihn zurechtgewiesen hatte. Er ließ seine weißen Zähne blitzen. »Aber Miss Ava, Sie kennen mich doch noch gar nicht …«

In dieser Sekunde öffnete sich die Haustür. John Denson kam nach Hause. Er kam mit einem breiten Lächeln in den Salon, als er Ava entdeckte. Das Lächeln gefror ihm auf den Lippen, in der Sekunde, in der er MacLagan mit seiner Verlobten sah. Für eine Sekunde wirkte es auf mich so, als ob die Männer aufeinander losgehen würden, so streitbar sahen sie sich an. Aber dann setzte Ava ein höfliches Gesicht auf.

»Darf ich dir Angus MacLagan vorstellen, Liebling? Ich glaube, ihr wurdet noch nicht miteinander bekannt gemacht.«

Sie benutzte den Begriff »Liebling« das erste Mal in der Öffentlichkeit. Selbst ich hatte das bisher nur ein- oder zweimal gehört. Ganz offensichtlich wollte sie MacLagan noch einmal in seine Grenzen weisen.

Ich habe keine Ahnung, ob der überhaupt bemerkte, wie abweisend Ava ihn danach behandelte. Sie wies mich an, ihn möglichst weit von ihr entfernt an der Tafel zu platzieren. Bei dem Gespräch am Tisch behandelte sie ihn wie Luft. Sie richtete das Wort nicht an ihn und bemühte sich nicht, ihn in ein Gespräch zu verwickeln, das weiterführte, als bis zu dem köstlichen Geschmack der Krebssuppe. Er redete unbeeindruckt einfach weiter.

»Ich habe gehört, Sie haben ein paar neue Ideen bei der Coal Company eingeführt?«, fragte er Master John, während er sich ungeniert das beste Bruststück des Truthahns von der Platte in der Mitte des Tisches nahm.

Denson nickte. »Ja. Die Sicherheitsstandards in den Minen müssen besser werden. Die Arbeit muss für die Arbeiter sicherer werden. Und bis wir es endlich schaffen, dass die Schächte nicht mehr Feuer fangen oder durch einen Erdrutsch verschüttet werden, muss eine besser organisierte Rettung vor Ort sein. Wir planen im Moment eine Minen-Rettung, die bei Notfällen immer schnell zur Stelle ist. Die Männer müssen speziell ausgebildet sein – aber ich glaube, dass dieser Aufwand sich lohnt. Wenn wir nur ein einziges Leben retten können, dann bin ich schon glücklich.«

»Wird so der Preis der Kohle nicht immer weiter in die Höhe getrieben?« MacLagan sah Denson herausfordernd an. Der schüttelte den Kopf. »Das ist ja, als ob man den Wert eines Arbeiters in Dollar und Cent ausdrücken könnte … Außerdem müssen wir begreifen, dass Kohle auf Dauer nur dann eine Zukunft hat, wenn wir dafür keine Menschenopfer bringen müssen.«

»Wird Kohle nicht sowieso langfristig vom Öl abgelöst?«, mischte sich jetzt Pfarrer Rose in das Gespräch.

Denson schüttelte den Kopf. »Vielleicht bei einem Teil des Geschäfts. Aber ich kann mir nicht vorstellen, dass Kohle nicht weiter benötigt wird. Die Preise werden bestimmt wieder steigen. Spätestens dann, wenn das alte Europa sich wieder in einen Krieg stürzt.« Er deutete auf Ava. »Und was meine Verlobte mir aus der Alten Welt berichtet, ist alles andere als ermutigend. Der Wirtschaft geht es nicht gut, es gibt zu wenig Arbeit für die Bevölkerung – das ist doch immer die Grundlage von Revolutionen und schließlich Kriegen. Dann ist Kohle wieder gefragt. Auch unsere Kohle.«

MacLagan sah ihn lauernd an. »Nur die Kohle der Coal Company? Oder auch die Kohle der kleinen privaten Minen?«

Denson machte eine vage Handbewegung. »Private Minen? Ich denke, die werden immer zu kleine Mengen anbieten. Sie müssten sich zu einer großen Vermarktung zusammenschließen, aber das scheinen diese eigenbrötlerischen Minenbesitzer nicht zu begreifen. So vernichten sie sich gegenseitig, und die Coal Company muss keine Konkurrenz befürchten …«

MacLagan hörte ihm aufmerksam zu. »Was wäre denn, wenn diese Minenbesitzer sich doch einig würden?«

Denson lehnte sich gelassen auf seinem Stuhl zurück. »Das passiert schon nicht. Da muss sich die Company erst einmal keine Gedanken machen. Aber jetzt wollen wir von etwas Erfreulicherem reden und unsere anderen Gäste nicht weiter mit dem Gerede über Kohle langweilen, nicht wahr?«

MacLagan schien sich von dem Thema nur mühselig lösen zu können. Aber das Gespräch drehte sich für den Rest des Abends nur noch um die bevorstehende Hochzeit. MacLagan hörte eine Weile mit gelangweiltem Gesicht zu und verabschiedete sich schließlich. Ich habe innerlich gejubelt, als ich ihn zur Tür begleitete. Für mein Gefühl war er ein besonders unangenehmer Zeitgenosse …

Leider war er wenige Tage später schon wieder bei uns. Es klopfte an der Tür – und als ich öffnete, stand er schon wieder in seinem braunen Anzug vor mir. »Könnten Sie mich bitte bei Miss Ava melden?«, fragte er dreist. Als ich ihm erklärte, dass Miss Ava nicht zu Hause sei, verschwand er wieder. Um nur einen Tag später am Spätnachmittag erneut vor mir zu stehen. Diesmal wollte er Master John sprechen. Der empfing ihn sogar – die beiden Männer verschwanden für eine ganze Weile im Arbeitszimmer. Ich habe keine Ahnung, über was sie redeten – aber sie schienen sich beim Thema Kohle ganz gut zu verstehen. Und MacLagan war klug genug, sich nicht mehr an Ava heranzumachen. So schaffte er es wohl auch, dass er zur Hochzeit eingeladen wurde.

Sie fand wenige Wochen später statt. Ava hatte ihren Willen beim Schneider durchgesetzt. Sie trug ein neues, schmal geschnittenes Kleid, dem sie mit einem breiten Spitzenkragen eine festliche Note für den Anlass gegeben hatte. Dazu einen zierlichen Hut mit einem kleinen Schleier, der ihre Augen verdeckte. Für diesen Festtag ließ Ava das erste Mal ihre Haare offen. Sie fielen in großzügigen Wellen über ihren Rücken. Ich steckte Ava ein paar kleine, rote Blüten eines Baumes hinein und trat dann einen Schritt zurück.

»Das sieht wunderbar aus!«, nickte ich.

Nervös lächelte Ava und strich sich eine Haarsträhne aus dem Gesicht. »Ist es nicht lächerlich, dass es mir plötzlich so wichtig ist, wie ich aussehe? Immerhin sehen mich nicht einmal meine Eltern – oder gar Schwiegereltern.«

»Aber Ihr künftiger Mann – und da ist es doch nur verständlich, wenn Sie besorgt sind. Aber machen Sie sich keine Sorgen: Sie sind einfach wunderschön.« Obwohl ich noch so jung war, versuchte ich sie zu beruhigen. Plötzlich fiel mir etwas ein. Ich rannte in mein Zimmer und wühlte in meinen Sachen. Ganz unten in einer Schublade fand ich, was ich suchte: ein kleines Stück Jade, glatt geschliffen von Jahrhunderten im Meer und in der Brandung. Die Wellen hatten nicht eine Kante übrig gelassen, die Jade bildete ein perfektes Oval. Sie lag in meiner Hand wie ein lebendiges Ding, als ich wieder zurück zu Ava rannte. Ich drückte ihr den Stein in die Hand.

»Bei meinem Volk bedeutet Jade Reichtum und Glück«, erklärte ich. »Und genau das wünsche ich Ihnen für die Ehe.«

Ava traten tatsächlich Tränen in die Augen. Gerührt nahm sie mich in den Arm. »Das ist so lieb von dir«, schluchzte sie. »Du hast keine Ahnung, wie sehr ich heute meine Familie vermisse.«

»Doch, das kann ich mir vorstellen«, erklärte ich ihr. »Schließlich kann ich meine Familie wenigstens einmal im Monat sehen, und doch fehlen sie mir schrecklich. Da muss ich mir nur vorstellen, wie es wäre, wenn ich sie nie mehr sehen würde – da bräuchte ich auch ein Stück Jade. Und ein bisschen mehr.«

Ava atmete tief durch, strich mir noch einmal über das Haar und richtete sich auf. »Dann wollen wir mal in die Kirche gehen und aus mir eine Miss Denson machen ...«

Die Zeremonie war einfach und dauerte nicht allzu lang. Die Ermahnungen dem Priester gegenüber hatten offenbar Gehör gefunden. Als er Ava und John fragte, ob sie sich ein Leben lang lieben und ehren würden, sahen die beiden sich fest in die Augen, und ihre Stimmen waren laut und kräftig, als sie »Ja!« sagten. Ich war mir sicher: Ich war Zeuge einer glücklichen Vereinigung geworden. Auch wenn mir der Anfang mit der Anzeige immer noch merkwürdig vorkam ...

Nach der Kirche lud das frischgebackene Ehepaar die bessere Gesellschaft von Seddonville zu einem Empfang in den Salon. Da waren die Gemeinderäte, ein paar wichtige Menschen von der Coal Company, der Pfarrer – und zu meinem großen Missfallen auch MacLagan. Denson hatte ihn wohl eingeladen – kein Wunder, er wusste ja immer noch nicht von den unziemlichen Annäherungen seiner Verlobten gegenüber. Ava konnte an diesem Tag allerdings nichts und niemandem böse sein. Sie lachte und scherzte mit allen Gästen, probierte immer wieder von den Köstlichkeiten, die wir in den letzten Tagen gemeinsam zubereitet hatten – und natürlich dem Wein und sah Denson von Zeit zu Zeit mit einem kleinen Lächeln an. Sie schien sich wegen der Hochzeitsnacht keine Sorgen zu machen.

»Das ist doch alles nur natürlich!«, hatte sie mir noch vor ein paar Tagen erklärt, als ich es wagte, ein paar Fragen zu stellen. Immerhin war ich erst vierzehn und begann mich langsam dafür zu interessieren, was da in der Hochzeitsnacht geschah. Die Gäste waren sehr diskret und verabschiedeten sich mit dem Einbruch der Dunkelheit. Schließlich blieb nur noch das Hochzeitspaar im Salon zurück. Sie schienen mich nicht einmal wahrzunehmen, als sie sich in die Augen sahen und die Arme umeinander schlangen.

»Ich habe so darauf gewartet«, wisperte John in die Haare seiner Frau. Seine Hände glitten über ihre schmale Taille und streichelten über ihren Rücken. Ich errötete allein bei dem Anblick – hielt aber meinen Blick gesenkt und deckte so schnell wie möglich den Tisch ab.

Mindestens ebenso leidenschaftlich erwiderte Ava seine Küsse. Zu meinem Entsetzen öffnete sie mitten im Kuss sogar ihren Mund – das hatte ich bis zu diesem Augenblick noch nie gesehen. Kurz bevor es wirklich peinlich für mich wurde, klirrten zwei Gläser in meinen Händen aneinander.

Das Paar löste sich sofort voneinander und sah mich schuldbewusst an.

»Verzeihe uns, Ruiha. Wir haben dich gar nicht bemerkt und wähnten uns alleine«, stammelte Ava schließlich. »Du hast für heute frei – wir benötigen deine Dienste nicht mehr.« Ich nickte und zog mich zurück. Aber ich war mir sicher, dass die beiden in dieser Nacht nicht viel schliefen.

Als ich sie am nächsten Morgen wieder sah, wirkte Ava wie eine echte Frau. Ihre Lippen waren voller, ihr Haar weicher, und ihr Gang verführerischer. Vor ihrer Hochzeit war sie ein hübsches Mädchen gewesen – jetzt war sie eine wunderschöne Frau.

9.

Ruiha schwieg und sah sinnend vor sich hin. Der Wein in ihrem Glas war schon lange warm geworden, die Uhr an der Wand zeigte an, dass Mitternacht vorbei war. Für einen Moment konnte die alte Maori sich kaum von der Vergangenheit lösen, dann schüttelte sie den Kopf, als ob sie die Geister vertreiben wollte.

»So habe ich Ava kennengelernt. So leid es mir tut, mein Kind, jetzt bin ich zu müde, um dir den Rest der Geschichte zu erzählen.« Mühsam stand Ruiha auf. »Aber du kannst gerne wiederkommen, dann erzähle ich dir den Rest – bis jetzt kennst du ja nur einen winzigen Teil.«

Sina nickte. »Das ist wahr. Ich verstehe immer noch nicht, was diese Geschichte mit mir zu tun haben soll – aber sie ist unglaublich spannend. Es ist schwer, sich vorzustellen, auf was für Abenteuer sich manche Frauen damals eingelassen haben. Eine Reise um die halbe Welt, um einen Mann zu heiraten, den man nur von ein paar Briefen kennt ... unvorstellbar.«

»Und doch war es damals nicht so ungewöhnlich«, nickte Ruiha. Sie stellte die Teller zusammen und verschwand Richtung Küche. Sina ging ihr noch zur Hand und half ihr, das Geschirr abzuspülen. Dann verabschiedete sie sich.

»Ich darf wirklich wiederkommen?«

Ruiha drückte ihre Hand. »Wann immer du willst. Komm doch einfach morgen wieder. Vielleicht möchtest du ja deine Freundin mitbringen?«

Sina nickte begeistert. »Ja, gerne. Katharina liebt alte Geschichten. ›Abenteuer in Schwarz-weiß‹ nennt sie das immer.«

»Sie werden noch farbig genug, glaube mir«, lächelte die alte Frau und verschwand in ihrem Haus.

Einen Augenblick lang sah Sina die Holztür mit der abblätternden Farbe an. Sie konnte es kaum glauben, wie schnell dieser Abend vorübergegangen war. Sie hatte das merkwürdige Gefühl, als ob die Geister von Ava und John Denson um sie herumtanzten. Was mochte aus diesem ungewöhnlichen Paar nur geworden sein? Ob die Nachkommen noch in Seddonville lebten? Nachdenklich lief sie die Straße zu Mary-Anns Haus entlang. Alles schlief, und es herrschte eine unglaubliche Stille, die nur vom lauten Ruf eines Nachtvogels durchbrochen wurde.

Gedankenverloren drückte Sina Mary-Anns Tür auf und schlich durch den Flur, der ihr mittlerweile richtig vertraut vorkam. Leise öffnete sie die Tür zur Küche – und war völlig überrascht, dass Mary-Ann und Katharina immer noch zusammensaßen. Doch beide wirkten merkwürdig bedrückt.

Katharina sprang bei Sinas Anblick sofort auf und nahm ihre Freundin in die Arme. »Es tut mir so leid!«, flüsterte sie immer wieder.

Sina verstand keinen Augenblick, um was es eigentlich ging. Sie schob ihre Freundin etwas von sich und sah ihr fest in die Augen. »Katharina, was tut dir so schrecklich leid? Ist etwas mit Brandon passiert?«

Katharina schüttelte den Kopf. »Nein, aber deine Mutter versucht seit Stunden, dich zu erreichen. Jetzt hat sie mich angerufen. Deinem Großvater geht es nicht gut, er liegt im Krankenhaus. Deine Mutter meinte, dass du sofort nach Hause kommen sollst, wenn du ...«, sie zögerte, bevor sie weiterredete. »...wenn du ihn noch einmal sehen willst!«

Sina ließ sich schwer auf einen Stuhl fallen. Mit einem Mal wurde ihr das Herz schwer. »Mein Großvater? Aber mit dem war doch alles völlig in Ordnung, als wir abgefahren sind ...«, murmelte sie vor sich hin. Dann sah sie Katharina an. »Hat sie denn erzählt, was ihm fehlt?«

»Sein Herz ist wohl nicht mehr stark genug, deswegen sammelt sich Wasser in seiner Lunge«, erklärte ihre Freundin.

Mit einem Stich im Herzen erinnerte Sina sich an ihren Großvater. Ein hochgewachsener Berliner Arzt, der schon weit über siebzig war, als er seine geliebte Praxis endlich aufgab. Sicher, inzwischen ging er auf die neunzig zu, da war sein Ende wohl allmählich keine große Überraschung mehr. Trotzdem ... Sina war sich immer sicher gewesen, dass sie von ihrem Großvater ihre Leidenschaft für die Medizin geerbt hatte.

»Ich muss so schnell wie möglich nach Deutschland«, erklärte sie schließlich. Fragend sah sie Katharina an. »Wie steht es mit dir? Kann ich dich alleine hier zurücklassen? Bleibst du in Port Levy?«

Katharina schüttelte den Kopf. »Ich habe mir das schon überlegt. Ich komme mit dir zusammen nach Deutschland zurück. Wir sind sowieso schon länger hier, als wir ursprünglich geplant haben. Da wird es wohl allmählich Zeit, wieder mit dem echten Leben weiterzumachen!«

»Ihr seid ja nicht für immer fort«, tröstete Mary-Ann sie. »Bei mir seid ihr auf jeden Fall willkommen. Und wenn ich Sina richtig verstanden habe, dann wird sie wohl schon allein wegen Brandon zurück nach Neuseeland kommen …«

Noch bevor Sina antworten konnte, fiel Katharina der eigentliche Grund für Sinas Abwesenheit an diesem Abend ein. Sie sah Sina neugierig an: »Aber davor will ich noch wissen: Hast du den Grund gefunden, warum der alte Cavanagh dich nicht leiden kann?«

Sina schüttelte den Kopf. »So weit kamen wir gar nicht. Ruiha hat mir Avas Geschichte von Anfang an haarklein erzählt. So kamen wir nur bis zu ihrer Hochzeit. Ich fürchte, wenn diese Ava etwas mit mir zu tun hat, dann muss ich mir zunächst noch ein paar Jahre über das Leben in den Zwanziger- und Dreißigerjahren an der Westküste anhören …«

»Ausgerechnet jetzt musst du nach Deutschland zurück«, bedauerte Mary-Ann sie. »Das kann ja eine Ewigkeit dauern, bis du wieder hier bist!«

»Quatsch, ich will ja schließlich Brandon wiedersehen.« Sie erschrak. »Den muss ich morgen früh gleich anrufen – sobald ich weiß, mit welchem Flug wir nach Hause fliegen.«

»Auf diesen Schreck sollten wir erst einmal noch einen Wein trinken!«, bestimmte Mary-Ann und schenkte allen drei Frauen reichlich ein. Sie erhob ihr Glas. »Auf unser Wiedersehen!«

»Auf unser Wiedersehen!«, wiederholten Sina und Katharina feierlich und stießen mit ihr an.

Am nächsten Morgen genügten wenige Telefonate, um einen Rückflug für den Tag darauf zu buchen. Sina sprach erst mit ihrer Mutter und rief dann Brandon an. Der erkannte an ihrer bedrückten Stimme, dass es ihr nicht gut ging. So gut er es vermochte, tröstete er sie. »Wir sehen uns doch heute Abend – und wenn du morgen nach Hause fliegst, dann ist das doch nur ein Abschied für eine Zeit. Lass uns erst einmal diesen Abend so weit wie möglich genießen.«

Schniefend legte Sina auf. Sie und Katharina verabschiedeten sich von Mary-Ann und fuhren noch bei Ruiha vorbei. Sie fanden die alte Frau in ihrem Garten, wo sie zwischen den Beeten kniete und Unkraut jätete. Sina erklärte, warum sie leider erst einmal zurück nach Deutschland musste. Ruiha nickte, als ob sie mit dieser Nachricht gerechnet hatte. »Du tust richtig daran, nach deinem Großvater zu sehen. Die Wurzeln darf man nie aus den Augen verlieren … Mach dir keine Sorgen. Ich bin noch immer hier, wenn du wiederkommst. Und du wirst wiederkommen, das spüre ich.«

Damit wandte sie sich wieder dem Beet zu. Kopfschüttelnd stieg Sina wieder in das Auto. »Aus der Alten werde ich nicht schlau. Manchmal wirkt sie auf mich, als ob sie genau weiß, wer ich bin und welche Rolle ich in diesem siebzig Jahre alten Drama spiele, das sie mir erzählen will. Und dann denke ich wieder, dass sie einfach nur froh ist, dass sich jemand ihre alten Kamellen anhören will. Bis jetzt ist es ja nur die Geschichte einer glücklichen Ehe mit einem ungewöhnlichen Anfang und einer unfähigen, sehr jungen Haushälterin.«

Damit wendete sie und gab Gas – so gut das mit dem wackeligen himmelblauen Auto eben ging. Am späten Nachmittag erreichten sie Christchurch und trafen Brandon wie verabredet in einem kleinen Diner. Er und Sina fielen sich in die Arme und küssten sich lange und leidenschaftlich, bis Katharina sich leise räusperte. »Ich möchte ja nicht stören – aber sollten wir nicht weiter nach Port Levy, um unsere Sachen abzuholen und uns von Caroline zu verabschieden?«

Ertappt lösten Brandon und Sina sich voneinander. »Du hast recht …«, murmelte Sina.

Für ihren Geschmack dauerte es viel zu lange, bis sie endlich nach Port Levy kamen, ihre Sachen gepackt hatten und dann zurück nach Christchurch gefahren waren. Bis sie sich endlich in ein kleines Hotel in der Nähe des Flughafens eingebucht hatten, war es schon später Abend.

Katharina ahnte, dass ihre Freundin mit Brandon noch ein paar Stunden zu zweit haben wollte, und heuchelte nicht sehr überzeugend, dass sie jetzt unglaublich müde sei und deswegen unbedingt in ihr Zimmer müsste, um noch ein wenig zu schlafen. Damit verschwand sie. Brandon lächelte Sina an. »Eine wirklich gute Freundin, nicht wahr?«

»Ja, sie weiß sogar, wann sie gehen muss«, grinste Sina und zog Brandon an seinem T-Shirt näher zu sich hin. »Aber jetzt hätte ich gerne, dass du mich ein bisschen ablenkst von den Gedanken an meinen Abflug und an das, was in Deutschland auf mich wartet.«

Brandon beugte sich mit einem breiten Lächeln über sie und schob langsam ihre Bluse nach oben. Vorsichtig streichelte er mit seinem rauen Daumen über ihre Brustwarze. »Dachtest du an so etwas?«

Leise stöhnte Sina und ließ ihre Hand über seinen Rücken etwas tiefer gleiten. »Ja. Genau. So.«

Sie küssten sich, als ob es nie wieder ein Morgen geben würde. Was in ihrem Fall sogar stimmte. Erst als es vor dem Hotel allmählich hell wurde, lösten sie ihre verschwitzten Körper voneinander.

»Sag mir, dass du mich nicht vergisst!«, murmelte Brandon. »Sonst komme ich nach Deutschland und entführe dich – und erinnere dich daran, was du mir versprochen hast.«

»Das musst du nicht«, lächelte Sina und fuhr mit ihrem Zeigefinger über seine Oberlippe. »Ich werde dich nie vergessen, egal, was dein Großvater gerne hätte.«

Bei der Erwähnung seines Großvaters wurde Brandon ernst und richtete sich halb auf. »Schade, dass du nicht lange genug mit Ruiha reden konntest, um da mehr in Erfahrung zu bringen.«

»Ich komme ja wieder«, versprach Sina und fing noch einmal an, ihn zu küssen. Das nächste Mal ließen sie erst voneinander ab, als es heftig an der Tür klopfte.

Auf ein schläfriges »Was gibt es?« rief Katharina etwas von einem Flugzeug, das in zwei Stunden Richtung Europa starten würde. Mit einem Fluch stürzte Sina unter die Dusche, flocht ihre nassen Haare zu einem Zopf und rannte Minuten später hinter Katharina her.

Als sie am Terminal ankamen, war Sina insgeheim dankbar, dass so keine Zeit mehr für einen langen Abschied von Brandon blieb. Sie checkten das Gepäck ein, küssten sich noch einmal – und nur wenig später wurde Sina beim Start der Maschine in ihren Sitz gepresst.

Für die nächsten Stunden blieb ihr nichts anderes, als von der letzten Nacht mit Brandon zu träumen. Das erschien ihr sehr viel spannender als jeder Film, den die Fluggesellschaft als Entertainment anbot.

10.

Direkt hinter der Zollkontrolle warteten Sinas Mutter und Katharinas Bruder auf sie. Katharina nahm ihre Freundin in den Arm und drückte sie fest an sich. »Lass dich nicht unterkriegen. Ruf mich an, wenn du weißt, wie es deinem Großvater geht!« Statt einer Antwort nickte Sina nur. Zu groß war der Kloß in ihrem Hals – jetzt, in diesem Moment, war ihr lang erträumter Urlaub also tatsächlich zu Ende. Katharina winkte ihr noch ein letztes Mal zu, hakte sich bei ihrem Bruder unter und verschwand durch die großen Drehtüren. Sina wagte es endlich, ihre Mutter anzusehen. »Wie geht es ihm?«, fragte sie.

Fast unmerklich schüttelte ihre Mutter den Kopf. »Nicht gut. Er ist schrecklich verwirrt, bringt Dinge aus der Vergangenheit mit der Gegenwart durcheinander. Wir sollten noch heute ins Krankenhaus fahren, wenn du ihn noch einmal …« Ihre Stimme versagte, sie brach mitten im Satz ab. Ihre Tochter verstand sie auch so.

»Lass uns sofort zu ihm fahren. Ich kann auch heute Abend noch duschen – und ausschlafen kann ich die ganzen nächsten Tage.« Ihre Mutter schien froh über

Sinas Entscheidung zu sein und griff nach dem Rucksack.

»In Ordnung. Hoffentlich erwischen wir einen hellen Moment. Er ist oft wie weggetreten, erzählt von früher oder fantasiert, ich weiß es nicht. Dann hat er wieder ganz klare Momente … Die Schwestern sagen, das liegt an der hohen Dosis Morphium, die sie ihm geben müssen.«

Sina nickte. Sie hatte schon zu oft in einem Krankenhaus gearbeitet, sie wusste, was ihre Mutter ihr sagen wollte. Schweigend fuhren sie die halbe Stunde zu dem grauen Zweckbau aus den Achtzigerjahren, in dem das Krankenhaus untergebracht war. Eigentlich hatte Sina vorgehabt, ihrer Mutter sofort von Brandon zu erzählen – aber jetzt erschien ihr das irgendwie unpassend.

Als sie ihren Großvater in seinem Bett sah, fuhr ihr ein Schrecken in die Glieder. Hubertus Gehrling war immer ein kräftiger Mann gewesen, der Patriarch der Familie. Jetzt war er in sich zusammengefallen, es wirkte fast so, als sei er geschrumpft. Seine Augen waren geschlossen. Sina ging langsam zu seinem Bett und nahm vorsichtig seine Hand.

»Opa?«

Seine Augenlider flatterten. Dann öffnete er sie und sah Sina aus bernsteinfarbenen Augen an. Ein glückliches Lächeln breitete sich in seinem faltigen Gesicht aus. »Mein Liebling!«

Sina nickte. »Ich bin gerade eben aus Neuseeland zurückgekommen – und wollte dich unbedingt sofort sehen. Wie fühlst du dich?«

»Jetzt, wo du vom anderen Ende der Welt gekommen

bist, geht es mir schon viel besser. Ich habe dich so vermisst, mein Schatz.«

Sina sah ihre Mutter fragend an. Wusste er, mit wem er gerade sprach? Ihre Mutter zuckte unmerklich mit den Achseln.

Sina drückte seine Hand etwas fester.

»Ich bin es, Sina. Erkennst du mich, Opa?«

Er nickte nachdrücklich. »Wie könnte ich dich nicht erkennen. Du bist das Glück meines Lebens gewesen. Mein Geschenk, mit dem ich nicht gerechnet habe. Ach, Evchen, wir sind füreinander geschaffen, nicht wahr?«

Verblüfft sah Sina ihn an. »Ich bin nicht Evchen«, sagte sie vorsichtig.

Er lachte. Ein raues, heiseres Lachen, das in einen heftigen Husten überging. Er rang nach Atem, bevor er ihr antwortete. »Du hattest schon immer einen eigenwilligen Humor. Wenn ich dich nicht mehr erkennen würde, dann wäre es doch wirklich schlimm um mich bestellt.« Sein Blick wanderte über ihr Gesicht. »Erinnerst du dich an diesen herrlichen Frühlingstag im Zoo? Sicher, es war Krieg – aber du warst schwanger und sahst so wunderschön aus. Du hast mir nicht geglaubt, dass ich dich so sehr liebe … Immer hast du mich so fragend angesehen. Aber jetzt kann ich es dir noch einmal sagen: Du bist die schönste Frau der Welt. Mein Evchen.«

»Ich bin Sina!«, erinnerte seine Enkeltochter ihn mit etwas mehr Nachdruck.

Er schüttelte lächelnd den Kopf. »Nein. Ich weiß, du hast immer gerne deine Spielchen gespielt. Dein großes Geheimnis, das du mit ins Grab genommen hast. Die Tage, an denen du plötzlich untröstlich warst – ich habe gelernt, damit zu leben. Aber jetzt benimm dich nicht so, als ob du jemand anders wärst. Ich würde dich unter Tausenden erkennen!«

Langsam schlossen sich seine Augen wieder. Sein rasselnder Atem wurde ruhiger, er schlief wieder ein. Sina richtete sich auf, sah verwirrt ihre Mutter an.

»Hat er mich mit meiner Großmutter verwechselt?«

»Es sieht fast so aus«, murmelte ihre Mutter. »Die beiden haben sich wahnsinnig geliebt. Er war untröstlich, als sie starb. Aber das ist fünfundzwanzig Jahre her. Seitdem hat er nur wenig von ihr geredet.« Sie musterte ihre Tochter. »Vielleicht siehst du ihr ähnlich. Ich weiß es nicht – für mich war meine Mutter immer eine ältere, kränkliche Frau – die dann ziemlich früh gestorben ist. Du hast sie ja nicht einmal mehr kennengelernt.«

Sina schüttelte den Kopf. »Wahrscheinlich war es nur das Morphium. Wir kommen heute Abend noch einmal vorbei. Vielleicht ist er dann klarer …«

Schweigend fuhren sie die wenigen Kilometer zu Sinas Elternhaus. Vor dem Urlaub in Neuseeland hatte sie alle ihre Möbel und Bücher in den Keller geräumt – so hatte sie sich die Miete für ihre kleine Wohnung in Kreuzberg gespart. Jetzt wurde ihr mit einem kleinen Schrecken klar, dass sie wahrscheinlich keine Wohnung mehr mieten wollte. Sie musste so schnell wie möglich zurück nach Neuseeland, zu Brandon. Am besten schon für das Praktische Jahr.

Zu Hause angekommen, kochten sie sich eine große Kanne Tee. Gemeinsam mit ihren Eltern setzte Sina sich in das Wohnzimmer und kam endlich dazu, ihnen von ihrem großartigen Urlaub zu erzählen. Von den Pferden in Port Levy, der Wildnis von Paparoa – und irgendwann dann auch von Brandon. Während sie erklärte, wie sie ihn kennengelernt hatte, was sie gemeinsam gemacht hatten, wechselten ihre Eltern hin und wieder einen schwer zu deutenden Blick. Schließlich endete Sina mit einem »Ich denke, ich werde das Praktische Jahr in Christchurch machen. Dann kann ich Brandon jeden Tag sehen, wir können zusammenwohnen und dabei ausprobieren, ob wir wirklich zusammengehören …«

Sie beendete ihre Geschichte. Für einen Moment herrschte Schweigen. Dann sah ihre Mutter ihren Mann mit einem schiefen Lächeln an.

»Ich glaube, unsere Tochter versucht uns zu sagen, dass sie wahrscheinlich auswandern wird.«

Es tat Sina in der Seele weh, zu sehen, wie ihre Eltern sich den Verlust der Tochter vorstellten und schon fast anfingen, um sie zu trauern. Sie hob ihre Hand. »Auswandern ist ein großes Wort. Das ist ja nicht wie noch vor ein paar Jahrzehnten, wo so etwas ein Abschied für immer war. Die Flüge werden immer günstiger – und noch dazu gehe ich erst in ein paar Monaten, um mein Praktisches Jahr in Christchurch zu machen. Bis dahin ist es noch lange hin …«

Ihre Mutter nickte. Sie hatte ihre Tochter noch nie so von einem Mann reden gehört. Es klang verdächtig nach etwas Ernstem, selbst wenn Sina das im Moment noch nicht so deutlich aussprach. In diesem Augenblick klingelte das Telefon. Es meldete sich die Oberschwester der Station, auf der Hubertus Gehrling lag. Sie machte keine langen Umschweife. »Wenn Sie Ihren Vater noch einmal lebend sehen wollen, dann sollten Sie jetzt vorbeikommen. Es geht dem Ende zu.«

Sina eilte mit ihren Eltern ins Krankenhaus. Aber Hubertus Gehrling erlangte das Bewusstsein nicht mehr wieder. Sie saßen an seinem Bett, bis in den frühen Morgenstunden sein Atem so ruhig verebbte wie eine langsam auslaufende Welle des Meeres. Die letzten klaren Worte seines Lebens hatte er an diesem Nachmittag mit seiner Enkelin gewechselt. Und Sina war sich nicht sicher, wie klar sie eigentlich gewesen waren. Wer weiß? Vielleicht hatte er ja schon mit einem Auge ins Jenseits geblickt und dort seine Frau gesehen, die auf ihn wartete. Sina fand diesen Gedanken irgendwie tröstlich.

Die Beerdigung fand an einem verregneten Märztag statt, während Sina sich bemühte, ihren Eltern eine Stütze in dieser schweren Zeit zu sein. Als ihre Mutter sich schließlich daran machte, den Nachlass ihres Vaters zu sortieren, wehrte sie allerdings die Hilfe ihrer Tochter ab.

»Es wird Zeit, dass du dich wieder um dein Studium kümmerst. Du musst wirklich nicht in staubigen Büchern und Fotoalben herumwühlen und mich bedauern, wenn ich immer wieder ein paar Tränen loswerde. Außerdem kann ich mir so ein bisschen Zeit nehmen …«

Sina nahm ihre Mutter in den Arm. »Lass dir doch so viel Zeit, wie du willst. Und wenn du doch noch Hilfe brauchst, melde dich bei mir. Ich bin jetzt ja nicht mehr weit.« Sie lachte. Immerhin hatte sie beschlossen, erst einmal weiter bei ihren Eltern zu wohnen.

Das Einzige, was sie beunruhigte, war der merkwürdige Traum von dem wütenden Maori. Obwohl sie jetzt wieder weit weg von Neuseeland war, verfolgte er sie immer noch durch ihre Träume, und sie wachte fast jede Nacht mit rasendem Herzen auf. Was wollte dieser

Mann? Was bedeutete dieser Traum? Aber sie wagte es nicht, ihre nächtlichen Erlebnisse mit irgendjemandem zu teilen. Katharina würde das sicher nicht verstehen. Oder ihr einfach nur empfehlen, vor dem Schlafen ein großes Glas Rotwein zu trinken. Und im hellen Tageslicht kamen Sina ihre Ängste wegen dieser Bilder selbst albern vor.

Brandon zögerte. Vor ihm stand das Einfamilienhaus, in dem Sina aufgewachsen war und in dem sie im Moment wieder lebte, wie sie ihm geschrieben hatte. Er sah den Garten, der jetzt im Hochsommer ein wenig vertrocknet aussah. Ein gemauerter Grill, dahinter ein Wintergarten, in dem eine Liege mit einer dicken Decke auf jemanden wartete, der es sich ein bisschen gemütlich machen wollte. Alles sah auf eine sehr schnörkellose Art gemütlich aus. Er konnte sich gut vorstellen, dass sie in diesem Elternhaus eine glückliche Kindheit verlebt hatte. Er fuhr sich mit den Fingern durch die Haare. Nach knapp sechsunddreißig Stunden auf Reisen sah er bestimmt nicht mehr so überzeugend nach dem perfekten Schwiegersohn aus. Und die wichtigste aller Fragen: Würde Sina sich überhaupt darüber freuen, ihn endlich wiederzusehen? Sicher, seit Monaten hatte sie ihm geschrieben, wie sehr sie ihn vermisste. Gleichzeitig schien das Studium wirklich ihre komplette Zeit in Anspruch zu nehmen. Im Herbst stand das erste Staatsexamen auf dem Programm, dafür lernte sie Tag und Nacht. Was, wenn sein Überraschungsbesuch jetzt nicht in ihren Stundenplan passte? Dann war er völlig umsonst um die halbe Welt geflogen. Vorsichtig drückte er auf den Klingelknopf.

Eine Frau Mitte fünfzig öffnete und sah ihm nicht unfreundlich entgegen. »Ja, bitte?«

Brandon streckte seine Hand aus und hoffte einfach, dass Sinas Mutter Englisch konnte. Wenn diese Frau denn Sinas Mutter war! »Hallo. Ich bin Brandon. Ich wollte Sina besuchen …«

Für einen winzigen Moment sah die Frau überrascht aus. Dann breitete sich ein herzliches Lächeln in ihrem Gesicht aus. »Du bist Brandon!? Von dir haben wir schon so viel gehört! Komm doch herein!«

Während sie ihn ins Wohnzimmer führte, redete sie ohne Punkt und Komma weiter. »Sina ist im Moment in der Uni, kommt aber heute Nachmittag nach Hause – ich denke, in etwa zwei Stunden ist sie hier. Oder soll ich sie auf dem Handy anrufen?« Sie unterbrach sich und drehte sich zu ihm um. »Ich bin aber auch zu unhöflich! Willst du dich vielleicht erst einmal duschen? Du kommst doch direkt aus Neuseeland, oder? Sina hat gar nicht gesagt, dass du zu Besuch kommen wolltest!«

Endlich kam Brandon zu Wort. »Ich habe ihr auch nichts davon geschrieben. Ich wollte sie mit meinem Besuch überraschen … ich bleibe ja auch nur ein paar Tage. Das mit der Dusche klingt wunderbar, aber wenn Sie erst einmal einen Kaffee für mich hätten, wäre ich wunschlos glücklich.«

Während Sinas Mutter den Kaffee machte, hatte Brandon Zeit, sie ein wenig zu beobachten. Sie sah ihrer Tochter nicht im Geringsten ähnlich. Eine kräftige, dunkelhaarige Frau mit schnellen Bewegungen und einer herzlichen Ausstrahlung. Er war schon gespannt auf den Vater. Vielleicht fand sich bei ihm ja mehr, was ihn an seine Sina erinnerte.

Als Sinas Mutter ihre erste Überraschung überwunden hatte, wurde sie ruhiger. Sie fing an, Brandon nach seiner Familie zu fragen. Er merkte schnell, dass sie offensichtlich nichts von den Problemen mit seinem Großvater erfahren hatte. Erleichtert erzählte er so völlig unbeschwert von seinem Vater, der Reederei und seiner Ausbildung zum Kapitän. Brandon fühlte sich bereits richtig wohl, als das Geräusch eines Schlüssels im Türschloss das Kommen von Sina ankündigte.

Er sprang auf und sah zur Tür. Eine Sekunde lang wieder voller Sorgen – was, wenn sie ihn nicht sehen wollte, sich nicht freute? Aber dann kam sie um die Ecke, sah ihn, ließ alle ihre Taschen fallen und fiel ihm in die Arme. Nicht nur für einen Moment, sondern für mehrere Minuten. Erst dann sah sie ihn an. In ihren Wimpern glitzerten ein paar Tränen, die er behutsam mit seinem Daumen wegwischte.

»Ich habe dich so vermisst! Warum hast du mir nicht gesagt, dass du zu Besuch kommst?«, fragte sie schließlich.

Er sah sich um. Sinas Mutter hatte den Raum längst verlassen. Sie wusste wohl, wann ihre Tochter keinen Wert auf die Gegenwart ihrer Eltern legte. Er lächelte Sina an. »Ich hatte Angst, dass du mich vielleicht nicht sehen willst. Oder wieder viel zu vernünftig bist und mir erzählst, dass du für dein Staatsexamen lernen musst. Und deswegen keine Sekunde für deinen Freund aus Neuseeland verschwenden kannst.«

Sina küsste ihn. »Du lieber Idiot, natürlich hätte ich mich immer über dich gefreut. Obwohl du recht hast, allzu viel Zeit habe ich nicht …« Er verschloss ihre Lippen mit einem Kuss.

»Jetzt ist es zu spät. Ich bin hier und verordne dir für drei Tage eine Pause vom Lernen. Das ist der Rat von Doktor Brandon!«

Sina gab sich geschlagen. »Okay, ich nehme deine Pille an. Keine Lernerei für die drei Tage, die du hier bist … wie sieht dein Alternativprogramm aus?«

Er beugte sich zu ihr hinunter und zog sie fest an sich. Nach einem langen Kuss sah er ihr mit einem breiten Grinsen in die Augen. »Was hältst du davon … für den Anfang?«

»Fühlt sich gut an«, lächelte Sina zurück und nahm ihn an die Hand. »Ich glaube, ich muss dir unbedingt zeigen, wo ich wohne. Mein Reich ist unter dem Dach – und da sind wir weit weg und völlig ungestört von meinen Eltern.«

Kichernd wie kleine Kinder erklommen sie die steile Treppe, die zu Sinas großem Dachzimmer führte.

Einige Zeit später lagen sie gemeinsam unter dem Dachfenster, das weit offen stand. Grillen zirpten, und beide nippten gemütlich an einem Glas Wein. Langsam strich Sina Brandon über den Oberschenkel.

»Hast du eigentlich herausgefunden, was deinen Großvater so sehr gegen mich aufgebracht hat?«

»Nein«, schüttelte Brandon den Kopf. »Dabei habe ich es wirklich versucht. Aber mein Großvater weigert sich, auch nur über das Thema zu reden. Und meine Eltern sind auch keine Hilfe. Mein Vater meinte sogar, dass Geheimnisse einfach zur Natur meines Großvaters gehören, ich sollte mich am besten einfach daran gewöhnen. Lächerlich, das ist kein Geheimnis, sondern Willkür. Meine Mutter hat sowieso Angst vor ihrem Schwiegervater, da ist nichts zu holen …«

»Ob Ruiha wohl mehr weiß?« Sina dachte laut nach. »Immerhin hat sie mir bis jetzt nur den Anfang der Geschichte von Ava erzählt. Vielleicht taucht dein Großvater ja noch irgendwann auf, keine Ahnung.«

»Wir besuchen sie auf jeden Fall, wenn du wieder nach Neuseeland kommst!«, erklärte Brandon. »Immerhin könnten ihre Erzählungen ja auch etwas mit meiner Vergangenheit zu tun haben. Dann würde ich das gerne wissen.«

»Das wäre dann im Spätherbst!«, erklärte Sina. »Dann sollte ich diese Prüfungen alle abgelegt haben. Wenn ich mich jetzt um eine Stelle in Christchurch bemühe, dann kann ich wirklich kommen.« Sie sah Brandon prüfend an. »Du willst das wirklich? Was, wenn dein Großvater dir auf die Schliche kommt?«

Brandon machte eine wegwerfende Handbewegung. »Irgendwann wird er sich ja doch an dich gewöhnen müssen. Und wer weiß? Vielleicht finden wir bei Ruiha ja den wahren Grund für seine Abneigung. Dann können wir das Hindernis aus dem Weg räumen und …« Er küsste sie. »Wie heißt es im Märchen? Dann leben wir glücklich und zufrieden bis ans Ende unser Tage!«

11.

Die aufheulenden Turbinen hatten schon fast etwas Vertrautes. Sina ließ sich in ihren Sitz zurückfallen und atmete tief durch. Die Anspannung der letzten Monate fiel endlich von ihr ab, und sie freute sich nur noch auf das Wiedersehen mit Brandon und ihr Jahr in Christchurch. In Deutschland herrschte schon tiefer Herbst, die ersten Weihnachtsdekorationen leuchteten in den regennassen Fußgängerzonen. Aber in Neuseeland brach in diesen Wochen der Frühling an – und diese Jahreszeit passte viel besser zu Sinas Lebensgefühl. Der Aufbruch in ein neues Leben – genauso fühlte sich diese Reise nach Neuseeland an. Am Flughafen würde Brandon sie erwarten – er hatte am Telefon etwas von einer »Überraschung« erzählt. Sein Besuch im Sommer erschien ihr eine Ewigkeit her. Die drei Tage waren damals viel zu schnell verflogen – und danach hatte sie am Schreibtisch doppelt hart gelernt und gearbeitet, um dafür zu sorgen, dass sie das Staatsexamen auch wirklich bestand. Immerhin war das ihre Eintrittskarte für das Jahr in Christchurch … aber jetzt war sie wirklich unterwegs, sie hatte das Visum und den Arbeitsvertrag mit dem

Christchurch Hospital in der Tasche, was sich erfreulich leicht hatte organisieren lassen. Mit einem Seufzer schloss sie die Augen.

Vierundzwanzig Stunden später bremste Brandon vor einem kleinen, gelben Haus in einem ruhigen Viertel von Christchurch. Strahlend zog er die Schlüssel aus der Tasche. »Ich bin gespannt, wie es dir gefällt. Aber ich bin mir so sicher gewesen, dass du dich hier wohlfühlst, dass ich den Mietvertrag schon unterschrieben habe. Es ist so wunderschön hier!«

Mit einem Schwung öffnete er die Haustür. Neugierig trat Sina ein. Ein kleiner Flur, der direkt in eine große, helle Küche führte. Weiße Küchenschränke und ein großer, schwerer Tisch aus weiß lasiertem Holz. Durch eine Terrassentür ging es direkt von der Küche in den Garten, der mit Palmen, Manuka-Büschen und lauter Blumen, deren Namen sie nicht kannte, überwuchert war. Neugierig ging sie in das Nachbarzimmer. Ein kleiner Kamin, wieder eine Tür auf die Terrasse. Genug Platz für ein Sofa, ein paar Bücher und einen Fernseher. Im Wohnzimmer führte eine Treppe nach oben. Unter dem Dach fand sie ein gelb gefliestes Bad und ein Schlafzimmer. Das große Bett stand unter dem weit geöffneten Dachfenster. Brandon legte einen Arm um ihre Hüfte. »Na, was sagst du? Ist das hier nicht einfach das perfekte winzige Puppenstubenhaus für uns beide?«

Sie nickte. »Das ist es – es ist wirklich wunderschön. Aber … wie willst du das deinem Großvater sagen? Deine Ausbildung ist immer noch nicht vorbei, vergiss das nicht!«

»Keine Sorge, das vergesse ich nicht«, beruhigte Branden sie. »Aber ich habe nicht vor, meinen Eltern oder ihm von diesem Haus zu erzählen. Ich behalte weiter meine kleine Wohnung. Und dieses Haus hier ist unser kleines Geheimnis!«

Sina verzog das Gesicht. »Unser kleines Geheimnis kostet aber leider Geld. Wie sollen wir das bezahlen, wenn du trotzdem weiter deine Wohnung behältst?«

»Großvater hat sein Wort gehalten: Ich darf so viel Geld ausgeben, wie ich will, solange ich dich nicht wiedersehe. Er glaubt ja, dass du schon lange wieder in Deutschland bist, und er füllt mein Konto so reichlich wie nie zuvor. Er hat nicht einmal gemerkt, dass ich einen Flug nach Deutschland bezahlt habe. Ich finde, wir sollten diese großzügige Spende für unser Glück annehmen!« Brandon sah sie mit diesem breiten Lächeln an, das sie von der ersten Sekunde an unwiderstehlich gefunden hatte. Sie legte ihre Arme um ihn.

»Wenn das so ist – dann hoffen wir also, dass er nie von irgendjemandem erfährt, dass sein Enkel ein heimliches Liebesnest hat.« Sie küsste ihn. »Und wir sollten möglichst schnell wieder nach Seddonville fahren. Ruiha …«

»Ja, sicher«, er küsste sie zurück. »Du solltest dir aber auch im Klaren darüber sein, dass Ruiha vielleicht gar nichts zu erzählen hat. Vielleicht haben wir am Schluss nur eine schöne Geschichte aus der Zeit der frühen Siedler in Neuseeland, bei der die Heldin dir zufällig ähnlich sieht. Vergiss das nicht! Es könnte sein, dass es kein Geheimnis gibt, das wir lösen können. Schließlich ist mein Großvater deutlich über achtzig Jahre alt, da kann es schon mal sein, dass sich so ein alter Mann in eine fixe Idee verrennt, bloß weil ihm die Farbe deiner

Augen nicht passt.« Er küsste sie noch einmal. »Die mir übrigens ausnehmend gut gefällt!«

Widerwillig nickte Sina. »Das kann ich aber nicht glauben. Ich bin mir sicher –«

»Ja«, unterbrach Brandon sie. »Wir reden mit Ruiha, wir hören uns ihre Geschichte an. Ich will nur verhindern, dass du dann enttäuscht bist. Und jetzt sollten wir unseren neuen Garten mit einem kleinen Grillfest nur für uns zwei einweihen. Außerdem habe ich auch noch etwas zu feiern: Vergangene Woche waren die letzten Prüfungen für das Kapitänspatent. Du darfst mich jetzt Kapitän Cavanagh nennen!«

Sina umarmte ihn. »Gratuliere dir! Endlich habe ich einen ganz eigenen Kapitän! Davon habe ich schon immer geträumt …«

Brandon wiegte ein wenig den Kopf. »Freu dich nicht zu sehr. Damit ist leider auch meine Ausbildung zu Ende. Ich werde immer wieder lange unterwegs sein. Und wie ich meinen Großvater kenne, wird er mir sehr schnell einen Tanker geben, den ich dann für die Reederei steuere. Das Gute daran: Wir sind dann von seinem Geld nicht mehr abhängig!« Er zog sie hinaus in den Garten.

»Aber jetzt wollen wir noch nicht von Abschied reden. Hier sind die Lammkoteletts, ich habe Salat gekauft – und der Sekt steht im Kühlschrank!«

In den nächsten Tagen richtete sie mit viel Liebe das kleine Häuschen ein. Bunt gepunktete Vorhänge, ein kleiner Teppich, ein tiefblaues Sofa und einfaches weißes Geschirr. Sie kam sich vor wie in einem Märchen, während sie ihr erstes gemeinsames Haus mit Brandon einrichtete. Als sie die leeren Wände musterte, überlegte sie lange, welche Bilder zu ihr und dem Haus passen würden. Für Wohnzimmer und Küche bunte Drucke von irgendwelchen neuseeländischen Künstlern, die viel Lebensfreude vermittelten. Für das Schlafzimmer nahm sie allerdings das Bild von Ava aus dem Fotoalbum, ließ es vergrößern und rahmen und hängte es schließlich auf. Brandon studierte es an diesem Abend fasziniert. »Jetzt sieht man noch deutlicher, wie ähnlich du ihr bist. Man könnte wirklich meinen, du hättest dich verkleidet und in Schwarz-Weiß ablichten lassen. Unglaublich!«

Sina nickte nur. Sie hatte das Bild mit dem Versprechen aufgehängt, das Geheimnis dieser Frau zu lüften. Ihr fiel es immer schwerer, an einen Zufall zu glauben – dabei war sie der Wahrheit noch keinen Schritt näher als vor einem guten halben Jahr.

Als sie schließlich ihr Liebesnest nach ihrem Geschmack eingerichtet hatten, blieben Sina noch ein paar Tage, bevor sie ihren Dienst in dem Hospital antreten musste.

Sie beschlossen, ihre Gnadenfrist für einen Besuch an der Westküste zu nutzen – Hakopa hatte sie eingeladen, wieder bei ihm zu wohnen. Noch vor dem Besuch bei Ruiha wollten sie allerdings noch einmal in »ihre« Höhle, die Hakopa ihnen vor Monaten gezeigt hatte: Ein sorgloser Tag mit einer langen Wanderung durch den Paparoa-Nationalpark und schließlich wieder die Klettertour hinunter an den einsamen Strand. Diesmal hatte Hakopa ihnen allerdings von Anfang an mit einem breiten Lachen erklärt: »Ihr geht lieber alleine los. Ich habe euch wirklich gerne, aber im Dunkeln da wieder hochzuklettern, das muss ich nicht unbedingt wiederholen …«

Sina hatte das Gefühl, in eine vertraute Welt zurückzukehren. Der Wasserfall, die Wellen … Im letzten Abendlicht ging sie mit Brandon spazieren. Sie sah auf die eiskalten Wellen, die die rundgeschliffenen Steine am Strand umspülten. »Ob man hier noch Jade findet?«, überlegte sie. »Immerhin haben die Maoris hier jahrhundertelang danach gesucht … vielleicht ist alles weg?«

»Kaum. Das Meer spült immer wieder neue Stücke an.« Brandon bückte sich und hatte ein kleines, rundes Stück Stein in tiefdunklem Grün in seiner Hand. Es sah aus wie eine Murmel, die ein vergessliches Kind an diesem Strand liegen gelassen hatte. Er drückte sie ihr in die Hand. »Behalte es. Vielleicht bringt es dir Glück, keine Ahnung. Aber es soll dich auf jeden Fall immer an diesen wunderschönen Abend erinnern.«

Dieses Mal duschten sie gemeinsam unter dem kleinen Wasserfall und kuschelten sich dann unter einer warmen Decke am Lagerfeuer aneinander. Die Wärme, die Anstrengungen des Tages, Brandons Atem und das beruhigende Rauschen des Meeres schläferten Sina ein. Sie fiel in einen tiefen Schlaf.

Und wieder regnete es, der Mann mit den dunklen Augen riss die Augen auf und schlug sich an die Brust, während er sich drohend näherte. Dieses Mal wollte ihr Traum nicht enden. Er kam ihr immer näher, sie konnte die nassen Haare und die Tropfen auf seiner Wange genau sehen, er rollte so bedrohlich mit den Augen wie noch nie zuvor … Bis sie schreiend aus ihrem Schlaf auffuhr.

Brandon hielt sie im Arm und murmelte beruhigend auf sie ein. »Alles ist gut, mein Schatz. Jetzt beruhige dich doch, du bist wach, du bist außer Gefahr!«

Sina rieb sich heftig die Augen, um den letzten Rest Schlaf zu vertreiben. »Ich habe geträumt«, erklärte sie.

»Das habe ich gemerkt«, nickte Brandon. »Du hast um dich geschlagen und mich immer wieder weggeschoben. So, als ob du mich abwehren wolltest.«

»Das wollte ich wahrscheinlich auch«, gab Sina zu.

»Was hast du denn geträumt? Willst du mir das erzählen?« Brandon sah sie aufmerksam an und strich ihr weiter beruhigend über den Rücken. Gerade so, als ob sie ein kleines Mädchen wäre, das mitten in der Nacht weinend aufgewacht war.

Sie schüttelte etwas trotzig den Kopf. »Nein, das ist albern. Es ist nur so ein Traum, den ich immer wieder habe. Seitdem ich das erste Mal nach Neuseeland gekommen bin, verfolgt er mich.«

»Das ist nicht albern. Komm, erzähl ihn mir. Wir haben heute sowieso kein Fernsehen – vielleicht taugt dein Traum ja als Abendunterhaltung!«

Sina lachte. »Ich fürchte, dafür hat er zu wenig Handlung. Es ist immer das Gleiche: Es regnet, ein Mann schreit und stampft unentwegt auf den Boden und macht dazu fürchterliche Grimassen. Dann kommt er auf mich zu, stampft immer weiter auf den Boden und trommelt sich mit den Fäusten auf der Brust herum. Dann wache ich irgendwann auf. Fertig.«

Brandon sah sie nachdenklich an. »Was für ein Mann ist das denn? Einer deiner zahlreichen ehemaligen Verehrer?«

Sina knuffte ihn in die Seite. »Blödsinn. So viele waren es auch wieder nicht. Eher das Gegenteil. Und der Mann ist auch ganz sicher kein ehemaliger Verehrer. Er ist von hier!«

»Was heißt von hier?«, fragte Brandon.

»Es ist ein Maori. Das glaube ich zumindest«, erklärte Sina.

Brandon sah sie überrascht an. »Und er schreit und stampft?«

Er stand ohne einen Kommentar auf, stellte sich breitbeinig hin und stieß unverständliche Laute aus, während er sich immer wieder auf die Oberschenkel und Brust klopfte. Dazu stampfte er immer wieder auf den Boden und brüllte weiter. »Ka mate! Ka mate! Ka ora! Ka ora!« Schließlich hörte er auf und lachte sie an. »So ungefähr?«

Fassungslos nickte Sina. »Aber woher kannst du wissen, wie das in meinem Traum aussieht?«

»Weil du es mir beschrieben hast! Das ist kein ›merkwürdiges Gebrülle‹, sondern ein waschechter Haka, ein Tanz der Maoris. Es gibt viele verschiedene Hakas, aber der, den ich dir gerade eben vorgeführt habe, ist der bekannteste. Den führen die All Blacks vor jedem Spiel auf!«

»All Blacks?«, echote Sina. »Ich verstehe überhaupt nichts mehr!«

»Das ist unsere Rugby-Mannschaft. Sie tragen schwarze Kleidung. Und seit einer Ewigkeit singen sie einen Haka. Der war wohl ursprünglich dazu gedacht, die Gegner einzuschüchtern. Keine Ahnung, ob das funktioniert. Aber ein Spiel der All Blacks ohne Haka – das geht nicht!«

»Und was bedeutet das genau – das, was du da gesungen hast?«

»So genau weiß ich das leider auch nicht. Ich habe mich nie so intensiv mit der Kultur der Maoris beschäftigt. Nur der Refrain – das weiß in Neuseeland wirklich jedes Kind. ›Ka mate!‹ heißt ›Das ist Tod!‹ und ›Ka ora!‹ heißt ›Das ist Leben!‹«

»Wozu wurde das denn ursprünglich aufgeführt? Also bevor es zu einer Art Sport-Folklore wurde? Es kann doch nicht sein, dass ich von den All Blacks träume! Der Mann in meinem Traum hat auch keine schwarzen Sachen an …«

Brandon schüttelte den Kopf. »Wir hätten bei unserem ersten Besuch bei Hakopa doch noch länger bei dem Hangi bleiben sollen. Da hättest du noch mehr Aufführungen gesehen – natürlich auch ein Haka. Das bedeutet eigentlich nur Tanz – und den gibt es als Willkommenstanz, zur Unterhaltung oder auch zu anderen gesellschaftlichen Anlässen. Wenn du willst, dann können wir uns das in den nächsten Tagen gerne irgendwo ansehen. Für die Touristen gibt es fast ständig Aufführungen.« »Aber ich habe so etwas noch nie gesehen«, murmelte Sina. »Wie kann es dann sein, dass ich von so einem Tanz träume? Und zwar schon seit Monaten in fast jeder Nacht?«

»Keine Ahnung«, versuchte Brandon sie zu trösten. »Aber ich bin mir sicher, es kann nichts Schlimmes bedeuten. Immerhin träumst du von einem Tanz, nicht vom Krieg oder einem Kampf. Vielleicht bedeutet es auch einfach nichts, außer dass du irgendwann mal eine Dokumentation gesehen hast und jetzt dein Unterbewusstsein dir immer wieder einen alten Fernsehfilm vorspielt.«

Sina war nicht überzeugt. Sie kuschelte sich etwas tiefer in die Decke. »Wer weiß? Irgendwann werde ich vielleicht auch dieses Rätsel lösen können … Komm wieder unter die Decke, du musst mir deinen beeindruckenden Tanz nicht noch einmal vorführen!«

Mühsam richtete Ruiha sich auf und strich sich ihren Rock glatt. Die schräg stehende Nachmittagssonne tauchte ihren Garten in ein goldenes Licht. Nachdenklich zerrieb sie ein paar Blätter von den jungen Trieben ihres Manuka-Busches zwischen den Fingern. Der frische, süße Geruch stieg in ihre Nase. Vielleicht sollte sie sich bald mal wieder einen Aufguss aus diesen Blättern gönnen. Mit ein bisschen Glück wirkte er gegen ihre Arthritis.

Ein klappriges, hellblaues Auto kam langsam näher und blieb direkt vor ihrem Gartenzaun stehen. Heute musste der Aufguss wohl warten – das hier war der Besuch, auf den sie jetzt schon mehrere Monate lang gewartet hatte. Hin und wieder hatte Ruiha sogar schon daran gezweifelt, ob diese junge Deutsche noch einmal auftauchen würde, um den Rest ihrer Geschichte zu erfahren. Aber jetzt stieg sie als Erste aus dem Auto. Schlank, die blonden Haare zu einem schlichten Zopf zusammengefasst und mit einem einfachen weißen T-Shirt zur verwaschenen Jeans. Ihre Füße steckten in billigen Flip-Flops. Ruiha musste lächeln. Diese Sina war Ava nicht nur äußerlich ähnlich. Auch sie besaß die Gabe, sehr schlichte Kleider mit einem Stolz zu tragen, als ob sie eine Abendrobe vorführen würde.

Direkt nach Sina stieg ein junger Mann aus dem Auto. Muskulös, selbstbewusst und offensichtlich nicht so nervös wie die junge Frau. Ruiha lächelte den beiden entgegen.

»Ich habe euch erwartet!«, erklärte sie.

Sina streckte ihr die Hand entgegen. »Es tut mir leid, dass ich so lange nicht gekommen bin. Aber ich musste erst einmal in Deutschland ein paar Sachen zu Ende bringen und mein Examen machen … Aber jetzt bin ich umso neugieriger, wie die Geschichte von Ava weitergeht.«

Ruiha nickte nur als Antwort. So, als ob sie mit dieser Erklärung gerechnet hätte. Neugierig sah sie Brandon an.

»Und das ist der junge Mann, dessen Großvater so wenig Wert auf deine Gegenwart in Neuseeland legt?«

Sina nickte. »Darf ich vorstellen? Brandon.« Sie lachte nervös. »Ich hoffe, er sieht niemandem aus der Vergangenheit ähnlich?« Bei diesem etwas schwachen Witz sah sie Ruiha forschend an. Offensichtlich fürchtete sie genau das: eine weitere Enthüllung, diesmal allerdings über Brandons Vergangenheit.

Ruiha musterte ihn noch einmal, dann schüttelte sie den Kopf. »Selbst wenn sein Großvater Ava irgendwie kannte – ich kann keine Ähnlichkeit erkennen.« Sie winkte einladend. »Aber jetzt kommt doch erst einmal herein, ich habe ein wenig Limonade im Kühlschrank. Oder möchtet ihr lieber einen Kaffee?«

Sina nickte und folgte der alten Frau gemeinsam mit Brandon in das Haus. Ruiha setzte einen Kessel auf ihren Herd und füllte sorgfältig ein paar Löffel Kaffee in einen Filter. Während das Wasser allmählich anfing zu singen, wandte sie sich Brandon zu.

»Was machst du?«

Brandon lächelte stolz. »Ich habe vor ein paar Tagen mein Kapitänspatent bekommen. Es dauert nicht mehr lange, und ich werde mit einem Tanker über den Pazifik fahren.«

Ruiha nickte, offensichtlich wenig beeindruckt.

»Und deine Familie? Sina hat erzählt, du kommst aus Christchurch?«

»Nicht direkt Christchurch«, erklärte Brandon. »Wir leben in Charteris Bay. Direkt am Meer, gegenüber von Lyttelton. Und mit dem Meer hat meine Familie bisher auch ihr Geld verdient. Mein Großvater hat vor einer kleinen Ewigkeit eine Reederei gegründet. Irgendwann in den Dreißigerjahren, da muss er noch ein ganz junger Mann gewesen sein. Unsere Reederei ist eine der ältesten überhaupt, er hat schon ganz früh nur noch auf die Dampfschiffe gesetzt. Mein Vater hat das Geschäft weitergeführt – und jetzt bin ich wohl irgendwann an der Reihe.«

Die alte Maori hielt sich mit einem Mal an einer Gartenbank fest und schloss die Augen. Für einen Moment fürchtete Sina, dass Ruiha ohnmächtig werden würde. Aber dann schlug sie ihre dunklen Augen wieder auf und musterte Brandon so intensiv, als ob sie direkt in seiner Seele lesen wollte. Für einen Moment herrschte Schweigen.

»Keine anderen Erben?« Ruiha sah ihn unverwandt an.

Sina fiel auf, dass es jetzt an Brandon war, für einen Augenblick überrascht zu sein. Er schien zu zögern, bevor er antwortete. »Doch. Ich habe einen Onkel. Der kam allerdings nie wirklich als Erbe in Frage. John ist zwar ein paar Jahre älter als mein Vater, aber ich glaube, er wollte nie irgendeine Verantwortung übernehmen. Keine Verantwortung, die größer war als der Transport einer halbvollen Ginflasche …«

»Wo lebt er denn?« Sina verbarg ihre Überraschung

nur schwer. Von diesem Onkel hatte Brandon bisher nichts erzählt.

»Schwer zu sagen.« Brandon zuckte mit den Achseln. »Er treibt sich für gewöhnlich irgendwo in Südostasien oder auf einer Insel im Pazifik rum. Da, wo er noch eine Bar findet, bei der er anschreiben lassen kann. Oder ein Bordell, das ihn noch nicht hinausgeworfen hat. Wo er noch nicht so viele Menschen beleidigt hat, dass er ständig verprügelt wird.« Seine Stimme klang bitter.

»Wovon lebt er denn?« Sina konnte sich einfach nicht vorstellen, dass bei den ehrgeizigen Cavanaghs so ein schwarzes Schaf vorkommen konnte.

Wieder ein Schulterzucken. Wahrscheinlich war das bei den Cavanaghs die Geste, die sie unwillkürlich machten, sobald die Rede auf Onkel John kam. »Gelegenheitsjobs. Und dem Scheck, den ihm mein Vater hin und wieder schickt. Er fühlt sich verantwortlich für seinen großen Bruder, möchte ihm immer wieder helfen. Aber John weigert sich, auch nur einen Satz mit ihm zu wechseln. Er löst die Schecks ein und reist sofort in ein anderes Land. Der letzte Scheck wurde vor ein paar Monaten in Tahiti eingelöst. Ich würde darauf wetten, dass John da inzwischen aber nicht mehr ist.«

Ruiha sah ihn aufmerksam aus ihren dunklen Augen an. In ihrem faltigen Gesicht konnte man keine Gefühlsregung erkennen. Ihre Stimme klang mitfühlend, als sie nach einer ganzen Weile nachfragte: »Seit wann lebt John denn schon so?«

»Ich denke, seit etwa dreißig Jahren. Lange vor meiner Geburt hat er beschlossen, dass er mit seiner Familie nichts mehr zu tun haben will. Am Anfang dachten wohl alle, dass das nur eine Phase ist. Immerhin war er schon in der Geschäftsführung der Reederei, war Kapitän und konnte wohl sehr gut mit Menschen umgehen. Und dann … hat er einfach aufgehört und ist gegangen. Hat noch seine Konten leergeräumt und ein Flugticket gekauft. Dann die Haustür hinter sich zugezogen und ist gegangen. Monatelang dachte jeder, dass er wiederkommen würde. Mein Vater ist wohl irgendwann in Johns Wohnung gegangen. Es sah aus, als ob John nur kurz weggegangen wäre. Dreckiges Geschirr in der Spüle, verschimmelter Käse und eine angebrochene Weinflasche im Kühlschrank. Mein Vater hat aufgeräumt. Vergebliche Liebesmüh: John kam nie mehr wieder. Die Wohnung wurde irgendwann gekündigt, weil die Miete nicht mehr bezahlt wurde. Meine Eltern haben alle seine Möbel und Anzüge in einen Container gepackt.« Er lächelte. »Ich nehme an, da sind sie heute noch drin. Er ist auf jeden Fall nie wieder zurück nach Neuseeland gekommen. Ich habe ihn nie kennengelernt – wahrscheinlich weiß John nicht einmal, dass es mich gibt.«

»Und dein Vater? Vermisst er seinen Bruder?« Ruiha rührte in ihrem Kaffee, während sie diese Frage in scheinbar unbeteiligtem Ton stellte.

»Er redet nicht über ihn.« Brandon schien über seine Antwort nachzudenken. Dann schüttelte er den Kopf. »Das muss allerdings nicht bedeuten, dass er ihn nicht vermisst. Immerhin ist er immer mit dem Bewusstsein aufgewachsen, dass John einst alles erben würde. Und dann – mit etwa Mitte zwanzig wurde ihm allmählich klar, dass er die Verantwortung übernehmen muss. Ob er das gerne getan hat? Oder Angst hatte, dass sein Bruder eines Tages wieder vor der Tür steht? Ich habe ihn nie gefragt …«

»Aber offiziell ist immer noch dein Großvater der Chef von eurer Reederei?« Für eine alte Dame stellte Ruiha erstaunlich präzise Fragen, dachte Sina bei sich. »Wartet er womöglich auch noch auf John?«

»Ja. Das habe ich mir zumindest immer so erklärt. Warum sollte er sonst mit über achtzig Jahren immer noch jeden Tag in sein Büro gehen? Sicher, er ist nicht der Typ, der gerne Kontrolle abgibt – aber es ist auch nicht fair, dass mein Vater mit seinen neunundfünfzig Jahren immer noch der Juniorchef ist! Ich hätte keine Lust, so lange zu warten …«

»Wie sieht deine Mutter das denn so? Und: Hast du noch mehr Geschwister?«

Ganz allmählich hatte Sina das Gefühl, dass Ruiha Brandon regelrecht ausfragte. Aber ihn schien das nicht zu stören, er gab bereitwillig Auskunft.

»Ich habe eine kleine Schwester, Caithleen. Sie ist ganz und gar wie mein Vater. Dunkle Haare, dunkle Augen – niemand käme auf die Idee, dass wir verwandt sind.« Er lächelte liebevoll. »Sie hat gerade eben ihr Studium in Auckland angefangen. Sie will Geologin werden. Und meine Mutter? Irische Abstammung, blond, blauäugig, extrem schlank – und etwas altmodisch. Sie mischt sich nicht in die Geschäfte meines Vaters ein. Wenn er damit zufrieden ist, nur der Juniorchef einer Reederei zu sein, dann ist sie es auch. Ich denke, die beiden sind glücklich …«

Ein kleines Lächeln huschte über Ruihas faltiges Gesicht. »Glücklich? Du bist wirklich der Meinung, dass Ewan glücklich ist?« Brandon nickte voller Überzeugung.

»Doch, das würde ich jederzeit unterschreiben. Er

ruht in sich, liebt seine Arbeit – und seine Familie. Von allen Menschen in meiner Familie haben meine Eltern die wenigsten Probleme. Ich nehme an, das ist der Grund, warum ich sie so sehr verehre.«

Er schien sich nur mühsam von seinen Erzählungen über seine Familie losreißen zu können. Aber offensichtlich war ihm klar, dass sie aus einem ganz bestimmten Grund bei Ruiha waren: »Aber eigentlich wollte ich nicht von meiner langweiligen Verwandtschaft erzählen. Und ich bin mir sicher, dass jede Familie so einen Onkel John irgendwo im Keller versteckt hält. Jetzt bin ich neugierig, wie es bei Ava weitergeht. Sina hat mir alles erzählt – jetzt wollen wir wissen, was mit Ava nach ihrer Hochzeit passierte!«

Ruiha nickte. Sie schien mit ihren Gedanken ganz woanders zu sein. Sie sammelte sich für einen Augenblick, bevor sie ihm antwortete. »Sicher … Ich erzähle einfach der Reihe nach, was in den kommenden Jahren mit uns allen geschah …«

12.

Es brach eine wunderbare Zeit an – ich habe nie wieder ein Haus erlebt, das so voller Glück und Liebe war wie bei den Densons. John war durch seine Ehe wie beflügelt. Er machte sich viele Gedanken über die Sicherheit der Arbeiter. Schließlich kam es immer wieder zu Unfällen bei der Westport Coal Company. Manchmal nur ein kleiner Erdrutsch, bei dem ein paar Arbeiter für einige Stunden in einem Stollen eingesperrt waren. Aber es kam auch vor, dass kleine Explosionen oder Erdrutsche auch die Arbeiter der Company in den Tod rissen. Viel zu oft dauerte es einfach zu lange, bis die Arbeiter befreit werden konnten – dann erstickten sie in den engen Stollen, bevor sich helfende Hände mit Schaufeln und Hacken zu ihnen durcharbeiten konnten.

Ich erlebte mit, wie John bei einem Abendessen nach einer Lösung suchte. »Wenn man in jeder Mine ein paar Arbeiter ausbilden könnte, die wissen, wie sie sich bei so einer Rettung verhalten müssen …«, sinnierte er, während er sich mit Appetit über meinen Auflauf aus Süßkartoffeln und Kürbissen hermachte – meine Kochkünste waren inzwischen um einiges besser geworden.

»Und warum geht das nicht?«, fragte Ava nach.

»Die privaten Minenbesitzer würden nie ihre Arbeiter für eine Ausbildung hergeben. Das kann nur die Company, wir sind groß genug. Aber wie bringen wir die privaten Besitzer dazu, unsere Rettung mitzufinanzieren?« Er spülte einen großen Bissen mit einem Schluck Wasser herunter.

»Was wäre denn, wenn die Company die Rettungsmannschaft komplett finanziert?«, fragte Ava. »Wäre das denn so schlimm?«

»Nein«, schüttelte John den Kopf. »Das nicht. Aber die Chefs würden bei einem Unglück in einer privaten Mine nie ihre Mannschaft losschicken. Die werden schließlich dafür bezahlt, in unseren Minen Kohle zu fördern, da will niemand einen Ausfall riskieren.«

»Was wäre denn, wenn sie bei einem Rettungseinsatz in einer privaten Mine mehr bezahlt bekämen, als sie in den Minen der Company verdienen können? Dann wäre das doch für die Company ein Geschäft. Sie hat eine Rettungsmannschaft, die sie gegen gutes Geld verleihen können.« Ava trug ihren Vorschlag so gelassen vor, als ob Frauen jeden Tag eine Geschäftsidee hätten. John sah sie an wie eine Art Weltwunder.

»Das ist es!«, erklärte er. »So kann ich die Company davon überzeugen, einen eigenen Rettungsdienst einzurichten.« Er legte seine Hand auf ihre und strahlte sie an. »Was habe ich doch für ein Glück! Ich habe nicht nur eine wunderschöne Frau, sondern auch eine sehr kluge …«

Ava lächelte nur. Schon wenige Wochen später wurde eine kleine Mannschaft von jungen Minenarbeitern zu Rettungskräften ausgebildet. Sie retteten so manches

Menschenleben in den kommenden Jahren. Und die Company verdiente tüchtig an Avas Idee …

Sie genoss die Zeit mit John Denson, pflegte aber nur wenig Freundschaften in Seddonville. Sicher, sie machte weiter ihre Einladungen mit den wichtigen Bewohnern unseres Ortes. Aber ansonsten blieb sie etwas für sich. »Ich bin gerne alleine mit meinem Mann! Warum sollte ich meine Zeit mit anderen vertändeln?«, pflegte sie immer wieder zu betonen.

Einige Frauen argwöhnten schon bald, dass Mrs. Denson sich wohl für etwas Besseres hielt. Auf dem Markt hörte ich immer, dass sie sich deswegen so selten am Dorfklatsch beteiligte, weil sie alle Menschen, die in Neuseeland geboren waren, für Hinterwäldler hielt. Das war natürlich Blödsinn, aber wer hört schon auf ein kleines Maori-Mädchen, das seine Herrschaft verteidigt?

Es vergingen die wunderbaren ersten Jahre. Nur selten schlich sich ein wenig Traurigkeit in Avas Blick. Dann strich sie über ihren makellos flachen Bauch und seufzte: »Wenn ich jetzt noch ein Kind bekommen würde, dann wäre mein Glück vollkommen!«

Ich versuchte dann immer, sie zu trösten. »Das dauert bei manchen Paaren eben etwas länger. Genießen Sie doch noch die Zeit, die Sie alleine mit Master Denson sind!«, erklärte ich ihr immer wieder. »Wenn dann erst ein Baby da ist, haben Sie sicher alle Hände voll zu tun!«

Ich plapperte damit einfach nur nach, was mir meine Mutter gesagt hatte, als ich ihr von Avas Problem erzählte. Ich selber hatte ja nicht einmal eine Ahnung davon, wie ein Kind eigentlich entsteht. In meiner Vorstellung war der Kuss eines Jungen bereits eine gefährliche Sache …

Wahrscheinlich war genau das der Grund, warum Ava mir immer nur mit einem nachsichtigen Lächeln über den Kopf strich und leise sagte. »Ach, Ruiha, hoffentlich hast du recht …«

Ich glaube, ich war siebzehn, als ich das erste Mal hörte, dass das Kohlegeschäft schlechter lief. Ava war im Garten beschäftigt, als Angus MacLagan an der Haustür stand und sich mit John Denson zu einem Whisky in die Bibliothek zurückzog. Ich war mir sicher, dass Ava, die mit ihren Rosen beschäftigt war, keine Ahnung von diesem unangekündigten Besuch hatte. Auf Befehl von Mr. Denson brachte ich etwas Wasser und noch ein wenig Brot, kalten Braten und Käse. Die beiden waren so in ihre Unterhaltung vertieft, dass sie nicht merkten, dass ich mich möglichst unauffällig an das Abstauben der Bücher machte …

»Kohle wird nie völlig vom Markt verschwinden!«, erklärte MacLagan mit Nachdruck. »Es mag ja sein, dass der Benzinmotor irgendwann die Dampfmaschinen verdrängt. Aber für die großen Schiffe, das Herstellen von Stahl: Kohle wird immer Konjunktur haben! Und sollte jemals wieder ein Krieg ausbrechen …«

»Jetzt malen Sie doch nicht den Teufel an die Wand!«, wehrte Denson ab. »Vielleicht können die alten Länder in Europa ja doch noch ihre Feindseligkeiten begraben und die Wirtschaftskrise hinter sich lassen …«

»Sicher, das tun sie«, nickte MacLagan. Seine dunklen Augen funkelten. »Sie besiegen die Wirtschaftskrise. Aber sie tun es, indem sie aufrüsten und immer noch mehr Waffen in ihr altes Europa bringen. Und um das zu bewerkstelligen, dazu benötigen sie Kohle!«

»Die verkaufe ich ihnen ja gerne«, nickte Denson bedächtig. »Aber ich denke, auf lange Sicht wird die Kohle trotzdem der Vergangenheit angehören. Die Company wird noch einige Jahre weiterarbeiten – aber die Minen, die zu aufwändig im Abbau sind, werden sicher schon bald schließen.«

»Und das ist ein Fehler! Aber ein Fehler, den wir ausnutzen können!«, erklärte MacLagan. »Wenn es Krieg gibt und die Kohleöfen der ganzen Welt angefeuert werden, um genügend Stahl für diesen Krieg zu produzieren – dann ist Kohle plötzlich wieder ein gefragtes Gut. Wenn die Company dann keine ausreichende Fördermenge mehr hat, müssen private Minenbesitzer die Lücke schließen. Und die werden ihre Kohle so teuer verkaufen wie seit Jahren nicht mehr, das können Sie mir glauben!«

Denson sah ihn überrascht an. »Das mag sein. Aber was wollen Sie in diesem Zusammenhang von mir? Wenn ich die Company überrede, ihre Minen doch offen zu halten, dann wird es das große Geschäft doch nicht geben …«

»Wer redet denn davon, die Company so klug zu beraten?« MacLagans schmale Lippen verzogen sich zu einem Lächeln. »Nein. Ich denke, wir sollten zusehen, wie die Company sich selber aus dem großen Geschäft zurückzieht. Und in der Zwischenzeit eine kleine Mine kaufen, die man privat nutzen könnte.« Sein Blick wurde eindringlicher. »Aber dafür muss man wissen, welche Mine sich lohnt. Wo der Aufwand nicht zu groß ist, um an eine ordentliche Menge Kohle zu kommen …«

Erst jetzt begriff Denson, was MacLagan von ihm wollte. »Ich soll meine eigene Firma falsch beraten und gleichzeitig versuchen, daraus Kapital zu schlagen?« Seine Stimme klang ungläubig. »Das können Sie mir nicht im Ernst vorschlagen! Ich würde doch nie meine eigene Firma …«

»Das verlangt ja auch niemand!«, beschwichtigte ihn MacLagan. »Es könnte aber doch sein, dass die Company sich – sagen wir mal: unvernünftig – verhält. Dann müssen Sie doch einen Plan haben, was Sie mit Ihrem Wissen über Minen und Kohleförderung anstellen können.« Er nahm seinen Hut und wandte sich zum Gehen. »Ich möchte nur, dass Sie über mein Angebot nachdenken. Und noch eine Bitte: Erzählen Sie niemandem von meiner Idee. Sonst sind die besseren, kleinen Minen in Seddonville bald nicht mehr erschwinglich. Es gibt mehr Spekulanten, als Sie es sich in Ihrer kleinen Company-geschützten Welt vorstellen können.«

Ich hielt die Luft an und kauerte möglichst unauffällig hinter einem großen Regal mit dicken Wälzern über die Geschichte der Menschheit. Denson musste diesen unmöglichen MacLagan jetzt umgehend aus seinem Haus werfen! Aber ich täuschte mich. Denson brachte MacLagan mit ernstem Gesicht zur Tür und verabschiedete sich mit den Worten: »Ich hoffe, Sie haben nicht recht. Und Sie werden verstehen, dass ich mir Ihre Argumente durch den Kopf gehen lassen muss. Sollte ich zu den gleichen Schlüssen gelangen wie Sie – dann muss ich der Company allerdings empfehlen, auf keinen Fall auch nur eine Mine stillzulegen.«

MacLagan nickte zum Abschied. »Das kann ich nicht verhindern. Sollte die Company allerdings nicht auf Ihren Rat hören – und Sie teilen immer noch meine Einschätzung der Zukunft: Ich würde mich freuen, von

Ihnen zu hören. Ich denke, wir könnten gemeinsam sehr erfolgreich sein!«

Damit verschwand er. Denson sah ihm lange sinnend hinterher. Dann ging er langsam zurück zu dem Tisch, auf dem immer noch sein halbvolles Glas Whisky stand. Mit einem einzigen Zug trank er es leer. Dann verschwand er mit ernstem Gesicht aus der Bibliothek.

Ich habe keine Ahnung, was er der Company empfohlen hat. Oder ob er jemals mit Ava über diese Sache gesprochen hat, oder ob er ihr von dem Gespräch mit MacLagan erzählt hat. Aber eine Sache weiß ich sicher: Nur ein knappes Jahr später schloss die Company die erste kleine Mine. Wenig später noch eine, dann noch eine. Den Arbeitern wurde gekündigt, von einem Tag auf den anderen gab es arbeitslose Männer in Westport und Seddonville. Sie klopften an die Türen und fragten nach, ob es nicht Gärtnerarbeiten zu verrichten gäbe. Oder etwas beim Hausbau zu helfen. Oder einfach irgendetwas zu tun. Mir brach es das Herz, sie alle weiterzuschicken, immerhin kam ein großer Teil von ihnen aus meinem Heimatdorf. Aber was sollte ich schon tun? Wir brauchten keine Hilfe, Ava und Denson hatten mich – das reichte ihnen vollkommen aus.

Ich habe keine Ahnung, wann und wo sich John und Angus wieder getroffen haben. Aber sie müssen sich gesehen haben, da bin ich mir ganz sicher. Denn es vergingen nur ein paar weitere Monate, bis Ava zu mir in die Küche kam. Sie sah alles andere als glücklich aus, als sie sich auf einen der Stühle an dem großen Tisch setzte. »Wir haben morgen Abend Besuch zum Abendessen: Angus MacLagan kommt vorbei. Es soll wohl ein Geschäftsessen sein – auch wenn ich keine Ahnung habe, was dieser Windhund für ein Geschäft planen könnte, das auch für meinen John interessant ist. Wie auch immer: Könntest du dir bitte etwas ausdenken, das etwas hermacht? Und damit meine ich: Kein Lamm, keine Süßkartoffeln – lieber etwas typisch Englisches. Ein Schweinebraten mit Apfelsoße, Möhren und kleinen Kartoffeln vielleicht?«

Ich nickte. Ich muss zugeben, dass ich das Gespräch in der Bibliothek zu diesem Zeitpunkt fast vergessen hatte. Sicher, die Minen wurden tatsächlich geschlossen. Aber ich hatte mir nicht vorstellen können, wie John Denson und Angus MacLagan irgendetwas gemeinsam machten. Ein Irrtum, aber das habe ich erst sehr viel später gemerkt. Wer weiß, was passiert wäre, wenn ich Ava rechtzeitig von diesem ersten Treffen erzählt hätte …

Ava zog für diesen Abend ein strenges, dunkelrotes Kleid mit einem hochgeschlossenen Kragen an. Ihre Augen leuchteten über dem Kleid, sie sah wunderschön aus. Mit einem ernsthaften Nicken empfing sie MacLagan. Ich glaube fast, sie sahen sich das erste Mal seit der Hochzeit … Ava setzte ein unnahbares Gesicht auf, als sie sich an den Tisch setzten. Ich hatte extra für diesen Tag das englische Porzellan und die dicken Servietten aufgelegt. Immerhin hatte Mr. Denson darum gebeten, dass es ein wirklich feines Essen sein sollte!

Während der Vorspeise tauschten die beiden Männer nur höfliches Geplänkel aus, während Ava so wirkte, als müsse sie sich ausschließlich darauf konzentrieren, Erbsen auf ihre Gabel zu spießen. Ich servierte gerade den Braten, als John Denson plötzlich die Bombe platzen ließ.

»Liebste Ava, du wirst schon ahnen, dass es sich

heute nicht um einen reinen Höflichkeitsbesuch von Mr. MacLagan handelt. Ich habe dir etwas mitzuteilen: Mit dem heutigen Tag bin ich nicht mehr bei der Westport Coal Company angestellt. Die Company wollte den von mir vorgeschlagenen Weg nicht gehen, wir hatten immer häufiger Streitigkeiten wegen der zukünftigen Ausrichtung der Company. Es kam, was mir inzwischen wie unvermeidlich erscheint: Die Company hat mir gekündigt. Heute Morgen, mit sofortiger Wirkung.«

Ava wurde blass. Mit weit geöffneten Augen starrte sie ihren Gatten an, auf ihrer Oberlippe sammelten sich plötzlich kleine Schweißtröpfchen. »Und das teilst du mir erst jetzt mit?«, brachte sie schließlich heraus.

Denson musterte sie besorgt, bevor er weiterredete. »Ich wollte eine Lösung für unser Problem finden, bevor ich mit dir rede. Du sollst dir keine Sorgen machen. Angus und ich haben das seit Monaten kommen sehen und unsere Vorkehrungen getroffen.«

Ich versuchte, mir meine Überraschung nicht anmerken zu lassen, während ich allen noch eine weitere Scheibe Braten auf den Teller legte. Angus? Er redete diesen schmierigen MacLagan mit dem Vornamen an? Aus dem Augenwinkel konnte ich sehen, dass auch Ava ihren Gatten mit einem fragenden Blick streifte. Sie bemühte sich weiter, ruhig zu wirken.

»Vorkehrungen?«, fragte sie mit kühler Stimme nach.

»Ja. Angus und ich haben seit Monaten eine kleine Mine oben in den Bergen im Auge. Aus ihr wurde nur sehr kurz gefördert, dann zogen die Besitzer auf die Nordinsel und hoffen seitdem auf einen willigen Käufer. Sie hatten keine Ahnung von Kohle, sonst hätten sie gemerkt, dass es eine gute Mine ist: Die Kohle liegt nicht tief, das Vorkommen ist noch reichlich. Wir sind der Meinung, dass wir einen guten Gewinn erwirtschaften können.« Er zögerte einen winzigen Moment, bevor er weiterredete. »Wir haben die Mine heute Morgen endgültig gekauft. Sie heißt Matakite.«

Ava holte Luft, um ihm etwas Unfreundliches zu sagen. Dann fiel ihr Blick auf Angus, und sie biss sich auf die Lippen. Offensichtlich wollte sie nicht, dass er Zeuge eines Streits zwischen ihr und ihrem Ehemann wurde. Stattdessen bemühte sie sich um ein Lächeln. »Und wie geht das in den nächsten Tage und Wochen weiter?«

»Ich kümmere mich darum, dass wir die besten Arbeiter finden, die im Moment auf der Straße stehen. Die Auswahl ist groß, und von meiner Arbeit bei der Company weiß ich, welche von ihnen wirklich ihr Geld wert sind.« Er schien erleichtert, dass er endlich die Wahrheit gesagt hatte – und jetzt über die Zukunft reden durfte. »Angus ist dann vor Ort und überwacht die Arbeit direkt in Matakite. Wir müssen schließlich erst einmal einen Stollen in den Berg treiben.«

Ava runzelte die Stirn. »Sehe ich das richtig? Ihr teilt euch die Arbeit und die Investitionen – und hofft dann später auf einen großen Gewinn aus dieser Mine?«

Erst jetzt schaltete sich Angus in das Gespräch ein. »Ja. Wir müssen jetzt investieren. Wenn dann der Krieg in Europa ausbricht, dann werden die Preise für Kohle in den Himmel steigen. Und wir sind dabei! Ava, Sie werden sehen: Wir werden in ein paar Jahren zu den wohlhabendsten Menschen auf der gesamten Südinsel gehören. Die Company hat einen Fehler gemacht – und wir sind diejenigen, die daraus einen Gewinn ziehen. Ich habe die richtigen Geschäftsverbindungen, John weiß alles über Kohle – wir sind ein unschlagbares Team!«

John winkte mir zu. »Ruiha, bring uns doch noch etwas Wein. Wir müssen unbedingt auf unser neues Geschäft anstoßen!« Er lächelte seine Frau an. »Und du solltest Angus auch wie einen Freund der Familie behandeln …«

Ava verstand seinen unauffälligen Wink. Ohne mit der Wimper zu zucken, hob sie ihr Glas und prostete Angus zu. »Dann nennen Sie mich doch Ava, lieber Angus.«

Ich kannte sie inzwischen gut genug, um zu spüren, wie wenig wohl sie sich in diesem Augenblick fühlte. Sie konnte den Aufschneider Angus MacLagan mit seinen hochfliegenden Plänen nicht leiden, da war ich mir ganz sicher. Aber sie bemühte sich um Freundlichkeit – und sei es nur, um den Frieden mit ihrem Mann nicht zu gefährden und ihn auch nicht vor einem Gast bloßzustellen.

»Wo wohnen Sie denn inzwischen, Angus? Es ist ja doch eine ganze Weile her, seit wir uns das letzte Mal gesehen haben …« Sie bemühte sich um einen verbindlichen Ton.

»Ich habe mir noch kein Haus gekauft«, erklärte er mit einem gewinnenden Lächeln. »Aber ich habe ein Zimmer in der Pension von Tyler Hunt. Klein und gemütlich – und mit vielen Vorteilen. Ich muss mich weder um meine Wäsche noch um meine Mahlzeiten sorgen. So bleibt mir mehr Zeit, um mich um die Mine zu kümmern!«

»Eine Familie haben Sie also in der Zwischenzeit nicht gegründet?« Eigentlich keine Frage, sondern eine Feststellung.

Angus hob entschuldigend die Hände. »Liebste Ava, nicht jedem Mann ist so viel Glück vergönnt wie unserem John. Ich hoffe immer noch darauf, dass ein ähnlich bezauberndes Wesen für mich nach Seddonville kommt. Aber leider liegt unser Ort nicht gerade an den großen Straßen der Welt. Aber wenn die Richtige kommt, dann werde ich selbstverständlich sofort zugreifen und nicht an meinem Glück vorübergehen.« Wieder sein Lächeln.

Ava nickte nur freundlich. »Dann wünsche ich Ihnen viel Glück bei all diesen Plänen. So viel Glück, wie ich uns auch mit der neuen Mine wünsche …« Sie hob das Glas. »Auf Matakite!«

Sie verbrachten den Rest des Abendessens mit belanglosem Geplauder über Seddonville, die aufstrebenden Städte Christchurch, Wellington und Auckland – und natürlich die Weltpolitik. Ich hörte an diesem Abend das erste Mal den Namen Hitler. Der wollte wohl die Deutschen aus der Krise retten. Angus war begeistert: Er war fest davon überzeugt, dass die Wirtschaft des Deutschen Reichs über eine gewaltige Aufrüstung richtig in Schwung kommen würde. »Und dann können sie sich Europa einfach unter den Nagel reißen!«

Ava war darüber erschrocken. »Das werden England und Frankreich wohl kaum einfach so zulassen!«, erklärte sie. »Ich hoffe, Sie haben recht mit der Aufrüstung – denn nur so wird aus Matakite eine lohnende Investition. Aber ein Krieg? Dafür gibt es in Europa zu viele starke Mächte!«

Noch bevor der Streit hässlichere Töne bekam, schritt John ein. »Wir wollen doch nicht über Politik reden.

Wir haben zum Glück nicht mehr viel mit dem alten Europa zu tun. Wenn dort ein Krieg ausbricht, dann soll das unser Problem nicht sein. Wir liefern die Kohle und freuen uns über unser friedliches Neuseeland …«

Ava bedachte ihn mit einem nachsichtigen Blick. »Ich glaube, dafür hängen wir viel zu eng an Großbritannien. Neuseeland hat Soldaten für die Königin in den Burenkrieg und in den Ersten Weltkrieg geschickt. Wir werden wohl auch Soldaten in einen weiteren Krieg schicken.« Sie seufzte. »Womöglich auf Schiffen, die mit eurer Kohle befeuert werden.«

»Kein Grund zum Seufzen!«, erklärte Angus. »Der Krieg findet mit und ohne unsere Hilfe statt. Aber wir können entscheiden, ob wir zu den Gewinnern oder zu den Verlierern gehören!«

Wenig später verabschiedete sich Angus. Kaum war die Tür zugefallen, drehte Ava sich mit funkelnden Augen zu ihrem Mann um. »Warum hast du das nicht mit mir besprochen, bevor alle Verträge unterzeichnet sind? Hältst du mich für zu dumm, um dabei mitzureden?«

John hob abwehrend die Hände. »Ich wollte dich nicht mit solchen Problemen belasten, mein Liebling.«

»Belasten? Ich dachte, dafür sind wir verheiratet! Um auch über Probleme reden zu können!« Ava war wütend. »Außerdem hätte ich mir kaum ausgerechnet Angus MacLagan als Partner ausgesucht. Er ist ein Windhund!«

»Du täuschst dich«, versuchte John seine Frau zu beruhigen. »Er ist ein weitblickender Geschäftsmann. Nicht viele wären so klug, dass sie in den Geschehnissen von Europa eine Chance für Neuseeland sehen. Die meisten sehen doch kaum über ihren Tellerrand hinaus – geschweige denn über den Pazifik hinweg!«

Ava war nicht überzeugt, das sah man ihr an. Aber sie schüttelte nur noch den Kopf. »Du hättest mich trotzdem früher fragen sollen«, murmelte sie noch einmal. Bei dieser Äußerung fehlte ihr die Kraft und die echte Überzeugung. John sah sie plötzlich besorgt an. »Fehlt dir irgendetwas?«

Ava schüttelte den Kopf. Mit einem kleinen Lächeln legte sie eine Hand auf ihren Bauch. »Fehlen wäre der falsche Ausdruck. Ich bin mir noch nicht wirklich sicher … aber es sieht so aus, als ob …« Sie stand auf und schlang ihre Arme um John. »Ich wollte es dir zu einem besseren Zeitpunkt sagen, als ausgerechnet jetzt. Aber: Ich glaube, wir bekommen ein Kind!«

John nahm sie in den Arm. Ich glaube, ich konnte sogar Tränen in seinen Augen sehen. »Seit wann weißt du das?«

»Ich habe seit ein paar Wochen den Verdacht, aber heute Morgen hat mir plötzlich mein liebstes Kleid nicht mehr gepasst!« Sie deutete auf das wunderschöne rote Kleid, das sie an diesem Abend trug. »Ruiha musste mir alle Knöpfe versetzen, damit ich überhaupt hineinpasste!«

John Denson wäre nicht der Mann, der er war, wenn er nicht sofort an die Zukunft gedacht hätte. »Dann … wir müssen noch ein Mädchen einstellen. Eines, das dir in der Schwangerschaft zur Hand gehen kann, dir bei der Geburt zur Seite steht und dir dann später mit unserem Sohn helfen kann.«

»Es könnte auch ein Mädchen sein!«, erinnerte ihn Ava liebevoll.

»Und es wäre mir egal!« John nahm Ava mit einem Lächeln in den Arm. »Wir haben so lange gewartet, ich würde mich über eine Tochter ebenso freuen, wie über einen Sohn! Und wir müssen ein Zimmer für ihn herrichten. Ein Schaukelpferd, das kann vielleicht der Schreiner machen. Und eine Krippe. Vielleicht will er ein Pony …«

»Langsam«, lachte Ava. »Jetzt lass unser Kind doch erst einmal auf die Welt kommen. Dann können wir immer noch sehen, was er oder sie haben möchte. Ich habe zwar keine Erfahrung, aber ich glaube, am Anfang reicht eine Wiege voll und ganz aus. Und ich brauche auch kein zweites Mädchen, das mir hilft. Ich habe doch Ruiha!«

Ich lächelte stolz. Immerhin waren fünf Jahre vergangen, seit Ava gekommen war. Ich war inzwischen fast neunzehn. Ich konnte gut kochen, kümmerte mich um die Kleidung von Ava – und teilte auch so manches Geheimnis mit ihr.

Aber in diesem Punkt ließ John sich nicht von seinem Vorhaben abbringen. Er wollte ein Mädchen, das Ava zur Hand gehen sollte. Er inserierte nur wenige Wochen später in »The Press« in Christchurch:

»Gut situierter Minenbesitzer aus Seddonville sucht für seine Gattin eine anregende Begleitung in der Schwangerschaft mit anschließender Stellung als Kindermädchen. Lohn, Kost und Logis.«

Er erhielt wohl einige Zuschriften von mehr oder weniger ordentlichen Mädchen. Er zeigte sie Ava, und gemeinsam wählten sie Miriam aus. Sie war erst siebzehn, als sie das erste Mal an unserer Haustür klopfte. Ein zarter Engel mit blonden Löckchen und großen blauen Augen stand vor mir, als ich die Tür öffnete. Sie streckte ihre Hand aus.

»Ich bin Miriam! Ich soll für Mrs. Denson arbeiten – damit sind wir wohl Kolleginnen, oder?«, sprudelte sie mir mit heller Stimme entgegen. Eigentlich hatte ich mir vorgenommen, dieses Mädchen nicht zu mögen. Immerhin drängte sie mich aus meiner Rolle als einzige Angestellte des Hauses, ich musste künftig einiges absprechen, was ich bisher alleine beschlossen hatte. Es zeigte sich jedoch, dass es nicht möglich war, gegen Miriam einen Groll zu hegen. Sie war fröhlich, hatte gute Laune und war von einer herzerfrischenden Naivität. In Christchurch war sie die siebte Tochter einer Familie, die sich mit Schafzucht auf zu wenig Land eher schlecht als recht über Wasser gehalten hatte. Als sie die Anzeige gelesen hatte, beschloss Miriam, dass sie ihr Glück an der Westküste versuchen wollte – und so landete sie bei uns. Natürlich merkten wir schnell, dass Miriam kaum lesen und noch weniger schreiben konnte. Aber sie lernte schnell und verbreitete eine unbekümmerte Heiterkeit, wo auch immer sie auftauchte.

13.

Ava hielt einen gelben Stoff nach oben. »Ist das nicht der perfekte Vorhang?«

Ich lachte. »Master Denson würde wohl eher einen hellblauen Stoff bevorzugen …«

»Und dann muss meine arme Tochter womöglich in einem hellblauen Zimmer aufwachsen! Nein, das tue ich ihr nicht an!«

Miriam hielt in einer Ecke des Ladens einen dünnen weißen Stoff in die Höhe. »Ich finde, daraus lässt sich ein besonders schöner Vorhang machen. Und vielleicht auch ein Himmel über der Wiege?«

Ava strich über den Stoff und nickte. »Du hast recht. Den will ich kaufen!«

Sie drehte sich zu dem Ladenbesitzer um und bezahlte ein paar Meter von dem feinen Stoff. Dann drehte sie sich zu uns um. »Wenn wir schon einen Ausflug nach Westport machen, dann sollten wir auch unbedingt einen Tee im Geschäft an der Hauptstraße trinken. Ich habe gehört, da trifft man sich im Augenblick … Und wir wollen doch nicht wie Hinterwäldler wirken.« Sie lachte. »Auch wenn wir das wahrscheinlich sind. Ich hätte nie gedacht, dass ich einen kleinen Ort wie Westport irgendwann einmal als die große weite Welt empfinden würde …«

Wenig später waren wir im Teehaus und nippten an unseren Tassen aus feinem Porzellan.

Ich konnte meine Neugier nicht im Zaum halten. »Wie war es denn in Hamburg? Ist das wirklich größer als Westport?« Ich hatte in meinem Leben noch nie eine größere Stadt gesehen und konnte mir beim besten Willen nicht vorstellen, wie so eine Stadt aussehen sollte.

Ava seufzte. »Sehr, sehr viel größer. Die Häuser stehen enger zusammen, die Straßen sind dreckiger, und die Menschen haben nicht so viel Zeit. Es gibt Fabriken mit stinkenden Schornsteinen und jede Menge Autos. So viele Pferde und Maultiere wie hier noch benützt werden, gibt es in Hamburg wohl nur noch im Zoo. Überhaupt der Zoo …« Ihr Gesicht bekam einen schwärmerischen Ausdruck. »Da gibt es Elefanten und Affen und –«

»Elefanten?«, unterbrach ich sie. »Was ist das?«

»Ein großes graues Tier aus Afrika. Mit riesigen Ohren und einem Rüssel statt einer Nase.«

So ein Tier konnte ich mir nicht vorstellen. Nicht einmal, wenn ich mich sehr anstrengte. Miriam sah Ava ebenfalls an, als ob sie ein Märchen aus einer anderen Welt erzählen würde. Ava sah in unsere ungläubigen Gesichter und schüttelte dann den Kopf.

»Ich bestelle ein Buch, dann kann ich euch die Bilder von den Tieren im Zoo zeigen.« Sie streichelte über ihren Bauch, der sich allmählich deutlich sichtbar nach vorne wölbte. »Und später kann ich dann meinem Kind zeigen, was für Tiere es in dem Rest der Welt gibt.«

Sie erhob sich wieder. »Jetzt müssen wir weiter. Wir brauchen noch viel mehr für das Kinderzimmer als nur einen Stoff. Ich brauche noch Decken. Etwas zum Anziehen.«

»Wie lange glauben Sie denn, dass es noch dauert?«, fragte ich mit einem Blick auf den Bauch.

Ava hob die Schultern. »Keine Ahnung. Vielleicht noch zwei Monate?«

Miriam warf einen langen Blick auf Avas Bauch. Dann schüttelte sie den Kopf. »Ich glaube, das sind noch drei Monate. Wäre Miss Ava schon weiter, dann würde der Bauch sich schon senken und tiefer sein.« Sie lächelte ihr bezauberndes Lächeln. »Zumindest war es so bei meiner Mutter und meinen großen Schwestern.«

»Und du hast wirklich bei den Geburten geholfen?«, frage Ava noch einmal nach. Das tat sie fast jeden Tag. Ganz offensichtlich konnte sie sich nicht vorstellen, dass die junge, naive Miriam von so etwas Wichtigem wie einer Geburt etwas verstehen sollte. Und in Seddonville gab es keine Hebamme, sondern nur einen alten Arzt, den man ganz sicher nicht mit einer Geburt betrauen wollte.

Miriam nickte. »Ganz bestimmt. Wir schaffen das. Und wenn nicht, dann schicken wir jemanden in das Dorf von Ruiha.« Sie lächelte mich an. »Die Maoris wissen, was bei einer schweren Geburt zu tun ist.«

Ava wirkte nur halb beruhigt.

Wir liefen weiter durch die wenigen Geschäfte von Westport. Zum Abschluss aller unserer Besorgungen kaufte Ava für uns noch leuchtend rote Haarbänder. »Es soll schließlich nicht alles nur für meinen Junior sein«, lächelte sie.

Als wir nach Hause kamen, saß John mit düsterer Miene im kleinen Salon des Hauses. Ava zeigte ihm strahlend ihre Einkäufe für das Baby – aber seine Laune besserte sich nicht. Schließlich setzte sie sich zu ihm.

»Was bedrückt dich, Liebling?«, fragte sie mit sanfter Stimme und griff nach seiner Hand.

Er schüttelte den Kopf. »Ich war heute bei unserer Mine. Angus treibt den Ausbau zu schnell voran. Ich kann ihn verstehen, er will möglichst schnell Kohle und Geld sehen. Aber für meinen Geschmack bleibt dabei die Sicherheit zu sehr auf der Strecke. Ich war nur kurz im Stollen, aber die Stützstreben sehen schlampig vernagelt aus …« Er sah Ava verzweifelt an. »Angus möchte nichts von meinen Bedenken hören. Was soll ich tun?«

»Du setzt dich natürlich durch!«, erklärte Ava in bestimmtem Ton. »Es kann doch nicht sein, dass dieser Mann dir diktiert, wie eine Mine gebaut wird. Davon hat er nun wirklich keine Ahnung, oder?«

»Nein«, seufzte John. »Leider nicht.« Er nahm Avas Gesicht in beide Hände. »Aber eigentlich will ich dich nicht mit meinen Problemen belasten. Du hast schließlich genug Dinge, die du im Moment im Kopf hast, nicht wahr?«

Er deutete auf die Taschen, die sie dabeigehabt hatte. »Jetzt zeige mir doch noch einmal den Stoff für das Zimmer von meinem Sohn!«

»Oder deiner Tochter«, lachte Ava. Sie ließ sich schnell von John ablenken.

Wenige Tage später klopfte es plötzlich. Vor der Tür stand Angus mit einem zornigen Glitzern in den Augen. Er begrüßte mich nicht einmal, sondern schob mich zur

Seite und stürmte in das Haus. »Ist Ava hier?«, rief er dabei.

Ich konnte nur nicken und nach oben deuten. Ava und Miriam waren in diesem Augenblick dabei, die neuen Vorhänge aufzuhängen. Er platzte in die beschauliche Szene und beachtete anfangs das blonde Mädchen auf der Leiter überhaupt nicht. Er nahm Ava an beiden Schultern.

»Sag deinem Gatten, dass er endlich mit seinem Sicherheitswahn aufhören soll! Jeden Tag, den der liebe Gott anbrechen lässt, liegt er mir in den Ohren und jammert mir etwas vor von zu wenig Stützstreben. Oder schlecht verarbeiteten Streben. Das ist Blödsinn! Ich habe einen Architekten, der von so etwas Ahnung hat, und der versichert mir, dass alles gut ist. Aber John will das einfach nicht hören!«

Ava befreite sich mit einem Ruck aus seinem Griff und richtete sich zu ihrer vollen Größe auf.

»Lassen Sie mich los!«, zischte sie leise. Dann redete sie mit scheinbar normalem Ton weiter. »Lieber Angus, Sie glauben doch nicht im Ernst, dass ich meinem Mann einen Rat gebe, wenn es um den Abbau von Kohle geht. Ich denke, darin hat er wirklich mehr Erfahrung als ich.« Ihre Stimme wurde etwas leiser. »Und er hat auch sicher mehr Erfahrung als Sie, wenn ich mich nicht irre!«

Angus sah sie wütend an. »Aber es ist zu teuer! Wir sind nicht die Coal Company, die jede Verstrebung dreifach absichern kann. Wir müssen darauf achten, dass sich unsere Investitionen lohnen …«

»Dann vertrauen Sie doch einfach Ihrem Partner«, erklärte Ava schlicht. »Dafür haben Sie ihn sich ja auch ins Boot geholt.« Ihr Ton machte klar, dass sie in diesem

Punkt auch nicht weiterdiskutieren wollte. Ich verfolgte die Unterhaltung von der Tür aus und konnte sehen, wie Angus von einer Sekunde auf die andere die Sinnlosigkeit seines Ansinnens einsah. Wenn Ava sich einmal etwas in den Kopf gesetzt hatte, dann konnte nichts und niemand sie davon abbringen.

Angus sah sich um. Erst jetzt schien er zu bemerken, dass er im künftigen Kinderzimmer des Hauses stand. Sein Blick fiel auf Miriam. Das Mädchen hatte nicht gewagt, sich zu rühren, seitdem Angus in das Zimmer geplatzt war. Angus nickte, während sich sein Gesicht plötzlich zu einem Grinsen verzog.

»Verzeihen Sie, Lady. Ich wähnte mich allein mit Miss Denson. Hätte ich geahnt, dass eine weitere Lady anwesend ist, dann hätte ich natürlich nicht über Geschäfte geredet. Sondern mich erst einmal vorgestellt.« Er deutete eine kleine Verbeugung an. »Mein Name ist Angus MacLagan.«

Miriam deutete verlegen einen Knicks an. »Ich heiße Miriam. Miriam Peterson«, flüsterte sie. Ihr Gesicht lief rot an.

»Sie sind auf Besuch bei Ihrer Freundin?«, erkundigte Angus sich, ohne die geringsten Gesetze der Höflichkeit zu beachten. Ich fand seinen Gesichtsausdruck gierig. Er schien Miriam mit den Augen fast auszuziehen, so genau nahm er Maß. Aber Miriam schien nichts zu merken.

Sie schüttelte den Kopf und kicherte wie ein kleines Mädchen. Was sie, genau betrachtet, ja auch war. »Nein, nein. Ich bin angestellt bei Miss Denson. Ich bin ihre Gesellschafterin, und wenn das Baby da ist, dann arbeite ich als Kindermädchen.« Sie machte erneut einen Knicks.

Angus musterte sie noch einmal genau. Dann wandte er sich an Ava. »Darf ich deine Gesellschafterin denn zu einem kleinen Spaziergang am nächsten Sonntag einladen?«

Verblüfft nickte Ava. »Sicher. Miriam kann alles tun, was sie will. Ich kann sie allerdings nicht zwingen …«

»Nein, ich würde mich freuen«, plapperte Miriam dazwischen. Erschrocken über ihren eigenen Mut, legte sie dann die Hand vor ihren Mund und wurde noch roter. Wenn das überhaupt möglich war. »Ich meine, wenn Master MacLagan mich tatsächlich einladen wollen würde …« Sie verhedderte sich rettungslos in ihrem Satz und brach ab.

Angus schien die Wirkung, die er auf Miriam hatte, zu genießen. »Also nächsten Sonntag? Direkt nach der Kirche?«

Es war mir neu, dass Angus MacLagan ein großer Kirchgänger war, aber offensichtlich bemühte er sich um einen guten Eindruck bei Miriam. Was ihm auch gelang – sie nickte. Und damit war das erste Treffen der beiden auch schon arrangiert. Zufrieden tippte Angus sich noch einmal an den Hut und verabschiedete sich von Ava. Mich würdigte er keines Blickes – wie sonst auch.

Als die Tür hinter ihm ins Schloss fiel, herrschte für einen Augenblick Stille. Dann räusperte Ava sich leise. »Es geht mich nichts an, wen du in deiner Freizeit triffst, liebe Miriam. Aber vor einem Mann wie Angus MacLagan kann ich dich nur warnen. Er führt nur wenig Gutes im Schilde – und die Geschäftspartnerschaft mit meinem Gatten ist mir eher unangenehm. Das solltest du nur wissen.«

Miriams Augen leuchteten und lagen immer noch auf der Tür. Ich bin mir nicht sicher, ob sie Avas Worte überhaupt gehört hatte, ihre Augen hatten einen verträumten Ausdruck. »Sieht er nicht umwerfend aus?«, hauchte sie hingerissen.

Ava und ich wechselten einen Blick. Wir mussten auf unser kleines Mädchen gut aufpassen. Sonst rannte sie direkt ins Verderben. Und wir waren uns einig, dass Angus MacLagan für eine Frau ziemlich sicher das Verderben bedeutete.

Am nächsten Sonntag trafen sich Angus und Miriam das erste Mal. Sie gingen sittsam nach dem Sonntagsgottesdienst miteinander spazieren und berührten sich nur zum Abschied für einen winzigen Moment, als sie sich die Hände gaben. Um Miriam war es dennoch geschehen. Sie kam nach Hause und tanzte fast die Treppe zu ihrem Zimmer hinauf. Am Nachmittag zog sie mich ins Vertrauen: »Ich glaube, das ist der Mann, auf den ich in meinen kühnsten Träumen gehofft habe!«, flüsterte sie. »Er sieht nicht nur gut aus, sondern ist auch zuvorkommend und höflich. Außerdem träumt er wohl davon, endlich eine eigene Familie zu haben. Zumindest hat er so etwas angedeutet.« Sie sah mich ängstlich an. »Meinst du, er redet von einer gemeinsamen Zukunft mit mir? Wie ist denn sein Ruf in Seddonville?«

Ich schüttelte den Kopf. »Sein Ruf als Geschäftsmann ist der eines echten Draufgängers – aber ich habe noch keine schlimmen Frauengeschichten gehört, wenn es das ist, was du meinst. Das kann aber auch daran liegen, dass es hier in Seddonville nur wenige unverheiratete Frauen und Mädchen gibt …«

Miriam lächelte beruhigt. »Ein echter Gentleman, da bin ich mir sicher!«

Sie war in dem Stadium der Schwärmerei, in dem sie keine Ohren und keinen Verstand für Warnungen hatte. Ich bekam nur wenige Tage später mit, wie Ava sie noch einmal eindringlich vor Angus warnte. Aber Miriam tat diese Mahnungen mit einem Achselzucken ab. Später gestand sie mir sogar, dass sie der festen Meinung war, dass Ava eifersüchtig sei. Immerhin sah Angus so viel besser als ihr John aus ... Wie ich schon gesagt habe: Miriam war wirklich sehr jung! Und Angus tat wirklich alles, um sie zu beeindrucken: Er sorgte sogar in ihrem Beisein dafür, dass für Matakite neue Stützbalken bestellt wurden. »Man darf schließlich nicht den Profit über die Sicherheit stellen!«, erklärte er dabei. Ich hielt ihn für einen Heuchler – aber ich behielt meine Meinung selbstverständlich für mich. Mehr stand mir als Dienstmädchen schließlich auch nicht zu.

Ava wurde nicht nur runder, sondern auch ruhiger. Sie saß in den letzten Wochen ihrer Schwangerschaft viel auf der Veranda und sah in den Garten. Wenn ich mich zu ihr setzte, dann erzählte sie mir von den großen Plänen für ihre Kinder. »Sie werden in eine moderne, neue Zeit geboren – mit mehr Chancen als jemals zuvor. Ich wette, wenn sie erwachsen sind, dann liegt Neuseeland nicht mehr so unerreichbar weit von Europa. Und wer weiß? Vielleicht kann ich ihnen irgendwann einmal die Heimat ihrer Mutter zeigen ...« Sie lächelte bei diesen Worten versonnen und streichelte ihren Bauch, der sich unter dem dünnen Baumwollkleid inzwischen deutlich abzeichnete. Ich konnte mir eine solche Zukunft nicht vorstellen. Für mich war schon ein Besuch auf der Nordinsel unerreichbar weit weg. Vor allem: Was sollte ich da? Ich kannte doch nur Seddonville, das Dorf der Maoris und Westport. Das war meine Heimat, was wollte ich mehr?

Mir war schon der schwarze Ford unheimlich, den John gekauft hatte. Ein stinkendes, klapperndes Gefährt, mit dem man unglaublich schnell von einem Ort zum anderen fahren konnte. Damals war ich sogar der Meinung, dass die Seele der Menschen unter dem hohen Tempo der Kraftfahrzeuge leiden würde. John war allerdings unglaublich stolz auf diesen »Einzug der Moderne« in sein Leben.

In ihrem Zustand war Ava kaum daran interessiert, dass in Matakite die Förderung der Kohle Monate früher als geplant begann. Die Mine fing an, Gewinn abzuwerfen. Der Kohlepreis stieg, genauso, wie Angus es vorhergesagt hatte. Und tatsächlich kauften die Händler jetzt auch die Kohle von den kleinen Minenbesitzern zu ordentlichen Preisen auf. Ich hörte zwar immer noch, wie John und Angus sich über die Führung der Mine stritten. Aber die Sicherheit war nicht mehr das Thema. Kein Wunder: Bei diesem Thema hatte sich John ja durchgesetzt, sodass die Anzahl der Stützpfosten erhöht wurde. Zumindest waren wir alle dieser Meinung.

Es war einer dieser klaren Herbsttage im Mai, als Ava ihr Kind bekommen sollte. Während sich draußen der leuchtend blaue Himmel über die wunderschöne Natur spannte, mühte Ava sich in ihrem Schlafzimmer mit der Geburt ihres ersten Kindes. Miriam und ich waren bei ihr. Miriam tastete immer wieder ihren Bauch ab und lächelte beruhigend. »Alles ist genauso, wie es sein sollte.

Du wirst sehen: Es dauert beim ersten Kind etwas länger – aber es wird keine Probleme geben.«

Zwischen zwei Wehen wischte sie Ava liebevoll den Schweiß von der Stirn. Ava lächelte dankbar. »Wie kann ich dir jemals für deine Hilfe danken?«

Miriam sah verlegen aus. »Ich hoffe, du kannst mir dann bei meinem ersten Kind helfen?«

»Miriam, du bist doch nicht etwa …?«, rief Ava.

»Nein, nein«, wehrte Miriam mit großer Geste ab. »Angus ist ein Gentleman, so weit würde er nie gehen. Und ich würde das auch nie zulassen, da kannst du dir sicher sein!«

Ava nickte beruhigt.

Aber Miriam redete weiter. »Er hat mich als echter Ehrenmann gebeten, seine Frau zu werden.« Sie errötete ein wenig und lächelte verlegen. »Ich habe ihm gesagt, dass es mir eine Ehre wäre … Und dann ist der Gedanke an eigene Kinder doch nicht so wahnsinnig weit hergeholt, oder?«

Ava wollte etwas entgegnen, doch in diesem Augenblick krümmte sie sich unter einer erneuten Wehe. Sie schnappte noch nach Luft, als sie Miriam endlich antworten konnte: »Angus will dich heiraten? Und du hast schon Ja gesagt? Hast du dir das gut überlegt?« Sie sah Miriams enttäuschtes Gesicht und redete hastig weiter. »Ich meine, ich wünsche dir alles Gute für die Zukunft. Es ist nur so, dass ich mich für dich verantwortlich fühle. Schließlich kann Angus nicht bei deinem Vater um deine Hand anhalten, da komme ich mir fast schon wie deine Mutter vor …«

»Du bist nur sechs Jahre älter!«, erklärte Miriam. »Und deine Eltern kannten John Denson auch nicht, bevor du ihn geheiratet hast. Noch schlimmer: Du kanntest ihn nicht einmal selber. Was kannst du mir also vorwerfen? Ich habe meinen Verlobten immerhin drei Monate lang getroffen, bevor ich mich entschieden habe, ihn möglichst bald zu ehelichen …«

Wieder keuchte Ava unter einer Wehe, diesmal länger als bei der letzten. Danach legte sie eine Hand auf Miriams Arm.

»Ich wünsche dir ja alles Glück dieser Welt. Ich bin nur überrascht.« Sie lächelte. »Ich habe nicht damit gerechnet, dass ich so bald schon nach einem neuen Kindermädchen Ausschau halten muss.«

»Bis zu meiner Hochzeit bleibe ich bei dir!«, versprach Miriam. »Und später hast du ja immer noch Ruiha.«

Ich lächelte verlegen von meinem Platz am Fußende des Bettes.

»Wir bleiben aber auf jeden Fall miteinander befreundet, oder?«, fragte Miriam plötzlich mit einem ängstlichen Gesicht. »Ich will dich auf keinen Fall verlieren!«

»Sicher bleiben wir befreundet«, erklärte Ava. »Schon allein deswegen, weil unsere Männer gemeinsam eine Mine betreiben, werden wir uns sicher häufig sehen. Und wer weiß? Vielleicht können unsere Kinder gemeinsam aufwachsen.«

Miriam nickte mit einem glücklichen Lächeln. »Das wäre schön.«

Dann beugte sie sich nach vorne und untersuchte Ava noch einmal.

»Es dauert nicht mehr lange!«, verkündete sie, als sie sich wieder aufrichtete. »Jetzt wird es Zeit, dass du wirklich mitarbeitest …«

Es verging keine Stunde mehr, bis Miriam mit einem kleinen Bündel, das fest in weiße Tücher gewickelt war, vor die Tür trat und es John Denson präsentierte. »Master John, darf ich vorstellen: Ihr Sohn!«

Dabei lächelte sie so stolz, als ob sie ihn selber zur Welt gebracht hätte.

John Denson traten die Tränen in die Augen. »Ein Sohn?«, fragte er ungläubig und nahm das Bündel vorsichtig in die Arme. »Es ist wirklich ein Sohn?«

»Ja«, nickte Miriam. »Sie dürfen seiner Mutter auch gerne gratulieren.«

John betrat den Raum so andächtig, als ob er in eine Kirche gehen würde. »Ava?«, fragte er vorsichtig.

Ava strahlte ihm entgegen. »Ist er nicht wunderschön?«, lachte sie. »Ich finde, wir sollten ihn John nennen. John junior!«

John schwieg einen kleinen Moment. Dann strahlte er seine Frau an. »Ich finde, das ist ein besonders schöner Vorschlag.« Er beugte sich behutsam nach vorne und küsste seine Frau sanft auf die Stirn.

»Ich verspreche dir, dass ich immer auf unseren Sohn aufpassen werde«, flüsterte er dabei leise. »Und auf seine wunderbare Mutter, die ihn mir geschenkt hat. Ihr seid das Wertvollste in meinem Leben, mehr wert als alles, was ich jemals besessen habe und besitzen werde!«

Ava nickte. Sie hob ihre Hand und strich ihm mit einer müden Bewegung über die Wange. »Ich weiß, mein Liebling. Und vielleicht haben wir ja Glück, und Junior bleibt nicht alleine. Es muss ja nicht jedes Mal sechs Jahre dauern, bis wir mit einem Kind beschenkt werden.«

Für einen Augenblick versenkten sie ihre Blicke in die Augen des jeweils anderen. Dann sahen sie wieder ihr Kind an. Ich war von so mächtigen Gefühlen überwältigt und verließ möglichst unauffällig den Raum. Es gibt einfach Augenblicke, da sollte niemand mehr dabei sein – da konnte man den Menschen nämlich direkt in die Seele sehen. Die Stunde von Juniors Geburt war so ein Moment. So viel Glück habe ich in meinem Leben selten gesehen. Wenn wir geahnt hätten, was kommen würde …

Die Hochzeit von Angus und Miriam fand an dem letzten schönen Sonntag vor Anbruch des Winters statt. Über der kleinen Kirche von Seddonville hingen die dunklen Wolken tief, während Miriam strahlend ihrem Angus ewige Treue schwor. Kein Jahr war vergangen, seitdem sie nach Seddonville gekommen war. Jetzt war sie achtzehn und mit dem Besitzer eine Mine verheiratet, die ordentlich Gewinn abwarf. Es gab bestimmt nicht wenige Frau, die sie um ihr Glück beneideten. Schließlich sah Angus großartig in seinem dunkelgrauen Frack aus, den er eigens für die Hochzeit hatte anfertigen lassen.

Während der Pfarrer den Trausegen sprach, suchte ich den Blick von Ava. Wir sahen uns kurz in die Augen – und wir wussten beide: Eine Ehe mit Angus MacLagan war nicht das größte Glück auf Erden.

Aber für den Augenblick strahlte Miriam wie eine glückliche Braut, und Angus sah so stolz aus wie ein Mann, der endlich alle ehrgeizigen Ziele in seinem Leben erreicht hatte.

14.

Natürlich zog Miriam am Tag ihrer Hochzeit in Angus MacLagans neues Haus. Er hatte sein Zimmer in der kleinen Pension aufgegeben und sich vor ein paar Monaten einen auffallenden Bau an der Hauptstraße gekauft: aus grauem Stein, mit zwei hellen Säulen zu beiden Seiten der Eingangstür. Gegen dieses Haus wirkte das Heim der Densons eher bescheiden.

Ava und ich beschlossen, dass wir Miriam nicht sofort mit unseren Besuchen belästigen wollten. Sie sollte ein paar Wochen Zeit haben, um sich an ihr neues Leben als Ehefrau und Haushaltsvorstand zu gewöhnen. Ich sah sie hin und wieder auf dem Markt, und sie winkte mir immer mit einem Lächeln zu. Sie wirkte aber sehr beschäftigt, und so merkte ich gar nicht, dass sie einem Gespräch mit mir auswich.

Natürlich hatten Ava und ich auch genug zu tun. Junior war ein hellwacher kleiner Kerl. Nur selten lag er glücklich in seiner Krippe und beschäftigte sich mit sich selbst. Meistens wollte er Aufmerksamkeit – entweder von Ava oder von mir. Darüber hinaus war sein Durst offensichtlich gewaltig: Alle zwei bis drei Stunden forderte er von Ava eine Mahlzeit ein. Sie setzte sich dann immer mit einem kleinen Seufzen nieder und knöpfte ihr Kleid auf. »Das ist die Strafe dafür, dass ich so hochnäsig eine Amme abgelehnt habe, als John mir eine angeboten hat«, lachte sie dann. »Jetzt bin ich seine Amme – und Junior ist fest entschlossen, mich bis zum letzten Tropfen auszunützen …«

Gleichzeitig liebte sie diese innigen Momente mit ihrem Kind. Ein glückliches Strahlen flog über ihr Gesicht, wann immer sie ihren Sohn ansah. Und auch John bemühte sich jeden einzelnen Tag darum, möglichst früh von seiner Arbeit heimzukommen.

»Wenn ich jetzt ein wenig die Arbeit in der Mine vernachlässige, dann liegt das nur an dir!«, lachte er seinen Sohn an, während er ihn an den Zehen kitzelte. »Sei froh, dass Matakite so gut läuft und Gewinn abwirft und dass ich nicht mehr ständig anwesend sein muss …«

Junior gurgelte vor Glück, wenn sein Vater in seiner Nähe war. Ganz offensichtlich fand er nichts schöner, als die abendlichen Stunden, die sie gemeinsam verbringen konnten. Und Ava sah dem Treiben der beiden mit einem stolzen Lächeln zu. Wenn es eine Familie gab, die wusste, wie Glück sich anfühlt, dann waren es die drei Densons.

John machte bereits Pläne für die Zukunft von Junior. Er sah mit Sorge, dass es in Seddonville nicht einmal eine einfache Schule für die ersten Jahre gab. Also gründete er eine Stiftung, die sich um die Errichtung einer solchen Schule kümmern sollte. Er schaffte es sogar, Angus auf seine Seite zu ziehen – der rechnete schließlich auch mit Nachwuchs und wusste, dass er dann ebenfalls das Problem der fehlenden Schule lösen musste. Gemeinsam erwarben sie ein Grundstück am Ortsrand von Seddonville. Ein Architekt aus Westport sollte Pläne für eine kleine Schule, in der zwei Klassen betreut werden konnten, erstellen.

Die Hochzeit von Angus und Miriam war schon fast drei Monate her, als es eines Nachmittags plötzlich an unsere Tür klopfte. Es war einer dieser ungemütlichen Tage, die es im Winter an der Westküste gab: Die Wolken hingen tief und dunkelgrau, der nasskalte Wind peitschte immer wieder Regenschauer gegen die Fensterscheiben. Dieser Winter war ganz besonders schrecklich: Es regnete noch häufiger als sonst – und das wollte einiges heißen an der Westküste! Kein Wetter, bei dem man einen Gast erwarten würde. Ava und ich hatten es uns im Salon gemütlich gemacht. Im Kamin prasselte ein großes Feuer, auf dem Teppich spielte Junior mit seinen Fingern, und auf dem Tisch stand eine große Kanne Tee. Wir sahen uns fragend an, als es unvermutet an der Tür klopfte. Erst zaghaft, dann lauter.

Ich erhob mich und öffnete neugierig die Tür. Vor mir stand Miriam. Ihre sonst so fröhlichen Locken klebten ihr nass im Gesicht. Um die Schultern hatte sie sich ein regennasses Cape gezogen, die Schnürstiefel waren mit Dreckspritzern verunziert. Ich riss die Tür weit auf und bat sie natürlich sofort ins Innere. Hier nahm ich ihr das Cape ab und legte es auf einen Stuhl in der Nähe des Kamins, damit es trocknen konnte. Ava kam neugierig aus dem Salon.

»Wer ist es denn …«

Da fiel auch schon ihr Blick auf die nasse Miriam. Ava machte einen schnellen Schritt nach vorne und nahm Miriam in den Arm. »Miriam! Warum hast du dir ausgerechnet einen solch scheußlichen Tag für deinen Besuch ausgesucht? Komm doch erst einmal herein, damit du dich aufwärmen kannst!«

Miriam nickte nur und schniefte ein bisschen. Ava musterte sie jetzt etwas genauer. Dann winkte sie mich näher.

»Hol eine Wärmeflasche und ein dicke Wolldecke für Miriam. Das arme Ding zittert ja schrecklich.«

Ich nickte und rannte die Treppe nach oben, um die Sachen für Miriam zu holen. Als ich zurückkam, hatte Ava Miriam bereits aus den Schnürstiefeln und dem nassen Kleid geschält und nur im Hemd und Unterrock auf dem Stuhl neben den großen Kamin platziert. Ich legte ihr die wollene Decke über die Beine, goss eine Tasse mit dampfendem Tee ein, gab reichlich Zucker dazu und drückte sie ihr in ihre klammen Hände. Dann legte Ava ihre Hand auf Miriams Arm.

»Was ist denn passiert, dass du ausgerechnet heute hierhergekommen bist?«

Miriam sah sich unsicher um, bevor sie antwortete. »Er ist heute in Westport.«

Wir sahen uns kurz an, bevor Ava nachfragte: »Du meinst Angus?«

Miriam nickte. »Heute wird er ganz bestimmt nicht vor der Abenddämmerung wieder nach Hause kommen. Er wird also nicht erfahren, dass ich hier bin.«

»Was sollte er dagegen haben?« Ava war verwundert. »John ist doch sein Geschäftspartner?«

»Ich denke, er hat Angst, dass ich etwas erzählen könnte«, murmelte Miriam. Ihre strahlende Fröhlichkeit, die sie immer ausgezeichnet hatte, war völlig verschwunden.

Ava dämmerte allmählich, was Miriam andeutete. Sie rückte etwas näher zu Miriam hin und legte ihr einen Arm um die Schulter. »Was ist denn so schrecklich, dass wir es auf gar keinen Fall erfahren sollen?«

Miriam schluckte. »Er ist brutal«, flüsterte sie mit heiserer Stimme. »Er ist nur nach außen hin der perfekte Gentleman. Aber wenn wir zu zweit sind, dann lässt er seine Maske fallen. Dann wird er zum Tier. Und es ist ihm völlig egal, was ich dabei fühle.«

»Das kommt vielen jungen Bräuten am Anfang merkwürdig vor«, versuchte Ava, die völlig verschreckte Miriam etwas zu beruhigen.

Die schüttelte den Kopf. »Das hat nichts damit zu tun, dass ich von meinem Ehemann ein bisschen eingeschüchtert worden bin und jetzt meiner verlorenen Jungfernschaft hinterhertrauere.« Sie hob zum ersten Mal ihren Blick und sah Ava an. »Es fing schon in unserer Hochzeitsnacht an. Kaum waren alle Gäste aus dem Haus, da hat er mich in unser gemeinsames Schlafzimmer geschoben. Ich hatte keine Angst. Ich mag zwar nicht viel Erfahrung mit Männern haben – aber in meinem Elternhaus gibt es zu wenig Zimmer, als dass ich nicht mitbekommen hätte, was nachts zwischen Mann und Frau passiert. Aber ich kannte das immer nur als einen liebevollen Moment – und du hast mir ja auch versichert, dass ich mich nicht fürchten müsste, weil Männer und Frauen schließlich füreinander gemacht seien und auch körperlich gut zueinander passen.« Ihre großen, blauen Augen füllten sich mit Tränen, während sie weiterredete. »Aber das, was Angus in dieser Nacht gemacht hatte, hatte nichts mit Zuneigung oder Liebe zu tun. Er riss mir mein schönes Hochzeitskleid vom

Leib – und es war ihm vollkommen egal, dass der feine Stoff einfach riss und die Knöpfe abgesprungen sind. Dann hat er mir den Kopf an den Haaren nach hinten gerissen und mich geküsst. Das hatte aber nichts mit Zärtlichkeit zu tun. Die Küsse von dir und John sahen immer ganz anders aus. Angus dagegen hat seine Zunge zwischen meine Lippen gepresst und mir gleichzeitig mit einer Hand unter den Rock gegriffen und mir einfach …« Ihre Stimme versagte. Die Tränen liefen jetzt in Strömen. Sie verbarg ihr Gesicht in den Händen.

»Ich habe ihm gesagt, er soll aufhören. Aber er hat immer weitergemacht. Mir meine schöne Wäsche vom Leib gerissen. Wisst ihr noch, wie wir sie gekauft haben? Und ich Idiotin habe mir ausgemalt, wie sehr Angus mich mit diesem Mieder bewundern würde. Keine Sekunde hat er es angesehen, er hat es einfach nur zerrissen. Seinen eigenen Anzug hat er nicht ausgezogen, er hat einfach nur die Hose aufgemacht und mich beschmutzt. Geräusche wie ein Tier hat er dabei gemacht! Dann ist er aus dem Zimmer gegangen und hat mich liegen gelassen. Mir hat alles wehgetan, ich habe geblutet und immer nur gebetet, dass alles nur ein böser Traum ist. Angus war doch immer so rücksichtsvoll und so freundlich.« Sie schluchzte auf. »Ich habe wirklich geglaubt, dass er mich liebt!«

Ava streichelte wortlos über Miriams Rücken. Wir waren uns immer einig über den rücksichtslosen Charakter von Angus gewesen. Aber wir hätten nie geglaubt, dass er seiner eigenen Frau gegenüber so rücksichtslos sein würde. Schließlich fragte Ava vorsichtig weiter: »Das ist jetzt eine ganze Weile her. Wie behandelt er dich denn seitdem?«

Miriam schüttelte den Kopf. »Es ist jede Nacht das Gleiche. Er kommt in mein Zimmer, schiebt mein Nachthemd nach oben und sucht seine Befriedigung. Dabei stöhnt und knurrt er wie ein wahnsinniger Hund. Wenn er fertig ist, dann geht er einfach aus dem Zimmer, ohne mich auch nur eines Blickes zu würdigen.«

»Redet ihr denn sonst nicht miteinander?« Avas Stimme verriet ihre Gefühle. Sie klang mitfühlend und zornig.

»Er gibt mir Befehle. Ich soll auf dem Markt mit niemandem reden. Euch nicht besuchen. Das Haus putzen und aufräumen. Kein Geld für teure Kleidung ausgeben. Endlich schwanger werden.« Sie seufzte. »Meine Meinung interessiert ihn nicht. Er fragt mich nicht, wie mein Tag war oder was ich gemacht habe. Er schlingt mein Essen herunter, besteigt mich und geht dann wieder seinen Geschäften nach.«

Entschuldigend sah sie mich an. »Verzeih meine grobe Ausdrucksweise. Aber ich kann es nicht mehr schönreden. Und als ich letzte Woche gemerkt habe, dass ich wirklich schwanger bin, wollte ich es erst euch erzählen, nicht ihm. Obwohl er mich dann vielleicht endlich in Ruhe lassen würde.«

»Du bist schwanger?« Ava war überrascht. »So schnell?«

»Wie ich schon gesagt habe: Er versucht es ja auch jeden Abend. Aber wahrscheinlich ist es ihm schon in unserer schrecklichen Hochzeitsnacht geglückt. Er hätte sich die Mühen sparen können – und mir die Schmerzen!«

Ava nahm Miriam in den Arm. »Du armes Mäuschen! Wie können wir dir jetzt nur helfen?«

»Ich werde eine Hilfe brauchen. Kannst du mir vielleicht Ruiha hin und wieder vorbeischicken? Angus kann sich nicht vorstellen, dass man mit einer Maori wie mit einem gleichberechtigen Menschen redet, deswegen würde er keinen Verdacht schöpfen. Und Ruiha könnte dir sagen, wenn ich etwas benötige. Oder wir könnten Treffpunkte vereinbaren. Vielleicht könnte Ruiha mir auch bei der Geburt helfen?«

Ava sah mich an. »Würdest du das machen?«

Ich nickte eilfertig. »Aber sicher. Wenn Sie mich hin und wieder entbehren können, dann würde ich Miriam gerne helfen. Nur bei der Geburt ... ich war doch nur bei Juniors Geburt dabei, das bedeutet, ich habe nicht ausreichend Erfahrung!«

»Blödsinn.« Miriam war erleichtert. »Du hast doch gesehen, wie leicht das gegangen ist. Das meiste hat Ava sowieso selber gemacht. Das wird bei meiner Geburt sicher nicht anders.«

Ich war nicht überzeugt. »Wenn du nichts dagegen hast, dass ich unsere Hebamme aus dem Dorf hole, wenn es kritisch wird ...«

Miriam schüttelte den Kopf. »Was sollte ich dagegen haben. Aber du kannst ganz beruhigt sein: Wir werden keine Hilfe brauchen. Ich bin jung und gesund, da ist eine Geburt kein Problem.«

»Und wie können wir dir helfen, um deine Ehe mit Angus erträglicher zu machen?«, fragte Ava vorsichtig nach.

Miriam war mit einem Schlag wieder ernst. »Ich habe keine Ahnung. Bis jetzt kann ich nur die Zähne zusammenbeißen und hoffen, dass er seinen Zorn überwindet. Vielleicht wird ja alles besser, wenn ich ihm einen Sohn geboren habe. Wenn ich Glück habe, dann achtet er wenigstens die Mutter seiner Kinder.«

Ava wiegte nachdenklich den Kopf. Sie war ganz offensichtlich nicht von Miriams Hoffnungen überzeugt. »Ich bete dafür, dass dieser Wunsch in Erfüllung geht«, murmelte sie schließlich.

Miriam sah zum Fenster, gegen das immer noch der eiskalte Regen peitschte. Sie erhob sich. »Ich sollte wieder nach Hause, bevor er aus Westport zurückkommt!«, meinte sie, zog die Decke von ihren Knien und griff nach ihrem immer noch tropfenden Kleid.

Es war eine traurige Verabschiedung. Wir konnten nur hoffen, dass Angus sie nicht mehr anrührte, wenn er von ihrer Schwangerschaft erfuhr. Hoffentlich ließ er sich wenigstens darauf ein, dass ich in den kommenden Monaten Miriam ein wenig zur Hand ging. Als ich Miriam umarmte, spürte ich, wie sehr sie an Gewicht verloren hatte. Sie fühlte sich unter meinen Händen nur noch wie ein zerbrechliches Vögelchen an. Wie sollte das nur während der Schwangerschaft werden, wenn sie eigentlich zunehmen sollte? Mit einem letzten Winken verabschiedete Miriam sich und verschwand im kalten Winterregen. Ava und ich sahen uns nur wortlos an. »Ich habe sie so sehr vor Angus gewarnt«, flüsterte Ava schließlich. »Aber ich wollte nicht recht haben. Nicht auf diese Weise, wirklich nicht.«

Schweigend setzten wir uns gemeinsam vor den Kamin. Erst als Junior aufwachte und laut und hungrig heulte, erwachten wir wieder zum Leben.

So traurig die Geschichte mit Miriam und Angus war – und sie ging mir wirklich sehr zu Herzen! –, so schwebte ich in diesem trüben Winter doch mindestens einen halben Meter über dem Boden. Der Grund? Anaru. Er war der jüngste Sohn des Häuptlings in unserem Dorf. Und er gab sich nicht damit zufrieden, einfach nur auf das große Glück zu warten. Anaru wollte etwas für sein Glück tun!

Ich habe ihn das erste Mal bei einem Hangi in unserem Dorf gesehen. Er fiel mir sofort auf: Anaru tanzte wilder als die anderen, er sang lauter – und er hatte ganz helle Augen. Das gibt es nicht oft bei unserem Volk … Er sah mich mit seinen hellen Augen an, und ich wollte ihn sofort näher kennenlernen. Wir gingen zusammen spazieren, wir unterhielten uns, und irgendwann schenkte Anaru mir ein kleines Stück Jade, das er am Strand gefunden hatte. An diesem Tag hätte ich nur noch singen können!

Wie ich schon gesagt habe: Er war sehr ehrgeizig und wollte aus seinem Leben unbedingt etwas machen. Dafür brauchte er erst einmal Geld – und das verdiente er ausgerechnet in Matakite. Angus und John hatten viele Arbeiter angestellt, um so schnell wie möglich die Stollen weiter auszubauen. Der Preis für Kohle stieg in dieser Zeit fast mit jedem Tag – und sie wollten möglichst viel aus ihrer Mine herausholen, bevor der Kohlerausch womöglich wieder vorüber war.

Ich erinnere mich noch genau, wie Anaru mir erzählte, dass er meistens vom Morgengrauen bis zur Abenddämmerung unter Tage in Matakite arbeitete. »In den Stollen ist es unglaublich eng und dunkel. Wir arbeiten Seite an Seite, ich fühle den Herzschlag von dem Arbeiter neben mir!«, sagte er oft.

An einem Abend war er besonders unruhig. Ich fragte

ihn, was ihn bedrückt. Er wollte erst nicht reden – aber plötzlich brach es aus ihm heraus: »Sie sparen. Ich kenne mich mit Bergwerken nicht aus, aber die älteren Arbeiter sagen, dass sie zu sehr sparen und wir eines Tages mit unserem Leben die Rechnung dafür bezahlen müssen.« Er sah zornig und verwirrt aus.

»Das kann ich mir nicht vorstellen«, beruhigte ich ihn damals. »John Denson ist ein verantwortungsvoller Mensch. Er würde nie riskieren, dass jemand durch seine Geschäfte zu Schaden kommt!«

Anaru sah mich mit seinen unheimlich hellen Augen an. »Wer sagt denn, dass John Denson wirklich weiß, was in der Mine passiert? Er ist doch meistens hier in Seddonville und überprüft nur die Bücher.«

Ich habe nicht verstanden, was er mir damit sagen wollte. »Sicher. Aber in den Büchern steht doch auch die Wahrheit über den Bau: wie viele Arbeiter in dem Stollen sind, wie viele Stützpfeiler bestellt werden …«

Anaru schnaubte angewidert durch die Nase. »Wer sagt denn, dass die Stützpfeiler auch alle in Matakite landen? Hat dein John sich denn jemals selber in der Mine davon überzeugt, wie es aussieht? Er vertraut nur seinen Plänen und seinem Geschäftspartner. Aber das ist keine gute Idee, das kannst du mir glauben.«

»Soll ich vielleicht einmal mit ihm sprechen?« Ich dachte, dass John einer Warnung sicher Beachtung schenken würde.

Aber Anaru schüttelte nur erschrocken den Kopf. »Bloß nicht. Wenn Angus erfährt, wer ihn angeschwärzt hat, dann werde ich auf der Stelle gefeuert. Und nicht nur ich – sondern sicher alle Männer aus unserem Dorf. Das kann ich nicht verantworten!«

»Aber wenn doch vielleicht ein Unglück geschieht?«, fragte ich noch.

Aber Anaru ließ sich nicht umstimmen. »Vielleicht passiert ja auch gar nichts. Die alten Arbeiter sind womöglich nur Besserwisser.« Er zuckte mit den Achseln. »Ich weiß es einfach nicht. Ich arbeite schließlich zum ersten Mal in so einer Mine. Und in Matakite ist der Lohn wirklich gut.«

Damit war dieses Gespräch beendet. Ich war zu jung, um zu begreifen, was Anaru da eigentlich behauptet hatte. Und was das für die Mine und die Leben von so vielen Arbeitern bedeutete. Ich habe mich später oft gefragt, was wohl passiert wäre, wenn ich noch an diesem Nachmittag zu John Denson gegangen wäre … Aber die Zeit lässt sich nun einmal nicht zurückdrehen.

So vergingen viele Wochen – zu viele Wochen! –, bis Anaru an einem Sonntagnachmittag völlig verdreckt und viel zu spät zu einer Verabredung kam. Wir wollten eigentlich ein bisschen spazieren gehen – aber so, wie er vor mir stand, war das unmöglich. Ich war entsetzt – ich hatte ja nicht einmal geahnt, dass er auch an Sonntagen arbeitete!

»Matakite zahlt für die Arbeit am Sonntag noch einen Zuschlag«, erklärte Anaru mir. »Ich wollte dir das bisher nur nicht erzählen, weil du ja sowieso der Meinung bist, dass ich viel zu viel arbeite … Aber das ist nicht das eigentlich Schlimme. Ich habe heute in einem kleinen Stollen gearbeitet – da können wir höchstens zu zweit nebeneinander stehen. Wir waren schon den ganzen Vormittag dabei, da hörte ich plötzlich ein Knirschen. So als ob der Berg ganz tief seufzen würde.

Sekunden später gab die Decke über uns nach. Nicht stark, aber plötzlich war direkt über uns ein Loch, in das man bestimmt zehn Schaufeln Kohle schippen könnte. Der Dreck war einfach auf uns heruntergefallen. Ich wollte in Panik den Stollen verlassen, aber das wollten wohl alle anderen auch … Ich habe fast eine halbe Stunde gebraucht, bis ich wieder an der frischen Luft stand.«

Anaru hatte allein bei der Erinnerung an diesen Moment Schweißperlen im Gesicht. »Ich wollte nur noch nach Hause. Mit einem Mal war mir klar, dass die älteren Arbeiter recht hatten. Matakite ist nicht sicher!«

»Und was ist heute Mittag passiert?« Ich konnte mir nicht vorstellen, wie die Arbeiter auf diese Beinahe-Katastrophe reagiert hatten. Waren sie nach Hause gegangen, glücklich, weil sie dem Unglück so knapp entgangen waren?

»Nichts.« Anaru war fassungslos. »Sie diskutierten kurz, stellten dann aber fest, dass sie heute noch nicht lange genug für den Sonntagszuschlag gearbeitet hatten. Damit verschwand der größte Teil wieder in der Mine. Aber ich habe Angst, ich möchte da nicht wieder hin …«

»Und die anderen haben keine Angst?«

»Sie wissen so wenig vom Bergbau wie ich. Die älteren Arbeiter kommen doch seit Wochen nicht mehr zur Arbeit. MacLagan ist das natürlich recht – wir sind die viel billigeren Arbeitskräfte, wir haben ja auch keine Erfahrung. Außerdem widersprechen wir nicht, wenn er immer neue Stollen eröffnet und nur selten einen Stützpfeiler einbauen lässt. Die erfahrenen Arbeiter haben immer geschimpft und erklärt, dass man nicht zu viel aus einem Berg herausnehmen darf. Reiner Aberglaube, hat MacLagan sie immer ausgelacht. Aber ich bin mir inzwischen ziemlich sicher, dass sie recht haben!«

»Was ist, wenn etwas Schlimmeres passiert?« Ich wollte mir so eine Katastrophe nicht einmal vorstellen!

Anaru deutete auf die tief hängenden Wolken. »Ich glaube, wenn es noch weiter regnet, dann gibt der Berg wirklich nach. Dann ist niemand mehr sicher in Matakite …«

Entschlossen deutete ich in die Richtung des Denson-Hauses. »Wir müssen John warnen, was in seiner Mine geschieht! Wir machen uns mitschuldig, wenn wir jetzt nichts tun. Ich werde zu Ava gehen und ihr von Angus' Betrug erzählen. Sie wird sicher einen Weg finden, um John davon zu erzählen, ohne dass dein Name fällt.«

Diesmal widersprach Anaru mir nicht mehr. Er nickte. »Du hast recht. Ich will nicht das Blut von Matakite an meinen Fingern kleben haben. Geh zu Ava …«

Ich fuhr ihm über sein schlammverkrustetes Gesicht – obwohl ich ihn eigentlich nie berührte. Ich wollte meinen Ruf nicht gefährden – aber in diesem Augenblick war ich so froh, dass Anaru nichts Schlimmes passiert war, dass ich mich nicht beherrschen konnte. »Du hast eine gute Entscheidung getroffen, als du nicht mehr in die Mine zurückgegangen bist«, flüsterte ich. »Wir werden einen anderen Weg finden, um Geld zu verdienen.«

Er nickte, drückte mir zum Abschied kurz die Hand und verschwand in der einsetzenden Dämmerung. Ich ging zurück in unser Haus, fest entschlossen, Ava die ganze Wahrheit über Angus MacLagan und seine mörderischen Sparpläne zu erzählen. Aber das Schicksal meinte es an diesem Abend nicht besonders gut mit den Arbeitern von Matakite. Ava und John waren bei einer Einladung, sie kamen erst spät in der Nacht nach Hause. Und auch am nächsten Tag kam ich nicht dazu, mit Ava ein vertrauliches Wort zu wechseln. Es war erst am späten Nachmittag des Dienstag, als ich sie alleine im Salon antraf und sie endlich um ihr Gehör bitten konnte.

Ich erzählte Ava alles so genau, wie ich konnte. Ich weiß es noch wie heute: Der Regen strömte draußen unaufhörlich herunter, während Ava vor Zorn immer bleicher wurde. Als ich mit meiner Erzählung am Ende war, sah sie mich noch einmal ernst an. »Und du bist dir ganz sicher, dass alles, was dein Anaru dir erzählt hat, der Wahrheit entspricht?«

Ich konnte nur nicken. »Wie ich ihn kenne, hat er eher noch untertrieben.«

Ava sah mir in die Augen. »Ich habe John nichts von dem erzählt, was zwischen Angus und Miriam passiert ist. Er ist viel zu anständig, er würde sofort die Partnerschaft mit Angus beenden. Und ich habe befürchtet, dass es Miriam dann noch schlechter ergeht ... Aber jetzt muss ich diese Blase platzen lassen. Mein Mann hat den falschen Partner gewählt, und ich fürchte, jetzt ist es an der Zeit, dass er dafür bezahlen muss.« Sie biss sich auf die Lippe. »Ich spreche mit ihm, sobald er nach Hause kommt. Er trifft sich gerade mit einem Händler für weitere Stützpfeiler ... wahrscheinlich kauft er immer wieder dieselben Pfeiler ein und hat keine Ahnung, wie er betrogen wird! Mach dir keine Sorgen mehr, Ruiha. Ich werde dafür sorgen, dass Matakite sicher gemacht wird.« Ich erinnere mich noch genau, dass sie eine kleine Grimasse zog, als sie weiterredete. »Auch wenn ich mir noch nicht ausmalen mag, was uns das kosten wird …«

Ruiha schwieg. Es wirkte fast, als sei sie in den letzten Stunden gealtert, dachte Sina. Die Falten hatten sich tiefer in ihr Gesicht gegraben, und die Augen lagen tiefer in ihren Höhlen als sonst. Aber vielleicht hatte sie die lange Erzählung ja auch nur ermüdet. Mitternacht war schon lange vorbei. Ruiha lächelte ihre Gäste müde an. »Ich fürchte, heute werde ich nicht mehr fertig. Wir sollten uns ein wenig Ruhe gönnen – ich brauche jetzt meinen Schlaf.«

Sina nickte verständnisvoll und sah Brandon neugierig an. Aber er schien jetzt genauso begierig wie sie selber zu sein, das Ende der Geschichte von Ava zu hören. Er reichte Ruiha die Hand. »Wir haben Sie schon viel zu lange von Ihrem Schlaf abgehalten. Wann dürfen wir denn wiederkommen?«

Ruiha dachte kurz nach. Dann zuckte sie mit den Achseln. »Ich habe morgen noch nichts vor. Kommt doch zu einem späten Frühstück. Wenn ihr Brot, etwas Obst und Milch mitbringt, dann können wir es uns vielleicht im Garten unter dem Pohutukawa-Baum gemütlich machen.«

Sina nickte. »Das wäre wirklich wundervoll! Bis morgen.«

Gemeinsam mit Brandon liefen sie zu ihrem Auto. Sie fühlte sich immer noch, als sei sie in der Geschichte von Ava, John, Angus, Miriam, Ruiha und Anaru gefangen. Was war nur aus all diesen Menschen geworden? Gleichzeitig spürte sie aber auch eine lähmende Müdigkeit. Sie wollte nur noch ins Bett. Sobald sie Hakopas

Haus erreicht hatten, dauerte es nur wenige Minuten, bis sie sich aneinanderkuschelten. Brandon sah ihr nur kurz in die Augen und strich ihr über die Wange. »Wir reden morgen. Jetzt musst du erst einmal schlafen. Und ich auch.«

15.

Es war später Vormittag, als sie wieder bei Ruiha auf der Veranda standen. Sie öffnete ihnen sofort die Tür und wirkte so energisch wie sonst auch. Die Nacht Schlaf hatte ihr offensichtlich gutgetan. Ohne große Begrüßung winkte sie ihre Besucher ins Innere des Hauses. »Ich habe schon den Tisch gedeckt – und im Garten steht eine große Kanne Tee bereit. Wir können also sofort weitermachen – ich will die schrecklichen Ereignisse in diesem Winter ja auch möglichst schnell hinter mich bringen.« Leise fügte sie hinzu: »Mit ein bisschen Glück ist es ja auch das letzte Mal, dass ich gezwungen bin, mich an diese Nacht zu erinnern …«

Ohne weitere Vorreden schenkte sie Sina und Brandon den Tee ein, schüttete die mitgebrachten Brötchen in einen blauen Weidenkorb und stellte Milch und Obst einladend daneben. Dann lehnte sie sich in ihrem Stuhl zurück, schloss für einen Augenblick die Augen und fing an, zu erzählen …

John kam erst am Tag darauf nach Hause. Es wurde Nachmittag, bis Ava einen günstigen Augenblick fand, um ihm von Anarus Beobachtungen zu erzählen. Natürlich war ich am Anfang des Gesprächs nicht dabei – aber es dauerte nicht lange, und er bat mich in sein Arbeitszimmer. Mit versteinertem Gesichtsausdruck deutete er auf einen Ledersessel. Fast fürchtete ich ihn in diesem Augenblick, so unnahbar wirkte er. »Setz dich doch, Ruiha. Du musst keine Angst haben – aber ich will genau wissen, was dein Freund dir erzählt hat. Schließlich darf ich Angus keine aus der Luft gegriffenen Fantastereien vorwerfen. Hat dein Freund wirklich gesehen, dass Angus die von mir bestellten Stützpfeiler weiterverkauft, anstatt sie in den Stollen einzubauen?«

Ich nickte. »Anaru hat mir das schon vor Wochen gesagt. Die Stützpfeiler kommen zum größten Teil nur bis zum großen Lager im Tal. Da werden sie auf die Fuhrwerke der Käufer aufgeladen, denen Angus sie verkauft hat.«

John sah mich ungläubig an und schüttelte den Kopf. »Es fällt mir immer noch schwer zu glauben, dass so ein Betrug hinter meinem Rücken passiert ist … Und Anaru ist sich sicher, dass Angus auch keinen Wert auf die Meinung der erfahrenen Bergleute gelegt hat?«

»Ja. Im Gegenteil: Als ein paar von ihnen gekündigt haben, weil es ihnen zu gefährlich wurde, hat er sich gefreut. Ungelernte Arbeiter wie mein Anaru sind schließlich sehr viel billiger. Einmal hat er sogar einen älteren Mann nach Hause geschickt, weil er die anderen Arbeiter aufgehetzt hat. Zumindest hat es Master MacLagan so genannt.«

»Was genau ist gestern Nachmittag passiert? Ava hat erzählt, es hätte einen kleinen Erdrutsch in der Mine gegeben?«

Ich nickte. »Ja. Anaru hat mit einem Kollegen zusammengearbeitet, als die Decke eingestürzt ist. Es war wohl nicht so schlimm – aber Anaru hat sich gestern trotzdem nicht mehr in den Stollen gewagt. Heute ist er allerdings wieder dort. Er sagt, er will auf das Geld nicht verzichten. Ich konnte ihn davon nicht abbringen …«

»Hoffentlich muss er für diesen Leichtsinn nicht bitter bezahlen«, knurrte John, während er aufstand und sich einen gewachsten Regenmantel über die breiten Schultern zog.

»Ich fahre sofort nach Matakite. Vielleicht habe ich Glück und treffe Angus dort. Aber ich kann mir auf jeden Fall die Stollen selber ansehen. Mit den schweren Regenfällen der letzten Tage müssen wir die Mine womöglich sofort stilllegen.«

Er stapfte nach draußen. Ava sah mich lange an. Dann sagte sie: »Ich hoffe nur, dass alles stimmt, was dein Anaru erzählt hat …«

Es wurde später und später. Ava und ich saßen im Wohnzimmer, schwiegen, tranken Tee und warteten darauf, dass John endlich heimkam. Aber es wurde früher Morgen, ohne dass wir auch nur irgendetwas hörten. Die Arbeiter brachen schon wieder zur Arbeit auf, wir kümmerten uns um Junior, der laut schreiend seine Morgenmahlzeit und eine frische Windel einforderte. Es sollte noch einmal eine Stunde vergehen, bis es plötzlich laut und hektisch an der Tür klopfte und jemand Avas Namen rief. Wir stürzten an die Tür, rechneten natürlich mit dem Schlimmsten – aber es kam noch sehr viel schlimmer: Vor der Tür stand ein kleiner, verdreckter Junge, der immer noch nach Luft schnappte. »Master Denson hat mich geschickt. Sie sollen sofort zur Mine kommen. Es hat ein Unglück gegeben – der Stollen ist eingestürzt!«

Ava stieß einen Schrei des Entsetzens aus. »Wie viele Arbeiter waren in dem Stollen?«

Die Tränen zeichneten helle Spuren auf die dreckigen Wangen des Jungen. »Viele. Die Morgenschicht hat doch gerade eben erst begonnen …«

Ava versuchte, eine sinnvolle Entscheidung zu fällen. »Wir nehmen alle Decken, die wir im Haus haben, mit«, befahl sie mir. »Und wir machen Tee. Nein, wir nehmen besser einen Kessel und die Teeblätter mit, dann können wir für Nachschub sorgen, wenn die Rettungsmannschaften ankommen.«

Sie sah den Jungen an. »Es hat doch jemand nach Rettungsmannschaften geschickt, oder?«

»Ich weiß es nicht«, heulte der nur noch.

»Doch«, beruhigte Ava sich selber. »John würde auf jeden Fall nach der Rettungsmannschaft der Company schicken, da bin ich mir sicher!«

Sie nahm ihr Regencape und zog sich ihre groben Schnürstiefel an, während sie mir gleichzeitig ihre Anweisungen gab. »Wickle Junior in ein paar dicke Decken, wir können ihn nicht alleine im Haus lassen. Dann ziehe dir auch etwas über, und wir fahren alle hoch nach Matakite.«

Minuten später waren wir unterwegs. Natürlich hatte John den Ford genommen – uns blieb also nur der Handwagen und der Fußweg. Mir kam der Weg vor wie eine Ewigkeit. Auch wenn ich wusste, dass es nur ein paar Meilen waren, die man in höchstens zwei Stunden bewältigen konnte, kam es mir vor, als ob meine Beine sich durch zähen Schlamm bewegen mussten, der mich daran hinderte, schneller bei der Mine zu sein. Was war nur mit Anaru? Und all seinen Verwandten – und den ganzen anderen Männern?

Der Regen prasselte unablässig weiter auf uns herab, während wir uns den Berg hinaufkämpften. Aber irgendwann tauchte endlich das Holzschild auf, das Angus und John erst vor ein paar Monaten voller Stolz aufgestellt hatten. Der Weg führte über eine kleine Brücke. Der Bach darunter war in den letzten Tagen zu einem reißenden Fluss angeschwollen. Einige Minuten später standen wir vor dem Eingang der Mine.

Das Unglück war inzwischen schon mehrere Stunden her, aber es schien mir, als ob immer noch alle Männer wie gelähmt vor dem Eingang der Mine standen. Einige von ihnen waren mit dem Schlamm des Berges verschmiert, sie hatten es offensichtlich gerade noch ins Freie geschafft, als der Stollen unter der aufgeweichten Erde nachgegeben hatte.

Ava wandte sich an einen Mann, der einfach nur auf dem Boden saß und ins Leere starrte. »Was ist passiert?«

Er machte eine abwehrende Handbewegung. »Der Berg ist uns auf den Kopf gefallen. Genauso, wie es die alten Hasen schon seit Wochen vorhergesagt haben.« Er verstummte wieder und sah weiter vor sich hin. Ava schüttelte ihn an der Schulter und fragte noch einmal nach. »Wo ist mein Mann? John Denson?«

»Der Berg ist uns auf den Kopf gefallen. Genauso, wie es uns die alten Hasen schon seit Wochen … auf den Kopf ist er uns gefallen! Ohne Vorwarnung ist er zusammengebrochen.«

Ava sah ein, dass mit diesem Gesellen offensichtlich kein ordentliches Gespräch mehr möglich war. Sie sah sich suchend um und entdeckte in der Nähe des Eingangs ein paar Männer, die aufgeregt in den dunklen Stollen starrten. Sie klopfte einem auf die Schulter. »Können Sie mir sagen, was passiert ist? Wie viele Männer sind im Stollen? Wo steckt mein Mann?«

Der Mann musterte sie und schien sie zu erkennen. Er deutete auf das dunkle Loch, das einst der Eingang zu der Mine gewesen war. »Er ist eingestürzt. Wir wissen nicht, wie viele Männer noch drinnen sind – aber es müssen mindestens dreißig sein. Wir hoffen, dass die Luft noch für einige Zeit reicht. Und Ihr Mann ...« Er seufzte. »Er ließ sich nicht davon abhalten, vor ein paar Minuten selber in den Stollen zu gehen. Wir warten hier auf seine Rückkehr. Er wollte einfach nicht mehr auf die Ankunft der Rettungsmannschaft warten.«

Ava nickte. Genau das hatte sie befürchtet. Sie sah sich noch einmal um und entdeckte ein kleines Feuer, das ein paar Arbeiter unter einem Baum mit schützenden, tief hängenden Zweigen entfacht hatten. Entschlossen nahm sie ihren Kessel, füllte ihn in einem der vielen Rinnsale mit Wasser und stellte ihn in die Glut. »Wenn sie aus dem Stollen kommen, werden sie sich über etwas Heißes freuen!«, erklärte sie.

Der Mann, der ihr gerade noch die Situation erklärt hatte, nickte. »Und bis dahin freuen sich auch alle, die vor diesem Loch sitzen, über eine heiße Tasse ...«

Ava und ich waren froh, dass wir mit dem Tee überhaupt etwas zu tun hatten. So waren unsere Hände wenigstens beschäftigt. Ich überprüfte hin und wieder, ob Junior auch weiterhin trocken und warm in seinem Wagen lag – aber er schien zu begreifen, dass er heute nicht der Mittelpunkt der Welt war. Er lag nur still auf dem Rücken, spielte mit seinen Händen und sah sich neugierig um.

Es verging fast eine Stunde, bis der Rettungsdienst der Company auftauchte. Acht Männer, alle gut ausgebildet und mit den richtigen Gerätschaften für eine Rettung. Der Leiter des Trupps verschwand mit einem Sicherungsseil sofort in dem Stollen. Diesmal dauerte es nicht lange, bis er wiederauftauchte. Er schüttelte den Kopf.

»Wenn ich meine Männer in diesen Stollen schicken würde, dann wäre das reiner Selbstmord. Was ich in den ersten Metern gesehen habe, reicht mir: Aufgeweichte Erde, Brocken fallen von der Decke – und ich habe auf dieser kleinen Strecke nur zwei oder drei Stützpfeiler gesehen. Jedes wilde Tier baut vernünftigere Röhren und Höhlen als derjenige, der für diese Mine verantwortlich war.« Er sah Ava an. »Wenn Ihr Mann dafür verantwortlich ist, dann hoffe ich, dass er in der Hölle schmort. Gut, dass er nicht mehr für die Company arbeitet. Verantwortungslose Männer haben bei uns schlicht keinen Platz! Ich frage mich nur, wen er bestochen hat, damit seine Mine nie kontrolliert wurde! Wenn hier alles korrekt vonstatten gegangen wäre, dann wäre diese Mine schon vor Monaten geschlossen worden!«

Er spukte vor Ava aus. »Ihr Reichtum wurde auf den Leichen der Arbeiter gebaut!«

Mit diesen Worten winkte er seine Männer zusammen und führte sie wieder in Richtung Westport. Ich sah ihnen fassungslos hinterher. Sie wollten den eingesperrten Bergleuten nicht helfen? Und wo war nur Master Denson? Oder Anaru?

Noch bevor wir über diese Frage weiter nachdenken konnten, kam ein schicker Buick auf den schlammigen Platz gefahren. Er glänzte sogar noch in dem Regen. Angus stieg aus, lehnte sich an seinen Wagen und sah die Szenerie genau an. Ava würdigte er keines Blickes – und natürlich richtete er erst recht nicht das Wort an sie. Er winkte allerdings einen Mann zu sich, der wohl als Vorarbeiter für Matakite gearbeitet hatte. Ich beobachtete, wie die beiden wispernd ein paar Sätze wechselten und sich schnell über was auch immer einig wurden: Sie nickten mit ernsten Gesichtern.

Angus richtete sich etwas auf und erhob seine Stimme: »Ich kann jetzt noch nicht sagen, was die Ursache dieser bodenlosen Schlamperei ist. Aber ich kann Ihnen auf jeden Fall versprechen, dass ich den Schuldigen finden werde. Mein Name soll nicht mit diesem Unglück befleckt werden. Und ich bin mir sicher, keiner der Anwesenden wird auf ein paar Tassen Tee hereinfallen, die ein ungeheures Ausmaß an Geldgier und Rücksichtslosigkeit verschleiern sollen!« Er nickte noch einmal, vermied es dabei, in unsere Richtung zu sehen, stieg in das trockene Innere seines Wagens und verschwand so schnell, wie er aufgetaucht war.

Zurück blieben wir. Fassungslos. Hatte er gerade eben tatsächlich behauptet, dass dieses Unglück die Schuld von John Denson war? Er, der sich kaum seine blank geputzten Schuhe in dem Schlamm der Mine dreckig gemacht hatte, wagte es zu behaupten, dass Master Denson der Urheber dieser Katastrophe war? Das konnte doch keiner glauben! Ich warf einen vorsichtigen Blick in die Runde und musste in diesem Augenblick feststellen, dass durchaus einige feindselige Blicke auf Ava und mir lagen.

Ich wollte schon herumlaufen und dieses verhängnisvolle Missverständnis aufklären, als ich Avas Hand auf meiner Schulter spürte. »Lass es, Ruiha. Wir kümmern uns jetzt erst einmal um Verletzte und Verschüttete. Warten auf John und Anaru und beten, dass der Berg diese und die anderen Männer noch einmal freigibt. Den Streit mit Angus können wir an einem anderen Tag austragen!«

Ich sah wieder zu dem halb verschütteten Eingang hin und nickte. »Wenn Sie meinen ... aber ich werde jetzt in diesen Stollen gehen und selber nachsehen, warum sie nicht wieder herauskommen!«

Noch bevor Ava mir dieses Vorhaben ausreden konnte, zog ich ein Kopftuch über meine Zöpfe und wickelte mich fester in mein Regencape. Keiner achtete auf mich, als ich an den Männern vorbei einfach in den Stollen hineinspazierte. Schon nach wenigen Metern war es stockfinster. Ich blinzelte einige Male, konnte aber nach ein paar Schritten plötzlich ein flackerndes Licht hinter einem schmalen Spalt, den die Erdmassen gelassen hatten, erkennen. Waren die Männer hier versteckt? Vorsichtig tastete ich mich weiter.

Schon während dieser wenigen Meter fielen immer wieder große und kleine Erdbrocken vor meine Füße. Immer wieder stolperte ich über matschige, schmierige Erdhaufen, die auf dem Boden lagen. Ich fröstelte. Als ich mich mühsam durch den schmalen Spalt schob, stieg für einen kurzen Moment Panik auf. Was, wenn ich jetzt hier verschüttet wurde? Aber daran erlaubte ich mir nicht zu denken. Ich musste einfach zu den wenigen Helfern vordringen – denn inzwischen war ich mir sicher, dass Anaru zu den verschütteten Männern zählte.

Die Männer sahen nur kurz auf, als ich zu ihnen stieß. Einer drückte mir wortlos seine Schaufel in die Hand und murmelte: »Ich kann nicht mehr. Ich brauche eine Pause!« Damit verschwand er durch den Spalt, durch den ich gerade eben erst gekommen war. »Der kommt nicht mehr wieder«, knurrte ein alter Mann, der verbissen einen Berg Erde und Schutt am Eingang eines Stollens bearbeitete. »Aber wir dürfen die Jungs einfach nicht alleine lassen!«

Ich nickte, stellte mich neben ihn und fing ebenfalls an zu schaufeln. Wir hatten nur wenig Licht, jemand hatte zwei Fackeln in den Boden gesteckt, die immer wieder flackerten und laut zischten, wenn sie von einem Tropfen getroffen wurden. Schon nach wenigen Minuten brannten meine Hände, die so harte Arbeit nicht gewohnt waren. Ich biss die Zähne zusammen und machte weiter. Der Haufen wurde nur quälend langsam kleiner. Schon bald bildeten sich an meinen Händen riesige Blasen, die wenig später platzten. Mit blutigen Händen grub ich weiter. Ich wagte es einfach nicht, aufzuhören: Es waren nur so wenige Helfer – und die Aufgabe, den Eingang zu diesem Stollen freizulegen, erschien mir fast nicht zu bewältigen. Immerhin sorgten die Schmerzen und die Sorge um Anaru dafür, dass ich nur wenig Angst davor hatte, selber verschüttet zu werden. Und die Gefahr war nicht zu übersehen, selbst für ein so ahnungsloses Ding wie mich: Es tropfte, der Dreck rieselte, wir standen in knöcheltiefen, schlammigen Pfützen.

Die Stunden vergingen. Nur wenige Meter von mir entfernt sah ich John Denson, der mit grimmigem Gesicht die Erde bearbeitete. Er gönnte sich keine einzige Pause. Sein Gesicht sah über Nacht gealtert aus, die feinen Lachfältchen, die sonst um seine Augen lagen, waren nicht mehr zu erkennen.

Es war schon Abend, als bei einem Hieb mit der Hacke plötzlich die Erde nachgab: Ein Durchbruch zu dem dahinter liegendem Stollen war endlich, endlich gelungen. Wir hielten alle den Atem an, als wir in den Stollen hineinlauschten. Lebte in dieser feuchten Dunkelheit überhaupt noch jemand? Es vergingen einige Sekunden, in denen wir nur tropfendes Wasser hörten. Und dann eine Stimme: »Wir sind hier! Grabt weiter! Wer ist denn da?«

»Hier ist John Denson!«, rief Master Denson und bearbeitete die Erde mit neuer Kraft. Wir standen alle neben ihm und halfen ihm, das kleine Loch möglichst schnell zu vergrößern. Man kann sich nicht vorstellen, wie wunderbar es sich anfühlte, als sich der erste Verschüttete mühsam durch das Loch schob. Es war uns tatsächlich gelungen, Verschüttete zu retten! Wir brachen in Jubel aus, applaudierten und klopften alle dem ersten Geretteten auf den Rücken.

»Wie viele sind noch dahinten?«, wollte John Denson sofort von dem Mann wissen.

»Wir waren sechsundzwanzig Männer, aber zwei waren zu schwer verletzt. Sie sind inzwischen gestorben. Aber nicht alle von den Überlebenden werden sich aus eigener Kraft durch dieses Loch schieben können«, sagte er. Ich werde nie seine Stimme vergessen. Er war heiser, seine Stimme versagte ihm immer wieder vor Erschöpfung den Dienst. John Denson klopfte ihm auf die Schulter. »Wir bringen alle da raus. Das verspreche ich. Jetzt gehen Sie schnell hinaus. Meine Frau hat Decken und heißen Tee, wärmen Sie sich auf!«

Der Mann nickte und wankte in Richtung Ausgang. Nach ihm kamen hintereinander elf Männer heraus, denen nichts fehlte, außer einer warmen Mahlzeit und der Glaube daran, dass sie das Licht des Tages wiedersehen würden. Dann wurden noch drei oder vier Leichtverletzte durch das Loch geschoben. Wir warteten, starrten gespannt auf die kleine Öffnung. John Denson schüttelte den Kopf. »Das hat keinen Zweck. Wir müssen den Männern helfen!«, erklärte er. Entschlossen nahm er sich eine der beiden Fackeln und fing an, seinen kräftigen Körper durch die kleine Öffnung zu schieben. Ich konnte nicht anders: Ich kletterte ihm hinterher. Anaru war noch immer nicht aufgetaucht, ich musste ihm jetzt beistehen!

Ich glaube, Master Denson merkte nicht einmal, wer ihm da hinterhergeklettert war. Mit meinem Kopftuch und dem dicken Cape sah ich wahrscheinlich genauso aus wie ein Mann – und seit Stunden war Schlamm und Dreck auf mich heruntergefallen. Ich hatte keine Ähnlichkeit mehr mit seinem Hausmädchen Ruiha.

Er packte einfach an. Mit kurzen Anweisungen sagte er mir, was zu tun war. Gemeinsam schafften wir der Reihe nach die Verwundeten durch die schmale Öffnung, wo sie von den anderen Rettern in Empfang genommen wurden.

Ich kann selbst heute nicht beschreiben, wie ich mich fühlte, als ich in dem schwachen Licht der Fackel Anaru erkennen musste. Er lehnte gegen die Wand und sah uns mit unbewegter Miene entgegen. Auf den ersten Blick schien ihm nichts zu fehlen – aber dann sah ich das merkwürdig verdrehte Bein. Ich kniete mich neben ihm nieder und strich ihm über das Gesicht. »Wie geht es dir, was ist passiert?«

Erst als ich meine Fragen stellte, erkannte er mich. »Was machst du hier in diesem Loch? Das kann jede Sekunde endgültig zusammenstürzen, dann werden wir beide hier begraben!« Seine Stimme war voller Panik.

Ich bemühte mich darum, möglichst ruhig zu sein. »Erst schaffen wir hier alle raus, dann stürzt das Bergwerk zusammen!«, erklärte ich ihm. Ich habe keine Ahnung, wie ich mir so sicher sein konnte. Aber es funktionierte. Anarus Atmung wurde wieder langsamer, er schien sich zu beruhigen. »Kannst du mit zu der Öffnung kommen, wenn du dich auf mich stützt?«, fragte ich. Er nickte.

Mühsam erhob er sich. Die wenigen Schritte zu der Öffnung kamen mir vor wie endlose Meilen, so schwer stützte er sich auf mich. Gemeinsam mit Master Denson schoben wir ihn durch den Spalt, als hinter uns der Berg mit einem schauerlichen Geräusch bebte.

Master Denson fuhr herum. »Drei sind noch da drin!«, rief er. Erst jetzt sah er mir ins Gesicht und erkannte mich. Mit einem Kopfschütteln schob er mich in Richtung Ausgang. »Ruiha, du warst sehr tapfer – aber jetzt musst du hinaus aus dem Stollen. Ich versuche alleine, die letzten Verwundeten herauszuschaffen. Das ist zu gefährlich für dich!«

Ich wollte widersprechen, aber er schüttelte den Kopf. »Das ist keine Bitte, Ruiha. Das ist ein Befehl! Geh aus dieser Mine heraus! Geh!«

»Aber ich kann Sie doch nicht alleine lassen …«, setzte ich noch einmal an. Aber er schüttelte nur den Kopf.

Dann sah er mir mit einem Mal tief in die Augen. Seine Stimme klang dumpf vor Sorge und Müdigkeit.

»Nur für den Fall, dass ich Matakite nicht lebend verlasse: Sorge für Ava! Versprichst du mir das? Sage ihr, dass sie das größte Glück in meinem Leben war. Ohne sie und Junior hätte mir alles nichts bedeutet!« Er schob mich in Richtung des Spalts. »Und jetzt verschwinde endlich!«

Widerstrebend kletterte ich durch die Öffnung. Auf der anderen Seite waren nur noch zwei Männer übrig, die darauf warteten, die letzten Verwundeten ins Freie zu bringen. Ich deutete auf das Loch hinter mir. »Es sind noch drei Männer da hinten. Und Master Denson. Er will sie noch ins Freie bringen.«

Einer der beiden nickte nur. »Wir warten auf sie. Geh ins Freie – du hast genug getan für einen Tag.« Ein Lächeln zeigte sich in seinem müden Gesicht. »Hast mehr Mumm in den Knochen als so mancher Mann hier an der Küste, Kleine.«

So schnell es ging, lief ich ins Freie. Mit einem Mal erschien mir der Stollen wieder als das, was er war: Eng, bedrückend und unglaublich gefährlich.

Draußen war es inzwischen tiefe Nacht. Ich sah mich suchend um und entdeckte Anaru bei Ava. Er saß mit dem Rücken gegen einen Baum gelehnt, hatte einen dampfenden Becher in der Hand und sah mir entgegen. Ich rannte die letzten Meter zu ihm hin und ließ mich neben ihm in das nasse Gras fallen. »Du hast es geschafft!«, hörte ich mich sagen.

»Ja. Der Krankenwagen soll gleich kommen, dann kümmert sich auch jemand um mein Bein. Aber ohne dich …« Seine Stimme versagte. Ich mochte mir nicht einmal vorstellen, was er in den letzten Stunden in dem Stollen in kompletter Finsternis durchlitten hatte.

Mein Blick fiel auf Ava. Sie starrte immer noch angespannt zum Grubeneingang. Da tauchte in diesem Moment einer der Retter mit einem weiteren Verwundeten auf, den er eher trug als stützte. Helfer stürzten sich sofort auf ihn, die beiden Männer wurden mit Decken und heißen Getränken in Empfang genommen.

Ich erinnere mich daran, als wäre es erst gestern geschehen, wie in diesem Moment die Erde leicht erzitterte. Es fühlte sich an wie eine Katze, die nur kurz mit dem Fell zuckt, um eine Fliege zu vertreiben. Dann war es wieder ruhig. Aber nur für den Bruchteil einer Sekunde. Dann erklang von dem Mineneingang her ein leises Grollen, das anwuchs zu einem lauten Gepolter. Für einen Augenblick übertönte dieses Geräusch alles, was auf dem schlammigen Platz vor der Mine geredet oder geflucht wurde. Und dann wurde es still. Unfasslich still. Es war für ein paar Sekunden so, als ob der Natur die Geräusche verloren gegangen wären.

Ava wurde totenblass. Erst jetzt sah ich, dass sie Junior schon die ganze Zeit an sich gepresst hielt. So, als sei er ihr einziger Halt, den sie auf dieser Welt noch hatte.

Dann brach ein unglaublicher Lärm los. Helfer rannten schreiend zum Eingang der Mine. Oder dem Ort, an dem bis vor wenigen Augenblicken der Eingang gewesen war. Jetzt war diese Stelle eingestürzt, eine Schlammlawine hatte alles verschlungen. Der Anblick sorgte für eine alles umfassende, wahnsinnige Hoffnungslosigkeit. Jetzt konnte es keinen Überlebenden mehr geben.

Und unter den Toten war John Denson. Zusammen mit einem weiteren Helfer – dem Mann, mit dem ich zuletzt gesprochen hatte – und vier Arbeitern. Sechs Tote.

Ava zog Junior zu sich nach oben und hielt ihr Gesicht ganz nahe an seine seidenweiche Haut. In diesem Moment konnte ihr wohl nur der Geruch und die Nähe ihres Babys Trost geben. Ich legte ihr einen Arm um die Schulter, aber sie schien nichts zu spüren.

»Ich soll Ihnen sagen, dass Sie das größte Glück für ihn waren«, flüsterte ich. »Er hat gesagt, ohne Sie und Junior wäre alles in seinem Leben ohne Wert gewesen.«

»Und jetzt ist in meinem Leben alles ohne Wert – ohne John.« Ava sah Junior lange an. »Jetzt lebe ich nur noch für ihn. Damit John wenigstens etwas hinterlassen hat, das Bestand hat.« Ihre Stimme brach, und sie fing an zu schluchzen. Haltlos und ohne einen Trost. Junior wachte auf und sah seine Mutter mit großen Augen an. Dann fing er an zu wimmern – und das klang noch hoffnungsloser als die Trauer seiner Mutter. Ich wusste nicht, was ich sagen sollte. Aber ich blieb bei ihr sitzen, meinen Arm um ihre Schulter gelegt.

Als Anaru vom Krankenwagen geholt wurde, winkte ich ihm nur kurz zu und blieb weiter bei Ava. Wir saßen in der Dunkelheit unter den tropfenden Zweigen eines Baumes vor den letzten noch glimmenden Holzscheiten des Feuers, auf dem wir den Tee für die Geretteten und die Helfer bereitet hatten.

Ava hatte irgendwann alle Tränen geweint und starrte mit leerem Blick vor sich hin. Dann quäkte Junior leise. Er hatte Hunger, forderte sein Recht ein – das Recht des Lebens. Ava erwachte wie aus einer Trance. Sie sah ihn lange an und drehte sich dann zu mir.

»Wir gehen nach Hause. Er braucht warme Sachen und eine trockene Windel. Hier kann ich niemandem mehr helfen. Mein John braucht mich nicht mehr hier oben.«

Damit erhob sie sich und ging zu dem Ford, der verlassen unter einem Baum stand. Sie warf keinen Blick mehr zurück. Und soviel ich weiß, ist sie auch nie mehr an diesen Ort zurückgekehrt.

16.

Tränen strömten über Ruihas faltiges Gesicht. Sie brach in ihrer Erzählung ab. Ihre Augen sahen abwesend in den Garten. Sina war sich sicher, dass Ruiha nichts von dem schönen Tag oder den Gästen wahrnahm. Sie war wieder in dieser verregneten Nacht in Matakite. Vorsichtig berührte sie die knotige Hand der Alten. »Ruiha? Geht es dir gut?«, fragte sie.

Ruiha erwachte wie aus einem Schlaf. Ihre Augen flatterten kurz und schienen die Umgebung wieder wahrzunehmen.

Sie sah Sina an. Dann schlossen sich ihre Lider, und sie wischte mit ein paar entschlossenen Bewegungen die Tränen aus ihrem Gesicht. Sie zog ihre Hand aus Sinas Hand und räusperte sich ein wenig. »Bitte, lasst mich jetzt alleine. Die Erinnerungen an diese Nacht sind einfach zu viel für mich. Ich kann nicht mehr, ich brauche Ruhe.«

»Sicher.« Sina erhob sich. »Wir können gerne morgen wiederkommen, und du erzählst uns dann, was aus Ava, Miriam und dir nach diesem Unglück wurde. Ist das in Ordnung?«

Ruiha gab keine Antwort. Stattdessen räumte sie mit hastigen Bewegungen die Teller zusammen, stellte die Tassen auf ein Tablett und verschwand grußlos über die Veranda in die Küche.

Für einen Moment trat eine ungewöhnliche Stille ein, und Brandon und Sina sahen sich verwundert an. Sina deutete in die Richtung, in die Ruiha verschwunden war. »Was meinst du? Muss sie nur kurz ihre Fassung wieder zurückgewinnen, oder sehen wir sie heute nicht mehr?«

Brandon zuckte mit den Schultern. »Schwer zu sagen. Ich denke, wir lassen hier auf dem Tisch einen Zettel liegen, auf dem wir ihr schreiben, dass sie unser volles Verständnis hat. Den Rest des Tages können wir an den Strand fahren oder uns diese alte Mine ansehen.«

Er erhob sich. »Worauf hast du Lust?«

Sina hatte schon einen Zettel aus ihrem Notizbuch gerissen und schrieb die Nachricht. »Ich würde gerne nach Matakite fahren. Das letzte Mal sind Katharina und ich nur bis zu diesem Schild gekommen. Ich bin neugierig, wie es da heute aussieht.«

Minuten später war der alte Hillman auf der gewundenen Straße in die Berge unterwegs. Wie beim letzten Mal tauchte schon nach wenigen Kilometern das Holzschild auf. Brandon parkte am Straßenrand. Hand in Hand liefen sie einen schmalen Pfad entlang, überquerten die halb verfallene Brücke und erreichten wenig später eine Lichtung. Von drei Seiten wurde diese Lichtung vom dichten Wald umschlossen, die vierte Seite war die steil ansteigende Flanke eines Berges.

Am Berg verrottete eine Holzkonstruktion, Blumen bewegten sich sanft in der leichten Brise des Nachmittags, ein paar Vögel sangen in dem Wald, der sie umgab. Ein tiefer Frieden herrschte an diesem Ort, nichts erinnerte an Unglück oder Tod.

Sina strich vorsichtig über einen der Holzpfeiler, der unter der leichten Berührung schon zerbröckelte. »Noch einmal ein oder zwei Jahrzehnte, und man kann gar nichts mehr sehen«, murmelte sie. »Schwer zu glauben, was hier passiert ist, oder?«

Brandon musterte den überwachsenen Berghang. »Merkwürdig – es sieht so aus, als ob die Toten nie geborgen wurden. Und wenn es so ist, dann sollte doch wenigstens ein Gedenkstein oder eine kleine Grabplatte hier sein. Meinst du nicht?«

Sina nickte. »Vielleicht war es zu aufwändig, zu teuer oder zu gefährlich ...« Sie konnte nicht anders: Vor ihrem inneren Auge spielten sich immer wieder die Szenen ab, die Ruiha ihnen so lebhaft beschrieben hatte. »Ruiha war sagenhaft tapfer. Stell dir das vor: Die einzige Frau, die mit den Männern gegraben hat. Was wohl aus ihrem Anaru geworden ist? Ob sie ihn geheiratet hat?«

Brandon sah sie nachdenklich an. »Dir geht diese alte Geschichte viel zu nahe«, stellte er fest. »Ich meine, es ist wirklich spannend und interessant und all das, aber ich glaube, du kannst etwas Ähnliches in jeder Familie hier in Neuseeland finden. Das Leben der Einwanderer war hart, und zu Beginn des Jahrhunderts sind etliche Unglücke passiert.« Er dachte kurz nach. »Sie passieren bis heute. Vulkane brechen aus, Erdbeben erschüttern die Welt, Bergwerke stürzen nach Explosionen ein. Das Schlimme ist, dass viele der Unglücke immer noch aus den gleichen Gründen geschehen wie damals in Matakite: Habgier und Profitstreben sind keine guten Ratgeber! Deswegen werden Schiffe in Stürme geschickt, müssen Männer in unsichere Bergwerke oder in Gegenden, in denen Krieg herrscht.« Er nahm sie in den Arm. »Und trotzdem darfst du dir die Geschichten nicht zu nahegehen lassen. Du kannst nicht ganz alleine das Elend der Welt auf deinen Schultern tragen.«

»Der Welt nicht«, murmelte Sina. »Aber was ist, wenn diese eine Geschichte tatsächlich etwas mit dir und mir zu tun hat?«

»Das glaube ich immer weniger«, schüttelte Brandon den Kopf. »Wir hatten nie etwas mit einem Bergwerk zu schaffen. Wir Cavanaghs waren immer schon Männer der See. Da kann man nur ertrinken, nicht verschüttet werden.«

Sina erwiderte nichts. Wie sollte sie erklären, dass sie durchaus das Gefühl hatte, als würde diese alte Geschichte aus ihrer eigenen Vergangenheit kommen? Sie warf noch einen letzten Blick auf den alten Mineneingang von Matakite. Eine paar Mücken summten vorbei, die schrägen Sonnenstrahlen des späten Nachmittags vergoldeten jeden einzelnen Grashalm. Sie versprach sich selber, dass sie nicht zum letzten Mal an diesem Ort gewesen war – dann folgte sie Brandon zurück zu seinem Auto.

An diesem Abend gingen sie mit Hakopa essen. Als sie ihn nach dem angeblichen »Fluch von Matakite« fragten, hob er nur seine Schultern. »Die Leute hier reden davon, seit ich denken kann. Klar, da gab es dieses Unglück, von dem Ruiha euch erzählt hat. Aber ich denke, es ist damals noch mehr passiert ...«

Mehr sollten sie an diesem Abend nicht erfahren.

Die Straße, in der Ruiha lebte, kam Sina fast schon vertraut vor, als sie am nächsten Morgen wieder vor ihrem Haus parkten. Sie sah das steinerne Gebäude an. Die blau gestrichenen Fensterläden mit der abblätternden Farbe waren fest geschlossen. Der Garten wirkte perfekt aufgeräumt, sogar der Tisch, an dem sie gestern gesessen hatten, stand ordentlich zusammengeklappt auf der Veranda. Sina hielt für einen Augenblick inne. »Würde mich nicht wundern, wenn Ruiha gar nicht mehr da ist«, meinte sie. »Das Haus sieht plötzlich verlassen aus.«

Brandon drückte auf die Türklingel, die neben einem alten Türklopfer zusätzlich angebracht war. »Vielleicht schläft sie ja auch nur lange. Wer weiß, wie viele Stunden sie gestern noch den alten Erinnerungen nachhing. Vielleicht ist sie erst im Morgengrauen schlafen gegangen …«

Das Schrillen der Türklingel hallte durch das Haus, aber nichts rührte sich. Brandon drückte noch einmal und trat einen Schritt zurück, um die Fassade in Augenschein zu nehmen. »Oder du hast recht.«

Sina entdeckte in diesem Augenblick einen Nachbarn, der neugierig zu ihnen herübersah. Sie winkte ihm zu und ging durch Ruihas blühenden Kräutergarten zum Gartenzaun. »Entschuldigen Sie – wir suchen nach Ruiha. Können Sie uns sagen, ob sie zu Hause ist?«

Er schüttelte entschuldigend den Kopf. »Tut mir leid. Ich glaube allerdings, dass sie für ein paar Tage fortgefahren ist. Sie ist gestern Abend mit einer Tasche aus dem Haus gegangen. Aber wo sie hingegangen sein könnte? Keine Ahnung!«

Sina bedankte sich und ging zurück zu Brandon, der schon eine Runde um das Haus gedreht hatte.

»Lass es, Brandon, es hat keinen Zweck. Sie ist fort. Womöglich hat das Erzählen gestern zu viele alte Geister geweckt – und sie wollte erst einmal fliehen.«

»Und jetzt?« Brandon sah sie ratlos an. »Wir müssen morgen zurück nach Christchurch. Das Krankenhaus wartet auf dich – und die ›Pacific Princess‹ sollte mich an Bord haben, wenn sie ausläuft …«

»Dann lass uns doch den Tag heute nutzen!«, schlug Sina vor. »Wir könnten nachsehen, ob hier oder in Westport ein Archiv der Zeitung ist. Ich bin neugierig, was damals die Presse geschrieben hat. Es könnte doch sein, dass wir herausfinden, was aus Ava Denson geworden ist. Oder aus Angus MacLagan.«

»Gute Idee«, stimmte Brandon zu.

Es dauerte nicht lange, und sie betraten das Gebäude der »Westport News«, ein schlichter, einstöckiger grauer Bau an einer Straßenecke. Eine ältere Dame sah ihnen vom Empfang aus neugierig entgegen. Brandon setzte ein gewinnendes Lächeln auf.

»Ich hoffe, Sie können uns weiterhelfen. Wir erforschen die Geschichte unserer Familie. Leider ist alles zu Anfang des Jahrhunderts hier an der Westküste noch ein bisschen undurchsichtig … Haben Sie vielleicht ein Archiv mit alten Ausgaben der ›Westport News‹?«

Die Dame schien an der Bitte nichts Ungewöhnliches zu finden. Sie nickte und deutete den Flur entlang. »Aber sicher! Der Raum am Ende dieses Ganges ist unser Lesesaal. Sie finden dort alle Artikel und alten Zeitungen auf Mikrofiche. Sie können die Lesegeräte gerne nutzen, jeder Ausdruck kostet dreißig Cent.« Sie zögerte. »Eigentlich darf ich Sie alleine gar nicht in diesen Raum lassen, meine Kollegin ist im Moment krank …«

Sina sank das Herz ein Stück tiefer. Brandon gab sich so leicht nicht geschlagen. »Ich verspreche Ihnen, dass wir sorgsam mit allem umgehen, was wir dort vorfinden. Ich weiß, wie wichtig Archive sind – wir würden nie etwas tun, das dem Vermächtnis der Zeitung schaden würde.«

Ein bisschen dick aufgetragen, fand Sina. Aber es funktionierte. Die Dame winkte in Richtung des Flurs. »Dann mache ich mal eine Ausnahme. Viel Glück!«

»Vielen Dank!«, strahlte Brandon sie so breit an, als ob sie ihm eben einen Lottogewinn verkündet hätte.

Vor den unzähligen hellgrauen Kästen mit Mikrofiches seufzte er leise. »Also … welches Datum haben wir noch einmal?«

»1934. November. Das sollte schnell gehen.«

Gemeinsam sahen sie die Mikrofiches durch. Sina war überrascht: Die »News« waren damals tatsächlich täglich erschienen, hatten aber nur wenige Seiten. Eine halbe Stunde sah sie konzentriert die Meldungen durch. Schlechtes Wetter, verlaufene Schafe, verlorene Schiffe und ein kleines Konzert für die Witwen und Kinder. Die Diskussion über Politik in Europa und die Auswirkungen auf Neuseeland.

»Ich hab's!«, rief Brandon in dieser Sekunde.

Sina sprang auf und sah ihm über die Schulter. »Unglück in Matakite! Sechs Tote!« Sie las weiter.

»Die Mine in der Nähe von Seddonville stürzte gestern nach schweren Regenfällen ein. Die meisten Arbeiter konnten durch den mutigen Rettungseinsatz ihrer Kollegen gerettet werden. Grubenbesitzer John Denson kam bei dem Rettungseinsatz ums Leben. Mitbesitzer Angus MacLagan erhob gegenüber dieser Zeitung schwere Vorwürfe gegen Denson: ›Er wollte unbedingt möglichst geldsparend Kohle abbauen. Also verzichtete er auf Stützpfeiler, obwohl ich ihn immer wieder gebeten habe, doch alles in seiner Macht Stehende zu tun, um die Sicherheit der Arbeiter zu gewährleisten. Es scheint mir wie eine Art höhere Gerechtigkeit, dass er für seinen Leichtsinn und seine Gier letzten Endes mit seinem Leben bezahlen musste. Mein Mitgefühl und meine Trauer gelten den Arbeitern, die er in den Tod riss.‹ Der Leiter des Rettungsdienstes der Westport Coal Company bestätigte die Aussage von MacLagan: ›Die Verhältnisse in Matakite waren verheerend. Ich habe es nicht gewagt, meinen Trupp in dieses Loch zu schicken, als ich die fehlenden Stützpfeiler bemerkte. Es ist mir ein Rätsel, warum sich die Aufsichtsbehörde nie um diese überaus lukrative Mine gekümmert hat und offensichtlich keine einzige Kontrolle stattgefunden hat!‹ Zu diesem Sachverhalt befragt, meinte MacLagan: ›Denson hatte gute Kontakte durch seine Arbeit bei der Westport Coal Company. Ich habe keine Ahnung, mit welchen Menschen er gesprochen hat, und ich möchte auch keine falschen Beschuldigungen erheben. Aber es ist wahr: Matakite wurde nie einer Untersuchung unterzogen.‹ So viel zu den Geschehnissen in Matakite. Die ›Westport News‹ wird Sie über die skandalösen Zustände in der Mine in den nächsten Ausgaben auf dem Laufenden halten!«

»So ein Schwein!«, entfuhr es Sina. »Der hat doch tatsächlich alle Schuld auf einen Toten geladen! Damit kann er doch nicht durchgekommen sein!« Sie sah, wie Brandon wortlos weiter zur Ausgabe des folgenden Tages der »Westport News« scrollte und auf den nächsten Artikel deutete. Ihr stockte der Atem. »Oder doch?«

Die nächste Schlagzeile lautete »Die Witwe von Denson schweigt. Was weiß sie?« Der Artikel ging der Frage nach, wie viel Ava wusste. Wieder wurde ausführlich MacLagan zitiert. Er erzählte von dem bekannt engen Verhältnis des Ehepaares Denson. »Ich kann mir nicht vorstellen, dass sie nicht über jede Handlung und jeden Plan ihres Mannes Bescheid wusste.« Offensichtlich hatte Ava nach dem ersten Artikel über das Unglück in Matakite den Reporter an der Haustür stehen lassen. »Ava Denson, die Witwe des raffgierigen Minenbesitzers, wollte mit dieser Zeitung nicht sprechen. Dabei wissen wir: Es schweigen nur die Schuldigen!«

»Sie haben eine richtige Hexenjagd veranstaltet«, murmelte Brandon. »Vielleicht hatte MacLagan Freunde in der Redaktion. Oder er hat nur den richtigen Ton getroffen …« »Es ist so ungerecht«, stimmte Sina ihm zu. »Komm, wir wollen sehen, wie es weitergeht.«

Die nächsten Tage widmeten sich weiter der Jagd auf den Verstorbenen. Ava wollte mit den »Westport News« nicht reden, während Angus MacLagan jeden Tag neue böse Seiten seines ehemaligen Geschäftspartners enthüllte. Die Bereicherung am heraufdämmernden Krieg in Europa und die Suche nach billigen Hilfskräften, die keine Ahnung vom Bergbau hatten – jetzt ging alles auf das Konto von John Denson. Gleichzeitig schaffte MacLagan es, dass der Plan einer Schule in Seddonville plötzlich nur noch als seine Idee galt. Er wurde unterstützt von Arbeitern, die von Verkäufen von bereits gelieferten Stützpfeilern erzählten.

Über die Trauerfeierlichkeiten wurde ausführlich berichtet. Immerhin drei der Arbeiter wurden aus dem verschütteten Stollen geborgen. Die drei anderen Opfer – unter ihnen John Denson – wurden nicht mehr gefunden, die Bergungsarbeiten wegen der dauernden Einsturzgefahr abgebrochen. Ein verschwommenes Bild zeigte drei offene Gräber, um die sich viele der Anwohner versammelt hatten. Der Reporter zählte alle Besucher auf, verkniff sich aber am Schluss nicht die Spitze gegen Ava: »Die Witwe von John Denson hielt es nicht für nötig, den Trauerfeierlichkeiten für die toten Arbeiter beizuwohnen. Stattdessen bestellte sie eine Totenmesse für ihren Mann in der Kirche. Der Pfarrer weigerte sich und fand für diese Entscheidung große Unterstützung in der Gemeinde von Seddonville.« Ein Bild zeigte einen großen Kranz, an dem ein Mann gerade eine Schleife zurechtrückte. Sein Gesicht war durch die breite Krempe seines Hutes komplett im Schatten. Die Bildunterschrift lautete: »Angus MacLagan verabschiedet sich von den Opfern des Unglücks in seiner Mine.«

»Heuchler!«, zischte Sina. Brandon scrollte nach unten und legte immer neue Fiches ein. Aber offensichtlich waren andere Nachrichten wichtiger als das Minenunglück von Matakite. Brandon runzelte die Stirn. »Was mich wundert: Eigentlich müsste es doch ein Verfahren gegen die Geschäftsführung von Matakite gegeben haben. Waren John und Angus nicht gleichberechtigt – und damit auch beide verantwortlich für die Sicherheit in der Mine?« Er sah weiter die Zeitungen durch, während die Stunden vergingen. Aber es blieb bei Meldungen über Hochzeiten, Geburten und ein- und auslaufende Schiffe.

Ohne dass sie es bemerkten, ging der späte Nachmittag in den Abend über. Plötzlich tauchte die Dame vom Empfang in der Tür auf. Sie schenkte Brandon ein freundliches Lächeln, während sie Sina geflissentlich ignorierte.

»Sie sind ja wirklich gründlich! Haben Sie noch nicht alles über Ihre Verwandtschaft gefunden?«

Brandon warf ihr sein bestes Schwiegersohn-Lächeln zu. »Ich habe einiges gefunden – aber leider noch nicht alles. Wie lange dürfen wir Ihre Geduld denn noch strapazieren?«

Die Dame sah auf die Uhr und runzelte die Stirn, als ob Brandon ihr eine komplizierte mathematische Aufgabe gestellt hätte. Dann sah sie ihn entschuldigend an. »Eigentlich ist jetzt Schluss. Weil Sie es sind, gebe ich Ihnen noch ein paar Minuten. In einer halben Stunde muss ich aber wirklich nach Hause …«

»Vielen Dank!«, strahlte Brandon sie an und legte gleichzeitig den nächsten Mikrofiche in das Lesegerät. Leise murmelte er Sina zu: »Für irgendetwas muss mein legendärer Charme gut sein, oder? Aber ich fürchte, die ›Westport News‹ hat Ava Denson nach dem großen Skandal vergessen … Oder das Problem hat sich auf andere Weise gelöst.«

Noch während er redete, entdeckte Sina eine kleine Meldung, die in der Randspalte versteckt war. Sie deutete darauf. »Schau mal, da taucht Ava wieder auf!«

Vandalismus in Seddonville

Vorgestern Nacht haben Unbekannte mit Steinen die Fenster des Denson-Hauses in Seddonville eingeworfen. Der Schaden beläuft sich auf achtzig Dollar. Hausbesitzerin Ava Denson verzichtete darauf, Anzeige zu erstatten. Passanten vermuteten gegenüber dieser Zeitung, dass Angehörige der verunglückten Arbeiter von Matakite Rache üben wollten. »Das kann man ja auch verstehen – immerhin lebt die Denson-Witwe in Saus und Braus, während andere Familien ihren Ernährer verloren haben.«

Wortlos lehnte Brandon sich zurück. Er scrollte noch ein paar Tage weiter, aber dann schaltete er das Gerät aus. Mit einem leisen Flackern erlosch die Lampe, und das Surren verstummte. Erst jetzt merkte Sina, wie sehr ihr die Augen brannten. Außerdem hatte sie Hunger. Sie stand auf, streckte sich und hörte fast, wie ihr Rücken knackte.

»Lass uns essen gehen«, schlug sie vor. »Dann können wir auch über diese Artikel reden. Vergiss aber nicht, dich von deinem Fan da draußen am Eingang zu verabschieden.«

Brandon nickte zustimmend. Er winkte der Frau lässig zu – und nur wenige Minuten später fanden sie sich in einer kleinen Pizzeria an der Hauptstraße von Westport wieder. Sina fiel über das warme Kräuterbrot her, das der aufmerksame Kellner ihnen zusammen mit einer großen Karaffe Wasser und zwei Gläsern Wein gebracht hatte. Endlich fand sie ihre Worte wieder. »Was dieser Angus MacLagan gemacht hat, ist doch einfach nur widerlich! Und wenn ich mir diese Vandalismus-Sache ansehe, dann ist er mit seinem Lügengebilde auch noch durchgekommen! Die Leute haben ihrer Zeitung auf jeden Fall geglaubt.«

Brandon nahm einen großen Bissen von dem Brot – offensichtlich hatte er ebenso viel Hunger wie sie. »Wenn ich das richtig verstehe, dann hat Ava sich nicht gewehrt. So hat sie ihm überhaupt erst freie Bahn gewährt. Auf die Maori-Arbeiter hat man damals ganz sicher nicht gehört. Das heißt, es war egal, was Anaru und seine Freunde von MacLagan erzählt haben. Was ich mich aber jetzt frage …« Er biss noch einmal von dem Brot ab und kaute nachdenklich darauf herum. »Was wurde dann aus Ava? Ich habe in dem Telefonbuch von Seddonville und Westport nachgesehen: Es gibt keine Densons. Oder MacLagans. Ist sie an die Ostküste gezogen? Aber irgendwo muss es dann doch heute noch einen Angus MacLagan geben – er ist Jahrgang 1934, also ist er heute einundsechzig Jahre alt. Wo steckt er nur?«

Sina nickte. »Der zweite Teil der Frage ist ebenso spannend. Was wurde aus Angus? Er hat doch seinen guten Namen behalten, er hätte eine weitere Mine haben können …«

»Es hilft nichts«, erklärte Brandon. »Wir kommen auf eigene Faust nicht weiter. Ruiha muss uns sagen, was sich damals abgespielt hat. Sie weiß wahrscheinlich auch, was aus allen Beteiligten geworden ist.«

Sina stürzte sich auf die Pizza, die in diesem Moment zwischen sie gestellt wurde. »Okay. Aber wir beide müssen morgen zurück an die Arbeit, schon vergessen? Es werden ein paar Wochen, wenn nicht sogar Monate vergehen, bis wir wieder hierher zurückkommen können. Und dann müssen wir darauf hoffen, dass Ruiha doch noch das Ende der Geschichte erzählen will. Ich mache mir wirklich Sorgen um sie. Sie sah gestern völlig erschöpft aus, als sie uns alles erzählt hatte.«

»Stimmt«, gab Brandon ihr Recht. »Du musst es aber trotzdem so sehen: Diese Geschichte hat jahrzehntelang niemanden interessiert, da stört es doch nicht, wenn sie jetzt noch ein paar Monate länger im Dunkeln bleibt. Ich verspreche dir: Wenn wir das nächste Mal gemeinsam Zeit haben, besuchen wir Ruiha sofort wieder. Ich bin schließlich nur ein paar Wochen auf See, und du brauchst auch die Zeit, um dich in der Klinik einzugewöhnen …«

Missmutig zog Sina eine Grimasse. »Dir mag das ja egal sein, aber mich treibt jetzt wirklich die Neugier an. Wie kamen die alle aus diesem Lügengebäude raus? Irgendwann muss doch einfach jemand gesagt haben, was wirklich passiert ist!«

Sie sah Brandons zweifelndes Gesicht. »Oder nicht?«

Er wiegte nachdenklich seinen Kopf hin und her. »Warum denn? Wer hatte schon Interesse daran, die

Wahrheit herauszufinden? Das war doch nur Ava. Und wenn sie zu lange gewartet hat, dann wollte es schließlich keiner mehr wissen. Du weißt doch, wie Menschen sind: Sie vergessen ein Unglück und die Toten viel zu schnell und gehen wieder zum Alltag über …« Er streichelte Sina über die Wange. »Und du solltest dich nicht so stark mit den Schicksalen von Menschen belasten, die wahrscheinlich schon lange tot sind. Hör auf, immer nur in der Vergangenheit zu bohren, schau auch in die Zukunft.« Er lächelte sie an. »Unsere Zukunft!«

Sie gingen früh zurück zu Hakopa, der sie mit einem Bier empfing und schweigend ihre Erlebnisse anhörte. Als sie endlich endeten, war es schon tief in der Nacht. Hakopa zuckte nur mit den Achseln. »Damals sind viele schreckliche Dinge in den Minen passiert. Die Arbeiter hatten keine Rechte und die Minenbesitzer oft keine Ahnung. Viele der Arbeiter sind früh gestorben – entweder durch ein Unglück oder eine Krankheit. Und so schrecklich die Geschichte von Ruiha auch ist – für die Toten war es wahrscheinlich ziemlich egal, ob sie wegen Densons oder MacLagans Habgier starben. Meint ihr nicht?«

Schweigend beendeten sie den Abend. Sina schlief völlig erschöpft in dem Augenblick ein, als ihr Kopf das Kissen berührte.

Diesmal war alles anders. Es regnete. Aber es war kein einzelner Mann, der vor ihr tanzte – es waren gleich drei. Sie rollten die Augen, schlugen sich auf die Oberschenkel, machten drohende Schritte auf sie zu. Gleichzeitig regnete es aus tief hängenden Wolken ohne Pause auf sie herunter. Ihr lautes Geschrei klang immer noch drohend. Hinter den drei Männern konnte sie jetzt drei offene Gräber entdecken. Eine dunkel gekleidete Gemeinde stand davor und sah den drei Männern bei ihrer Pantomime zu. Mit furchterregenden Gebärden kamen jetzt alle drei auf Sina zu. Sie wollte fliehen, aber ihre Füße schienen auf dem Boden verwurzelt zu sein. Sie hatte das Gefühl, in einem zähen Schlamm zu stehen, der jede schnelle Bewegung verhinderte, egal wie sehr sie sich anstrengte. Sie konnte nicht fliehen, sie musste die Berührung der Männer ertragen. Nur Zentimeter, bevor die Männer sie erreichten, fuhr sie schweißgebadet aus ihrem Traum auf.

Ihr Herz raste. Zögernd fuhr sie sich mit den Händen durch das nassgeschwitzte Haar, das an ihrer Wange klebte. Was war passiert? Ihr Traum hatte sich das erste Mal verändert, seit sie wieder in Neuseeland war. Konnte es sein, dass Brandon recht hatte und es sich wirklich um einen Tanz handelte? Aber warum waren die Männer nur so wütend auf sie? Sie hatte das entmutigende Gefühl, dass die Fragen immer zahlreicher und die Antworten immer weniger wurden.

Langsam ließ sie sich wieder auf das Bett sinken. Sie drängte sich näher an Brandon, der sie schlaftrunken in die Arme nahm. Sina reichte es jetzt nicht, nur in den Arm genommen zu werden. Sie ließ ihre Hand nach unten wandern und streichelte erst Brandons Oberschenkel, seinen muskulösen Bauch und schließlich über seine Männlichkeit, die ihr inzwischen prall gegen die Hand drückte. Vorsichtig strich sie darüber, dann drehte sie Brandon auf den Rücken. »Hm«, knurrte er noch im Halbschlaf, als sie sich langsam auf ihn schob und ihn in sich aufnahm. Sie fing an, sich sanft zu bewegen – und merkte an seinen heftiger werdenden Reaktionen, dass er inzwischen auch erwacht war. Langsam richtete sie sich auf und setzte sich auf ihn, während sie seine Brust streichelte. Seine Hände umfingen ihr Gesäß, und er zog sie näher an sich heran. Sie stöhnte auf – und biss sich sofort auf die Lippen. Die Hütte von Hakopa hatte papierdünne Wände, und sie wollte Brandons Freund nun wirklich nicht an ihrer Lust teilhaben lassen. Sie neigte sich nach vorne und gab Brandon einen langen Kuss, während sie sich weiter langsam und beharrlich auf ihm bewegte. Er überließ sich immer mehr ihrem Rhythmus, und so machten sie gemeinsam aus dieser Nacht etwas Magisches, das erst endete, als sie sich beide schweißbedeckt in die Arme sanken und endlich mit ein paar letzten vorsichtigen Bewegungen in ein anderes Universum schickten. Allmählich wurde ihr Atem ruhiger und tiefer, und sie sanken beide in einen traumlosen Schlaf.

Es war schon hell, als Sina wieder erwachte. Verschlafen blinzelte sie in die Sonne, die durch das Fenster schien, und sah Brandon, der seinen Kopf auf den Ellenbogen gestützt hatte und sie anlächelte. Sie sah die Lachfältchen, die Bartstoppeln und das eigentümliche Grau seiner Augen und warf ihm ebenfalls ein verschlafenes Lächeln zu.

»Was war das denn letzte Nacht?«, murmelte er und strich ihr eine Haarsträhne aus dem Gesicht.

»Keine Ahnung. Wieder ein mieser Traum und das Gefühl, mir beweisen zu müssen, dass ich lebendig bin?«, schlug sie vor.

Er setzte sein unverschämtes Grinsen auf und ließ seine Hand tiefer wandern. »Dann muss ich also auf möglichst viele Albträume hoffen, damit ich nachts auf so nette Weise geweckt werde?«

Sina grinste. »Kann schon sein ...«

In diesem Moment klopfte es lautstark an die Tür. »Hallo, ihr Turteltäubchen! Der Kaffee ist fertig, ich habe frische Brötchen geholt und ein paar Kiwis aufgeschnitten. Könnt ihr euch für ein paar Minuten voneinander lösen, oder soll ich alleine frühstücken?«

Sina löste sich lachend aus Brandons Griff und setzte sich auf. »Wir kommen!«

Zwei Stunden später bepackten sie den Hillman und machten sich wieder auf den Weg nach Christchurch. Hakopa winkte ihnen zum Abschied zu. »Ich freue mich, wenn ihr das nächste Mal kommt! Und ich bin genauso gespannt wie ihr, was Ruiha noch auspackt. Irgendwann muss ja klarwerden, warum sie diese alte Geschichte ausgerechnet euch erzählt. Meine Oma hat eigentlich immer einen Grund für alles, was sie tut.«

Brandon sah seinen Freund völlig überrascht an. »Ruiha ist deine Großmutter?«

Hakopa winkte ab. »Ich fand das bisher nicht so wichtig. Mein Kontakt zu ihr ist auch nicht so eng. Wir sehen uns immer nur auf Familienfesten ...«

Sina musterte ihn mit einem strengen Ausdruck um den Mund. »Aber trotzdem: Das hättest du doch sagen können! Und außerdem musst du also Bescheid wissen, was aus Ruiha und Anaru wurde!«

Hakopa sah sie mit einem breiten Grinsen an. »Ich wollte euch die Überraschung nicht nehmen. Aber ich kann euch verraten: Es gibt ein Happy End für Ruiha. Anaru starb erst vor ein paar Jahren – und die beiden waren ein ganz besonders liebevolles Paar bis zu seinem Tod ...«

Damit trat er von dem Auto zurück und winkte noch einmal, bevor er wieder in seine kleine Hütte zurückging. Sina sah ihm kopfschüttelnd hinterher. »Wie kann er nach dieser Enthüllung einfach so gehen?«

»Er liebt es, Geheimnisse zu haben.« Brandon startete ohne eine weitere Erklärung das Auto und gab Gas. Erst ein paar Minuten später ergriff er erneut das Wort. »Keine Ahnung. Vielleicht ist ihm seine merkwürdige Oma ja auch ein bisschen peinlich. Immerhin wirkt sie hin und wieder ganz so, als käme sie aus einer anderen Welt, findest du nicht?«

»Du meinst, mit ihren Sprüchen, dass die Wahrheit immer ihren Weg findet?«, grinste Sina. Sie beschloss, sich erst einmal keine weiteren Gedanken zu machen und den Tag mit Brandon zu genießen. Immerhin würde er noch heute Abend an Bord der »Pacific Princess« gehen – und sie musste morgen den ersten Arbeitstag in der Klinik bewältigen.

17.

Entnervt schmiss sie ihre Tasche in die Ecke. Seit fast vier Wochen wurde ihr Leben von dem Christchurch Hospital beherrscht. Jeden Tag eilte sie durch die Gänge, brachte Patientenmappen von einer Abteilung in die andere, machte den Rundgang mit den Chefärzten und half in der Notaufnahme, so gut sie konnte, wenn Touristen mit verstauchten Knöcheln, Farmer mit tiefen Schnittverletzungen und Halbstarke mit Prellungen und Knochenbrüchen von Kneipenraufereien eingeliefert wurden. Neuseeland wirkte aus dieser Perspektive sehr viel weniger romantisch.

Dieses Wochenende hatte sie ihre ersten freien Tage, seitdem sie mit Brandon von der Westküste zurückgekommen war. Sie ließ sich auf die Couch fallen und atmete tief aus. Endlich Ruhe. Ausschlafen. Zwei Tage lang keine Rufe nach »Doktor, Doktor!«. Sie schloss die Augen.

Neben dem Telefon lag schon seit zwei Wochen eine Adresse in Christchurch. Ein Archiv für Zeitungsartikel, Unterlagen der Meldebehörden, Tauf- und Hochzeitsurkunden. Ein Patient hatte ihr erzählt, dass man dort alles finden würde. Und das, was man nicht fand, könnte man immerhin bestellen – oder als Rechercheauftrag hinterlassen. Sie war fest entschlossen, diesem Archiv am Samstagvormittag einen Besuch abzustatten. Was sollte sie sonst in dieser Stadt tun? Brandon war auf hoher See, und die anderen Ärzte in Ausbildung kannten sich schon länger, da konnte sie wohl kaum erwarten, zu einem spontanen Gartenfest eingeladen zu werden.

Sie öffnete ihren E-Mail-Account. Katharina fragte nach Neuigkeiten und erzählte begeistert von ihrem Praktikum in einer Zeitungsredaktion. Selbst über die große Entfernung konnte Sina spüren, dass Katharina dieser Job wirklich Spaß machte. Ihre Eltern, milde besorgt, weil sie sich seit einer Woche nicht gemeldet hatte. Und schließlich Brandon. Eine endlose Mail mit Betrachtungen über die Schönheit von Walen, die seinen Tanker auf den endlosen Strecken zwischen zwei Häfen begleiteten. Und schließlich: »Egal, wie schön es ist, wenn abends die Sonne ins Meer sinkt und das Kreuz des Südens am Himmel aufstrahlt – ich wäre jetzt lieber bei dir. Aber es dauert ja nicht mehr lange …«

»Vier Wochen«, murmelte Sina. Um in derselben Sekunde zu merken, dass sie tatsächlich laut geredet hatte. Verärgert schüttelte sie den Kopf. »Wahrscheinlich rede ich bis dahin wirklich mit mir selbst … Ich ende noch wie die alten Damen, die am Supermarktregal mit sich selbst ausdiskutieren, ob sie lieber Erdbeer- oder Himbeerjoghurt essen …« Sie grinste und machte den Computer wieder aus. Sie würde Brandon erst morgen schreiben. Wenn sie ihm Neues aus dem Archiv erzählen konnte.

Matakite verkauft
Die nach dem Grubenunglück im vergangenen Jahr stillgelegte Mine Matakite wurde an die Westport Coal Company verkauft. Minenbesitzer Angus MacLagan: »An diesem Ort hängen zu viele schmerzhafte Erinnerungen, ich möchte mit diesem Kapitel in meinem Leben abschließen.« Die Westport Coal Company war zu keinem Kommentar bereit, plant allerdings nicht, die Mine in absehbarer Zukunft wieder in Betrieb zu nehmen.

Sina sah die kurze Meldung in der »Press« an – der erste Erfolg nach mehreren Stunden in diesem düsteren Archivraum. Die Zeitung war offensichtlich in den Dreißigerjahren an die Westküste geliefert worden und hatte sich deswegen auch um Neuigkeiten aus dieser Gegend bemüht. Also hatte Angus Matakite verkauft. Was danach wohl aus ihm geworden war? Der kurze Artikel hatte nichts über seine Pläne ausgesagt. Sina vermutete insgeheim, dass Angus doch Angst hatte, dass seine Lügen über John Denson noch ans Licht kommen könnten. Außerdem hatte Matakite keinen Profit mehr abgeworfen. Grund genug, um sich zu neuen Ufern aufzumachen. Sie blätterte weiter, aber fand nichts mehr über die Mine. Auch die Suche nach den Namen brachte keine neuen Ergebnisse. Außer vielleicht die Erkenntnis, dass Angus voll und ganz recht behalten hatte: Mit dem Nahen des Zweiten Weltkrieges gingen die Preise für Kohle steil nach oben. Die künftigen Kriegsherren bauten Panzer und Geschütze, die Stahlindustrie legte Sonderschichten ein – und für die großen Öfen brauchte man Kohle. Auch Kohle aus Neuseeland.

Müde ging sie am Nachmittag nach Hause, ohne auf das strahlende Wetter zu achten. In der Zeitung hatte sie nichts mehr über Angus MacLagan gefunden. Und auch in Hochzeits- und Geburtsregistern der Südinsel war er nicht mehr verzeichnet. Sie hatte sogar das Register mit den Sterbeurkunden durchgesehen. Aber es war wie verhext: Entweder Angus MacLagan lebte noch, wenn er auch steinalt sein musste, war aber nie mehr öffentlich aufgefallen. Oder er verschwand in der Sekunde, in der er Matakite verkauft hatte, vom Erdboden. Sie schüttelte den Kopf. Das passierte doch nicht so einfach …

Nach ein paar Sandwiches und einem hastig heruntergestürzten Glas kalten Weißweins setzte sie sich wieder vor ihren Computer. Vor der Tür tobte zwar das Leben. Die Studenten von Christchurch gingen in Kneipen und in die Kinos, grillten in den Parks oder feierten in Discos. Aber sie hing verbissen vor ihrem Computer und suchte nach Spuren, die schon seit Jahrzehnten verschüttet waren. Immer wieder blieb sie auf Webseiten hängen, die die Geschichte von Neuseeland ausführlicher beleuchteten.

Irgendwo schlug eine Uhr zur Geisterstunde, als sie eine langweilig aufgemachte Seite fand, die Passagierlisten von Schiffen, die nach Neuseeland gekommen waren, auflisteten. Neugierig suchte sie nach dem Datum, an dem Ava ungefähr nach Neuseeland gekommen war. Und tatsächlich: Sie stand in einer Liste, gemeinsam mit sechzig anderen Passagieren, die ihr Glück im Land der langen weißen Wolke versuchen wollten. Sina runzelte die Stirn. Was, wenn Ava oder Angus das Land einfach wieder verlassen hatten? Das würde immerhin erklären, warum sie keine weiteren Spuren finden konnte. Sie suchte nach Passagierlisten von 1935. Sicher, es handelte sich nicht mehr um die frühe Zeit der Siedler – aber trotzdem gab es noch einiges, was da zusammengetragen worden war. Sie sah bei einigen Schiffen nach. Dann, im März 1936, eine weitere Liste. Und schon an dritter Stelle: Ava Denson, Witwe.

Aufgeregt schenkte Sina sich noch ein Glas Wein ein und sah die komplette Liste durch. Merkwürdig. Bei anderen Frauen standen entweder die Namen der Kinder oder wenigstens ihr Alter und die Anzahl dabei. Warum wirkte es bei Ava so, als sei sie alleine gereist? Sie hatte doch wohl kaum Junior in Neuseeland zurückgelassen? Aber egal, wie lange sie suchte: Avas Sohn tauchte auf dieser Liste nicht auf. Aber das hatte ja wenig zu sagen, vielleicht hatte ja nur ein Bootsmann eine falsche Liste angelegt. Oder demjenigen, der diese Listen für das Internet aufbereitet hatte, war ein Fehler unterlaufen.

Zuletzt wollte Sina endlich Brandons Mail beantworten. Als sie das Mailprogramm öffnete, sah sie, dass er ihr schon wieder geschrieben hatte. Das war sogar für Brandons Verhältnisse ganz schön häufig. Neugierig öffnete sie die Nachricht.

Mein Liebling,
heute sind wir in Vanuatu angekommen. Ein Paradies – aber leider hat uns beim Anlegen eine kräftige Sturmbö erwischt. Die Bö hat die »Princess« gegen die Kaimauer gedrückt und damit einen sieben Meter langen Riss in

der Bordwand verursacht. Jetzt müssen wir in Vanuatu bleiben, bis der Schaden repariert ist. Die Reederei rechnet dafür mit etwas mehr als vier Wochen. Meine Offiziere fliegen in der Zeit alle nach Hause, aber ich als Kapitän bin verpflichtet, an Bord zu bleiben. Leider verschiebt sich so unser Wiedersehen … Dabei weiß ich nicht, wie ich noch ein paar Wochen ohne Dich aushalten soll.
In Liebe, Brandon

Wütend starrte Sina den Bildschirm an. Das konnte doch nicht wahr sein! Wegen einer albernen Sturmbö würde Brandon Wochen später nach Hause kommen? Sie antwortete ihm so verständnisvoll sie konnte und erzählte ihm auch von ihren Bemühungen in den Archiven der Stadt. Das änderte allerdings wenig an ihrem Zorn. Sie hatte es satt, alleine in einer fremden Stadt zu sein …

Es war schon spät in der Nacht, als sie den Computer frustriert ausschaltete. Sina hatte nicht das Gefühl, auch nur einen einzigen Schritt vorwärtsgekommen zu sein. Offensichtlich gab es nur eine Person, die wusste, wie es weiterging: Ruiha. Sina beschloss, gleich am nächsten Wochenende wieder an die Westküste zu fahren. Sie konnte sicher bei Mary-Ann wohnen – und mit ein bisschen Glück wurde Ruiha mit ihrer Geschichte fertig und konnte erklären, wie sich alles auflöste. Zufrieden mit ihren Plänen ging Sina endlich ins Bett.

Brandons alter Hillman schien den Weg zu Mary-Anns Haus fast von alleine zu finden. Sina machte den Motor aus und blieb noch einen Moment lang sitzen. Sicher, die Landschaft war wunderschön – aber die Strecke war auch ziemlich anstrengend und weckte in ihr immer eine Sehnsucht nach den deutschen Autobahnen. Mit vernünftigen Straßen wäre sie schon vor ein paar Stunden hier in Seddonville angekommen.

Da flog die Tür von Mary-Anns blauem Haus auf, und die überschäumende Herzlichkeit der Neuseeländerin versöhnte Sina mit allen schlechten Straßen, die dieses Land zu bieten hatte. So wurde sie in ihrer Heimat von ihren engsten Freunden nicht begrüßt!

»Toll, dass du da bist!«, rief Mary-Ann. »Ich habe schon den Grill angeworfen, damit wir uns heute Abend ein paar Steaks machen können. Die Pavlova ist auch schon fertig – und der Wein ist sowieso gekühlt. Wir können uns also den perfekten Abend machen!« Sie umarmte Sina noch einmal. »Ich will alle schmutzigen Details über deine ersten Arbeitswochen hören. Und: Was macht dein stolzer Tankerkapitän?«

»Jetzt lass mich doch erst einmal ankommen«, protestierte Sina lachend. »Dann erzähle ich dir auch alles. Versprochen.«

Wenig später saßen sie gemütlich auf durchgesessenen Klappstühlen im Garten, während die Lammsteaks auf dem Grill vor sich hin brutzelten. Es roch köstlich.

»… und so habe ich höllisch viel zu tun und so gut wie kein Privatleben. Und Brandon, der eigentlich für mein Privatleben zuständig wäre, sitzt auf Vanuatu und schaut zu, wie sein Schiff wieder geflickt wird!«, beendete Sina gerade ihre Erzählung.

Mary-Ann nippte vorsichtig an ihrem Wein. »Versteh mich nicht falsch, ich freue mich, dass du mich besuchst. Aber warum bist du wirklich hier? Du willst doch nicht noch einmal diese alte Maori besuchen?«

»Doch«, gab Sina zu. »Die Geschichte lässt mir keine Ruhe. Wir haben auch in Archiven nachgeforscht. Es scheint alles zu stimmen, was sie uns erzählt hat – aber die alten Unterlagen verraten nichts darüber, wie es mit Ava weiter gegangen ist. Und sie ist doch der Grund, warum wir uns überhaupt diese staubigen Storys angehört haben. Du erinnerst dich doch: Sie sieht mir so unglaublich ähnlich – wir haben vermutet, dass es dafür einen Grund gibt. Oder dass in dem Zusammenhang irgendwo der Grund für George Cavanaghs Ablehnung meiner Person liegt.« Möglichst beiläufig redete sie weiter. »Ist Ruiha überhaupt wieder hier?«

»Ich denke schon«, nickte Mary-Ann. »Ich habe sie vor ein paar Tagen erst in ihrem Garten gesehen. Hast du dich etwa gar nicht angemeldet?«

»Ich hatte Angst, dass sie mich nicht mehr sehen will«, gab Sina zu. »Die Erinnerungen an damals scheinen ihr ganz schön an die Nieren gegangen zu sein.«

»Das, was ihr erzählt habt, war ja auch ziemlich harter Tobak«, nickte Mary-Ann. »Aber jetzt will ich nicht mehr von den Toten reden, sondern lieber von den Lebenden: Wie geht es dir und Brandon? Wann seht ihr euch wieder? Ist sein Großvater noch nicht draufgekommen, dass er euch jetzt das Liebesnest finanziert?«

»Da gibt es nichts aufzudecken, solange Brandon auf hoher See ist und ich im Krankenhaus bin«, zuckte Sina mit den Schultern. »In diesem Liebesnest bin nur ich in Begleitung meiner Pizza vom Pizzaservice und einer Dose Bier – da kann nicht einmal der alte Cavanagh was dagegen haben …«

»Tja, das Schicksal der Seemannsbraut«, grinste Mary-Ann mit ihrer unverwüstlichen guten Laune. »Immer noch besser als mein Schicksal: Für immer Single in einem Kaff mit schrecklichen Männern …«

Sina lachte: »Dann müssen wir doch erst einmal einen Weg finden, um dich wieder glücklich zu machen, oder?«

Den Rest des Abends schmiedeten sie wilde Pläne, setzten eine gewagte Suchanzeige auf, die sie dann lieber doch nicht in die Zeitung setzten – und wankten schließlich ins Bett. Wenigstens konnte Sina in dieser Nacht fest und traumlos schlafen …

Als Mary-Ann am nächsten Morgen zu ihrer Arbeit verschwand, machte Sina sich auf den kurzen Fußweg zu Ruihas Haus. Am Gartentor blieb sie zögernd stehen. Täuschte sie sich – oder sahen die Pflanzen allesamt so aus, als ob sie dringend ein wenig Wasser nötig hätten? Womöglich war Ruiha schon wieder nicht zu Hause. Wo steckte die alte Frau nur? Vielleicht sollte sie einfach bei Hakopa nachfragen, der wusste vielleicht, wo seine Großmutter war.

Zur Sicherheit klingelte Sina noch einmal an der Tür. Nichts rührte sich. Sie ging vorsichtig um das Haus herum und spähte sogar durch ein kleines Fenster in die Küche. Aber nirgends sah sie die alte Maori. Stattdessen ordentlich aufgeräumtes Geschirr und zusammengelegte Handtücher. Ganz offensichtlich war Ruiha nichts passiert, und sie hatte ihr Haus auch nicht überstürzt verlassen.

Nachdenklich ging Sina zurück auf die Straße und lief einfach weiter durch Seddonville. Ein verschlafener Ort, in dem die Straßen zum Teil noch nicht einmal Bürgersteige hatten. Kleine, niedliche Häuser, die meistens bunt angestrichen waren. Viele waren aus Holz, nur wenige aus Stein. Bunte Blumen und alte Bäume in den Gärten. Ganz allmählich hörte Sina auf, nur über ihr eigenes Problem nachzugrübeln und ging mit offenen Augen die Straßen entlang. Hier musste doch jeder jeden kennen. Auch das Verschwinden von Angus oder Ava konnte nicht unbemerkt geblieben sein. Am Ende einer Straße entdeckte sie eine niedrige Mauer, dahinter Grabsteine. Neugierig betrat sie den Friedhof durch ein kleines Tor, das quietschend aufschwang, als sie dagegendrückte. Der Ort strahlte Frieden aus, die schmalen Wege mit den feinen Kieselsteinen waren sauber geharkt. Sie ging durch die Reihen und las die Namen der Menschen, die hier einst gelebt hatten. Keiner der Namen kam ihr bekannt vor. Nach ein paar Minuten gab sie auf. Vielleicht war dieser Friedhof ja auch sehr viel später eingerichtet worden. Bevor sie wieder auf die Straße zurückging, sah sie sich noch einmal um. Die Wiese, dahinter die hohen Bäume – irgendwie kam ihr diese Gegend bekannt vor. Sina schüttelte den Kopf. Das konnte schließlich nicht sein, sie war sich absolut sicher, dass sie diesen Ort das erste Mal betreten hatte.

Die Straße führte sie wieder zurück in das überschaubare Ortszentrum von Seddonville. Ein kleines Café lockte mit einem Reklameschild, das frischen Kaffee und hausgemachte Kuchen versprach. Sina trat durch die quietschende Tür, eine Glocke kündete von ihrem Kommen, und sie setzte sich in eine Ecke. Was erhoffte sie sich von diesem Besuch hier? Eine Lösung ihrer Probleme mit Brandons Großvater? Eine Erklärung ihrer merkwürdigen Träume, die sie jetzt schon fast ein Jahr lang heimsuchten? Oder doch nur das Ende einer tragischen Geschichte, die sie im Grunde nichts anging? Sie rührte nachdenklich in ihrem Kaffee und malte kleine Kringel mit einem Kugelschreiber auf die Papierunterlage unter ihrem Teller. Sie, die sich immer nur an wissenschaftliche Fakten und die Wirklichkeit hielt, saß jetzt hier in einem Kaff an der neuseeländischen Westküste – und das nur wegen der Liebe und einem Geheimnis, hinter dem sich womöglich nur eine tragische Familiengeschichte verbarg, die wenig oder nichts mit ihr zu tun hatte.

Sina war nicht bewusst, wie schnell die Zeit verging, bis plötzlich die Bedienung mit einem entschuldigenden Lächeln vor ihr stand. »Es tut mir leid, aber wir haben vor ein paar Minuten geschlossen … Könnte ich Sie wohl um die Bezahlung bitten?« Erschrocken blickte Sina auf ihre Uhr. Es war tatsächlich schon früher Abend. Hatte sie wirklich den ganzen Tag hier auf diesem Stuhl verbracht?

Hastig bezahlte sie die Rechnung und verließ das Café. Die Sonne schickte ihre schräg fallenden Strahlen herunter, ein Licht, in dem Seddonville wie vergoldet wirkte. Sina ging zufrieden zurück zu Mary-Anns Haus – und versprach sich selber: Wenn Ruiha bis morgen nicht zurück sein sollte, dann würde sie die Suche nach den Geistern der Vergangenheit beenden … Dann würde sie zurück nach Christchurch fahren und gemeinsam mit Brandon den Großvater mit den Fakten konfrontieren: Wir leben zusammen, wir lieben uns – und du wirst nichts daran ändern können. Sie konnte sich beim besten Willen nicht vorstellen, dass der Großvater dann seine Drohung wahr machen und wirklich den Kontakt zu seinem Enkel abbrechen würde.

Mit diesem Entschluss wurde ihr Schritt schneller. Vielleicht wartete Mary-Ann bereits auf sie? Als sie an Ruihas Haus vorbeikam, warf sie nur einen schnellen Blick zur Seite. Und stockte. Das Licht in der Küche brannte, die Tür zur Veranda stand ein Stückchen weit offen.

Sina ging durch den Garten und klopfte vorsichtig an die offen stehende Tür. »Hallo?«, rief sie halblaut in das Haus.

»Ich komme gleich!«, ertönte es aus dem Keller. Sekunden später tauchte Ruiha auf der Kellertreppe auf. Sie winkte Sina zu. »Komm doch herein!«

»Störe ich auch wirklich nicht?« Sina sah sich fragend um.

»Ach, Blödsinn, natürlich nicht. Ich habe gehofft, dass du bald wiederkommst. Es war schließlich wirklich nicht nett von mir, euch beide beim letzten Mal einfach so alleine zu lassen.«

»Nein, das war doch verständlich«, wehrte Sina ab. »Wir haben uns nur Sorgen gemacht – wo bist du denn so plötzlich hingefahren?«

»Ach, ich bin nur für ein paar Tage bei Verwandten untergekrochen!«, lachte Ruiha. »Ich musste warten, bis der Staub, den ich selber aufgewirbelt habe, sich wieder gesetzt hat …« Sie schwieg einen kurzen Moment, dann deutete sie einladend auf den Tisch auf der Veranda. »Wie sieht es denn aus? Hast du Zeit, mit mir zusammen ein bisschen weiter in Erinnerungen zu schwelgen? Ich würde mich freuen, wenn du mir noch etwas Gesellschaft leisten würdest.«

Sina nickte. »Ich bleibe gerne noch hier. Ich rufe nur kurz bei Mary-Ann an. Sie soll sich keine Sorgen machen, wenn ich heute Abend erst später nach Hause komme.«

Während Sina telefonierte, machte Ruiha einen starken schwarzen Tee, den sie in einer dickwandigen bunten Teekanne auf den Tisch stellte. Dann schüttelte sie noch ein paar Kekse aus einer Schachtel auf einen flachen Teller – und setzte sich erwartungsvoll hin. Kaum hatte Sina das Gespräch mit Mary-Ann beendet, holte Ruiha tief Luft.

»Ich denke, ich sollte einfach genau da weitererzählen, wo ich das letzte Mal aufgehört habe …«

18.

Ava trauerte. Sie schaffte es kaum, sich um den kleinen Junior zu kümmern. Sie verkroch sich in sich selbst, redete mit niemandem mehr, nicht einmal mit mir. Das große Haus, in dem sie gemeinsam mit John gelebt hatte, war auf einmal sehr leise und sehr leer. An einem Morgen sagte sie, dass sie jetzt endlich Johns Büro aufräumen wollte. Sie verschwand fast den ganzen Tag in seinem Zimmer. Als ich sie abends zum Essen holen wollte, klopfte ich und öffnete die Tür. Ava saß nur auf seinem Sessel, ein Bild von ihm in den Händen, und starrte es schweigend an. Ich glaube, sie hat schon den ganzen Tag so in seinem Zimmer gesessen.

Wenn ich auf dem Markt war, wollte keiner mit mir reden. Sie wussten, dass ich bei den Densons arbeitete. Am Anfang war ich der Meinung, sie wollten mich in meiner Trauer nicht stören. Wie blauäugig ich doch damals gewesen bin. Es vergingen ein paar Tage, bis mir der Gemüsehändler einfach den Rücken zuwandte, als ich an der Reihe war. Ich räusperte mich, hüstelte – und schließlich sprach ich ihn direkt an: »Wollen Sie mir denn nichts verkaufen?«

Da drehte er sich um und sah mich lange an, bevor er antwortete: »Ich will kein Geld annehmen, für das andere mit ihrem Leben bezahlen mussten!«

»Wie meinen Sie das?«, fragte ich etwas verdattert nach.

»Stell dich nicht dümmer, als du bist!«, fauchte der Mann mich an. »Angus MacLagan hat über die Machenschaften von John Denson in Matakite ausgepackt. Es stand sogar in der Zeitung – und jetzt wissen wir alle, dass sein Gerede von der Schule und der Rettungsmannschaft nur leeres Geschwätz war. Alles, worum es John Denson jemals gegangen ist, war nur sein eigenes Geld!«

Ich schüttelte den Kopf. »Das haben Sie falsch verstanden! Es war doch in Wirklichkeit Angus MacLagan, der das Leben der Arbeiter aufs Spiel gesetzt hat!«

»Unterstehe dich, den Namen dieses anständigen Mannes hier an meinem Stand in den Schmutz zu ziehen!«, herrschte mich der Händler an. »Wir kennen jetzt die Wahrheit! Geh weiter!«

Ich war so überrascht, dass ich einfach nach Hause ging. Vorsichtig versuchte ich, Ava von dem Gerede über John zu erzählen. Sie winkte nur ab. »Irgendwann werden alle erfahren, was für ein Mann Angus MacLagan wirklich ist. Er wird es nicht schaffen, Johns Andenken auf Dauer in den Schmutz zu ziehen.«

Ich schwieg. Das war feige von mir, und ich könnte mich verfluchen, dass ich Ava nicht sofort erklärt habe, wie wütend die Menschen auf John sind. Wer weiß: Hätte sie sich sofort gegen die böse Nachrede von Angus gewehrt, vielleicht wäre es nie so weit gekommen … Aber ich wollte sie damals in ihrer Trauer wirklich in

Schutz nehmen. Ich dachte mir, dass nicht jedes böse Wort zu ihr durchdringen muss! Ich hätte wissen müssen, dass die Menschen mit jedem Tag mehr Wut auf Ava hatten. Sie war die Schuldige, an der sie sich reiben konnten …«

Es kam der Tag der Beerdigungen. Den Rettungsteams war es ja geglückt, wenigstens noch drei der sechs Toten aus dem Bergwerk zu holen. John Denson war nicht darunter. Die Beerdigung sollte an einem verregneten Nachmittag eine Woche nach dem Grubenunglück stattfinden. Ava zog sich ein schwarzes Kleid an, zog einen schwarzen Schleier über ihren breitkrempigen Hut. Dann machte sie sich auf zum Friedhof. Ich wusste von ihrer Absicht erst, als sie in der Trauerkleidung aufbrach – wie sollte ich ihr erklären, dass ihre Anwesenheit von den Trauernden wohl kaum erwünscht war? Ich begleitete sie und trug Junior.

Auf dem Friedhof war bereits eine riesige Menge, als wir eintrafen. Ich fühlte mich in meiner Haut nicht wohl. Alle tuschelten, deuteten auf uns und schüttelten immer wieder den Kopf. Sie schienen allesamt vergessen zu haben, dass auch Ava ihren Mann verloren hatte. Ich sah, wie eine der Witwen zu den wartenden Haka-Tänzern hinging und ihm etwas zuwisperte. Er nickte mit grimmigem Gesicht und sah Ava unverhohlen die ganze Zeit zornig an.

Der Pfarrer begann seinen Trauergottesdienst mit sehr gesetzten Worten. Er redete über das Leben, seinen Anfang und sein Ende in Gottes Hand – gerade bei einer so gefährlichen Arbeit im Bergwerk. Erst gegen Ende seiner Predigt wurde er deutlicher. Und dann sah er Ava gerade in die Augen, während er die letzten Sätze der

Predigt schmetterte: »Es gibt Menschen, die für den Profit nicht mehr auf das Glück oder Unglück ihrer Mitmenschen achten. Sie denken, sie können sich mit einer kleinen Spende wieder in das Herz Gottes und seiner Gemeinde zurückkaufen. Aber sie vergessen, dass wir alle ein gutes Gedächtnis haben. Und Gott verzeiht den reuigen Sündern und den gefallenen Mädchen – aber er verzeiht ganz sicher nicht den Geldgierigen, die kein Gefühl der Reue haben.«

Vorsichtig sah ich mich um. Wo steckte eigentlich Angus MacLagan? Aber der ahnte wohl, dass diese Beerdigung alles andere als ein angenehmer Spaziergang für die Besitzer der Mine sein würde.

Die Gemeinde nickte bei den heftigen Worten des Pfarrers anerkennend. Ava merkte wohl, dass er sie direkt ansprach. Sie nestelte nervös an ihrem Schleier herum. Auch Junior reagierte auf meine Nervosität und fing auf meinem Arm zu schreien an. Nichts konnte ihn beruhigen, weder Streicheln noch gutes Zureden noch ein Stück Brot, das ich vorsorglich eingepackt hatte. Mitten in das Schweigen und das Babygeschrei hinein fingen die Männer von meinem Stamm an, ihren Trauer-Haka zu tanzen. Das ist eigentlich nichts Spektakuläres, aber die Tänzer machten daraus fast einen Kampf-Haka. Vor allem der wichtigste Tänzer in der Mitte ging stampfend auf Ava zu. Die Menge teilte sich vor ihr, bis sie Auge in Auge mit dem Mann stand. Er schlug sich auf die Oberschenkel und die Brust, rollte mit den Augen und stampfte immer wieder auf den Boden – dabei war er wirklich nur noch Zentimeter von Ava entfernt. Sie ging ängstlich einen Schritt zurück. Der Tänzer folgte ihr sofort. Noch weiter konnte Ava nicht ausweichen: Die

Trauergemeinde stand wie eine Mauer hinter ihr. Sie hielt sich aufrecht, bis das Lied endlich zu Ende war. Aber ich sah, dass ihre Hände zitterten und unter ihrem Schleier Tränen hervorrannen. Später gab sie zu, dass sie all ihre Kraft darauf verwenden musste, um nicht zusammenzubrechen …

»Wie geht so ein Trauer-Haka? Wie sah das damals genau aus? Hat es während der Beerdigung geregnet?«, unterbrach Sina Ruihas Erzählung. Vor Aufregung zeigten sich rote Flecken auf ihren Wangen.

Ruiha sah die junge Frau überrascht an. »Ja, es hat schrecklich geregnet. Ich erinnere mich sogar an Donner und Blitze. Eigentlich hat der Regen seit dem Unglück in Matakite nicht aufgehört. Schrecklich, dabei war es doch eigentlich Sommer. Warum willst du das wissen?«

»Unwichtig«, wiegelte Sina ab. »Bitte, zeig mir, wie dieser Haka aussieht!«

Mit zusammengezogenen Brauen sah Ruiha die aufgeregte junge Frau an. Dann erhob sie sich, ging etwas in die Hocke und klopfte sich auf die Oberschenkel, während sie ein paar Schritte andeutete.

»Das ist er!«, rief Sina. »Genau das ist der Tanz, von dem ich jetzt schon seit bald einem ganzen Jahr träume!«

»Du träumst einen Tanz, den du nicht kennst?«, fragte Ruiha ungläubig. Offenbar war sie sich nicht sicher, richtig gehört zu haben.

Sina nickte nur. »Ja. Seitdem ich das erste Mal einen Fuß auf neuseeländischen Boden gesetzt habe, kehrt dieser Traum immer und immer wieder zurück. Am Anfang habe ich gedacht, dass der Mann mich angreift, dass er mir etwas Böses tun will. Aber dann hat Brandon mir den All Blacks-Haka gezeigt. Das sah so ähnlich aus, wie das, was ich träume. Ich konnte mir nur nicht erklären, warum ich von etwas träume, das mit Sport zu tun hat. Football ist nun wirklich nichts, was mir schlaflose Nächte bereitet …« Sie versuchte ein kleines Lächeln.

Ruiha nickte nur. »Ich sage es doch immer wieder: Die Wahrheit drängt immer an die Oberfläche. Womöglich hast du es irgendwie gespürt, dass du deine Wurzeln hier hast!«

Sina hob verzweifelt die Hände. »Aber was sollen das für Wurzeln sein? Ich komme aus Berlin, schon vergessen? Meine Vorfahren waren nie in Neuseeland, da bin ich mir sicher!«

»Wer weiß, was da jemand verschwiegen hat? Womöglich wollten deine Vorfahren nur nicht, dass die Geschichte in Deutschland bekannt wird? Was, wenn die Geschichte von Ava mehr mit dir zu tun hat, als du je zu ahnen gewagt hast?«

»Kann ich mir nicht vorstellen …« Sina zuckte mit den Achseln. »Aber wenigstens weiß ich jetzt endlich, was ich da überhaupt träume!«

»Lass mich dir erzählen, wie es weiterging«, schlug Ruiha vor. »Dann entdecken wir vielleicht doch noch, was meine Geschichte mit dir zu tun hat!«

Als die Beerdigung vorbei war, kam eine der Witwen auf Ava zu. Sie sagte kein Wort, aber sie spuckte direkt vor ihr in den Sand. Ava ließ auch diese Beleidigung mit versteinertem Gesicht über sich ergehen. Ich denke, sie hat in diesem Augenblick das erste Mal begriffen, wie sehr die Menschen in Seddonville sie hassten. Wir sind dann sofort nach Hause gegangen. Selbst Ava wollte keinen Tee mehr mit den Trauernden trinken. Zu Hause habe ich ihr eine heiße Suppe gemacht, nach der Beerdigung im Regen war sie nass und kalt bis auf die Knochen.

Sie sah mich mit ihren unglaublich meergrünen Augen an. »Warum hassen mich die Menschen so sehr?«, fragte sie mich. »Selbst wenn die Lügen von Angus wahr sein sollten, dann bin ich doch immer noch nur die Witwe des Bösewichts …«

»Ja«, versuchte ich zu erklären. »Aber sie glauben alle, dass Sie eine wahnsinnig reiche Witwe sind.«

»Das würde mich wenigstens um eine Sorge ärmer machen«, schnaubte Ava verächtlich. »In Wahrheit habe ich keine Ahnung, wie ich mein Leben hier bezahlen kann. Die Mine wirft schließlich nichts mehr ab und ist wahrscheinlich auch nicht mehr viel wert nach diesem Unglück.«

Sie sah mich traurig an. In diesem Augenblick hörten wir, wie sich vor dem Haus ein paar Menschen versammelten. »Verschwinde! Verschwinde! Verschwinde!«, schrien sie im Chor. Ein Ei klatschte gegen unser Fenster, kurz darauf roch es faulig. Hinterher flog noch Pferdemist, verschimmeltes Gemüse, und es waren noch mehr Beschimpfungen zu vernehmen.

Es dämmerte, als die Randalierer allmählich verschwanden. Uns blieb allerdings nicht lange Zeit, um Luft zu holen. Nur Minuten später klopfte es an der Tür. Ein mageres Maori-Mädchen stand davor und sah uns ängstlich an. Sie war höchstens zwölf. »Miriam schickt mich, ihr sollt kommen. Es geht los.«

Ich musste nicht lange rechnen, ich wusste sofort: Es ist zu früh. Miriams Baby sollte frühestens in vier

Wochen auf die Welt kommen. Ich sah Ava an. Wollte sie wirklich der Frau ihres größten Feindes in dieser Stunde beistehen? Sie nickte entschlossen.

»Hier geht es nicht um Angus. Wir haben Miriam versprochen, dass sie sich auf uns verlassen kann, wenn das Baby kommt. Also los!«

Ich packte ein paar Sachen zusammen, die bei einer Geburt helfen können. Manuka-Öl, Tücher und ein Amulett meiner Großmutter. Dann liefen wir los. Zum Glück geschützt durch die Dunkelheit und den gleichmäßig rauschenden Regen. Niemand sah uns. Das Mädchen begleitete uns und öffnete uns auch das Haus der MacLagans. Wir hörten Miriams Schreie, noch bevor wir auch nur die Treppe erreicht hatten. Es klang, als ob sie heftigste Schmerzen hätte. Ava und ich wechselten einen besorgten Blick. »Das klingt nicht gut«, wisperte Ava. »Oder? Ich meine, ich war ja noch nicht bei vielen Geburten …«

Ich nickte und rannte die Treppen nach oben. »Wir müssen sehen, ob wir ihr helfen können!«

In Miriams Zimmer roch ich sofort den schweren, süßen Geruch von Blut. Miriam lag nassgeschwitzt und totenbleich in ihrem Bett. »Endlich seid ihr da!«, rief sie. »Ich habe schon Angst gehabt, dass ich mein Kind alleine bekommen muss.«

Sie keuchte. Ich tastete den Bauch ab. Dabei sah ich, dass zwischen Miriams Schenkeln das Blut heraustropfte. Von dem Baby war noch nichts zu sehen. Miriam stöhnte unter einer erneuten Wehe auf. Ich war mir nicht sicher, aber ich hatte das Gefühl, dass sich das Kind trotz aller Mühe und Schmerzen von Miriam keinen Millimeter bewegte.

»Das schaffen wir nicht alleine!«, flüsterte ich Ava ins Ohr. Ich wollte nicht, dass Miriam mich hörte und womöglich noch aufgeregter wurde. »Wir müssen ins Maori-Dorf schicken. Oder nach Westport, zu einem richtigen Arzt.«

Miriam hatte mich trotz meines Flüsterns gehört und schüttelte den Kopf. »Der Arzt in Westport ist schrecklich. Dann holt lieber den Tierarzt!«

Wieder setzte eine Wehe ein. Ich hatte nicht viel Erfahrung mit Geburten. Aber hier folgten die Wehen viel zu dicht aufeinander, die ganze Geburt verlief viel zu hastig. Ich winkte das Mädchen heran, das mit großen Augen in der Tür stand.

»Geh, so schnell du kannst, ins Dorf der Maoris. Frage nach der alten Amiri, und bring sie mit. Mach schnell!«

Das Mädchen nickte und rannte davon. Ich konnte nur beten, dass Amiri schnell genug hier auftauchte.

Bis dahin blieb mir allerdings nichts anderes, als Miriam die Stirn zu streicheln und beruhigend auf sie einzureden.

Natürlich war ich in den letzten Tagen nach dem Unglück nicht mehr bei Miriam MacLagan zu Besuch gewesen. Ava hatte meine Hilfe sehr viel dringender gebraucht.

Zwischen zwei Wehen fragte ich, was passiert war. Sie schüttelte den Kopf. »Er war ja kaum hier. Und wenn er hier auftauchte, dann immer in Begleitung von irgendwelchen Männern, die bei der Zeitung arbeiten. Oder die bei Matakite die Bergung der Toten beaufsichtigt haben. Ich weiß nicht, was er mit ihnen geredet hat …« Sie schnappte wieder nach Luft. Als die Wehe allmählich nachließ, redete sie weiter. »Aber als ich mitgekriegt habe, dass er über Ava und John nichts Gutes sagt, habe ich mich eingemischt. Da hat er mich geschlagen und getreten.«

»Wann war das?«, wollte ich wissen.

»Heute Mittag«, erklärte Miriam. »Ein paar Stunden später sind die Wehen losgegangen.«

Ava warf mir einen entsetzten Blick zu. »Wohin hat er dich denn getreten?«, fragte sie schließlich.

»In den Bauch«, keuchte Miriam. »Ich glaube nicht, dass mein Baby das überlebt. Er hat es ins Leben geprügelt, jetzt hat er es auch wieder herausgeprügelt.«

Eine Träne lief über ihre Wange. Ich streichelte sie weg. Zu gerne hätte ich ihr widersprochen, aber ich ahnte, dass sie recht hatte.

Es erschien mir wie eine Ewigkeit, bis Amiri endlich kam. Auch sie tastete den Bauch ab, lauschte mit einem Hörrohr an Miriams geschwollenem Bauch. Danach sah sie mich mit einem fast unmerklichen Kopfschütteln an.

»Wir müssen sehen, dass Miriam dieses Kind zur Welt kriegt, bevor es sie umbringt«, sagte sie schließlich auf Maori zu mir. Dann begann sie, an Miriams Bauch herumzudrücken und gab ihr Anweisungen, wann sie pressen und wann sie einfach nur so tief und regelmäßig wie möglich atmen sollte. Miriam weinte, schluchzte, schrie und verlor eine Unmenge Blut, bis im Morgengrauen endlich ein kleines Mädchen zwischen ihren Beinen ins Leben rutschte. Es war blau angelaufen, blutig verschmiert und rührte sich nicht. Amiri untersuchte es und sah Miriam dann mitleidig an. »Dein Mädchen hat die Geburt und die Tritte deines Mannes nicht überlebt«, erklärte sie. »Wahrscheinlich ist es schon seit Stunden tot. Aber schau es dir an: Es wäre wunderschön geworden!« Sie nahm ein Tuch und rieb das kleine Mädchen so behutsam ab, als ob es noch leben würde.

Tatsächlich war das winzige Gesicht ebenmäßig geformt, die Lippen sahen aus wie eine kleine Version von Miriams Lippen. Die Augen waren geschlossen, für einen Augenblick gelang es mir, mir vorzustellen, dass es lebte. Aber dann fasste ich seine Hand an, und sie war leblos und schlaff.

Miriam sah das kleine Bündel mit großen Augen an. »Sie ist ein echtes Wunder!«, murmelte sie schließlich. »Seht doch die winzigen Fingernägel, sie schimmern wie das Innere einer Muschel. Und die Haut …«

Amiri legte eine Hand auf Miriams Arm. »Ja, sie ist wunderschön. Vielleicht hat Gott sie deswegen sofort wieder bei sich haben wollen …«

Miriam sah uns aus merkwürdig leblosen Augen an. »Aber sie ist doch so wunderschön, sie kann unmöglich tot sein!«

»Doch«, erklärte auch Ava ihr. »Sie atmet nicht. Deine wunderschöne Tochter ist ein Engel.«

Immer und immer wieder schüttelte Miriam den Kopf. Es war schon heller Vormittag, als sie uns bat, sie mit ihrer Tochter alleine zu lassen. Widerstrebend gingen wir. Immerhin konnte ich die kleine Dienerin noch bitten, uns doch am Abend kurz zu besuchen, um uns zu sagen, wie es Miriam ging. Ob Angus ihr wenigstens in diesen schweren Stunden eine Hilfe war?

19.

Der Tag und die darauf folgende Nacht vergingen quälend langsam. Das Dienstmädchen von Miriam kam nicht mehr zu uns. Wir wagten uns kaum vor die Tür – schließlich waren sich die Einwohner von Seddonville sicher, dass wir an dem Unglück die Schuld trugen. Ava schloss sich stundenlang in das alte Arbeitszimmer von John ein.

Ich wusste: Sie sichtete alle Unterlagen, Konten, Verträge und Verpflichtungen.

Ich erinnere mich wie heute, wie sie nach einem langen Tag in dem Arbeitszimmer zu mir in die Küche kam. Sie ließ sich auf einen der Stühle fallen und sah ein Weilchen dem kleinen Junior zu, der fröhlich glucksend mit ein paar Kochlöffeln und einem Messbecher spielte. Mit einem leisen Seufzer fing sie an zu reden: »Ruiha, du kannst dir nicht vorstellen, wie leid es mir tut – aber ich kann dich nicht mehr bezahlen. Ich weiß, du hast John schon viele Jahre gute Dienste geleistet, du bist mir in den vergangenen Jahren eine gute Freundin geworden. Aber egal, wie ich es drehe und wende: Ich kann mir nicht leisten, dein Gehalt zu zahlen.«

»Ich könnte doch einfach ein paar Monate lang auf das Geld verzichten«, schlug ich vor. »Bis es Ihnen etwas besser geht, meine ich. Sie können es mir dann gerne später zahlen!«

Langsam schüttelte Ava den Kopf. »Du bist eine gute Seele, Ruiha. Ich hätte wirklich nichts lieber gesehen, als dass Junior weiter hier bei dir in der Küche spielt und unter unserer Aufsicht langsam zu einem echten Sohn seines Vaters heranwächst. Aber so ist es nicht. Ich weiß auch nicht, wann ich wieder Geld haben werde. Ich möchte nicht, dass irgendjemand in Seddonville das erfährt – aber die Wahrheit ist, dass ich völlig pleite bin! Ich habe keinen einzigen Cent mehr, weiß nicht einmal, wovon ich für Junior und mich das Essen kaufen soll!« Verzweifelt knetete sie ihre Hände in ihrem Schoß.

So hatte ich sie noch nie gesehen. Seit Jahren war Ava fröhlich gewesen, hatte sehr selbstbewusst über ihr Leben bestimmt und die Liebe von John genossen. Bis vor zwei Wochen hatten sie und John in Wohlstand gelebt. Zumindest war es mir immer so vorgekommen. »Vielleicht gibt es ja doch irgendwo noch Geld? Es könnte doch sein, dass Sie es nur nicht finden?«, schlug ich vor.

Ava lachte bitter auf. »Sicher. Der geheime Goldschatz. Ich weiß sogar, wo er steckt: John hat sein ganzes Geld in Matakite gesteckt. Die Mine warf auch viel Geld ab, das stimmt. Aber John meinte ständig, dass man auch investieren müsste. Wahrscheinlich hat er die Stützbalken gekauft, die Angus dann gewinnbringend weiterverkauft hat. Aber das können wir nie nachweisen, weil mein Mann so gerne seine Geschäfte per Handschlag besiegelte …«

»Aber Sie könnten doch Angus besuchen und ihm sagen, dass ihr abrechnen müsst. Wenigstens die Gewinne der Mine, die verblieben sind, redlich teilen.« Schon als ich das sagte, wusste ich, dass es ein dummer Vorschlag war. Angus würde niemals sein Geld freiwillig hergeben.

Ava sah das genauso. Sie nickte nur. »Immerhin hat John mir in den letzten Jahren zu jedem Hochzeitstag Schmuck geschenkt. Ich denke, der ist auch wertvoll. Ich werde versuchen, ihn zu verkaufen.«

Ich legte die Hand vor meinen Mund, so erschrocken war ich. »Aber die Erinnerung …«

Ava biss sich auf die Lippen. »Jetzt zählt erst einmal meine beste Erinnerung an John: Junior! Und der muss genug essen, muss angezogen werden und braucht auch ein warmes Zimmer. Das ist jetzt wichtiger als ein bisschen Gold.«

Schon am nächsten Tag ging sie zu Mr. Turnbull, einem Mann in Seddonville, der dafür bekannt war, dass er hin und wieder Schmuck aufkaufte. Ein finsterer Typ, vor dem ich mich immer gefürchtet hatte. Er verlieh auch Geld, aber angeblich erging es denjenigen bitter, die es nicht schafften, ihre Kredite zurückzuzahlen. Die Gerüchte wollten etwas von irischen Schlägern wissen, die die Kniescheiben ihrer Opfer ohne Mitleid zertrümmerten. Da konnte ich Ava unmöglich alleine hingehen lassen. Ich nahm meinen ganzen Mut zusammen und erklärte Ava: »Ich gehe mit!«

Sie wehrte sich nicht. Wahrscheinlich war sie sogar froh, auch wenn sie zu stolz war, es zuzugeben.

Das Haus dieses Geldleihers lag etwas außerhalb von Seddonville. Ava klopfte zaghaft an die Tür, die ein hoch gewachsener Maori öffnete. Er sah auf uns herunter.

»Wen kann ich melden?«, meinte er schließlich, ohne sich auch nur die geringste Mühe zu machen, freundlich zu sein.

»Ava Denson. Ich habe Mr. Turnbull ein Geschäft anzubieten.« Ava versuchte immerhin, mindestens ebenso arrogant wie dieser Dienstbote zu sein.

Er würdigte uns keines Wortes, drehte sich um und ging vor uns her in einen kleinen Salon. Zumindest nehme ich an, dass sie dieses Zimmer als Salon nutzten. Ich kann mich auch täuschen, vielleicht war es ja einfach nur eine Abstellkammer. Ein schäbiges Sofa war die einzige Sitzgelegenheit, der Boden bestand aus grob behauenen Holzbrettern, auf denen ein fadenscheiniger Teppich mehr zeigte als verbarg. Der Dienstbote machte sich nicht die Mühe, uns einen Tee oder etwas Ähnliches anzubieten. Er ließ uns einfach alleine. Nervös setzte Ava sich auf das alte Sofa. »Mit solchen Menschen hatte ich bisher noch nie zu tun«, wisperte sie mir zu. »Und jetzt weiß ich wieder, warum ich immer froh war, dass ich das nicht nötig hatte!«

Es roch muffig, war kalt – und nichts passierte. Ich habe heute keine Ahnung mehr, wie lange dieser Turnbull uns warten ließ. Aber damals kam es mir wie Stunden vor, bis sich endlich die Tür öffnete. Turnbull war klein, dick und haarlos. Er grüßte uns nicht einmal, sondern setzte sich auf einen Stuhl, der mir bisher noch nicht aufgefallen war. »Sie wünschen?« Seine Stimme klang merkwürdig tonlos, so als ob sie ihm nicht gehören würde.

»Ich möchte mich von ein paar Schmuckstücken trennen. Sie sind mir empfohlen worden«, erklärte Ava.

Der Mann sah Avas Schmuck nicht einmal an. Als

sie ihm das kleine Samtbeutelchen reichen wollte, schob er es ungeöffnet wieder über den Tisch zurück. »Ich möchte mit Ihrem blutigen Schmuck nichts zu tun haben!«, erklärte er. »Packen Sie ihn wieder ein, und schauen Sie, dass Sie mein Haus verlassen! Es war ein Versehen von meinem Diener, dass er Ihnen überhaupt die Tür geöffnet hat.«

Sekunden später standen wir wieder vor der Tür. Ava sah mich nachdenklich an. »Dieser Mann hat den übelsten Ruf von ganz Seddonville, er prügelt den letzten Cent aus seinen Gläubigern und kauft wertvollen Schmuck für Spottpreise. Wenn nur die Hälfte von dem stimmt, was ich über Turnbull gehört habe, dann ist ihm ein Platz in der Hölle gewiss. Und ausgerechnet dieser Mann hat jetzt moralische Skrupel? Das glaube ich einfach nicht! Den hat doch jemand dafür bezahlt, damit er von mir nichts kauft. Ich verstehe nur nicht, was dahintersteckt …«

Kopfschüttelnd machte sie sich auf den Rückweg. »Wie dem auch sei. Ich fahre morgen nach Westport. Da ist den Leuten das Unglück von Matakite bestimmt egal!«

Mit diesen Worten kehrte die Lebensenergie wieder in Ava zurück. Mit energischem Schritt ging sie nach Hause – ich konnte ihr dabei kaum folgen. Am nächsten Tag verschwand sie schon kurz nach Sonnenaufgang – diesmal blieb ich mit Junior zu Hause. Ich hatte mir vorgenommen, an diesem Tag endlich herauszufinden, wie es Miriam inzwischen ging. Seit der schrecklichen Nacht und der Geburt des toten Mädchens hatten wir nichts mehr von ihr gehört. Ich wickelte Junior in eine Decke und machte mich auf den Weg.

Das Haus der MacLagans lag still in dem regennassen Garten. Es sah so aus, als ob hier niemand mehr lebte. Vorsichtig klopfte ich an der Tür – und hoffte klammheimlich, dass weder Angus noch Miriam mir öffneten. Ich hatte Glück. Nach einer Ewigkeit stand das Maori-Mädchen in der Tür, das uns in der Unglücksnacht zu Hilfe geholt hatte. Sie schien mich zu erkennen und nickte mir vorsichtig zu. »Sie wünschen?«, piepste sie.

»Ich wollte nur fragen, wie es Miss Miriam geht«, erklärte ich. »Wir haben nichts mehr von ihr gehört und haben uns Sorgen gemacht ...«

Das Mädchen sah ängstlich über ihre Schulter und zog mich dann am Ärmel in das Innere des Hauses. »Komm herein, schnell!«, flüsterte sie.

Sie zog mich in eine kleine Küche direkt neben dem Eingang und drückte mich auf die gemütliche Bank neben dem Ofen.

»Master Angus hat mir das Versprechen abgenommen, mit niemandem darüber zu reden. Aber ich muss es jemandem sagen!«, brach es aus ihr hervor. »Miriam ist wahnsinnig geworden! Sie glaubt immer noch, dass ihre Tochter am Leben ist. Wir mussten das Baby mit Gewalt aus ihren Händen reißen ...« Sie schluchzte und vergrub ihr Gesicht in beiden Händen. »Master Angus hat es einfach im Garten verscharrt. Er sagt, dass es nicht getauft ist und deswegen sowieso in der Hölle schmoren wird. Das kann ich aber nicht glauben, was hat so ein unschuldiges Wesen denn verbrochen?«

Ich strich ihr tröstend über den Rücken. »Ich bin mir sicher, das Mädchen ist ein ganz besonders hübscher Engel mit einem ganz besonderen Platz im Himmel ... Wie geht es Miriam denn jetzt?«

Das Mädchen – ich wusste noch nicht einmal ihren Namen – schüttelte noch einmal den Kopf und brach gleich wieder in Tränen aus. »Sie verlässt ihr Zimmer nicht. Die Vorhänge sind immer geschlossen. Wenn ich zu ihr gehe, dann beschimpft sie mich. Sie stinkt, sie wäscht sich nicht. Sie … sie ist eine Irre!« Den letzten Satz stieß sie mit dem Mut der Verzweiflung aus.

Ich streichelte sie weiter. »Was tut denn Master Angus?«

»Der ist doch gar nicht hier. Er kommt alle paar Tage, gibt mir ein wenig Geld für den Markt, sagt mir, dass ich mit niemandem reden darf, und geht wieder …«

»Wohin denn?« Meine Neugier war geweckt.

»Irgendwo in Westport. Ich weiß es nicht.« Sie sah mich mit ihren verheulten Augen an. »Ich will auch gehen. Ich will nicht mehr auf eine Wahnsinnige aufpassen müssen!«

»Wenn du nicht wärst, dann hätte die arme Miriam doch niemanden, der ihr helfen würde«, versuchte ich, sie zu trösten.

»Ich kann ihr doch nicht helfen! Sie lässt mich nicht! Ich kann ihr nur hin und wieder etwas zu essen bringen. Manchmal rührt sie es überhaupt nicht an. Ich bin mir nicht einmal sicher, ob sie etwas trinkt.« Allmählich beruhigte sie sich. Ich wurde allerdings immer besorgter. »Hat Master Angus denn einen Arzt geholt, der sich um sie kümmert?«

Sie schüttelte den Kopf. »Nein. Dann würden ja auch andere erfahren, wie schlecht es seiner Frau geht. Er lässt mich einfach mit ihr alleine und sagt immer wieder Sachen von der Zeit, die alle Wunden heilt. So ein Blödsinn, es wird von Tag zu Tag schlimmer!«

»Soll ich mit ihr reden?«, bot ich an.

Sie zuckte mit den Achseln. »Wenn du es schaffst, mit ihr zu reden, dann hast du schon ein Wunder vollbracht!«

Das Mädchen hatte nicht übertrieben. Im Gegenteil: Die Wirklichkeit war noch sehr viel schlimmer. Als ich das Zimmer öffnete, drang mir ein ekelhafter Gestank in die Nase. Es roch nach Schweiß, Blut, Urin und verbrauchter Luft. Mein Magen verkrampfte sich, und ich würgte. Ich musste meinen Drang bekämpfen, mich einfach nur umzudrehen und wegzurennen. Und hier musste das magere Mädchen unten in der Küche tagaus tagein alleine für alles sorgen? Es war ein Wunder, dass sie nicht weggelaufen war!

Entschlossen füllte ich meine Lunge noch einmal mit frischer Luft und ging dann, so schnell ich konnte zu den Fenstern. Mit einem Ruck riss ich die schweren dunkelgrünen Vorhänge beiseite und öffnete eines der großen Flügelfenster. Ein Schwall frische, kalte Luft drang herein. Erst jetzt wagte ich, einen Blick auf das Bett zu werfen. Und erkannte unsere fröhliche, hübsche Miriam nicht mehr wieder. Im Bett saß ein fahles Wesen mit verklebten Haaren, das mich mit aufgerissenen Augen anstarrte.

»Verschwinde!«, zischte sie mit einer heiseren Stimme, die ich von ihr noch nie gehört hatte.

»Auf gar keinen Fall!«, erwiderte ich. Gleichzeitig öffnete ich ihren Schrank und wählte ein bequemes, graues Wollkleid aus. Dazu frische Unterwäsche und Strümpfe. Ich legte alles auf einen Stuhl und drehte mich wieder zu Miriam um. Sie war in eine dumpfe Feindseligkeit versunken, sah mich düster an und murmelte Unverständliches. Hatte sie wirklich den Verstand verloren, so wie das Mädchen es mir gegenüber behauptet hatte?

Resolut zog ich ihre Bettdecke weg. Sie schrie zornig auf und krallte sich an der Decke fest – aber nach ein paar Wochen im Bett fehlte ihr die Kraft, um mir lange Widerstand zu leisten. Als die Decke schließlich von ihren Beinen rutschte, blieb mir vor Schreck der Mund offen stehen. Sie lag immer noch auf dem Laken, auf dem sie ihr totes Mädchen geboren hatte. Große Blutflecken waren längst braun vertrocknet, gelbe Flecken mochten von Urin oder Fruchtwasser stammen.

Entsetzt rannte ich zur Tür und rief nach dem Mädchen in der Küche. »Komm sofort hierher und hilf mir. Und dann füllst du die Badewanne!«

Energisch zerrte ich Miriam aus dem Bett. Anfangs wehrte sie sich noch, aber dann gab sie auf. Willenlos ließ sie sich von mir zu dem Sessel neben dem Bett geleiten, auf dem sie wieder in sich zusammensank. Aus ihrem Mundwinkel rann ein Speichelfaden, während sie mir ausdruckslos zusah. Wenigstens war das wirre Gemurmel endlich verstummt.

Ich riss das Bettlaken herunter und sah die Matratze an. Sie sah nicht sehr viel besser aus ... Zum Glück tauchte das Mädchen auf. Ich winkte sie zu mir her. »Komm, wir müssen diese Matratze herausnehmen. Ich glaube nicht, dass sie sich noch einmal reinigen lässt. Wo hat Master Angus denn sein Bett?«

Das Mädchen deutete nach hinten. »Auf der anderen Seite des Flures. Er schläft hier aber nur selten, das habe ich doch schon gesagt ...«

»Umso besser. Wir tauschen die Matratzen einfach aus.« Ohne ihren Kommentar abzuwarten, wuchtete ich das schwere Ding aus dem Zimmer. Es verging bestimmt eine halbe Stunde, bis wir fertig waren. Ich schickte das Mädchen nach frischem Bettzeug – und sie sollte sich endlich um das Bad von Miriam kümmern. Ich bezog das Bett frisch, kehrte in dem Zimmer und machte schließlich den Kamin in der Ecke an.

Dann nahm ich Miriams Hand, die sich feucht und schlaff anfühlte. In der Küche stand jetzt der Zuber mit dampfendem Wasser und wohlriechenden Badesalzen. Behutsam zog ich Miriam ihr Nachthemd über den Kopf und schmiss das stinkende, fleckige Hemd in die Ecke. Miriam sah erbarmungswürdig aus. An ihren Schenkeln klebten immer noch Blutreste, sie stank wie ein Schweinestall, in dem tote Fische gelagert wurden. So schnell es ging, hob ich sie in das Wasser und fing an, mit einem Schwamm ihren Rücken abzuseifen. Unter meinen Händen konnte ich spüren, wie sich die völlig verspannten Muskeln in Miriams Rücken wenigstens ein bisschen lösten.

Aus einer Kanne ließ ich warmes Wasser über ihr Haar laufen. Dann sorgte ich mit reichlich Seife dafür, dass auch das Haar wieder sauber wurde. Miriam schloss bei dieser Behandlung dankbar die Augen. Ich konnte es einfach nicht glauben. Dieser Angus hatte also tatsächlich seine junge Frau nach einer Totgeburt mit einer viel zu jungen Dienerin alleine gelassen – und sich dann gewundert, dass seine Frau die Grenze zum Irrsinn schon fast überschritten hatte!

Als wir Miriam aus ihrem Zuber hoben, lagen auf der Wasseroberfläche ölige Schlieren. Ich rieb sie mit einem Handtuch trocken und drückte ihr dann die Unterwäsche in die Hand. Sie sah sie nur verständnislos an.

Meine Hoffnung auf eine sofortige Heilung durch ein warmes Bad und ein bisschen Zuwendung war wohl zu groß gewesen. Mit einem Seufzer zog ich sie an. Miriam ließ es über sich ergehen wie eine lebensgroße Puppe. Zum Abschluss zog ich ihr noch das Wollkleid an und befahl dem Mädchen, ihrer Herrin eine kräftige Suppe zu machen.

Erst jetzt wachte Junior auf, der die ganze Zeit in seine Decke gewickelt friedlich geschlummert hatte. Mit einem kräftigen Quäken verkündete er, dass er jetzt Hunger hatte. Bei dem Geräusch schien Miriam das erste Mal aufzuwachen. »Mein Baby hat Hunger?«, fragte sie zögernd.

Ich konnte nur bedauernd den Kopf schüttelnd. »Nein, das ist Avas Baby, der kleine Junior. Aber du hast recht: Er hat wirklich Hunger!«

Zum Glück hatte das Mädchen – inzwischen wusste ich, dass sie Marama hieß – einen Eintopf gebracht, den sie für sich selbst gekocht hatte. Junior und Miriam verspeisten einträchtig jeweils einen Teller davon. Dann schob Miriam ihren Teller beiseite und schloss die Augen. Eine Träne zeigte sich auf ihren blassen Wangen. »Wenn das hier Avas Junge ist – wo ist dann mein Mädchen?«

Ich nahm sie noch einmal in den Arm und streichelte sie. Was konnte man in so einem Moment schon sagen? Miriam musste erst noch lernen, dass sie ihr Mädchen verloren hatte.

Schließlich erhob ich mich und packte Junior wieder in seine Decke ein. »Ich muss nach Hause. Ava wartet sicher schon auf mich. Aber ich verspreche dir, dass ich morgen wieder bei dir bin und nach dir sehe!«

Miriam sah geistesabwesend aus dem Fenster. Ich hatte keine Ahnung, ob sie mich verstanden hatte. »Marama, kümmere dich darum, dass sie heute mit einem frischen Nachthemd ins Bett geht. Davor muss sie noch einmal etwas essen. Und morgen zum Frühstück muss sie weder hierher in die Küche kommen. Lass nicht zu, dass sie sich wieder in ihr Zimmer vergräbt.« Ich konnte nur hoffen, dass Marama meine Anweisungen auch umsetzen konnte.

Als ich nach Hause kam, war Ava noch nicht wieder aus Westport zurück. Also badete ich den kleinen Junior, machte ein Abendessen und setzte mich schließlich an das Fenster, um auf Avas Rückkehr zu warten. Ich erinnere mich, als wäre es gestern gewesen: Es regnete jetzt wieder ohne eine Pause aus den dunklen Wolken. Ich glaube, dieser Sommer war einer der schrecklichsten, die ich in dieser Gegend je erlebt habe. Die Palmen bogen sich in dem Wind wie zerzauste Staubwedel, die großen Stauden, die sonst herrlich geblüht hatten, lagen braun und verfault auf dem Boden.

Es war schon fast dunkel, als der Ford langsam in die Einfahrt rumpelte. Ava stieg aus und huschte durch den Regen zur Haustür, die ich ihr schon aufhielt. Ein Blick in ihr Gesicht verriet mir fast alles. Sie sah müde und enttäuscht aus. Ohne ein Wort zu reden, setzte ich erst einmal das Wasser für eine Kanne starken Tee auf. Erst als Ava den ersten Schluck des schwarzen Gebräus genommen hatte, fragte ich nach: »Wie ist es gelaufen?«

»Schrecklich. Es ist, als ob die Todesstrafe darauf steht, meinen Besitz zu kaufen. Männer, die sonst über Leichen gehen, hören meinen Namen und lehnen meinen Schmuck, mein Auto – ja sogar mein Haus ab! Ich bin mir sicher, dass Angus dahintersteckt – aber was will er damit bezwecken? Er kann ja wohl kaum hoffen, dass ich verhungere, oder?« Sie sah mich mit einem schiefen Lächeln an. »Und wenn wir schon dabei sind: Was machst du denn noch hier? Hast du noch keine neue Stelle gefunden?«

»Ich habe noch nicht gesucht«, gab ich zu. »Stattdessen war ich heute bei Miriam.«

»Hast du Angus gesehen?«, fragte Ava schnell. Der Schreck über die Möglichkeit einer solchen Begegnung war ihr anzusehen.

»Nein«, beruhigte ich sie. »Er ist wohl den größten Teil seiner Zeit in Westport und besucht sein Haus und seine Frau nur noch selten. Das hat mir zumindest das Dienstmädchen erzählt.«

»Gut. Wie geht es Miriam?«

Möglichst schnell berichtete ich Ava, was ich heute im Haus der MacLagans erlebt hatte. Sie schüttelte immer wieder den Kopf und legte die Hand auf ihren Mund, als ob sie einen lauten Protest unterdrücken müsste.

»Ich habe als Freundin versagt«, murmelte sie schließlich. »Ich war zu sehr in meinem eigenen Schmerz vergraben, um auch noch an Miriams Wohlergehen zu denken. Dabei kenne ich Angus gut genug, um zu wissen, dass er keine Hilfe für Miriam sein würde. Wie können wir ihr nur in ihrer Trauer beistehen?«

»Ich besuche sie auch weiterhin«, sagte ich. »Aber ich fürchte, die Gefahr ist zu groß, dass Sie bei einem Besuch doch auf Angus treffen. Dann wird Miriam dafür zahlen müssen!«

Ava nickte. »Ja, du hast recht. Vergiss aber trotzdem nicht, dich um eine neue Stelle zu bewerben. Es tut mir wirklich leid – aber ich meine es ernst: Ich kann es mir nicht mehr leisten, deinen Lohn zu bezahlen …«

Ich nickte. So schwer es mir fiel, aber ich brauchte das Geld, das ich mit meiner Arbeit verdiente, um mir eine Zukunft mit Anaru aufzubauen. Anaru war inzwischen wieder genesen und konnte sein Bein voll belasten. Auch er wollte wieder arbeiten – und er hatte Glück: Er galt jetzt als erfahrener Arbeiter und konnte sich in anderen Kohlebergwerken bewerben. Er war guten Mutes, dass er schon bald wieder eine Stelle finden würde. Und wer weiß: Vielleicht konnten wir dann ja unseren großen Traum verwirklichen und tatsächlich heiraten.

In den nächsten Tagen besuchte ich Miriam regelmäßig. Ihre Trauer verschwand nicht einfach über Nacht, wie ich es erhofft hatte. An manchen Tagen konnte ich nicht mit ihr sprechen, schaffte es nicht einmal, sie dazu zu bewegen, ihr Bett zu verlassen. An anderen sprach sie ganz normal mit mir und wagte sogar hin und wieder einen zaghaften Scherz. Aber diese Tage waren selten. Am schlimmsten war es immer, wenn Angus für ein paar Stunden zu Besuch gewesen war. Dann versank Miriam für ganze Tage in Grübeleien, wollte nicht reden, nichts essen und auch sonst nichts tun. Es kam vor, dass ich der Verzweiflung nahe war: Ob unsere fröhliche, lachende Miriam zusammen mit ihrer kleinen Tochter gestorben war?

Es vergingen noch einmal zwei Wochen seit meinem ersten Besuch bei Miriam, als Angus plötzlich an unsere Haustür klopfte. Da ich immer noch keine neue Stellung gefunden hatte, wohnte ich bei Ava – und das, obwohl ich nicht mehr für sie arbeitete. Ich öffnete die Tür, und Angus stand mir gegenüber. Er lächelte mich freundlich an, obwohl es mir eher so vorkam, als ob er seine Zähne fletschen würde.

»Ich würde gerne Mrs. Ava sprechen!«, erklärte er.

»Ich werde sehen, ob sie empfängt«, erwiderte ich und rannte die Treppe zu Johns Arbeitszimmer empor, in dem Ava sich wieder einmal in den Unterlagen vergraben hatte. Als ich in das Zimmer platzte, sah sie mich ungehalten an. »Was gibt es denn, Ruiha?« Auf ihrem Schoß sah ich ein paar Verträge, eng beschrieben und mit irgendwelchen Siegeln versehen.

»Master Angus! Er steht unten an der Tür!«, platzte ich heraus.

»Was will er denn?«

»Das hat er nicht gesagt, er möchte Sie sprechen!«, erwiderte ich.

Stirnrunzelnd erhob Ava sich. »Dann führe ihn doch in den Salon und mache uns einen Tee. Ich mache mich noch schnell zurecht.« Entschuldigend lächelte sie mich an. »Ich weiß, du bist nicht mehr meine Angestellte, aber könntest du das trotzdem tun? Ich möchte mir vor diesem Mann keine Blöße geben!«

Ich nickte und rannte wieder die Treppe nach unten. Zu meinem Entsetzen hatte es sich Master Angus inzwischen auch ohne Einladung im Salon gemütlich gemacht. Ich setzte meinen kühlsten Blick auf. »Mrs. Ava kommt gleich. Wenn Sie warten würden?«

»Aber sicher … Ruiha. Das war doch dein Name, oder?« Schon wieder schenkte er mir dieses eigentümliche Lächeln.

Unsicher nickte ich. »Ja. So heiße ich.«

»Bist du denn mit deiner Stellung hier zufrieden?« Lauernd sah er mich an.

Ich nickte nur. Was ging denn diesen Mann an, für wen ich arbeitete?

»Und die Bezahlung? Ist sie so gut, wie es ein hübsches Mädchen wie du verdient?«

Wieder nickte ich. Ich fühlte mich in dieser Unterhaltung mehr als unbehaglich. Besonders, als Angus noch einen Schritt auf mich zu machte und nur wenige Zentimeter von mir stand. Er musterte mich genau, legte sogar einen Finger unter mein Kinn, um mein Gesicht genau anzusehen. Ich war wie gelähmt, konnte nicht zurückweichen. »Hübsch bist du auch noch!«, erklärte er schließlich, wandte sich plötzlich von mir ab und ging zum Fenster. Er sah hinaus, als sei draußen etwas besonders Spannendes zu sehen.

Zu meiner Erleichterung betrat in dem Moment Ava den Salon. Sie hatte innerhalb weniger Minuten ein schlichtes, schwarzes Kleid angezogen und ihre Haare streng nach hinten gesteckt. Erst jetzt fiel mir auf, wie sehr sie in den letzten Monaten gealtert war.

Sie reichte ihm nicht die Hand, sondern nickte nur zur Begrüßung. »Mr. MacLagan.« Keine Spur mehr vom Nennen des Vornamens, stattdessen wählte sie eine steife Höflichkeit.

Er musterte sie kurz und sah dann wieder scheinbar unbeteiligt aus dem Fenster. »Wie geht es dir?«, fragte er schließlich.

»Diese Frage meinen Sie wohl nicht ernst«, entgegnete Ava. »Mein Mann ist tot, unsere Einkommensquelle verschüttet, und Sie erzählen im ganzen Land Lügen, die meinen guten Ruf beschmutzen. Wie soll es mir da gehen?«

Er nickte nur. »Du vergisst noch zu erwähnen, dass niemand deine Wertgegenstände kaufen will und du deswegen bereits auf deine Dienstbotin verzichten musst. Es wird nicht mehr lange dauern, und du bietest deinen Ehering für den Preis einer Suppe, um den Hunger deines Sohnes zu stillen.«

»Ich habe mir gedacht, dass Sie dahinterstecken«, entgegnete Ava. »Aber warum? Sie haben mich doch schon vernichtet. Warum dieser Hass?«

Er sah sie für einen Moment an, dann zuckte er mit den Achseln. »Ich nehme an, weil du immer noch etwas besitzt, das mir verwehrt geblieben ist.«

»Was denn?« Ava sah verwirrt aus.

»Junior. Du hast einen gesunden, quicklebendigen Sohn – ich habe nur eine tote Tochter, die ich unter der Hecke in meinem Garten verscharren musste. Dazu eine Frau, die wahnsinnig geworden ist.«

»Das liegt ja wohl eher daran, dass sie mit einem unerträglichen Ehemann verheiratet ist«, entfuhr es Ava. »Wer wird nicht wahnsinnig, wenn er im Moment der höchsten Trauer niemanden hat, der ihm hilft?«

»Wohl schwerlich meine Schuld«, erklärte MacLagan. »Ich bin auf ihr schönes Gesicht hereingefallen und habe dabei nicht bemerkt, dass sie nicht das richtige Mädchen für mich ist.«

»Da geht es Miriam wohl ähnlich«, erwiderte Ava. »Sie ist auf Ihr zugegeben hübsches Gesicht hereingefallen und hat mir nicht geglaubt, dass Sie nicht der richtige Mann zum Heiraten sind. Diesen Fehler muss sie jetzt teuer bezahlen.«

Angus zuckte nur mit den Schultern. »Es ist mir egal, ob du das so siehst. Ich bin auch nicht hier, um mit dir über Miriam zu reden. Ich will über Junior reden.«

»Was soll es da zu reden geben?« Ava sah ihn verwirrt an.

»Ich kann dir diese Last abnehmen!« Er sagte das so, als ob es die selbstverständlichste Sache der Welt wäre.

»Last? Ich fürchte, ich kann nicht ganz folgen …?« Ava sah ihn fragend an.

»Es ist doch wohl für jeden klar ersichtlich, dass du für Junior nicht sorgen kannst. Im Moment kannst du noch von den kleinen Ersparnissen leben, die John dir hinterlassen hat. Aber es wird nicht mehr lange dauern, dann kannst du dieses Haus nicht mehr heizen. Wenig später hast du nichts mehr zu essen. Was willst du dagegen tun? Bei Betty arbeiten?« Er lachte bitter auf. Betty war die Besitzerin eines Etablissements in Westport, das an der gesamten Westküste einen überaus zweifelhaften Ruf genoss. Allein Angus' Frage war eine Frechheit.

Ava richtete sich auf. »Unterstehen Sie sich, auch nur daran zu denken, dass ich meinen Sohn hergeben würde. Und wenn, dann ganz sicher nicht an eine so herzlose Kreatur, wie Sie es sind! Das würde keine Mutter ihrem Sohn antun. Wenn ich darüber nachdenke, dann war es wahrscheinlich auch eine Gnade für Ihre Tochter, dass sie schon bei der Geburt gestorben ist!« Die letzten Worte schrie sie fast.

Er dagegen ließ sich durch nichts aus der Ruhe bringen. »Es mag sein, dass du das jetzt noch so siehst. Aber ich verspreche dir: Du wirst noch so verzweifelt sein, dass du dankbar bist, wenn mein Angebot dann immer noch für dich gilt. Da kannst du aber unbesorgt sein:

Mein Angebot bleibt. Du kannst zu jeder Tages- und Nachtzeit bei mir klopfen, und ich nehme dir deinen Junior ab, um ihn wie meinen eigenen Sohn, den ich leider nicht habe, zu erziehen.«

Ava zitterte vor Zorn. »Raus!« Sie konnte sich nicht mehr beherrschen und deutete nur noch auf die Eingangstür. »Verlassen Sie sofort mein Haus – und ich verfluche den Tag, an dem ich Ihnen das erste Mal meine Tür geöffnet habe. Es war der unglückseligste Tag meines Lebens!«

Angus MacLagan erhob sich, nickte ihr zu und verließ den Salon und das Haus so aufreizend langsam, als ob ihm alles bereits gehören würde. Erst als die Tür hinter ihm ins Schloss gefallen war, wagte ich es, auszuatmen.

»Dieser Mann ist der Teufel!«, stöhnte Ava. »Und er wird nicht aufhören, bis er mich wirklich vernichtet hat.«

»Ich helfe Ihnen doch!«, erklärte ich.

Ava sah mich mit einem nachsichtigen Lächeln an. »Ruiha, du sollst dein eigenes Leben leben. Heirate deinen Anaru, werde glücklich mit ihm und bekomme viele Kinder. Das alles kannst du hier nicht haben. Lass dich von mir nicht mit ins Unglück ziehen.«

Ich legte ihr meine Hand auf die Schulter. »Das mache ich ja auch alles – aber ich werde mich auch um Sie kümmern. Sie müssen keine Angst haben.«

Ava schenkte mir noch einmal das gleiche Lächeln. »Das sagst du jetzt. Aber das Leben kann sehr viel härter sein, als du es dir jetzt ausmalst …«

Damit verließ sie das Zimmer. Am nächsten Tag bemühte sie sich weiter darum, ihre Habseligkeiten zu verkaufen. Immerhin gelang es ihr, den Ford an einen Mann in der Nähe von Westport loszuwerden. Stolz zeigte sie mir die Scheine. »Das rettet mich bis in den Winter!«, erklärte sie.

Auf dem Markt drehten ihr die Händler weiterhin den Rücken zu, verkauften ihr schimmlige und faule Ware wie in meinen ersten Monaten. Wenn sie es wagte, zu protestieren, dann zuckten die Händler nur mit den Schultern: »Entweder Sie kaufen das hier, oder Sie bekommen nichts!« So kam sie immer häufiger mit übel riechendem Fleisch heim, schnitt vom Gemüse die fauligen Stücke ab. Vorbei die Zeiten, in denen sie jedem, der es auch nur wagte, ihr schlechte Ware anzubieten, fast mit dem Gefängnis drohte.

Als ich an einem Montag meine Mutter besuchte, drückte sie mir zum Abschied einen Topf in die Hand, den sie fest in ein Tuch gewickelt hatte. »Gib das deiner Ava«, meinte meine Mutter dazu. »Sie war immer gut zu dir, und sie hat uns Maoris nie schlecht behandelt. Dafür sollten wir ein bisschen Dankbarkeit zeigen!«

Ich machte den Eintopf meiner Mutter am Abend warm und servierte ihn Ava und Junior. Sie sah den gefüllten Teller kopfschüttelnd an. »Woher kommt dieses Wunder, Ruiha?«

Ich lächelte sie an. »Von meiner Mutter! Ich soll sagen, dass Sie immer gut zu mir gewesen sind – wir vergessen niemanden, der uns gut behandelt hat.«

»Sag deiner Mutter vielen Dank. Aber es wäre nicht nötig gewesen, ich komme schon zurecht.« Eine Sekunde lang blitzte der Stolz der alten Ava wieder auf. Aber ich wusste es besser: Sie kam nicht zurecht. Bis jetzt war alles genauso verlaufen, wie Angus es in seiner

Bösartigkeit vorhergesagt hatte: Sie heizte nicht mehr. Niemand wollte ihre Wertsachen – oder ihre Arbeitskraft.

Müde meinte sie am Ende eines Tages: »In einem einzigen Punkt hat Angus Unrecht: Wahrscheinlich würde mich nicht einmal Betty anstellen. Ich würde ihre Kunden eher vertreiben als anziehen …«

Junior merkte von all dem nichts. Er spielte gerne alleine, tobte mit seinen fünfzehn Monaten im Garten umher, als es allmählich immer kühler wurde. Ava gab ihm alles, was sie zu essen auftreiben konnte. So gedieh er prächtig, sie hielt alle ihre Sorgen von ihm fern.

Der Winter schien sich für den verregneten Sommer entschuldigen zu wollen: Es war mild, die lange andauernden Regenfälle blieben diesmal aus – und schon im September konnten wir uns über die ersten wärmeren Tage des Frühlings freuen.

20.

Ich besuchte Miriam weiterhin fast jeden Tag in ihrem trostlosen Haus. Ihr ging es unterschiedlich gut. Mal war sie fast so guter Stimmung wie vor ihrer Ehe, machte Pläne und erzählte fröhliche Geschichten aus ihrem Elternhaus. Dann gab es wieder Tage, an denen sie überhaupt nicht ansprechbar war und nur teilnahmslos aus dem Fenster starrte. Aber mit den längeren Abenden des Frühlings schienen auch ihre Lebensgeister wieder zurückzukehren. Sie wusch sich wieder selber, achtete auf ihr Aussehen und legte sogar ein kleines Grab an dem Platz an, an dem Angus ihre Tochter verscharrt hatte. Angus sah ich in all diesen Wochen kein einziges Mal. Es sah so aus, als ob er Seddonville erst einmal verlassen hatte.

An einem lauen Frühlingstag machten wir es uns in einem sonnigen Eck des Gartens gemütlich. Marama hatte Limonade zubereitet, Miriam überlegte, was sie in Zukunft machen wollte. Ganz allmählich wurde ihr klar, dass sie unmöglich bei ihrem Mann bleiben konnte. Aber welche Wege standen ihr dann noch offen? Alles war friedlich – bis plötzlich zum ersten Mal seit Wochen

Angus durch die Tür kam. Er sah finster drein und verschwand ohne ein Wort des Grußes im Haus. Kurz darauf kam er in den Garten gestürmt und baute sich vor uns auf. »Habt ihr nichts Besseres zu tun, als in der Sonne zu sitzen?«

Miriam zuckte bei diesen Worten zusammen und fing an, ihren leichten Schal, den sie sich um die Schultern gelegt hatte, zu befingern. Immer wieder wickelte sie eines der leuchtend blauen Fädchen um ihren Daumen und riss es ab. Ich schüttelte möglichst gelassen den Kopf. »Nein. Was könnte es denn Besseres geben?«

»Ich rede nicht mit dir«, wehrte Angus ab. »Ich rede mit meiner nichtsnutzigen Frau. Sie könnte sich darum kümmern, dass der Haushalt funktioniert, dass in der Speisekammer etwas Essbares für ihren Mann ist. Stattdessen liegt sie hier wie die Made im Speck und lässt es sich auf meine Kosten gut gehen.«

Miriam stand sofort auf. »Es tut mir leid. Wenn ich geahnt hätte, dass du heute nach Hause kommst, dann hätte ich Vorkehrungen getroffen …« Hektisch verschwand sie durch die Hintertür in die Küche. Ich konnte es nicht glauben. War es wirklich erst zwanzig Monate her, dass sie noch selbstbewusst und fröhlich zu uns gekommen war? Selbstbewusst mit diesem Gockel Angus gescherzt hatte? Unglaublich, wie groß jetzt ihre Angst vor ihm war. Er musste sie noch häufiger verprügelt haben, als sie es uns erzählt hatte …

Kaum war Miriam im Haus verschwunden, veränderte sich Angus' Verhalten schlagartig. Er ließ sich auf den Stuhl nieder, auf dem gerade noch Miriam gesessen war, lehnte sich gemütlich zurück und musterte mich aufmerksam. »Wie ich höre, hast du noch keine neue Stellung, und Ava kann dich nicht mehr bezahlen?«

Mir verschlug es fast die Sprache. Woher konnte er das wissen? Ich hatte mich bis jetzt nur bei ein paar Haushalten vorgestellt – ich konnte mir nicht denken, dass eine dieser Familien einen engen Kontakt zu Angus pflegte. Aber was blieb mir schon übrig, wenn ich nicht lügen wollte? Ich nickte.

Immerhin wollte ich Ava noch verteidigen. »Aber Mrs. Ava ist sehr großzügig. Ich kann bei ihr wohnen, bis ich etwas gefunden habe.«

Er lächelte. »Ich nehme an, für diese Großzügigkeit hilfst du immer wieder im Haushalt? Ja? Dann hat sie wohl das beste Geschäft von Seddonville gemacht: ein Dienstmädchen, das sie mit nichts außer einer schäbigen Dachkammer bezahlt. Ruiha, du bist viel zu freundlich für diese Welt. Hast du schon einmal daran gedacht, für mich und Miriam zu arbeiten?«

Entsetzt sah ich ihn an. Für diesen Mann arbeiten, der log, bestach und Frauen schlug? Das wollte ich mir nicht einmal in meinen übelsten Träumen vorstellen.

Ich erhob mich und strich meinen leichten Rock glatt, den Angus geradezu unverschämt genau musterte. War der Rock womöglich durchsichtig? Ich spürte, wie mein Gesicht flammend rot wurde. Mit dem letzten Rest Würde, den ich noch aufbrachte, lächelte ich ihn an. »Richten Sie Miriam doch meine Grüße aus. Ich kann leider nicht länger bleiben.« Damit ging ich aus dem Garten. Ich sah mich kein einziges Mal um, aber ich wurde das Gefühl nicht los, dass Angus mir hinterhersah, bis ich um die Ecke gegangen war.

Zu Hause kam Ava mir aufgeregt entgegen. »Ich glaube, ich habe einen Käufer für das Haus gefunden! Ein Gentleman aus Christchurch ist interessiert. Er hat über einen Bekannten gehört, dass ich verkaufen will …«

Auf einen Schlag sah ich meine Chancen auf die Dachkammer schwinden, die Angus gerade eben noch so schlechtgemacht hatte. Musste ich womöglich wieder bei meinen Eltern einziehen? »Bis wann will er das Haus denn haben?«

»Am liebsten sofort. Aber das Beste kommt noch: Er lässt uns noch ein Jahr in dem Haus wohnen. Er hat geschrieben, dass er erst im nächsten Frühjahr an die Westküste ziehen will, und ich soll bis dahin das Haus für ihn in Schuss halten. Ist das nicht ein Geschenk des Himmels?«

Sie strahlte mich an. Ich konnte nicht anders, ich musste mich für sie mitfreuen. Ihr hatte während der letzten Wochen das Wasser bis zum Hals gestanden, die Eintöpfe meiner Mutter waren nicht nur eine nette Geste – sondern auch bitter nötig, damit Ava und Junior nicht Hunger litten.

»Wie schnell will er denn bezahlen? Und: Hat er sich das Haus denn überhaupt angesehen?« Irgendwie erschien mir die Sache komisch. Wer kaufte schon ein Haus, von dem ihm nur ein Bekannter berichtet hatte?

Ava wischte meine Bedenken mit einer Handbewegung fort. »Er will es nicht sehen – und mir ist das im Augenblick völlig egal. Er hat das Geld schon angewiesen, sobald es da ist, gehe ich zum Notar und lasse das Eigentum überschreiben.« Sie griff nach meinen Händen und sah mich strahlend an. »Hättest du je gedacht, dass es so einfach sein könnte? Der Arm von Angus reicht nicht bis nach Christchurch, er kann nicht die ganze Welt bestechen!« Sie lachte weiter. »Und ich dumme Gans habe schon daran gezweifelt, ob ich überhaupt jemals wieder an Geld komme!«

Meine Zweifel blieben. Aber ich wollte ihr nicht die Freude verderben. Es war das erste Mal seit Wochen, dass ich sie überhaupt lachen sah.

»Was haben Sie mit dem Geld vor?«, wollte ich wissen.

Ava zuckte mit den Achseln. »Ich dachte daran, mich erst einmal richtig satt zu essen.« Sie lachte – ich sollte glauben, dass dieser Satz nur ein Scherz gewesen war. Dabei sah ich seit Wochen, dass ihre Kleider immer lockerer um ihre Hüften fielen, ihre Blusen auf den schmalen Schultern ohne Halt saßen. Ava war erbarmungswürdig dünn geworden, alles, was sie zu essen bekam, gab sie Junior. »Und dann … Ich weiß inzwischen nicht mehr, ob ich hier in Seddonville bleiben soll. Ich möchte nicht, dass Junior als der Sohn von John Denson, dem todbringenden Raffzahn, aufwächst. Vielleicht mache ich in Christchurch einen ganz neuen Anfang. Das ist eine richtige Stadt, da will niemand etwas über meine Vergangenheit wissen …«

»Wahrscheinlich eine gute Idee«, nickte ich. »Auch wenn ich es unendlich schade finden würde. Ich habe mir immer vorgestellt, dass meine Kinder und Junior zusammen spielen würden.«

Ava umarmte mich. »Ich doch auch. Aber noch sind wir ja nicht weg. Vielleicht finde ich ja doch noch eine Anstellung hier oder in Westport.«

Ich konnte nur nicken, so groß war der Kloß in meinem Hals. Um mich abzulenken von den Gedanken an

Abschied und Verlust, stellte ich eine Frage, die ich für harmlos hielt. »Wie heißt der Käufer denn?«

»George Cavanagh. Ich habe noch nie von ihm gehört. Klingt nach einem Iren, oder?«

Aufgeregt unterbrach Sina Ruiha: »George Cavanagh? Das war der Käufer? Aber das ist es! Brandons Großvater war der Käufer aus Christchurch! Die Geschichten haben doch miteinander zu tun.« Aufgeregt plapperte sie weiter. »Ich muss sofort Brandon anrufen. Nach über einem Jahr gibt es endlich eine Verbindung! Obwohl mir immer noch nicht klar ist, warum der alte Cavanagh mich nicht leiden kann. Er hat vor Jahrzehnten ein Haus von einer Frau gekauft, die mir ähnlich sieht. Das ist ja eigentlich kein Grund für eine lebenslange Fehde, oder?«

Sie verstummte erst, als sie bemerkte, dass Ruiha sie nur schweigend ansah.

»Da steckt mehr dahinter, richtig?«

Ruiha nickte nur.

»Und du willst, dass ich die ganze Geschichte höre?«

Wieder ein Nicken.

»Aber ich dachte, du erkennst Brandon nicht wieder?«

Erst jetzt antwortete Ruiha ihr. »Ich will ehrlich sein: Ich möchte, dass du die ganze Geschichte erfährst. Und ich will nicht vorgreifen. Um die Wahrheit zu sagen, kenne ich diese Geschichte nicht ganz, so manche Lücke kannst nur du schließen.«

Sina blieb nichts anderes übrig, als die Bedingungen der alten Frau zu akzeptieren. Trotzdem schüttelte sie widerwillig den Kopf. »Meinst du nicht, dass mir mehr geholfen wäre, wenn ich sofort erfahre, warum dieser George Cavanagh so wütend auf mich ist? Bis jetzt klingt es ja nicht so, als ob er einen Grund dazu hat. Merkwürdig eigentlich, dass er sich nach so langer Zeit überhaupt noch an das Aussehen von Ava erinnert hat.«

Ruiha sah Sina nur schweigend an. Statt einer Antwort meinte sie schließlich: »Die Wahrheit sucht sich immer ihren Weg. Ich kann dir dabei helfen – aber du musst sie am Ende selber enthüllen …«

Sina gab auf. Sie hob die Hände. »Okay, ich höre mir die Geschichte komplett an. Auch wenn ich noch immer nicht verstehe, was das alles mit mir zu tun hat!«

Ruiha nickte. »Du wirst es noch sehen.«

21.

George Cavanagh war ein unproblematischer Käufer. Er wies das Geld an, ein Kaufvertrag wurde per Post nach Christchurch und wieder zurückgeschickt – und schon hatte Ava wieder genug Geld, um sich etwas Ordentliches zu essen zu kaufen und auch ein wenig neue Kleidung für Junior schneidern zu lassen. Der Kleine war in der Zwischenzeit gewaltig gewachsen und passte in kein einziges seiner Kleidungsstücke mehr hinein. Außerdem brauchte er Schuhe, er rannte jetzt durch das ganze Haus und versuchte sich mit eisernem Ehrgeiz am Erklimmen der Treppen.

Ava fing an, nach einer erschwinglichen Mietwohnung zu suchen. Aber hier zeigte sich das, was ihr bei ihren Versuchen, Arbeit zu finden oder Wertsachen zu verkaufen, begegnet war: Sobald die Menschen hörten, wer ihr Mann gewesen war, wollten sie nichts mehr mit ihr zu tun haben. Die wenigen Wohnungen, die es in Seddonville oder in Westport gab, standen ihr nicht zur Verfügung. Mir ging es übrigens nicht anders: Ich stellte mich inzwischen überall als Dienstmädchen vor, aber immer, wenn der Name Denson fiel, wollte niemand auch nur meine Referenzen sehen. Immer wieder hieß es: »Mit diesem Haus wollen wir nichts zu tun haben. Das musst du verstehen, aber wir glauben nicht, dass du die richtigen Werte bei den Densons gelernt haben kannst.« Und dann stand ich wieder auf der Straße und musste mir genauso wie Ava die Frage stellen, ob meine Zukunft vielleicht doch eher in Christchurch oder gar auf der Nordinsel lag.

Aber einen Unterschied gab es natürlich: Ich hatte Anaru. Er war längst wieder gesund und arbeitete jetzt in den Minen der Westport Coal Company. Er war begeistert von der Arbeit: Die Minen waren im Vergleich zu Matakite überaus sicher, und er musste selten mehr als zwölf Stunden arbeiten. Das Grubenunglück hatte aus ihm einen echten Mann gemacht. Als ich ihm von den Problemen mit meiner Stellungssuche erzählte, nahm er mich fest in den Arm und strich mir beruhigend über den Rücken, während er in meine Haare flüsterte: »Nicht mehr lange, und wir werden heiraten. Dann musst du dich nur noch um meinen Haushalt kümmern, und ich gehe in die Mine, um unser Geld zu verdienen. Klingt das nicht wunderbar?«

Ich war nicht ganz überzeugt. »Aber wir wollten doch ein wenig Geld sparen, bevor wir heiraten. Vielleicht ein eigenes Häuschen …«

Er schüttelte nur den Kopf, während er mich so fest hielt, als wollte er mich nie wieder loslassen. »Dann ändern wir unsere Pläne einfach. Was spricht dagegen, möglichst schnell zu heiraten? Wie du schon gesagt hast: Du findest hier in der Gegend doch sowieso keine Arbeit.«

»Aber was, wenn ich an die Ostküste gehe? Nur für

ein einziges Jahr. Wir könnten uns besuchen und Briefe schreiben und wir hätten einen so viel besseren Start in unser gemeinsames Leben!« Ich sah den Zweifel in seinen Augen und redete weiter. »Es ist ja nicht so, dass ich dich nicht heiraten will. Aber wir sind doch noch so jung, und wir haben noch so viel Zeit miteinander – da macht ein Jahr doch fast nichts aus, oder?«

Anaru sah alles andere als überzeugt aus. »Versprich mir aber, dass du erst einmal weiter hier nach einer Anstellung suchst«, meinte er schließlich. »Ich weiß nicht, wie gut ich es aushalten kann, dich fast ein Jahr nicht zu sehen.« Er küsste mich noch einmal. »Und kein Brief der Welt kann das hier ersetzen!«

Ich erwiderte seine Küsse und musste ihm recht geben …

Einen Monat lang konnten Ava und Junior ihren Frieden genießen. An einem glutheißen Novembervormittag sollte sich das ändern …

Ava steckte gerade einen Kranz aus den blühenden Zweigen unseres Pohutukawa-Baumes und sang leise ein Lied vor sich hin. Wenn ich mich recht erinnere, war es irgendetwas vollkommen Unpassendes wie »Leise rieselt der Schnee«. Und das in einem Land, in dem es um diese Jahreszeit garantiert keinen Schnee gab …

Junior krabbelte zu ihren Füßen durch den Garten und deutete auf alles und jedes mit einem entschiedenen »Mein!«. Ava sah ihm belustigt hinterher und murmelte immer wieder: »Junior, du hast wirklich keine Ahnung. Es ist nicht einmal meins. Es gehört Mr. Cavanagh, auch wenn der Name ein bisschen schwierig auszusprechen ist.«

Ich erinnere mich wie heute: Sie trug einen breitkrempigen Strohhut und ein einfaches, dünnes Baumwollkleid in einem leuchtenden Blau. Zum ersten Mal seit Monaten sah sie wieder so jung aus, wie sie wirklich war. Ein Geräusch an unserem Gartentor ließ uns zusammenzucken: Ein Mann öffnete es und kam so selbstverständlich auf uns zu, als ob ihm das Grundstück gehören würde. Angus MacLagan.

Ava erkannte ihn, und ihr Gesicht wurde von einer Sekunde auf die andere wieder ernst. Sie zog streng ihre Augenbrauen zusammen, als Angus uns betont fröhlich begrüßte.

»Na, meine Schönen! Schon in Weihnachtsstimmung?«

»Zumindest bis zu dem Augenblick, an dem Sie hier ohne eine Einladung hereinplatzten.« Avas Stimme war so unterkühlt, dass ich fast meinte, eine Atemwolke vor ihrem Gesicht zu sehen.

Er strahlte sie an. »Aber ich brauche doch gar keine Einladung! Ich kann hierherkommen, wann immer ich will!«

»Das glaube ich kaum«, entgegnete Ava. »Es mag ja sein, dass dieses Haus nicht mehr mir gehört – wie Sie sicherlich wissen. Aber damit haben Sie immer noch kein Recht …«

Angus unterbrach sie mit einer herrischen Handbewegung. Gleichzeitig ließ er sich breitbeinig auf einen der Gartenstühle fallen. »Doch. Ich habe jedes Recht. Und zwar schon seit vier Wochen!«

»Hat Mr. Cavanagh Sie etwa zu seinem Verwalter bestellt?« Ava musterte ihn kühl. »Das wäre mir neu.«

»Das musste er gar nicht«, lächelte Angus und zog

einen Umschlag aus der Innentasche seinen Samtjacketts. Mit einer höhnischen Verbeugung überreichte er ihn Ava. Sein Lächeln wurde noch breiter, während sie den Umschlag aufriss. Er genoss jede Sekunde seines Besuchs, daran gab es keinen Zweifel. »Wie du sicherlich sofort siehst: George Cavanagh ist mein Strohmann. Er hat dieses Haus freundlicherweise in meinem Namen gekauft – das bestätigt er mit diesem Schreiben.«

Ava las mit angestrengter Miene die Urkunde, die sie in dem Brief gefunden hatte. Dann hob sie langsam den Blick. »Sie haben unser Haus gekauft?«

»Sicher. Aber in einer Sache habe ich ein bisschen gelogen. Ich bin nicht so großzügig wie mein Freund George, der dich bis nächstes Jahr hier in diesem Haus gelassen hätte. Ohne Miete, das muss man sich einmal vorstellen! Nein, so nett bin ich nicht. Ich gebe dir genau eine Woche, bis du verschwindest.«

Das Lachen war aus seinem Gesicht verschwunden.

Ava starrte ihn an.

Sie, die sonst nie um eine Antwort verlegen war, brachte kein Wort heraus.

»Hast du mich verstanden?« Ungeduldig wartete Angus auf eine Antwort.

»Aber wo sollen wir denn hin?«, platzte es aus mir heraus. »Sie können uns doch nicht einfach auf die Straße setzen!«

Angus fuhr zu mir herum. Er hatte meine Anwesenheit offenbar völlig vergessen. Er musterte mich kurz, dann tauchte wieder dieses gefährliche Lächeln in seinem Gesicht auf. »Liebe Ruiha, das habe ich dir doch schon gesagt. Du kannst bei mir arbeiten und lebst bei mir und Miriam. Deine Anwesenheit tut meiner wahnsinnigen Gattin offensichtlich gut. Seitdem du da bist, stinkt sie nicht mehr und kämmt sich wieder regelmäßig. Das ist ein Fortschritt. Und …« er wandte sich wieder Ava zu »… auch sie kennt meinen Vorschlag. Sie gibt mir Junior. Dafür zahle ich ihr eine Fahrkarte nach Hause. Ohne Rückfahrtschein allerdings.«

»Aber mein Zuhause ist doch hier!«, platzte es aus Ava heraus. Ihre Stimme hatte alles Kämpferische verloren.

»Nein«, korrigierte sie Angus. »Dein Zuhause war für ein paar Jahre hier. Jetzt solltest du dich auf deine Wurzeln besinnen. Deutschland. Da kommst du doch her, oder? Ich wette, eine so aufstrebende Nation freut sich über jeden Heimkehrer aus den fernen Provinzen. Mit ein bisschen Glück findest du ja noch einen Mann, der sich nicht daran stört, dass du schon nicht mehr die Jüngste bist.«

»Ich habe von dem Hausverkauf noch Geld übrig. Damit kann ich mir gemeinsam mit Junior eine Zukunft in Christchurch aufbauen. Es mag ja sein, dass Sie mich mit Erfolg hier aus Seddonville oder von der Westküste vertrieben haben – aber ganz bestimmt nicht aus Neuseeland. Ich habe dieses Land lieben gelernt. Es ist so wunderschön hier – und das Land kann nichts dafür, dass auch Unmenschen wie Sie hier Ihre Heimat gefunden haben.«

»Geld aus dem Hausverkauf? Wirklich?« Angus Stimme klang spöttisch. »Du hast noch immer nicht gelernt, das ich alles bekomme, was ich will, oder? Du wirst einen Vertrag zwischen John und mir finden, in dem er für die Schäden in der Mine aufkommen muss. Das Geld wird fällig zum Jahreswechsel … Es ist vielleicht besser, wenn du dann nicht mehr hier im Land bist, meinst du nicht? Sonst landest du auch noch wegen deiner Schulden im Gefängnis – und das möchtest du Junior doch wirklich nicht antun.«

Der Himmel spannte sich immer noch herrlich blau über unseren Köpfen. Kleine Wölkchen segelten vom Meer her ins Landesinnere. Die Bäume wiegten sich in der Sommerbrise, auf dem Tisch lagen immer noch die herrlichen rot blühenden Zweige unseres riesigen Pohutukawas. Alles sah so friedlich aus wie noch vor wenigen Minuten. Aber die ganze Welt hatte sich verwandelt. Wenn Angus recht hatte – und ich hatte wenig Grund, an seinen Sätzen zu zweifeln –, dann würde mit dem Jahreswechsel alles anders werden.

Ava sah ihn schweigend an. In ihren Augen funkelte der reine Hass.

Angus erwiderte ihren Blick mit einem zufriedenen Ausdruck. Er hatte offensichtlich genau das erreicht, was er wollte. Ava am Boden, sprachlos, endlich unterlegen. Er hob eine Augenbraue. »Du hast ja noch ein paar Tage, bis ich das Haus räume. Du kannst dir gerne überlegen, ob du auf meine Angebote eingehen willst. Ich bin für dich Tag und Nacht zu sprechen.« Er drehte sich halb zu mir um. »Für dich natürlich auch, liebe Ruiha.«

Ausgerechnet in diesem Moment rannte Junior auf ihn zu. Er trug einen Weidenkorb in seinen Händen, in den er ein paar Blüten gelegt hatte. Stolz strahlte er den Fremden an. »Mein!«, krähte er fröhlich. »Mein! Mein! Mein!«

Angus sah ihn ernst an und schüttelte den Kopf. »Falsch, mein Sohn. Ganz falsch. Das ist alles meins.«

Junior sah ihn überrascht an, während sich sein Mund

allmählich zum Heulen verzog. Er stampfte noch einmal mit seinem Fuß auf. »Mein!«

Angus bückte sich, wand den Korb aus Juniors kleinen Händen, tippte noch einmal an seinen Hut und drehte sich zum Gehen. Juniors Geschrei verfolgte ihn. »Mein!«

Ava kniete sich vor ihrem Sohn nieder und nahm sein tränenüberströmtes Gesicht in ihre Hände. »Der Mann hat recht, der Korb gehört ihm … Wir suchen etwas anderes, mit dem du spielen kannst.«

Ich sah, wie eine Träne über ihre Wange lief. Sie wusste, dass sie nichts anderes hatte.

An diesem Abend verschwand sie in Johns Arbeitszimmer, um noch einmal alle Verträge durchzusehen. Als ich weit nach Mitternacht ins Bett ging, war sie immer noch bei der Arbeit. Ich zog mich aus und legte mich in mein mir so vertrautes Bett unter der Dachschräge. Was sollte ich nur tun? An der Ostküste mein Glück versuchen – oder doch lieber bei Angus MacLagan und Miriam arbeiten? Ich könnte natürlich auch Anarus Antrag annehmen und ziemlich bald heiraten. Aber egal, wie ich es auch drehte und wendete: Ich wollte nicht weg von hier, und ich wollte noch ein bisschen Geld sparen, bevor ich Anaru mein Jawort gab. Dann blieb nur das Haus der MacLagans, auch wenn ich vor allem beim Gedanken an Angus ein ungutes Gefühl nicht abschütteln konnte. Über all diesen Gedanken muss ich wohl eingeschlafen sein, denn ich erwachte erst, als die Morgensonne durch das Dachfenster auf mein Gesicht fiel. Ich erhob mich wie jeden Morgen und bürstete mir leise summend mein Haar. Erst nach ein paar Minuten fiel mir wieder ein, was am Vortag im Garten vorgefallen war. Mein Arm sank schwer wie Blei nach unten. Schnell schlüpfte ich in mein Kleid und rannte die Treppen hinunter. In der Küche fand ich Ava, die mit beiden Händen eine Tasse Tee umklammerte und Junior zusah, der sich auf dem Boden mit ein paar Töpfen vergnügte. Er sah mich als Erster, ließ seine Töpfe fallen und lief auf mich zu. »Allo!«, krähte er dabei begeistert. Gerührt nahm ich den fröhlichen Wicht in die Arme und nickte gleichzeitig Ava zu.

Sie sah verheerend aus. Über Nacht schienen ihre Haare jeden Glanz verloren zu haben, ihre Augen sahen so grau wie stumpfe Steine aus. Mit einem Mal bemerkte ich auch die feinen Fältchen um ihre Augen. Vorsichtig fragte ich: »Und, wie sieht es aus? Was haben Sie in seinem Arbeitszimmer gefunden?«

Sie sah mich aus unendlich müden Augen an. »Ich habe genau das gefunden, was Angus mir vorhergesagt hat. Einen Vertrag, bei dem John verspricht, im Fall eines Grubenunglücks für alle Kosten aufzukommen. Ich habe wirklich keine Ahnung, wie John so dumm sein konnte, so etwas zu unterschreiben. Aber leider … ich habe keinen Fehler an diesem Papier gefunden. Es ist von beiden unterzeichnet, von einem Notar beglaubigt. Das Geld wird zum Jahreswechsel fällig. Ein Jahr nach dem Grubenunglück, so steht es in dem Vertrag.«

»Was für Kosten werden denn fällig? Ich meine – Matakite verursacht doch augenblicklich keine Kosten. Niemand arbeitet da oben, kein einziger Arbeiter erhält Lohn von euch.«

Sie lächelte müde. »Das habe ich auch gedacht. Dann habe ich gesehen, was die Rettungsmannschaft von der Coal Company verlangt hat – alleine dafür, dass sie gekommen sind und gesagt haben, dass es viel zu gefährlich ist. Oder die Bergungsarbeiten für die Toten. Hast du eine Ahnung, wie teuer das war? Außerdem waren die Schiffe, die die Kohle nach Europa bringen sollten, schon gemietet. Allerdings gab es dann keine Kohle mehr, es wurden also Ausfallhonorare fällig. Die Reihe ist endlos … Stell dir vor, ich muss sogar die Stützbalken zahlen, die John bestellt hat. Als ob Angus die jemals in der Mine verbaut hätte.«

Ich setzte mich zu ihr an den Küchentisch. »Was haben Sie jetzt vor?«

Ava zuckte mit den Achseln. »Mein Geld reicht nicht, um auch nur irgendetwas zu machen. Ich kann weder mit noch ohne Junior nach Deutschland reisen. Es reicht nicht einmal für eine Fahrt an die Ostküste. Wenn ich alles bezahlt habe, dann bin ich verschuldet für den Rest meines Lebens. Das setzt voraus, dass mir jemand das Geld leihen würde …« Sie seufzte. »Ich sehe keinen Ausweg mehr. Niemand will mir Arbeit oder eine Wohnung geben. Wenn ich nicht hungern will, bin ich auf die Gaben deiner Mutter angewiesen – und ihr habt auch schon genug Probleme ohne eine Ava Denson mit ihrem hungernden Sohn. Das ist auch keine Lösung auf die Dauer. Ich war inzwischen sogar beim Pfarrer: Der will eine ›Frau mit meinem Ruf‹ auch nicht anstellen, egal, ob es bedeutet, dass ich auf der Straße lebe oder meinen Sohn verkaufen muss.«

Sie sah den kleinen Junior an, der sich wieder seinen Töpfen zugewandt hatte und sie mit einem kräftigen »Bumm! Bumm!« aneinanderschlug. Er wirkte völlig unbeschwert. Wieder lief eine Träne über Avas Wange. »Was, wenn Angus' Angebot das Beste ist, was ich Junior nur wünschen kann? Angus hat genug Geld, er hat sich immer einen Sohn gewünscht, er wird Junior also adoptieren, und ihm wird es gut bei Angus ergehen.« Sie sah mich unsicher an. »Oder was meinst du?«

»Ich kann mir nicht vorstellen, dass es gut ist, ein Kind von seiner Mutter zu trennen, egal aus welchem Grund«, erwiderte ich. »Junior wird Sie vermissen, egal wie gut Angus und Miriam ihn behandeln. Sicher, Miriam wird wahrscheinlich mit der Verantwortung für Junior wieder genesen. Sie kann dann nicht mehr den ganzen Tag über das nachgrübeln, was sie verloren hat. Sie muss sich um das kümmern, was ihr in den Schoß gefallen ist. Das könnte das einzige Gute an diesem Handel sein. Aber ich finde ihn falsch. Oh, so falsch.«

Ava strich Junior nachdenklich über das feine Haar. »Als seine Mutter muss ich doch das Beste für ihn wollen, oder? Was, wenn ich nicht das Beste bin? Was, wenn Angus die viel bessere Wahl ist? Junior würde gute Schulen besuchen, irgendwann viel Geld erben – Angus wird nie so unter die Räder geraten, wie es mir passiert ist. Wahrscheinlich werden Miriam und Angus auch keine Kinder mehr bekommen, Junior bleibt also der einzige Erbe. Das sind doch alles gute Gründe, ihn hierzulassen, oder?«

Ich schüttelte noch einmal mit Nachdruck den Kopf. »Ich bleibe dabei: Eine Trennung ist eine ganz besonders schlechte Idee. Sie müssen doch auch an John denken! Sein Sohn ist das Einzige, was Ihnen von ihm geblieben ist. Das können Sie doch nicht einfach weggeben. Stellen Sie sich doch vor, was passiert, wenn Sie jetzt zurück nach Deutschland fahren: Sie sind dann genau an dem

Punkt, an dem Sie vor acht Jahren gewesen sind. Kein Mann, kein Kind, kein Geld. Alles, was sich verändert hat, ist dann Ihr Alter. Das waren doch die vielen Mühen nicht wert!«

Ava sah in ihre Teetasse, als ob sie auf dem Grund eine Antwort auf ihre Fragen finden würde. »Ich darf aber nicht nur an mich und meine Sehnsucht nach John denken …«, beharrte sie noch einmal.

Sie erhob sich und strich ihr Kleid mit einer Handbewegung glatt. Erst jetzt fiel mir auf, dass es immer noch dasselbe dünne Sommerkleid war, das sie schon gestern Nachmittag getragen hatte. Offensichtlich war sie am Abend nicht ins Bett gekommen. »Ich mache einen Besuch bei Miriam. Der ist schon lange überfällig, ich hätte nicht immer nur dich zu ihr schicken sollen. Und wenn Angus schon unangekündigt bei uns hereinplatzt, dann müssen wir wohl auch nicht auf irgendeine Etikette achten, wenn es um sein Haus geht.«

»Ich begleite Sie«, erklärte ich. Immerhin gab es durchaus die Chance, dass ich schon sehr bald bei den MacLagans arbeiten würde, ich sollte mich also einmal mit Miriam darüber unterhalten. Außerdem wollte ich auf keinen Fall Ava alleine lassen. Ich fürchtete, dass sie an diesem Tag keine wohlüberlegten Entscheidungen fällen würde.

Wir fanden Miriam in ihrem Zimmer, die Vorhänge waren zugezogen. Offensichtlich keiner ihrer guten Tage. Marama hatte nur nach oben gedeutet. »Sie ist heute wieder wie von Sinnen, ihr könnt sie gerne besuchen. Hauptsache, ich muss heute nicht mehr zu ihr!«

Ava sah mich fragend an.

»Sie hat bessere Tage. Und nicht so gute«, erklärte ich. »Es ist schwer zu sagen, woran das liegt …«

Ava betrat das Schlafzimmer der Densons das erste Mal seit der tragischen Totgeburt von Miriams kleinem Mädchen. Sie öffnete ohne große Umschweife die Vorhänge und drehte sich dann zu Miriam um, die ohne eine Regung in ihrem Sessel saß. »Liebste Miriam«, murmelte Ava und ließ sich vor ihrer ehemaligen Kinderfrau auf die Knie fallen. »Was ist nur mit dir geschehen?«

Miriam sah Ava mit leerem Blick an. Ich war mir für einen Moment nicht einmal sicher, ob sie Ava erkannte. Dann tauchte allerdings ein winziges Lächeln auf ihren Lippen auf. »Ava! Schön, dass du hierherkommst. Wo ist Junior?« Wir hatten ihn bei Marama gelassen, um Miriam nicht noch mehr durcheinanderzubringen.

Ava deutete zur Treppe. »Er ist bei Marama. Möchtest du ihn sehen?«

Miriam nickte, ihr Gesichtsausdruck sah mit einem Mal fast glücklich aus. Ich lief nach unten und holte den Kleinen. Er sah sich neugierig um, als er in den Raum ging. Dann deutete er auf Miriam. »Mama?«

Miriam brach in Tränen aus. Sie konnte nicht ahnen, dass Junior gerade in dem Alter war, in dem Kinder fast jede Frau als »Mama« bezeichneten. Das Wort »Papa« kannte er nicht …

Mit einer schnellen Bewegung ließ Miriam sich auf den Boden zu dem kleinen Jungen gleiten und nahm ihn kurz in den Arm. Er war so verblüfft, dass er es einfach über sich ergehen ließ. Zum Glück besann Miriam sich dann wieder auf alles, was sie mit ihren vielen Geschwistern gelernt hatte. Sie krabbelte hinter den Sessel, versteckte sich und ließ sich von Junior finden. Er quiekte vor Vergnügen. »Mehr!«

Seiner Ansage, dass sie weiter mit ihm spielen sollte, gehorchte Miriam bereitwillig. In den nächsten Minuten verwandelte sie sich von einer völlig apathischen Frau in das lebenslustige Mädchen, das sie einst gewesen war. Ich sah Avas nachdenkliches Gesicht. Für Miriam wäre die Adoption von Junior eine heilsame Sache, daran gab es keinen Zweifel. Aber sollte sie wirklich ihren Liebling loslassen, um Miriam diesen Gefallen zu tun – und um ganz nebenbei damit auch alle finanziellen Probleme zu lösen?

Es verging eine halbe Stunde, in der wir schweigend Junior und seine neu gefundene Spielgefährtin betrachteten. Dann räusperte Ava sich vorsichtig. »Miriam? Wir müssen etwas besprechen. Es geht um Junior.«

Miriam hörte die Anspannung in Avas Stimme und sah sie mit völlig klarem Blick an. Da war nichts Abwesendes mehr, nichts Wahnsinniges. Sie richtete sich auf. »Was gibt es, Ava?«

Ava deutete auf Junior. »Ich kann nicht länger für ihn sorgen. Ich habe keine Ahnung, was du in den letzten Monaten von der Außenwelt mitbekommen hast. Aber vielleicht weißt du, dass mein verstorbener Gatte als der Schuldige für das Unglück von Matakite gilt?«

Miriam runzelte verwirrt die Stirn. »Aber er hat sich doch immer für die Sicherheit in seinen Bergwerken eingesetzt. Warum hat er es dann anders in seiner eigenen Mine gehalten?«

Ava verzog ihr Gesicht. »Das hat er auch nicht. Die Mine ist wegen fehlender Stützpfeiler eingestürzt – und deren Fehlen hat wohl eher Angus als John zu verantworten. Trotzdem hat Angus es geschafft, dass alle Welt glaubt, John wäre der geldgierige Idiot gewesen, der das Leben seiner Arbeiter leichtsinnig aufs Spiel gesetzt hat.«

Ich konnte Miriam ansehen, dass sie von der ganzen Geschichte nichts ahnte. Ihr Gesicht zeigte ihr ganzes Entsetzen, als Ava genau erklärte, was in den letzten Wochen und Monaten passiert war. Schließlich endete Ava: »Ich muss also akzeptieren, dass ich aus dem Haus, in dem ich lebe, in ein paar Tagen vertrieben werde. Mein Geld reicht bei Weitem nicht, um die Verpflichtungen, die sich aus Johns Vertrag mit Angus ergeben, begleichen zu können. Ich finde keine Unterkunft und kann es mir auch nicht leisten, irgendwo anders hinzufahren. Darüber hinaus habe ich keine Chance auf eine halbwegs ehrbare Arbeit. Kurz: Ich stehe am Abgrund.«

»Kann ich dir nicht helfen?«, fragte Miriam zögernd. »Ich könnte Angus doch Geld stehlen und es dir geben. Vielleicht merkt er es ja nicht …« Ihre Stimme brach ab, als ihr klar wurde, was wohl passieren würde, wenn Angus ihr bei so einer Art von Betrug auf die Schliche kommen würde.

Ava schüttelte sofort den Kopf. »Ich weiß, dass du alles für mich riskieren würdest, aber das geht nicht. Früher oder später würde Angus merken, wem du Geld gibst, und ich müsste für den Rest meines Lebens mit der Schuld leben, dass du wegen mir zum Krüppel geschlagen worden bist. Angus ist schlimm genug, auch wenn er nicht gereizt wird …«

Miriam nickte nur. »Aber ich muss doch irgendetwas für dich tun können!«

»Das kannst du auch«, erklärte Ava. »Angus hat mir einen einzigen Ausweg angeboten. Wenn ich ihm Junior überlasse, dann zahlt er meine Reise nach Hamburg. So kann ich all meine Schulden und meinen schlechten Ruf hinter mir lassen. Leider muss ich auch meine Freunde – also euch! – hier zurücklassen. Und meinen Junior würde ich nie mehr sehen. Er würde hier bei dir und Angus aufwachsen. Das bringe ich nur übers Herz, wenn du mir in die Hand versprichst, dass du dich um ihn wie um einen eigenen Sohn kümmerst!« Sie griff nach Miriams Hand, nahm sie in beide Hände und sah Miriam flehend in die Augen. »Würdest du das für mich tun? Mir versprechen, dass es Junior immer gut geht und er niemals einsam ist, wenn er nach seiner Mutter weint? Würdest du ihn im Notfall auch vor Angus' Zorn bewahren?«

Miriam sah den kleinen Jungen an, der in diesem Augenblick geistesabwesend mit einer Troddel an einer Gardine spielte. Dann sah sie Ava fest in die Augen. »Ich schwöre, dass ich Junior beschützen, bewahren und lieben werde. Er ist der kleine Junge, den ich leider nicht bekommen habe. Ich werde ihn mit meinem Leben beschützen, das musst du mir glauben!«

Ava nickte.

Vorsichtig fragte sie weiter. »Könntest du mir wenigstens einmal im Jahr heimlich einen Brief schreiben, in dem du mir sagst, wie es ihm geht? Und wenn er erwachsen ist: Kannst du ihm erklären, warum seine Mutter ihn im Stich gelassen hat? Kannst du das für mich tun?«

Fassungslos sah ich zu, wie diese beiden Frauen einen Pakt schmiedeten. Einen Pakt, der für mein Gefühl eher ein Bund mit dem Teufel war. Konnte es wirklich sein, dass dieser Angus mit seinen düsteren Plänen gewonnen hatte? Das durfte doch einfach nicht sein … Aber vor meinen Augen nahmen sich Ava und Miriam an den Händen und schworen sich zu einem Bündnis für Junior ein.

Aber damit waren Avas Pläne noch nicht am Ende. Als sie Miriam alle Versprechen abgenommen hatte, wandte sie sich mir zu. »Liebe Ruiha, du hast nur hier bei den MacLagans ein Stellenangebot, ist das richtig?«

Ich nickte.

»Warum nimmst du es dann nicht an? Du könntest Miriam bei der Erziehung von Junior helfen – und ihr auch den Rücken gegen Angus' Launen stärken. Denn er wird immer wieder unerträglich sein, egal, was er in der Zukunft plant!«

Ich wagte in diesem Augenblick nicht, zu sagen, dass ich vor Angus und seinen versteckten Annäherungsversuchen Angst hatte. Bei jedem Treffen hatte er mich bisher mit den Augen ausgezogen, war mir zu nahe gerückt und hatte mich mit seinen Scherzen unsicher gemacht. Was würde nur passieren, wenn ich ihm plötzlich jeden Tag begegnete? Aber ich wollte meinen Freundinnen nicht mit meinen kindischen Bedenken die Pläne für die Zukunft verderben. Also nickte ich nur.

Miriam jubelte auf und fiel mir um den Hals. »Du hast keine Ahnung, was mir das bedeutet. Nichts gegen Marama, aber sie ist nur ein kleines Mädchen. Aber mit dir und Junior fühle ich mich plötzlich wieder fast wie früher. Mit dir zusammen wird alles wunderbar!«

Ich konnte nichts sagen. Miriam malte sich die Zukunft in rosigen Farben aus, wo ich nur schwarze Wolken und nahendes Unglück sah. Ich brachte es nicht übers Herz, ihr zu erklären, was ich wirklich von dieser Sache hielt.

Wir spielten noch eine Weile mit Junior, dann hörten wir alle die Tür im Erdgeschoss und dann Angus' schwere Schritte. Ava erhob sich und warf noch einen letzten langen Blick auf ihren Sohn, der ohne Argwohn mit Miriam spielte. Sie seufzte.

»Ich gehe zu ihm und sage ihm, dass ich aufgebe. Er soll den Passageschein nach Hamburg kaufen und die Adoption von Junior in die Wege leiten.« Mit einem schnellen Schritt ging sie zu Miriam, nahm ihr Gesicht in beide Hände und küsste sie. »Miriam, du hast keine Ahnung, wie wichtig du für mich in diesen Minuten bist. Ohne deine Versprechen würde ich mir in diesem Augenblick wie die herzloseste Mutter der Welt vorkommen …«

Damit lief sie die Treppen nach unten. Wir konnten nichts hören, aber es dauerte nur wenige Minuten, bis Ava wieder bei uns auftauchte. In ihrem Gesicht waren hektische rote Flecken, aber immerhin hatte sie es geschafft, dass Angus nicht ihre Tränen gesehen hatte. Sie ließ sich erschöpft in einen Sessel fallen.

»Jetzt ist also alles ausgemacht. Morgen schon gehen wir zum Richter, der die Adoption von Junior beurkunden wird. Davor überreicht mir Angus noch den Passageschein – und dann sollte alles Geschäftliche erledigt sein. Ich habe noch fünf Tage mit Junior, bevor mein Schiff in See sticht.« Langsam schüttelte sie den Kopf. »Nie hätte ich geahnt, dass mein Abenteuer Neuseeland auf diese Art enden könnte. Ich war immer der Meinung, dass ich das Glück gepachtet hätte, nachdem ich

John kennengelernt habe … Jetzt bin ich so arm wie nie zuvor in meinem Leben.«

Sie sah Junior an, der jetzt wieder versonnen mit der Troddel spielte. »Wie er wohl als Sechsjähriger aussieht? Als Vierzehnjähriger? Als junger Mann? Werde ich das wohl jemals erfahren?«

Miriam nickte. »Ich werde mich bemühen, regelmäßig ein Bild von ihm anfertigen zu lassen. Ich kann es dir schicken, wenn du mich deine Adresse in Deutschland wissen lässt. Das ist doch das Geringste, was ich tun kann …«

Vorsichtig fragte ich nach meinem eigenen Schicksal. »Haben Sie auch über mich gesprochen?« Fast kam ich mir vor wie eine Leibeigene, die nur nach ihrem neuen Herrn fragen durfte, aber keinen Einfluss auf ihre Zukunft hatte.

Ava nahm mich in den Arm. »Sicher habe ich das. Angus zahlt dir sogar mehr als das, was John und ich dir geben konnten. Du ziehst hier gleichzeitig mit Junior ein, dann hat er wenigstens ein vertrautes Gesicht, das ihm die Eingewöhnung hier erleichtert.«

Was sollte ich schon tun? Ich nickte – und damit war mehr in meinem Leben besiegelt, als mir in diesem Augenblick klar sein konnte.

Miriam, Ava und ich spielten noch eine Weile mit Junior, dann brachen wir gemeinsam nach Hause auf. Die nächsten Tage versuchte Ava, so viel Zeit mit Junior zu verbringen, wie es irgend möglich war. Sie ging auch noch mit ihm zum Fotografen in Westport, damit sie eine bleibende Erinnerung hatte. Ich sah, wie sie ein paar Blüten des Pohutukawa-Baumes in einem dicken Buch presste. Als sie meine Blicke sah, lächelte sie schuldbewusst. »Ich komme mir vor wie ein Dieb, der noch versucht, möglichst viel aus seinem alten Leben in ein neues Leben mitzunehmen.«

»Haben Sie denn schon Pläne für Deutschland?«, fragte ich vorsichtig nach. Bis zu diesem Zeitpunkt war es mir immer unpassend vorgekommen, nach einer Zukunft zu fragen, in der Junior ganz sicher keine Rolle mehr spielte. Aber jetzt siegte einfach meine Neugier.

Ava seufzte. »Nein. Meine Familie weiß ja nicht einmal, dass ich wieder nach Hause komme. Ich könnte ihnen ein Telegramm schicken, aber ich habe das Gefühl, ich werde noch früh genug zugeben müssen, dass ich am anderen Ende der Welt gescheitert bin.«

»Sie sind doch nicht gescheitert!«, widersprach ich empört. »Sie hatten ein wunderbares Leben – und hatten unsagbares Pech.«

»Es war nicht nur Pech«, gab Ava zu. »Ich habe John gewähren lassen, als er seine hochfliegenden Pläne mit Angus schmiedete. Heute weiß ich, dass ich ihm hätte Einhalt gebieten müssen. Ich wusste, dass Angus kein guter Mensch ist – aber ich habe versäumt, das John auch deutlich zu machen. Das war mein Fehler, für den ich den Rest meines Lebens zahlen werde ...«

In diesem Augenblick wurde mir hinsichtlich meines Einzugs in das Haus MacLagan angst und bange. Aber es war zu spät für eine andere Entscheidung, die Würfel waren gefallen.

Viel zu schnell verflogen die Tage, bis wir zum Hafen mussten, um Ava zu verabschieden. So traurig der Anlass war, so wunderschön war dieser Tag: Ein paar kleine Wölkchen segelten über das Meer heran, der leichte

Wind sorgte dafür, dass die Sommerhitze erträglich war. Angus hielt sich taktvoll im Hintergrund – oder er wollte einen Skandal und zu viel Aufsehen in letzter Sekunde vermeiden. Junior spürte die Nervosität und die Trauer seiner Mutter und klammerte sich ängstlich an sie. Ava musste seine kleinen Finger mühsam von ihrem Mantel lösen und ihn zu Miriam hinüberschieben. Der Anblick brach mir fast das Herz: der kleine Junge, der gewaltsam von seiner Mutter getrennt wurde. Junior heulte und schrie in einem fort »Mama!«, während Ava sich von uns allen verabschiedete.

Mich nahm sie in den Arm und flüsterte mir ins Ohr: »Danke dafür, dass du mir immer eine gute Freundin gewesen bist. Pass auf meinen kleinen Liebling auf!«

Dann wandte sie sich Miriam zu und hielt sie noch sehr viel länger. »Ich gebe dir meinen Sohn. Behandele ihn, als wäre er dein eigen Fleisch und Blut. Sei gerecht, wenn er Unfug macht, und liebevoll, wenn er Angst hat. Sei ihm die Mutter, die er jetzt verliert. Und vor allem in den nächsten Tagen: Sei doch bitte geduldig, für ihn ist doch alles neu, und er ist noch so klein …« Ihre Stimme versagte.

Sie bemühte sich sehr darum, Haltung zu bewahren – aber als sie schließlich zum letzten Mal vor ihrem Sohn niederkniete, um ihm noch einmal in die Augen zu sehen, liefen ihr die Tränen ohne Unterlass über die Wangen. Sie konnte nichts sagen, sie konnte ihn nur noch küssen. Dann drehte sie sich um und rannte über die Gangway auf das Schiff, ohne sich auch nur einmal umzusehen. Erst auf dem Deck hielt sie inne. Ich sah, wie sie auf einem Berg Gepäck zusammenbrach, ihr Gesicht in den Händen verbarg und von heftigen Schluchzern nur so geschüttelt wurde. Wir blieben noch kurz mit dem heulenden Junior stehen – aber dann kam Angus und forderte uns alle auf, endlich zu gehen.

»Wir wollen diesen Augenblick auch nicht über Gebühr ausdehnen!«, erklärte er. Also stiegen wir in sein Auto, und er kutschierte uns in sein Haus.

Mein altes Leben war vorbei.

Und Juniors kleines Leben war aus allen Fugen geraten.

22.

Ruiha beendete ihre Erzählung und sah sinnend vor sich hin. Sina konnte sich nicht beherrschen: »Hast du jemals wieder von ihr gehört?«

»Nein«, schüttelte Ruiha den Kopf. »Kein einziges Lebenszeichen habe ich von ihr in all den Jahren bekommen. Sie hat nie geschrieben, nie den Kontakt zu Junior gesucht. Erst als du in das Geschäft gekommen bist, habe ich zum ersten Mal seit Jahren wieder an sie gedacht. Es ist schließlich alles so unglaublich lange her …«

»Aber meine Großmutter hieß nicht Ava!«, wehrte Sina sich noch einmal. »Sie lebte nicht einmal in Hamburg. Sie hieß Eva und war mit dem Arzt Hubertus Gehrling verheiratet …«

Mitten im Satz brach sie ab. Plötzlich kamen ihr die letzten Stunden ihres Großvaters wieder in den Sinn. Krampfhaft versuchte sie sich zu erinnern – hatte er sie nicht für seine über alles geliebte Frau gehalten? Und was hatte er mit diesem »Geheimnis« gemeint, das ihr Leben überschattet hatte?

»Es kann kein Zufall sein, dass du ihr so unglaublich ähnlich siehst!«, beharrte Ruiha.

»Oma hätte doch sicher irgendwann einmal wenigstens erwähnt, dass sie in Neuseeland gelebt hat«, wehrte Sina sich. Aber sie war nicht mehr vollkommen davon überzeugt. Die Großmutter, die sie von den Fotos her kannte, war eine sportliche Frau, die offensichtlich nur wenig Angst vor den Unbillen des Lebens hatte – aber sie hatte wohl nur sehr selten etwas Persönliches preisgegeben. Oder zumindest hatte es niemand für nötig gehalten, zu einem späteren Zeitpunkt von Eva Gehrling etwas Persönliches zu erzählen. Sina war bei ihrem Tod schließlich noch gar nicht auf der Welt gewesen …

Ruiha beobachtete das lebhafte Mienenspiel in Sinas Gesicht und lächelte. »Vielleicht hat deine Großmutter nur die Wahrheit weitergegeben, die sie selber sehen wollte. Es kann sein, dass ihr die Erinnerung an Junior und den Tod von ihrem Mann John einfach zu schmerzhaft erschienen. Vielleicht hat sie deswegen die Erinnerung an ihre Zeit in Neuseeland einfach ausgeblendet.«

Ruiha lächelte müde und erhob sich. »Du musst mich entschuldigen – wenn ich jetzt nicht endlich ins Bett komme, dann breche ich zusammen.«

Erschrocken sah Sina aus dem Fenster. Tatsächlich wurde der Himmel am Horizont schon wieder hell. Ruiha hatte die ganze Nacht geredet, jetzt sah sie erschöpft aus. Aber auch irgendwie erleichtert, so als ob sie sich eine Last von der Seele geredet hätte, die schon viel zu lange dort vergraben war. Hastig verabschiedete Sina sich von der alten Frau und wanderte durch die dunklen Straßen zurück zu Mary-Ann. Wo sie am Nachmittag noch in Trance gegangen war, sah sie jetzt die fein gepflegten Gärten, die magischen Farnbäume und die zerzausten Palmen. Dieser Ort der Erde war immer noch sehr wild und ungezähmt – wie mochte es hier vor sechzig Jahren ausgesehen haben?

Mary-Ann hatte die Eingangstür einfach angelehnt gelassen. Auf dem Küchentisch lag nur ein Zettel: »Wollte nicht mehr auf dich warten. Auflauf ist im Backofen, Wein im Kühlschrank. Wir sehen uns beim Frühstück! M-A«

Lächelnd kritzelte Sina ein paar Zeilen darunter: »Ruiha hat bis in die Morgenstunden hinein erzählt … Ich schlafe länger, lass uns doch heute Abend zusammen essen gehen. Ich erzähle dir dann alles! S.«

Im Bett fiel sie in einen tiefen traumlosen Schlaf. Heute Nacht verschonte sie der wütende Haka-Tänzer mit seinen Angriffen.

Katharina zappte sich lustlos durch das Fernsehprogramm. Von der Arbeit in der Redaktion war sie müde, aber sie wollte gerne noch einen Spielfilm oder so etwas sehen. Gelangweilt schenkte sie sich gerade eben den letzten Schluck Wein ein, als plötzlich das Telefon klingelte. Überrascht sah Katharina auf die Uhr. Es war schon nach zehn. Da konnte es sich nur noch um Notfälle in der Familie handeln. Sie griff zum Hörer und hörte erst einmal nur ein Rauschen. Dann Sinas Stimme. »Bist du es, Katharina?«

»Du hast meine Nummer gewählt, wer sollte sonst am Apparat sein?« Katharina war überrascht, so plötzlich von ihrer Freundin zu hören. »Und überhaupt: Bist du nicht in Neuseeland und rettest Menschen in Christchurch das Leben?«

»Mach ich ja«, antwortete Sina. »Aber dieses Wochenende habe ich frei, Brandon sitzt in Vanuatu fest – und ich bin wieder zu Ruiha gefahren …«

»Dieser alten Maori? Was willst du denn von ihr? Dir noch mehr alte Geschichten von einer Frau, die dir ähnlich sieht, anhören? Sina, was soll das bringen?«

»Nun … diese Frau, die mir ähnlich sieht. Sie ist damals nach Deutschland zurückgefahren. Ohne ihren Sohn. Ich habe da jetzt so eine Idee. Was, wenn diese Ava Denson etwas mit meiner Großmutter zu tun hatte – mit Eva Gehrling?«

»Du fantasierst! Dabei ist es bei dir heller Vormittag, du solltest noch keinen Alkohol getrunken haben!« Katharina konnte sich nicht vorstellen, dass Sina das ernst meinte, was sie da sagte. »Sina, gebrauch doch für einen Augenblick mal deinen hochgerühmten analytisch-wissenschaftlichen Verstand. Warum sollte diese Geschichte etwas mit dir zu tun haben?«

Selbst durch das Telefon merkte Katharina, dass Sina zögerte. »Da ist etwas … Mein Großvater hat ein paar Sachen gesagt, bevor er gestorben ist. Er hat mich auch mit meiner Großmutter verwechselt. Offensichtlich sehe ich ihr sehr ähnlich, das hat man mir auch als Kind immer gesagt.«

»Okay«, gab Katharina nach. »Und was genau soll ich jetzt für dich tun?«

»Du bist doch jetzt bei dieser Zeitschrift. Könntest du nach Ava Denson recherchieren? Auch wenn sie nichts mit Eva Gehrling zu tun haben sollte – was ich übrigens immer noch glaube –, ich würde Ruiha gerne erzählen, was aus Ava geworden ist. Ihr müsst doch ein Archiv oder so etwas haben.« Ihre Stimme klang flehend.

»Okay. Ich kann aber nichts versprechen, und ich

mache mich auch erst dran, wenn ich meine laufende Arbeit erledigt habe. Du hast keine Ahnung, was in einer Redaktion alles los ist!« Sie griff nach einem Zettel. »Erzähle mir, was du von dieser Ava Denson außer dem Namen alles weißt.«

»Du bist ein Schatz«, rief Sina ins Telefon. »Leider habe ich nicht allzu viel: Ava hat Neuseeland im März 1936 verlassen. Ihr Schiff ging erst einmal von Westport nach Christchurch, ich habe keine Ahnung, wann sie von Christchurch weg ist. Aber sie ist sicher irgendwann im Herbst 1936 in Hamburg angekommen. Also eher in der zweiten Hälfte des Jahres, denke ich. Abgereist ist sie als Witwe Ava Denson. Ob sie ihren Mädchennamen bei der Einreise wieder angenommen hat? Keine Ahnung, aber ich halte das für sehr gut möglich. Nach Neuseeland gekommen ist sie 1928. Das wäre es auch schon – ich weiß nicht einmal, was sie als ihren Beruf angegeben hatte.«

Katharina sah auf den Zettel, auf dem nur ein Name und eine Jahreszahl standen. »Das ist wirklich nicht viel. Weißt du wenigstens ihr Geburtsdatum?«

»Nein. Aber das Geburtsjahr: Sie ist Jahrgang 1909, sie kam mit neunzehn nach Neuseeland.«

»Okay«, murmelte Katharina, während sie die Jahreszahl noch neben den Namen kritzelte. »Aber ich kann dir nichts versprechen!«

»Danke.« Sina war hörbar erleichtert. »Ich wäre wirklich froh, wenn ich herausfinden könnte, was da passiert ist. Ruiha hat von Ava nichts mehr gehört, seit dem Tag, an dem sie in Westport an Bord gegangen ist.«

»Schon gut«, wehrte Katharina ab. »Aber jetzt zu dir: Wie geht es dir? Ist dein Traummann immer noch dein

Held? Und was macht er auf Vanuatu, wenn er doch eigentlich an deine Seite gehört?«

»Er wartet auf die Reparatur von seinem Tanker, und ich bin die Seemannsbraut, die auf die Heimkehr ihres Mannes wartet. Wenigstens weiß ich jetzt schon, wie sich das anfühlt ... Wie geht es bei dir?«

Katharina erzählte begeistert von ihrer Arbeit und weniger begeistert von ihrem Freund, der sich in den letzten Wochen allmählich in die lange Reihe von Katharinas Ex-Freunden eingereiht hatte. Nach ein paar weiteren Minuten mussten sie das Gespräch beenden – Mary-Anns Telefonrechnung wäre sonst explodiert.

Nachdem sie aufgelegt hatte, sah Katharina nachdenklich vor sich hin und nahm noch einen Schluck von ihrem Wein. Sie beschloss, sich gleich morgen früh auf die Suche nach dieser Ava zu machen. Es wurde allmählich Zeit, dass Sina nicht mehr von dieser Frau besessen war, die wahrscheinlich schon ziemlich lange tot war ...

Es vergingen drei Tage, bis Katharina wieder an ihr spät in der Nacht abgegebenes Versprechen dachte. Nicht, dass sie es vergessen hätte. Aber die Tage in der Redaktion bescherten Katharina wahre Berge von Arbeit und Aufgaben. Ständig sollte sie etwas recherchieren, einen Prominenten für ein Interview ans Telefon locken oder auch einfach nur für einen der älteren Redakteure Hunderte von Bildern sichten, um das Richtige zu finden. Katharina beschwerte sich keine Sekunde über diese Aufgaben. Sie liebte ihren neuen Beruf und konnte sich beim besten Willen nicht mehr vorstellen, jemals etwas anderes zu tun.

Trotzdem: Drei Tage später kehrte etwas Ruhe in die Redaktion ein. Es war früher Nachmittag, viele der angestellten Redakteure waren noch in der Mittagspause, als Katharina sich daran machte, nach dieser Ava Denson zu forschen. Sie rief beim Hafen in Hamburg an und fragte, ob ein Archiv mit alten Passagierlisten existierte. Schnell stellte sich heraus, dass es zwar die »Hamburger Passagierlisten« gab, die im Staatsarchiv lagen und die genau alle Auswanderer bis 1934 dokumentierten. Aber Menschen, die nach Deutschland zurückkehrten, wurden darin nicht erfasst. Und Mitte der Dreißigerjahre endete die sorgfältige Dokumentation dieser Schiffe ohnehin. Da war wohl auch so einiges im Krieg vernichtet worden. Stattdessen suchte Katharina nach den Unterlagen der Meldebehörden. Fehlanzeige. Eine Ava Denson hatte Ende der Dreißigerjahre nicht in Hamburg gelebt. Der Nachmittag verging wie im Fluge, ohne dass Katharina auch nur im Geringsten fündig wurde. Frustriert beendete sie am frühen Abend ihre Suche. Sie hatte keine Ahnung, ob sie etwas übersehen hatte – oder ob sie wirklich schon alles durchsucht hatte. Was, wenn diese Ava in Hamburg einen anderen Namen angenommen hatte? Oder – was doch sehr wahrscheinlich wahr – wieder ihren Mädchennamen trug? Dann war sie nie mehr zu finden.

Entnervt sah Katharina auf ihren Terminkalender. Von der Wieder-Einwanderin Ava Denson war keine Spur zu finden. Aber vielleicht fand sich ja etwas über Eva Gehrling. Am Samstag hatte Katharina nichts vor – und sie beschloss spontan, Sinas Eltern einen Besuch abzustatten.

Sinas Mutter war mehr als überrascht, als Katharina vor der Tür stand. »Du weißt doch sicher, dass Sina in Neuseeland ist?«

»Ja, sicher«, erklärte Katharina. »Sie hat mich allerdings gebeten, etwas über ihre Familie herauszufinden.«

»Über mich und meinen Mann?« Jetzt schaute Sinas Mutter allerdings wirklich ungläubig. »Was kann sie denn da wissen wollen?«

»Nein, nicht über Sie«, erklärte Katharina geduldig. »Es geht um Ihre Mutter Eva. Sina hat mir erzählt, dass sie nichts über ihre Großmutter weiß, und jetzt löchert Brandon sie wegen der alten Familiengeschichten …«

»Hui, das klingt ja allmählich ernst«, lachte Sinas Mutter. »Komm doch herein. Ich koche uns einen Kaffee und erzähle dir ein wenig aus dem Leben meiner Mutter. Obwohl sie nie sehr viel von sich preisgegeben hat, wenn ich mir das richtig überlege. Eva war wohl eher der schweigsame Typ …«

»Ich werde Sie auch nicht lange belästigen«, versprach Katharina noch, bevor sie auf dem Sofa Platz nahm und kurz darauf eine Tasse mit heißem Kaffee entgegennahm. Sinas Mutter hatte nicht übertrieben, als sie von »nicht viel preisgeben« gesprochen hatte. Die Fakten, die sie über ihre Mutter wusste, ließen sich schnell zusammenfassen.

Eva Gehrling war 1909 in Hamburg geboren und hatte sehr spät geheiratet, nämlich erst mit neunundzwanzig Jahren. Mit dem Berliner Arzt Hubertus Gehrling hatte sie eine glückliche Ehe geführt, 1940 war ihr einziges Kind, die Tochter Hannelore, zur Welt gekommen. Sie hatte zeit ihres Lebens nur wenig über sich selbst erzählt und am liebsten Urlaub in Deutschland gemacht. 1970 war sie im Alter von einundsechzig Jahren an Krebs gestorben, ihre Enkelin Sina war erst ein Jahr später zur Welt gekommen. Der Großvater hatte fünfundzwanzig Jahre lang um den Tod seiner geliebten Eva getrauert …

Katharina sah Sinas Mutter nachdenklich an. »Und mehr ist nicht bekannt? Was hat Eva denn gemacht, bevor sie geheiratet hat? Neunundzwanzig war damals doch ausgesprochen alt für den Gang zum Altar. Und wie hat sie Hubertus denn kennengelernt?«

Verlegen zuckte Hannelore mit den Achseln. »Ich weiß es nicht. Ja, ich hätte sie das alles fragen müssen. Aber sie war keine Frau, die es schätzte, wenn man sie ausfragte. Sie hielt sich immer unauffällig im Hintergrund, lächelte bei heftigen Diskussionen und behielt ihre Meinungen immer für sich. Was in meiner Mutter wirklich vor sich ging, werde ich wohl nie erfahren …«, stellte sie geistesabwesend fest. »Der Einzige, der Eva genau kannte, war mein Vater. Wenn ich an meine Eltern denke, dann sehe ich sie immer Hand in Hand vor mir. Sie waren unendlich liebevoll und immer rücksichtsvoll zueinander.«

Sie sah Katharina an. »Ich habe bis jetzt noch nicht die alten Fotoalben meines Vaters durchgesehen. Sein Tod ist noch nicht so lange her, da ist es einfach zu schmerzhaft … Aber wenn du möchtest, kannst du die Sachen gerne durchsehen. Es ist nur ein einziger Umzugskarton, aber da drin verbirgt sich alles Mögliche – von alten Kontoauszügen bis hin zu Bildern von irgendwelchen Vorfahren …«

Katharinas Interesse war geweckt. Alte Erinnerungsstücke machten sie immer neugierig – so wie damals die alte Nähmaschine in dem kleinen Antiquitätengeschäft in Seddonville. »Das sehe ich mir gerne an!«, erklärte sie. »Ich falle Ihnen auch bestimmt nicht zur Last, lassen Sie mich einfach mit der Kiste und einer Kanne Kaffee alleine.«

Ein paar Minuten später fand sie sich in Sinas altem Kinderzimmer wieder. Gemeinsam mit der bestellten Kanne Kaffee, einer nicht bestellten, aber sehr willkommenen Tafel Schokolade und einem bis an den Rand gefüllten Umzugskarton. Entschlossen öffnete sie das Ding und zog das erste Schächtelchen heraus. Neugierig öffnete sie es und fand zwei Orden an schimmeligen Bändchen. Auf beiden fand sie ein Hakenkreuzemblem. Nicht überraschend: Hubertus hatte Führer und Vaterland gedient – und sich dabei offenbar verdient gemacht. Sie nahm ein schmales Buch aus dem Karton. Gedichte. Und zwar fein säuberlich mit der Hand abgeschrieben. Rilke, Hesse … eher von der gefühlsduseligen Sorte.

Weiter. Ein Packen Briefe, mit einem verwaschenen roten Bändchen zusammengehalten. Vorsichtig legte Katharina die leicht vergilbt aussehenden Blätter zur Seite. Sütterlin zu lesen war nicht ihre Stärke, sie wollte sich später um diese Dokumente kümmern.

Ein kleinerer Karton aus schlichter grauer Pappe. Sie öffnete ihn und fand kleine schwarz-weiße Bildchen mit einem weißen, gewellten Rand. So sahen alte Fotos aus. Katharina blätterte sie schnell durch. Eine Frau, der die Haare im Wind wehten, vor ein paar zerzausten Büschen. Die gleiche Frau, dieses Mal Hand in Hand mit einem Mann. Katharina sah genauer hin. Diese Frau sah Sina tatsächlich ähnlich, sie sah aber auch so aus, wie die Frau auf dem alten Bild in Neuseeland. Bis hierher keine Überraschung. Sina hatte erzählt, dass sie ihrer Großmutter ziemlich ähnlich sah – also musste diese Eva der neuseeländischen Ava ebenfalls ähnlich sehen. Neugierig drehte sie das vergilbte Papier um. »Eva und Hub« stand da. Also wirklich, Sinas Oma und Opa.

Katharina griff nach den anderen Bildern. Eine Landschaftsaufnahme, wieder Hubertus (dieses Mal an einem Bergkreuz) und dann beide, offensichtlich in München auf dem Marienplatz. Das nächste Bild zeigte nur Eva, mit Hannelore auf dem Arm. Sie lächelte in die Kamera und sah sehr viel jünger als auf den anderen Bildern aus. Sogar ihre Falten waren verschwunden. Unglaublich, was Mutterglück bewirken konnte. Auf diesem Bild unter der zerzausten Palme strahlte Eva nur so in die Kamera. Katharina hielt inne. Palme? Hatte Hannelore nicht gerade eben noch gesagt, dass ihre Mutter nicht ins Ausland wollte? Vorsichtig drehte sie das Bild um. Ein fast verwaschener Stempel. »Westport, NZ.« Wieder sah Katharina die Vorderseite an. Eva, eindeutig Eva. Was hatte dieses Bild sonst in diesem Karton verloren? Aber warum Westport? War das Kind auf diesem Bild wirklich Hannelore. Oder war es doch … Junior?

Aufgeregt kramte sie weiter in den Bildern. Familie in Berlin, Hannelore im Tierpark. Dann wieder Eva mit einem fremden Mann. Älter, kräftig und mit Vollbart. Und wieder auf der Rückseite der Stempel »Westport, NZ.« Konnte es sich bei diesem Mann wirklich um John Denson handeln?

Katharina schlug das Herz bis zum Hals. Wenn das stimmte, was sie da gerade entdeckte, dann war die Ähnlichkeit von Sina zu dieser Ava Denson kein merkwürdiger Zufall mehr. Dann war Ava Denson ihre Großmutter, die hier in Deutschland unter dem Namen Eva Gehrling in Berlin gelebt hatte. Die noch einmal geheiratet und nie wieder den Kontakt nach Neuseeland gesucht hatte ... Und es bedeutete ... Jetzt verschlug es Katharina endgültig den Atem. Junior war noch immer in Neuseeland. Sina hatte einen Onkel, der in dem Land lebte, in dem sie im Moment war. Das musste sie sofort erfahren! Aber erst einmal wühlte Katharina hektisch weiter in dem Stapel Bilder. Und sie wurde noch zweimal fündig. Das eine Bild zeigte drei Frauen, die nebeneinander standen und in die Kamera lachten. Schon nach dem Wenigen, was Sina von Ruihas Erzählungen weitergegeben hatte, war Katharina sofort klar, wer sie da anstrahlte: Da war die dunkle Ruiha, die ein bisschen schüchtern wirkte und offenbar versuchte, sich im Hintergrund zu halten. Und natürlich Miriam. Blonde Locken und ein ansteckendes Lachen, sogar nach so vielen Jahrzehnten. Das Bild musste vor dem schrecklichen Unglück in Matakite entstanden sein, zu einer Zeit, als die drei Frauen noch ohne große Sorgen in den Tag hinein lebten.

Das vierte und letzte Bild aus Westport, das Katharina fand, beseitigte endgültig alle Zweifel an der Identität von Ava Denson alias Eva Gehrling. Es war haargenau das Bild, das Sina in dem Fotoalbum gefunden hatte. Der Fotograf hatte offenbar mehr als einen Abzug von diesem Porträt von Ava gemacht.

Für einen Moment atmete Katharina tief durch. Was bedeutete dieser Fund für die Familie Gehrling? Was, wenn sie mit dem heimlichen Leben der Großmutter ein Problem hatten? Katharina schüttelte den Kopf. Blödsinn. Es wurde höchste Zeit, dass diese Wahrheit nach so vielen Jahrzehnten endlich ans Licht kam! Sie sah noch einmal in den Umzugskarton. Auf seinem

Boden lag ein glatter, grüner Kieselstein. Abgegriffen von vielen Jahren, in denen jemand diesen Stein mit sich herumgetragen hatte. Katharina nahm ihn in die Hand. Er war dunkelgrün, geformt wie ein flacher Halbmond. Sie hielt ihn gegen das Licht und sah, wie ein schwacher, dunkelgrüner Schimmer sich in ihren Händen brach. Konnte es sein, dass sie neuseeländische Jade in den Händen hielt? Den Stein, den Ruiha der jungen Ava einst zur Hochzeit geschenkt hatte?

Mit den Bildern und dem Stein in der Hand lief sie die Treppe hinunter und winkte Sinas Mutter, die im Wohnzimmer saß, nur kurz zu. »Vielen Dank! Ich muss los!«

Sie verschwand, bevor Hannelore auch nur die Chance hatte, nach den Ergebnissen ihrer Suche zu fragen. So schnell es ging, lief sie nach Hause, die vier Bilder und den flachen Stein in ihrer Handtasche versteckt. Kaum angekommen, griff sie nach dem Telefon. Etwas verschlafen meldete sich am anderen Ende Sina.

»Hallo?«

Erst jetzt rechnete Katharina nach. In Neuseeland war es sechs Uhr morgens. Es war Sonntag. Sina schlief wahrscheinlich endlich einmal aus – aber die Neuigkeiten konnten nicht warten.

»Ich bin's!«, platzte Katharina heraus. »Ich weiß jetzt endlich, was du mit dieser Ava Denson zu tun hast: Sie ist deine Großmutter!«

Mit einem Schlag war Sina am anderen Ende der Welt hellwach. »Und wie wurde sie zu Eva Gehrling?«

»Keine Ahnung«, bekannte Katharina. »Ich habe auf keiner Passagierliste und bei keiner Meldebehörde eine

Ava Denson gefunden. Völlige Fehlanzeige, es ist, als ob diese Ava sich auf der Fahrt nach Deutschland in Luft aufgelöst hat.«

»Und woher willst du dann wissen, dass sie zu Eva Gehrling wurde?«

»Ich weiß nicht, was zwischen ihrer Abreise in Neuseeland und ihrer Hochzeit in Berlin 1938 passiert ist. Dafür bin ich mir aber sicher, dass Eva Gehrling die ehemalige Ava war. Ich habe bei deiner Mutter im Nachlass von deinem Großvater stöbern dürfen. Und da habe ich in einem Schuhkarton mit alten Bildern gleich vier Bilder gefunden, die aus Westport stammen.«

»Nicht zu glauben!« Katharina konnte hören, wie Sina sich nebenher einen Kaffee kochte. »Du bist dir ganz sicher?«

»Ich kann dir Kopien schicken, aber du wirst sehen: Eines der Bilder ist sogar ein weiterer Abzug von dem Foto in dem alten Fotoalbum …«

»Aber … was wurde aus Junior? Der muss doch noch leben!«, dachte Sina laut nach.

»Das habe ich mir auch schon gedacht.« Katharina starrte auf die vier Bilder, die vor ihr lagen. »Aber ich fürchte, den musst du an deinem Ende der Welt suchen. Es sieht nicht so aus, als ob Ava-Eva noch Kontakt mit ihm gehabt hat, nachdem sie Neuseeland verlassen musste. Glaubst du nicht, dass Ruiha etwas weiß?«

»Ich werde sie noch einmal besuchen müssen«, stimmte Sina zu. »Sie war ja anfangs das Hausmädchen bei den MacLagans. Sie hat also zumindest die erste Zeit von Junior in seinem neuen Zuhause mitbekommen. Mit ein bisschen Glück hat sie auch eine Ahnung, wo Junior sich heute verborgen hält.«

»Wo steckt denn überhaupt dein Brandon?«, wechselte Katharina das Thema.

»Immer noch in Vanuatu. Es ist wohl komplizierter als gedacht, diesen Tanker wieder zu flicken. Ich rufe ihn aber sicher sofort an und erzähle ihm, was du herausbekommen hast.« Sina lachte. »Er war schließlich die ganze Zeit der Meinung, dass ich mir die Geschichte einer Frau anhöre, die rein gar nichts mit mir zu tun hat!«

Als sie das Telefonat beendet hatten, starrte Sina noch ein Weilchen auf den Telefonhörer in ihrer Hand. Sicher, mit Brandon an ihrer Seite wäre die Suche nach ihrem verschollenen Onkel sehr viel schöner. Aber es konnte noch Wochen dauern, bis er endlich in seinem Südsee-Paradies Anker lichten durfte. So lange wollte sie auf gar keinen Fall warten. Als Erstes musste sie Ruiha noch ein letztes Mal um Rat fragen.

23.

Ruiha musterte die aufgeregte Sina, die da an ihrem Küchentisch saß. Fast ohne Pause hatte sie geredet und all ihr neues Wissen aus Deutschland vor ihr ausgebreitet. Jetzt sah sie sie mit diesen meergrünen Augen an, die so erschreckend den Augen ihrer Großmutter glichen.

»Ruiha, ich habe einen Onkel irgendwo hier in Neuseeland. Kannst du mir irgendwie helfen, ihn zu finden? Du hast doch immerhin seine ersten Jahre noch mitbekommen, oder? Was ist denn passiert, nachdem Ava-Eva an Bord dieses Schiffes verschwunden ist?«

Ruiha sah nachdenklich in ihren Garten. Der Rimu-Baum, die Manuka-Sträucher, der große Farnbaum … alles war ihr so unendlich vertraut. Sie lebte hier seit vielen Jahrzehnten, und niemand fragte nach den dunklen Tagen in ihrem Leben. Niemand. Bis zu dem Tag, an dem dieses Mädchen aus Deutschland aufgetaucht war und irgendwann nicht mehr aufgehört hatte, nach der Vergangenheit zu fragen. So viel Schmerzhaftes war wieder an die Oberfläche gekommen, aber die Erinnerung war zum Teil auch wunderschön gewesen. Sie seufzte.

»Ich habe gehofft, dass ich wenigstens diesen Teil der Geschichte im Dunkeln lassen kann«, erklärte sie. »Am Anfang dachte ich doch tatsächlich, dass es reicht, wenn ich dir die Geschichte von Ava hier in Neuseeland erzähle. Aber es scheint, als ob die alten Wahrheiten mit aller Macht an die Oberfläche drängen, oder?«

Wie ich schon erzählt habe, legte das Schiff mit Ava an Bord ab, Junior heulte bitterlich, und Angus fuhr uns alle in sein Haus. Als wir ankamen, versteckte Junior sich hinter einem Sessel und wollte von niemandem angefasst werden. Miriam bemühte sich so sehr um ihn – sie kniete vor dem Sessel und sang beruhigende Kinderlieder, versuchte, ihm den Kopf zu streicheln oder ihn in kindische Spielchen zu verwickeln. Er schlug jedoch ihre Hand weg und verkroch sich immer weiter hinter diesem Sessel. Miriam war voller Verständnis. »Er vermisst seine Mutter«, erklärte sie immer wieder. »Und wer könnte ihm das verübeln? Sie ist abgereist, und er fühlt sich verlassen. Ich bin mir sicher, wenn wir ihm nur genug Liebe in den nächsten Wochen und Monaten geben, dann wird er sich allmählich wieder beruhigen. Wir dürfen nur keine Wunder erwarten …«

Junior weinte den ganzen Nachmittag. Immerhin gelang es mir am Abend, ihm etwas zu trinken zu geben. Es brach mir fast das Herz, diesen kleinen unglücklichen Jungen zu sehen, der mit seinen verquollenen Augen immer wieder nach seiner Mama fragte. In dieser Nacht nahm ich ihn mit in mein Bett. Er klammerte sich an mich wie ein Ertrinkender, wachte immer wieder auf und weinte sich dann in den Schlaf. Immerhin war er noch keine zwei Jahre alt, er konnte nicht verstehen, warum er innerhalb weniger Monate seinen Vater und seine Mutter verloren hatte. Zum Frühstück kam Miriam in mein Zimmer. Sie hatte einen Becher mit heißer Milch für Junior dabei – aber er brach schon bei ihrem Anblick in Tränen aus. Miriam riss sich zusammen, lächelte beruhigend und stellte die Tasse einfach still auf meinen Nachttisch. Junior trank die Milch – aber erst, als sie den Raum verlassen hatte.

Es mag sein, dass die Zeit alle Wunden heilt. Aber Juniors Trauer schien nicht zu vergehen. Mit den Wochen klammerte er sich immer heftiger an mich, wollte keine Sekunde mehr ohne meine Anwesenheit sein. Wann immer sich Angus oder Miriam ihm näherten, schrie er laut und unkontrolliert, schlug um sich oder schwieg und starrte auf den Boden. Ich fragte mich damals oft, ob so ein kleines Kind wohl schon fühlen konnte, wer ihm seinen großen Verlust angetan hatte.

Am schlimmsten war es, wenn Junior ins Bett gebracht werden sollte. Angus hatte verfügt, dass aus dem kleinen, verwöhnten Denson ein echter MacLagan gemacht werden sollte. Damit wollte er sagen, dass niemand Junior trösten durfte, wenn er in seinem Bett weinte. Damit wurde es natürlich von Abend zu Abend schwieriger, den Jungen in sein Bett zu legen. Wenn er auch nur spürte, dass es in Richtung seines verhassten Schlafzimmers gehen sollte, wurde er regelrecht hysterisch. Er klammerte sich an Möbeln fest, schlug auf jeden ein, der ihn festhalten wollte, weinte und schrie in einem fort: »Nein! Nein! Nein!«

Wenn er dann gewaltsam in sein Bett verfrachtet wurde, hörten wir ihn hinter der geschlossenen Tür oft noch stundenlang weinen. Ich schlich mich ein paar Mal heimlich zu ihm. Er sah mich mit seinem verquollenen, verheulten Gesicht Hilfe suchend an. Alles, was Junior wirklich brauchte, war eine Unmenge Liebe. Aber ich durfte sie ihm nicht geben, Angus wollte sie ihm nicht geben und Miriam konnte es nicht. Und so wurde Junior immer verzweifelter und einsamer.

Miriam bemühte sich, so gut es ging. Vor allem am Anfang setzte sie sich oft zu Junior, versuchte mit ihm zu spielen oder ihm etwas aus einem Bilderbuch vorzulesen. Junior wollte von all diesen Versuchen allerdings wenig wissen. Er, der so freundlich mit ihr gespielt hatte, als er gemeinsam mit seiner Mutter zu Besuch gekommen war, lehnte sie mit jedem Tag mehr ab. An einem Nachmittag im Garten warf sie ihm immer wieder einen Ball zu, den er mit viel Kraft und Wut möglichst weit von sich wegschoss. So verging fast eine Stunde, in der Miriam immer angestrengter nach einem Zugang zu Junior suchte. Schließlich ließ sie den Ball einfach liegen, lächelte mich müde an und verschwand im Haus. Ich blieb alleine mit Junior, der tatsächlich anfing, mir diesen Ball zurückzuspielen. Als es dämmerte, ging ich mit ihm ins Haus – und bemerkte erst jetzt, dass Miriam uns die ganze Zeit vom Fenster aus zugesehen hatte. Sie sah mich kopfschüttelnd an. »Vielleicht ist es ja richtig, dass mein Kind bei der Geburt gestorben ist. Ich kann mit so einem kleinen Wesen doch gar nicht umgehen. Bei dir lächelt Junior sogar hin und wieder, bei mir tut er das nie.« Sie seufzte. »Ich lasse ihn am besten in Zukunft in Ruhe!«

Erschrocken sah ich sie an. »Das darfst du nicht sagen! Man darf nie aufhören, um das Herz eines so kleinen Jungen zu kämpfen. Du darfst nicht vergessen, was er verloren hat, da ist es doch kein Wunder, dass er etwas länger braucht, bis er wieder Zutrauen fasst. Und mit mir – das ist doch verständlich. Ich habe jeden Tag seit seiner Geburt mit ihm verbracht. Außerdem … hast du Ava nicht versprochen, dass du dich um ihren Sohn so kümmern würdest, als sei er dein eigen Fleisch und Blut?«

Miriam ließ sich von meinen Worten nicht umstimmen. Sie beharrte darauf, dass sie einfach keinen Zugang zu kleinen Kindern finden würde. Am Ende wollte sie nicht einmal mehr mit mir diskutieren. Sie wickelte sich einfach in ihren dunkelgrauen Schal und sah an mir vorbei aus dem Fenster, ohne mir zu antworten. Ja, sie war krank – und Junior hatte es nicht geschafft, sie aus ihrer dunklen Stimmung zu befreien. Ich denke sogar, dass er ihre Krankheit bemerkt und sich deswegen so nachdrücklich von ihr zurückgezogen hat. Kinder sind gut darin, sich vor zu viel negativen Einflüssen zu schützen.

Als ich Miriam schließlich allein ließ, um den um sich schlagenden Junior ins Bett zu bringen, hatte ich das Gefühl, Miriam endgültig verloren zu haben.

Vor Juniors Zimmer traf ich auf Angus, der unwirsch auf die Tür deutete. »Hört der auch mal auf zu heulen?«

Ich zuckte mit den Achseln. »Er würde schneller aufhören, wenn wir ihn trösten dürften. So ist er einsam.«

Ein heftiges Kopfschütteln war die Antwort. »Blödsinn. Ihn darf nichts mehr an sein altes Leben erinnern.« Er dachte kurz nach. »Er soll ab sofort bei seinem richtigen Namen genannt werden. Es ist doch lächerlich: John senior ist schließlich tot, wir müssen seinen Sohn nicht Junior nennen. Ruft ihn John, so wie er getauft ist!«

»Wenn wir Pech haben, dann nehmen wir ihm damit die letzten Wurzeln«, wagte ich zu widersprechen.

Angus lächelte mich von oben herab an. »Immer einen Widerspruch auf den Lippen, was? Kaum zu glauben, dass du meine Angestellte bist …« Er klang, als ob er einen Besitzanspruch auf mich hätte.

Ich wollte an ihm vorbeigehen, um in mein Zimmer zu kommen. Er bemerkte meine Absicht, hob die Hand und strich wie unbeabsichtigt über meine Brust. Ich sog scharf die Luft ein – was für eine Unverschämtheit! Er bemerkte meine Reaktion, grinste zufrieden und gab mir den Weg frei – nicht ohne auch noch über mein Gesäß zu streicheln.

Mit hochrotem Kopf rannte ich die Treppe nach oben. Was sollte ich nur tun? Für Junior war ich der einzige Halt, der einzige Mensch, dem er wenigstens ein bisschen vertrauen konnte. Aber unter einem Dach mit diesem Teufel? Schon beim Gedanken daran bekam ich eine Gänsehaut.

Für eine Nacht wollte ich wenigstens meine Ruhe. Meine Ruhe von der traurigen Miriam, die sich in ihrem Zimmer vergrub, und dem nächtlichen Geheule des kleinen Junior, der sich nach seiner Mutter sehnte.

Ich legte mir meinen wollenen Umhang um die Schultern und rannte zu meinem Heimatdorf. Es lag fast eine Stunde entfernt, aber ich wollte an diesem Abend unbedingt noch mit einem warmherzigen Menschen sprechen.

Anaru war nicht im Mindesten von meinem Besuch überrascht. Er umfing mich mit seinen starken Armen und küsste mich. So leidenschaftlich hatte ich ihn noch nie erlebt. Er sah mich mit funkelnden Augen an: »Ich bitte dich, heirate mich! Ich verdiene genug für uns zwei, wir werden ein glückliches Leben haben, das verspreche ich dir!«

Es klang so wunderbar, so sorgenfrei. Ich erwiderte seinen Kuss mit einer Inbrunst, die mir selber bis dahin fremd gewesen war. Anaru warf einen prüfenden Blick über die Straße, ob er von irgendjemandem beobachtet wurde. Dann zog er mich in seine kleine Hütte und küsste mich noch heftiger, noch fordernder. Ich ließ mich einfach fallen, wollte keinen Widerstand mehr leisten, wollte nicht mehr stark sein. Ich gab seinen Küssen und seinen forschenden Fingern nach, gab ihnen gerne nach. So warm und geborgen wie in seinen Armen hatte ich mich noch nie gefühlt. Und was war schon Verbotenes daran? Ich wollte Anaru doch ohnehin heiraten. Er war der Ausweg aus meinem Dilemma im Hause der MacLagans.

Später lag ich in seinen Armen. Das Fenster über seinem Bett war weit offen, ich konnte den Mond zwischen den Bäumen sehen. Wir hörten einen Ruru rufen. Anaru seufzte zufrieden. »Jetzt musst du mich heiraten!«, erklärte er.

»Das will ich ja auch«, war meine einfache Antwort. »Wenn Junior sich nur ein bisschen eingewöhnt hat, dann werde ich den MacLagans den Rücken kehren.«

Anaru küsste mir sanft auf den Scheitel. »Ich weiß, dass du dich für diesen kleinen Jungen verantwortlich fühlst. Deswegen liebe ich dich auch – und ich weiß, dass du auch für meine Kinder eine gute Mutter sein wirst. Du musst nur darauf achten, dass deine Liebe zu diesem Kind nicht deine Liebe für mich auffrisst …«

Ich nickte. »Das verspreche ich dir!«

Anarus Stimme im Dunkeln klang weich und vertraut. Er streichelte mir weiter die Schulter, während er wie beiläufig fragte: »Wie ist eigentlich dieser Angus MacLagan? Er müsste doch ein schlechtes Gewissen haben, nach all dem, was er Ava und Junior angetan hat.«

»Davon kann ich nichts feststellen«, seufzte ich. »Im Gegenteil. Er fühlt sich im Recht, wenn es nur seinem Vorteil dient. Ein ekelhafter Typ.«

Anaru musste gemerkt haben, dass ich schon bei der Erwähnung von Angus MacLagan jeden Muskel in meinem Körper anspannte.

»Hast du etwa Angst vor ihm?«, fragte er ernst.

Ich konnte nur nicken. Zum ersten Mal musste ich zugeben, dass ich Angus fürchtete. »Er nimmt sich einfach das, was er haben will«, erklärte ich. »Ich fürchte, dass er eines Tages etwas von mir möchte, das ich ihm nicht geben will.«

»Dann bringe ich ihn um!« Anaru sagte das mit so großem Ernst, dass ich keine einzige Sekunde daran zweifeln konnte.

»Das wirst du nicht tun!«, warnte ich ihn. »Die Pakehas werden dich sonst in ihren Gefängnissen verrotten lassen. So weit geht die Gleichberechtigung dann doch nicht, dass du einen ehrlichen Prozess bekommen würdest!«

»Ich würde mich nicht erwischen lassen!« Anaru ließ immer noch keinen Zweifel an der Ernsthaftigkeit seiner Drohung aufkommen.

Ich legte ihm einen Finger auf die Lippen. »Rede keinen Blödsinn. Angus MacLagan mag ein rücksichtsloser, geldgieriger Mann sein. Aber er ist nicht so verrückt, dass er sich einem Maori-Mädchen aus seinem Haushalt unziemlich nähert. Warum sollte er? Einem so gutaussehenden Mann bieten sich doch genug Mädchen an – und von Miriams Wahnsinn reden die Leute sogar schon auf dem Markt, das habe ich doch selber gehört.«

»Will er sie loswerden?«, fragte Anaru.

Ich zuckte mit den Schultern. »Wenn ihm ein Weg dafür einfallen würde, dann würde er es probieren. Aber so, wie die Dinge stehen, lässt er sie lieber in dem Haus in Seddonville verrotten und wohnt bei Betty in Westport. Ist doch auch irgendwie praktisch …«

»Was mögen seine Pläne für Junior sein?« Anaru dachte laut nach.

»Keine Ahnung. Ich weiß nicht einmal, warum er ihn unbedingt haben wollte. Vielleicht, weil damit sein Triumph über John und Ava perfekt ist? Er hat ihnen wirklich alles genommen, sogar das Kind. Ich traue Angus derlei verquere Gedanken durchaus zu. Hin und wieder würde ich gerne wissen, was ihn zu dem Mann gemacht hat, der er ist.«

Anaru beugte sich über mich und gab mir einen langen Kuss, während seine Hand ganz langsam über meinen Bauch nach unten wanderte. »Ich verspreche dir, dass du nicht mehr lange in diesem Haus bleiben musst!«, wisperte er mir zu. »Du bist meine Frau, nicht das Hausmädchen von diesem bösartigen Mann. Vergiss das nie …«

Seine Hände und seine Zunge sorgten für den Augenblick dafür, dass ich so ziemlich alles vergaß und es mir reichlich egal war, für wen ich eigentlich arbeitete. Ich wusste nur noch eins: Ich mochte dieses Gefühl, und ich liebte meinen Anaru. Und beides wollte ich nie mehr aufgeben …

In dieser Nacht bin ich erst in der Morgendämmerung in das Haus der MacLagans zurückgekehrt. Es lag still im Mondlicht. Junior hatte sich wahrscheinlich irgendwann in den Schlaf geweint, Miriam sagte ohnehin nur noch selten etwas – und mit ein bisschen Glück war Angus nicht mehr zu Hause, sondern längst wieder in Westport bei seinen Huren. Ich hatte meinen Frieden, als ich mich endlich schlafen legte.

24.

Es war, als hätte Junior bei meinen Gesprächen mit Anaru mitgehört. Er klammerte sich in den nächsten Tagen immer noch mehr an mich. Miriam war wieder in ihrer eigenen, dunklen Welt gefangen, sie bemühte sich nicht einmal mehr, ihren Ziehsohn zu erreichen. Wenn ich versuchte, sie zu einem Spiel mit ihm zu bewegen, winkte sie nur mit einer müden Handbewegung ab. »Er will mit mir nichts zu tun haben, warum sollte ich ihn also mit meiner Gegenwart quälen? Kümmere du dich um ihn …«

Das tat ich auch. So war ich gezwungen, zu sehen, wie Angus' Besuche in seinem eigenen Haus wieder häufiger wurden. Den Grund erfuhr ich bei einem Marktbesuch.

An einem windigen Herbsttag wollte ich nur ein wenig Fisch und Süßkartoffeln kaufen. Vor dem Händler standen eine ganze Menge Hausfrauen und Hausmädchen herum, offenbar war ich nicht die Einzige, die heute hier kaufen wollte. Ich stellte mich geduldig an, als mich eine der älteren Frauen an die Schulter tippte.

»Du da! Du arbeitest doch für MacLagan, oder nicht?«

Ich nickte nur.

»Hat er denn jetzt wirklich Arbeiter gefunden, die bereit sind, in Matakite zu arbeiten?«

Ich hatte nicht einmal geahnt, dass Angus die Mine wieder öffnen wollte. Obwohl es naheliegend war. Die Preise für Kohle stiegen immer noch mit jedem Monat, und Matakite war eine lukrative Mine gewesen. Zumindest bis zu dem Unglück.

Die Frau blickte mich immer noch fragend an. Ihr breites Gesicht sah verwittert aus. Geplatzte, rote Äderchen, gelbliche Augen. Sie war nicht gesund.

»Master MacLagan redet mit mir nicht über seine Geschäfte«, wich ich aus. »Ich weiß auch nichts über eine Wiedereröffnung von Matakite. Es tut mir leid!«

»Mein Sohn ist aus dieser Mine noch rechtzeitig entkommen«, erklärte sie mit erhobener Stimme, damit auch wirklich jede Frau in der Schlange davon erfuhr. »Wer so wahnsinnig ist, sich noch einmal auf diese Mine einzulassen, könnte gleich Selbstmord begehen.«

»Wieso?«, widersprach eine der Frauen. »Dieser geldgierige Denson ist doch tot, seine Witwe ist verschwunden – und Angus MacLagan führt die Mine womöglich besser, als es sein Kompagnon getan hat.«

»Auf der Mine liegt ein Fluch«, flüsterte ein älteres Hausmädchen, eine Maori wie ich. »Die Toten wurden nicht alle aus ihr geborgen, das kann nichts Gutes bedeuten.«

»Was auch immer«, nickte die Frau, die mich zuerst angesprochen hatte. »Wenn deine Herrschaft dich doch einmal nach deiner Meinung befragen sollte, dann kannst du ihnen ausrichten, dass niemand in Matakite arbeiten will. Die Maoris nicht, weil sie an einen Fluch glauben. Und die Weißen nicht, weil sie schlau genug sind, sich nicht in Gefahr zu begeben!«

Ich nickte. Was sollte ich sonst tun? Immerhin hatte ich jetzt eine Erklärung, warum Angus wieder häufiger in Seddonville war.

Offensichtlich hatte er in den nächsten Wochen wenig Glück mit seiner Suche nach Arbeitern. Der einzige Vorarbeiter, der sich bei uns vorstellte, stand schon schwankend in der Tür, als ich ihm öffnete. »Ich habe gehört, dass Sie jemanden wie mich suchen?«

Ich meldete ihn bei Master Angus an, der ihn empfing – und zu meinem Entsetzen auch einstellte. Offenbar musste Angus wirklich jeden nehmen, der die Bereitschaft zeigte, bei ihm zu arbeiten. Keine große Überraschung: Die Kohleindustrie erlebte einen Aufschwung, die Coal Company stellte jeden fähigen Mann ein, dessen sie habhaft werden konnte. Sie verabschiedete sich allerdings allmählich von den traditionellen Minen und fingen an, die Kohle im Tagebau zu fördern. Die Gefahr für alle Beteiligten war so sehr viel geringer.

Die Annäherungsversuche von Angus blieben bestehen. Mal berührte er »zufällig« meine Wange, dann strich seine Hand im Vorbeigehen über meinen Bauch oder mein Gesäß. Es war nie so schlimm, dass ich wirklich entsetzt sein musste – aber es jagte mir immer wieder Angst ein. Dazu fortwährend diese Blicke, mit denen er mich ansah, wenn er sich unbeobachtet wähnte … unheimlich.

Es war irgendwann in diesem Herbst, als ich abends noch die Küche aufräumte und wie immer versuchte, das Geheul von Junior zu ignorieren. Der Kleine schaffte es inzwischen ohne Probleme, aus seinem Bett herauszuklettern und schlug dann gegen die Tür. Mehr als einmal hatte ich ihn spät in der Nacht mitten in seinem Zimmer schlafend gefunden und wieder in sein Bett gelegt und zugedeckt. An diesem Abend weinte er nur leise vor sich hin. Vielleicht merkte er ja allmählich, wie sinnlos sein Weinen war. Es kam ja doch niemand in sein Zimmer, um ihn zu trösten und die Dämonen der Nacht zu vertreiben.

Ich weiß wie heute, dass ich für das Abendessen ein wenig Kürbis gebraten hatte, dazu ein Hühnchen aus dem Backofen. Bei Tisch hatte Miriam nur lustlos auf ihrem Hühnerbein herumgekaut und kein Wort gesagt. Junior hatte zum Glück ein wenig Kürbis von seinem Teller gegessen, ohne dass ich ihn lange ermahnen musste.

Nur Angus griff mit viel Appetit zu. Er steckte große Bissen Huhn und Kürbis in seinen Mund und spülte immer wieder mit dem einfachen Weißwein nach, den ich auf den Tisch gestellt hatte. Eine Unterhaltung war bei diesem Mahl nicht in Gang gekommen. Als Angus den letzten Bissen heruntergeschlungen hatte, füllte er noch einmal sein Weinglas und verließ einfach den Raum. Ich trug das Geschirr in die Küche, legte die wenigen Reste des Hühnchens auf einen Teller, damit Junior sie vielleicht am nächsten Tag noch essen würde.

Dann brachte ich ihn ins Bett und kehrte in die Küche zurück.

Ich kratzte also die schwere gusseiserne Pfanne sauber und schrubbte sie mit heißem Wasser, so gut ich konnte. Da flog die Tür zur Küche auf, Angus kam herein und ließ sich auf einen der Stühle fallen. Einige Augenblicke lang stierte er nur vor sich hin, ich dachte, er würde gleich einschlafen. Das war aber weit gefehlt …

Er holte tief Luft. »Ich will auf keinen Fall wieder dahin zurück, wo ich herkomme!«, polterte er los. »Armut, Dreck, dunkle Wohnungen oder löchrige Kleidung – das will ich nicht mehr!«

Ich schwieg. Angus wollte wohl kaum einen aufbauenden Satz von seinem Hausmädchen – zumindest nahm ich das in diesem Moment an. Außerdem hatte ich keine Ahnung, von was er da eigentlich redete.

»Ich bin in Schottland geboren. Irgendwo in einem der Täler, aus dem die Menschen noch nie herausgekrochen sind. Die sitzen da in ihren ärmlichen Hütten und leben von ihren stinkigen Schafen und dem bisschen, was der Boden hergibt. Ich habe mir geschworen, dass ich so nicht leben wollte. Also bin ich ausgewandert. Habe mir die Reise hart erarbeitet und bin hier angekommen – mit einem einzigen Ziel: Ich wollte nie mehr arm sein. Nie mehr so leben wie in Schottland.« Er trank mit einem einzigen langen Zug sein Weinglas, das er mit in die Küche gebracht hatte, leer und füllte es sofort wieder aus der Flasche nach, die noch auf dem Tisch stand.

»Hat ja auch alles geklappt!«, erklärte er. Ich bemerkte, dass seine Zunge schon ziemlich schwer war. »Vor allem, als ich diesen Idioten Denson dazu überredet habe, diese Mine zu kaufen. Er hat Geld investiert, ich habe Geld bekommen. Wenn das keine faire Arbeitsteilung war!« Er lachte. »Das habe ich gut eingefädelt. Genauso wie letztes Jahr, als dieser blöde Berg einfach in mein Bergwerk gestürzt ist. Keiner hat mir die Schuld gegeben. Alles gut gelaufen für den braven Minenbesitzer Angus

MacLagan. Menschen sind ja so leicht zu täuschen. Sie glauben alles, was in der Zeitung steht. Da reicht ein einziger Journalist, dem man eine Nacht bei Betty bezahlt.« Er lachte. Ein dreckiges, müdes Lachen. »Ich hätte selber nicht geglaubt, dass es so einfach ist, die Menschen zu täuschen. Es wussten so viele, dass ich die Stützpfeiler, die John gekauft hat, hinter seinem Rücken weiterverkauft habe. Es war, als würde ich mich direkt bei ihm auf dem Konto bedienen – das Paradies!«

Wieder der Griff zur Flasche, wieder ein Vollschenken seines Glases. »Das Problem ist jetzt, dass die Quelle versiegt ist. Ich muss wieder Geld verdienen, sonst ende ich da, wo ich angefangen habe. Mit dem einzigen Unterschied, dass ich jetzt eine schöne Ehefrau habe, die aber leider nicht ganz richtig im Kopf ist. So etwas Freudloses wie Miriam taugt nicht einmal fürs Bett.«

Er leerte sein Weinglas und sah mich mit einem abschätzigen Blick an. »Wie steht es denn mit dir? Hast du mehr Spaß im Bett? Ihr Maoris seid doch so ein Naturvolk, da habt ihr doch sicher keine Hemmungen, so wie die wilden Tiere.«

Sein Blick wurde gieriger, und ich wich unwillkürlich nach hinten aus. Aber: Da war kein Raum zum Ausweichen, ich stieß sofort an den Herd. Mit einer Hand griff ich hinter meinen Rücken. Irgendwo auf diesem Herd musste noch das Messer liegen, mit dem ich vor einer guten Stunde das Huhn tranchiert hatte. Sollte dieser besoffene Schotte mir näherkommen, würde er sein blaues Wunder erleben!

Ich richtete mich auf und sah ihm gerade in die Augen. »Ich glaube nicht, dass ich mit Ihnen über die sexuellen Gepflogenheiten meines Volkes reden möchte!«

Angus grinste. »Ich wollte auch nicht reden, das trifft sich gut. Ich bin ein Mann der Praxis, das weißt du doch, oder?«

Meine suchenden Hände fanden den Griff des Tranchiermessers. Ich schloss meine Finger um das Holz und versteckte das Messer hinter meinem Rücken. Gleichzeitig versuchte ich, mich seitwärts in Richtung Tür zu bewegen. Angus erkannte meine Absichten und stellte sich mir in den Weg. Er war immer noch zwei Schritte von mir entfernt, drehte sein halbvolles Weinglas in der Hand und musterte mich mit funkelnden Augen.

»Ich frage mich, ob du es mit deinem Freund schon gemacht hast? Wie sieht das aus bei euch? Treibt ihr es schon vor der Hochzeit, oder heben sich die Mädchen ihre Jungfräulichkeit auf?«

Ich wollte nicht mehr antworten. »Ich würde jetzt gerne in mein Zimmer gehen!«, erklärte ich. »Wenn Sie mich bitte vorbeigehen lassen?«

Er wich keinen Zentimeter zur Seite. Meine allmählich steigende Angst bereitete ihm ganz offensichtlich Vergnügen. Seine schwarzen Haare hingen ihm ins Gesicht, das mit den ungepflegten Bartstoppeln ziemlich verwegen aussah. Wie ein unrasierter Pirat. Immerhin ein sehr gutaussehender Pirat, musste ich mir eingestehen. Er hob auffordernd sein Glas. »Möchtest du nicht auch einen Schluck? Vielleicht sogar auf mein Wohl? Das musst du sogar, denn wenn ich meine Mine nicht in Gang kriege, kann ich dir keinen Lohn mehr zahlen – und das wäre doch übel. Stell dir vor, wenn du zweimal in einem Jahr an eine Herrschaft gerätst, die dir den Lohn nicht zahlen kann – das wäre doch wirklich Pech!«

»Ich bin mir sicher, Sie werden einen Weg finden, um doch noch Geld aus dieser Mine zu schlagen«, erklärte ich steif und machte einen entschlossenen Schritt zur Tür hin. Ich wollte von ihm nicht mehr in die Ecke gedrängt werden wie tumbes Vieh im Schlachthof.

Er nickte. »Sicher. Ich finde immer einen Weg. Aber ich gebe zu, in diesem Augenblick bin ich eher an dir als an meiner Mine interessiert. Möchtest du mich nicht küssen?«

Erschrocken schüttelte ich den Kopf. »Sicher nicht!«, presste ich heraus.

Die Antwort war ein raues Lachen. Er machte einen Schritt auf mich zu und legte einen Arm um meinen Nacken. Er griff grob in mein Haar, das ich damals immer offen trug. Ich dummes Ding war sogar stolz auf die langen schwarzen Wellen, die sich über meinen ganzen Rücken legten. Vor Schmerz wollte ich schon aufschreien, da beugte er sich vor und stieß seine eklige Zunge ohne Vorwarnung in meinen Mund. Ich schmeckte den sauren Wein und musste vor Ekel fast würgen. Es dauerte eine Ewigkeit, bis er von mir abließ und mich siegessicher ansah. »Kommst du langsam in Stimmung? Du kannst mehr davon haben, wenn du willst!«

Allein diese Unterstellung machte mich zornig. Dazu kam dieses Gefühl, ihm völlig ausgeliefert zu sein, und ich spürte immer noch den Ekel bei der Erinnerung an seine Zunge in meinem Mund, seine groben Lippen auf meinen. Ich nahm die Hand hinter meinem Rücken hervor und machte mit erhobenem Messer einen Schritt auf ihn zu.

Angus lachte. Lachte mit weit offenem Mund, als ob

ich einen besonders guten Witz erzählt hätte. »Du kleines Biest willst dich gegen mich wehren?« Er konnte bei dieser Vorstellung offensichtlich gar nicht mehr aufhören zu lachen. »Glaubst du denn wirklich, dass du auch nur den Hauch einer Chance gegen mich hast?«

Ohne Vorwarnung riss ich meinen Arm nach oben und stieß mit dem Messer zu. Angus hob schützend seinen Arm vor sein Gesicht und drehte sich halb zur Seite. So erwischte ich nur seinen Oberarm. Das scharfe Tranchiermesser verursachte einen tiefen Schnitt, der sofort anfing zu bluten. Mit einem Fluch presste Angus seine Hand auf den Arm und drehte sich langsam zu mir um.

»Du wagst es wirklich, das Messer gegen mich zu erheben, du kleines Biest? Ich werde dich lehren …« Mit einem einzigen gezielten Hieb seiner unverletzten Hand gegen meinen Arm sorgte er dafür, dass ich vor Schmerz meine Finger öffnete. Das Messer fiel klappernd auf den Küchenboden. Panik stieg in mir auf. Meine einzige Waffe war weg. Angus griff mit einer Hand nach meinen Händen und zwang mich dazu, sie beide hinter den Rücken zu nehmen. Dort hielt er sie mit einem Griff fest, der mich an einen Schraubstock erinnerte. Gleichzeitig drängte er mich rückwärts gegen den Küchentisch. Mit einer einzigen, unwirschen Bewegung sorgte er dafür, dass ich nach hinten kippte. Mit seiner freien, blutverschmierten Hand schob er meinen Rock nach oben und zerriss meine Unterhose. Mir war klar, was er wollte, und ich fing an zu schreien. »Nicht, Master Angus! Nicht! Ich bitte Sie, nein …«

Mit einer weiteren Bewegung öffnete er seine Hose und drang mit einem heftigen Stoß in mich ein. Gleichzeitig zog er mich etwas nach oben und zwang auch seine Zunge wieder in meinen Mund. Je mehr ich mich wehrte, desto mehr Spaß schien ihm die Sache zu machen. Ich rutschte zur Seite und landete auf dem Küchenboden, aber er fiel einfach auf mich und stieß immer heftiger in mich hinein. Ich stöhnte vor Schmerzen – und er hielt das womöglich für meine Lust, denn er fing an zu lachen. »Wusste ich doch, dass euch das Spaß macht. Ihr seid ein echtes Naturvolk, oder?«

Ich biss ihm in die Hand. Er lachte nur noch mehr, stieß heftiger und störte sich nicht im Geringsten daran, dass jetzt mein Kopf immer wieder gegen ein Tischbein stieß. Ich schloss nur noch meine Augen und hoffte darauf, dass er von mir ablassen würde. Aber es dauerte eine Ewigkeit, bis er endlich mit einem letzten Stoß und einem letzten lauten Schrei auf mir zusammenbrach.

So blieb er einen kurzen Augenblick liegen. Dann zog er sich aus mir zurück, stand auf, zog seine Hose, die ihm um die Knöchel lag, wieder nach oben und schloss sie. Zufrieden sah er mich an. »Wie ich mir gedacht habe: Du bist eine echte Wildkatze, mit dir macht es Spaß.«

Ich richtete mich mühsam ein wenig auf. Mein Kopf schmerzte, zwischen meinen Beinen klebte mein Blut und sein Sperma. »Ich zeige Sie an!«, murmelte ich. »Das werde ich tun: Ich zeige Sie an!«

»Und wer wird dir deine Geschichte glauben«, höhnte er. »Wer? Ich habe eine Schnittwunde am Arm, ich kann jedem zeigen, was für ein bösartiges Hausmädchen du doch bist. Aber was sind deine Beweise?« Er musterte mich und lachte wieder. »Siehst du? Du hast keine! Du musst dankbar sein, dass ich dich nicht wegen Körperverletzung anzeige, denn ich habe einen Beweis – du hast ihn mir ja selbst gegeben …«

Er drehte sich um, trank noch den letzten Schluck Wein direkt aus der Flasche und verließ zufrieden summend die Küche. Als er ging, sah ich aus dem Augenwinkel eine Bewegung. Jemand versteckte sich hinter der Tür. Jemand, der die ganze Zeit zugesehen haben musste. Erst als Angus' schwere Schritte auf der Treppe verklungen waren, tauchte dieser Jemand wieder hinter der Tür auf. Blonde, verklebte Haare und weit aufgerissene babyblaue Augen: Miriam. Sie sah mich nur erschrocken an. »Ruiha …«, murmelte sie hilflos.

Ich drehte mich mühsam auf den Bauch und richtete mich dann ganz langsam auf. Als ich endlich sitzen konnte, zog ich den Rock über meinen entblößten Unterleib nach unten. Ich fühlte mich schmutzig und gedemütigt, alles, was ich noch wollte, war ein langes, heißes Bad.

Hilfesuchend sah ich zu Miriam hin, der die Tränen über das Gesicht liefen und die immer wieder meinen Namen sagte. Sonst nichts. Selbst in meinem großen Schmerz merkte ich, dass der Anblick meiner Vergewaltigung Miriam noch näher an den Abgrund gestoßen hatte. Sie, deren Gemütszustand ohnehin schon starken Schwankungen unterworfen war, hatte mehr gesehen, als man ihr zumuten durfte. Mühsam stand ich auf und ging zu ihr. Dann nahm ich sie in den Arm und versuchte sie zu trösten. Immer wieder sagte ich ihr: »Alles wird wieder gut, alles wird wieder gut!« Kein Wunder, ich wollte so sehr daran glauben. Dass alles wieder gut werden würde. Dass sich nicht viel in meinem Leben geändert hatte, nur eine böse Erinnerung, die im Lauf der Zeit blasser werden würde. Das wollte ich wirklich glauben. Miriam schien mich aber nicht zu hören, nicht einmal zu spüren, dass ich sie festhielt.

Es verging bestimmt eine Stunde, bis ich aufgab. Ich schleppte mich zu dem großen Wasserkessel und stellte ihn auf den Ofen, in dem zum Glück immer noch ein wenig Glut war. Dann fachte ich das Feuer wieder an und machte mir selbst ein heißes Bad. Miriam war keine Hilfe. Sie saß weiter auf dem Boden und wiederholte ohne Sinn und Zweck meinen Namen. Ich hatte so etwas noch nie gesehen, aber ich war mir sicher, dass sie jetzt nicht mehr einfach nur melancholisch war. Miriam hatte endgültig den Verstand verloren. Sie sah mir mit glanzlosen Augen zu, wie ich meine befleckten Kleider auszog und in die Badewanne stieg. Als ich mir die Haut mit einer harten Bürste fast von den Knochen rubbelte, schien sie nichts zu bemerken. Und als ich aus dem fast erkalteten Wasser stieg, murmelte sie zwar immer noch meinen Namen – aber meine unzähligen blauen Flecke und Kratzer sah sie nicht.

Ich wickelte mich in ein großes Handtuch und führte Miriam vorsichtig in ihr Zimmer. Sie legte sich ohne Widerspruch in ihr Bett und schloss die Augen.

Erst dann wankte ich in meine eigene Kammer, die ich sorgfältig von innen verschloss, legte mich zwischen die Laken und schloss die Augen. Ich konnte den weingeschwängerten Atem von Angus immer noch riechen, spürte immer noch seine Hände auf meiner Haut, sein Geschlechtsteil in mir. Aber erst jetzt dachte ich das erste Mal an Anaru.

Was sollte nur aus seinen Plänen mit uns werden? Wie konnte ich ihm von dieser Nacht erzählen? Wie konnte ich ihm jemals wieder in die Augen blicken? Zum ersten Mal löste sich jetzt in meiner Kehle ein trockenes, heiseres Schluchzen. Ich weinte um meine Jugend, die vorbei war, meine Unschuld, die mir geraubt worden war. Und vor allem um Anaru, dessen Leben jetzt von Hass überschattet sein würde. Irgendwann muss ich mich in den Schlaf geweint haben …

25.

Der nächste Morgen fing auf gespenstische Weise genauso an, wie jeder andere Morgen im Hause der MacLagans. Ich wachte auf und fühlte mich wund und zerschlagen – aber ich zog mir trotzdem ein frisches Kleid an und ging in die Küche, um für Junior das Frühstück vorzubereiten. Nur wenig später wachte er auf. Ich zog ihn an, wir setzten uns an den Tisch und frühstückten zusammen. Er trank seine warme Milch und aß sein Porridge, ich hatte meine heiße Tasse Tee. Die Normalität tat mir gut, die Geschehnisse der Nacht wurden ein bisschen weniger grell, fühlten sich eher wie ein besonders bösartiger Albtraum an. Ich genoss den Frieden, freute mich an dem kleinen Jungen, der heute gut gelaunt mit seinem Haferbrei spielte, kleine Täler hineindrückte und einen Berg auftürmte, den er dann wieder begeistert vernichtete und aufaß. Hin und wieder lauschte ich, was im Rest des Hauses vor sich ging. Anfangs war ich mir ja nicht einmal sicher, ob Angus überhaupt hier übernachtet hatte oder ob er wieder zu Betty zurückgegangen war. Aber schon bald vernahm ich seine Schritte Richtung Badezimmer – und wenig später hörte ich, wie Angus die Treppe hinunterkam und die Tür ins Schloss schlug. Er legte heute Morgen wohl keinen Wert auf meine Gesellschaft. Womöglich war ihm sein betrunkenes Verhalten gestern sogar peinlich – immerhin hatte er zugegeben, eine Maori zu begehren! –, aber das änderte nichts daran, dass ich ihn brennend hasste. Jede Zelle meines Körpers wünschte ihm Krankheit und Verderben, gleichzeitig spürte ich fast körperlich die Angst, die ich vor ihm hatte.

Es wurde wieder still in dem großen Haus. Nach einer Weile gingen Junior und ich auf den Markt. Ich hielt meinen Blick gesenkt, weil ich fürchtete, jeder könnte mir die Schmach der vergangenen Nacht ansehen. Aber ich wurde behandelt wie immer. Niemand vermutete oder ahnte, was mir widerfahren war. Nur der kleine Junior, der sonst oft endlose Monologe in seiner Kindersprache hielt, sah mich immer wieder ernst an und drückte mir Küsse ins Gesicht. Vielleicht haben die Kinder in ihrer Unschuld ein besseres Gespür für die Gefühle der anderen?

Erst eine Stunde später kamen wir nach Hause zurück, mit einem Korb voller Gemüse und Fisch und einem großen Blumenstrauß, den ich mir trotzig von dem Haushaltsgeld gekauft hatte. Irgendwie gaben mir die leuchtend gelben und orangenen Blumen das Gefühl, dass ich mir etwas Gutes getan hatte. In der Küche holte ich mir eine große Glasvase und arrangierte die Blumen, während Junior auf dem Boden saß und versuchte, unsere Einkäufe zu benennen. »Toffel! Pfel! Fiss!« Er war gerade erst dabei, das Sprechen zu lernen. So verging bestimmt eine weitere Stunde, bis ich anfing, mir Sorgen um Miriam zu machen. Auch wenn sie sich gerne in ihr Zimmer zurückzog, um bewegungslos am Fenster zu stehen und mir und Junior zuzusehen – sie kam trotzdem jeden Morgen in die Küche, um eine Tasse Tee zu trinken und ein Stück Brot mit Butter zu essen. Heute Morgen war sie jedoch noch nicht da gewesen. Ich runzelte die Stirn. Dass Marama sich nicht meldete, lag daran, dass sie sich ein paar Tage frei genommen hatte, um ihre Eltern zu besuchen.

Ich spielte noch eine halbe Stunde weiter mit Junior, dann entschied ich mich, dass ich es Miriam schuldig war, wenigstens kurz nach ihr zu sehen.

Vorsichtig öffnete ich die Tür und spähte in das Zimmer. Die Vorhänge waren offen, die Sonne flutete durch die weit geöffneten Fenster in das Zimmer und blendete mich regelrecht. Merkwürdig, in den letzten Monaten hatte sie das Lüften ihres Zimmers immer mir überlassen. Ich sah zu ihrem Bett. Es war unberührt, so wie ich es gestern gemacht hatte. Jetzt wurde mir die Situation langsam unheimlich. Wo steckte Miriam nur?

Vorsichtig und gegen das ungewöhnlich hell einfallende Sonnenlicht mit den Augen blinzelnd ging ich zum Fenster, um hinauszusehen. Lächerlich, dachte ich noch, denn Miriams Zimmer war nur im ersten Stock, warum sollte sie also aus dem Fenster springen? Da konnte man sich höchstens den Fuß brechen.

Neben dem Fenster lag ein umgestoßener Stuhl, den ich unwillkürlich wieder aufstellen wollte. Ich machte einen Schritt darauf zu, während ich weiterhin angestrengt in den Garten spähte, um Miriam vielleicht doch dort zu entdecken. Da stieß ich mit der Schulter an etwas Nachgiebiges. Erschrocken machte ich einen Schritt zurück, gleichzeitig fuhr mein Kopf herum, um zu sehen, gegen was ich gestoßen war. Da sah ich sie, neben dem Fenster und den schweren Vorhangbahnen, im Schatten. Ich sah ihre Füße in den weißen Strümpfen, ihre Knöchel, über die der weite Rock fiel. Dann die blau-weißen schlaffen Hände, die Arme. Das bläuliche Gesicht mit den weit aufgerissenen Augen und der Zunge, die zwischen den Lippen hervorhing.

Ich schrie.

Schrie so laut und so lange es ging.

Drehte mich um und rannte.

Rannte die Treppe hinunter in die Küche, nahm Junior unter den Arm und lief, so schnell ich konnte, mit ihm aus dem Haus. Die Straße entlang, über den Platz, eine andere Straße entlang – bis hin zu dem alten Arzt, der sich in Seddonville niedergelassen hatte. Ich rannte einfach hinein, an den Wartenden vorbei und stand dann vor ihm. Er untersuchte gerade den Finger einer alten Frau, die vor ihm saß. Beide sahen mich überrascht an. Ich musste einen Augenblick lang Luft holen, dann stieß ich hervor: »Miriam! Miriam MacLagan hat sich erhängt! Ich weiß nicht, was ich tun soll, kommen Sie. Kommen Sie doch bitte! Bitte!«

Er ließ tatsächlich alles stehen und liegen und folgte mir. Immer noch trug ich Junior fest im Arm, ich ließ den kleinen Jungen keine einzige Sekunde auf den Boden. Und er klammerte sich an mich, wie ein Ertrinkender.

Als wir wieder in das Haus kamen, stand die Tür weit offen, wie ich sie in der Eile gelassen hatte. Der alte Doktor kam mit mir die Treppe hoch und keuchte so sehr, dass ich fürchtete, er könne selber einen Herzschlag erleiden.

Beim Anblick von Miriam schüttelte er nur traurig den Kopf. »Das arme Ding!«, murmelte er.

Damit kletterte er auf den Stuhl, den ich noch vor ein paar Minuten achtlos wieder aufgestellt hatte. Da hatte ich noch nicht geahnt, dass Miriam sich mit Hilfe dieses Möbelstücks aus dem Leben verabschiedet hatte. Einem Leben, das sie wohl schon seit der Geburt ihrer toten Tochter nicht mehr haben wollte, das ihr aber seit dem Anblick meiner Vergewaltigung in der letzten Nacht wie eine Strafe vorgekommen sein musste.

Vorsichtig legte der Arzt seinen Finger an Miriams Hals und schüttelte dann den Kopf. »Sie lebt nicht mehr. So kalt wie sie ist, ist sie wahrscheinlich schon letzte Nacht gestorben. Wir können Sie nur noch aus dieser unwürdigen Situation befreien …«

Also umklammerte ich ihre Beine, während er mit einem Skalpell das Seil durchsäbelte, an dem sie sich aufgeknüpft hatte. Erst jetzt sah ich, dass es eine der Kordeln war, die ihre Vorhänge zurückhielten. Mit den Troddeln hatte Junior noch vor wenigen Monaten unschuldig gespielt. Sie trug immer noch die gleiche Kleidung wie gestern, als sie mich und Angus in der Küche beobachtet hatte. Wahrscheinlich hatte sie sich nur wenig später das Leben genommen. Der Arzt legte sie ordentlich auf das Bett, legte die Arme an ihre Seite und deckte die Bettdecke über sie. Dann sah er mich kopfschüttelnd an. »Wo ist denn Mr. MacLagan? Ist das hier nicht das gemeinsame Schlafzimmer deiner Herrschaften?«

»Ich denke, er ist in Westport, da ist er meistens«, erklärte ich. »Hier in Seddonville sind … waren nur seine Frau, sein Sohn und ich ständig anwesend.«

In diesem Moment hörte ich Junior in der Küche. Ich hatte ihn einfach abgesetzt, als ich mit dem Arzt angekommen war – aber jetzt musste ich unbedingt nach ihm sehen. Die Lebenden hatten mehr Rechte als die Toten. Doch bevor ich ging, um nach ihm zu sehen, drehte ich mich noch einmal zu dem Arzt um. »Ich weiß nicht, wer nach Westport fährt, um Master Angus von seinem Verlust zu unterrichten, aber ich werde das nicht tun können. Ich muss mich um das Kind kümmern.«

Der Arzt nickte. »Ich kümmere mich darum. Der arme Mann hat in letzter Zeit einfach zu viel erdulden müssen. Erst das Unglück in seiner Mine wegen dieses unmöglichen Geschäftspartners – und jetzt seine Frau, die offensichtlich diesem Schicksalsschlag nicht gewachsen war ...« Er schüttelte traurig den Kopf.

Einen Augenblick lang wollte ich so gerne widersprechen, ihm erklären, dass die Schicksalsschläge für Master Angus mehr als verdient waren – und er seine Frau mit seinen Handlungen in den Tod getrieben hatte. Aber dann schloss ich nur meinen Mund wieder. Was half es, wenn ich diesen Arzt ins Vertrauen zog? Wie Angus schon gesagt hatte: Mit dem Schnitt in seinem Oberarm konnte er mich jederzeit als gewalttätige Eingeborene hinstellen.

Also ging ich nur langsam die Treppe hinunter, nahm Junior von seinen Spielsachen – Kartoffeln und Äpfel – in der Küche fort und trug ihn in den Garten. Hier ließ er sich schnell mit einem Stock ablenken, mit dem er die Blumen köpfen konnte. Ich sah ihm mit einer gewissen Befriedigung zu. Wenn schon sonst nur Unglück und Tod in diesem Haus herrschten, dann musste ich ja nicht auch noch die Blumen bewahren. Im Gegenteil.

Ich fand es mehr als passend, dass sie alle geköpft wurden und die Blüten welkend auf dem Boden landeten.

Keine Ahnung, wie der Arzt das bewerkstelligte, aber tatsächlich kam Angus nur ein oder zwei Stunden später an. Ich sah aus dem Augenwinkel, wie er aus dem Auto sprang und ins Haus stürmte. Ich hörte, dass er die Treppe nach oben rannte und dabei immer zwei Stufen auf einmal nahm. Und dann hörte ich ihn aufschreien. Schreien wie ein verwundetes, wildes Tier. Da wusste ich, dass er an Miriam auf seine Art gehangen hatte. Aber seine Art zu lieben, hatte ihr nicht gutgetan, seine Liebe würde wohl niemandem guttun …

26.

Die nächsten Tage verbrachte ich wie im Fieber. So viel war zu bedenken, so viel zu tun. Miriams Beerdigung musste vorbereitet werden. Angus war keine Hilfe: Er vergrub sich in sein Arbeitszimmer, wollte weder über Blumenschmuck noch den passenden Sarg sprechen. Immer wenn ich anklopfte, ertönte nur ein abwehrendes »Verschwinde!« aus seinem Zimmer.

Marama war einfach zu jung, um mir eine Hilfe zu sein. Ich beschloss, dass ich für meine Freundin eine Beerdigung ausrichtete, wie ich sie mir selber wünschen würde. Der Pfarrer war zum Glück bereit, darüber hinwegzusehen, dass Miriam sich das Leben genommen hatte, und besprach den Ablauf der Beerdigung mit mir. Die Einladungen trug ich in ganz Seddonville aus. Für den Leichenschmaus musste ich vorkochen, den Salon mit Trauerflor schmücken … Bis zur Beerdigung kam ich nicht ein einziges Mal dazu, mir Gedanken über mich selbst zu machen. Oder über meine Zukunft. Denn eines war wohl völlig klar:

Im Haus der MacLagans konnte ich nach dem Vorfall in der Küche nicht bleiben.

Junior merkte, dass seine ohnehin brüchige Welt noch unsicherer wurde und ihm kaum noch Halt bot. Er klammerte sich an meinen Rockzipfel und folgte mir wie ein ängstlicher Schatten. Wenn ich nur einen Augenblick außer Sichtweite war, rannte er umher und suchte mich mit weit aufgerissenen Augen. Am Morgen der Beerdigung zog ich ihm dunkle Hosen und eine dunkle Jacke an, die ich beim Schneider für ihn bestellt hatte. Er sah überaus niedlich darin aus. Seine blonden Haare hingen ihm bis auf den Kragen, seine blauen Augen sahen groß und viel zu ernst in die Welt. Er hatte sehr früh die babyhafte Anmutung verloren und sah schon jetzt wie ein kleines, dünnes Kind aus. Ich drückte ihm noch einen Hut auf den Scheitel und nickte ihm dann aufmunternd zu. »Komm jetzt, wir dürfen nicht zu spät kommen.«

Er folgte mir brav bis in die Kirche, wo wir neben Angus Platz nahmen. In diesem Augenblick sah ich Angus das erste Mal seit dem Tod Miriams und der unglückseligen Nacht in der Küche. Er sah mich nur kurz an und nickte zur Begrüßung. Ich erwiderte sein Nicken und setzte mich neben ihn.

Schon beim Orgelvorspiel liefen Angus die Tränen über die Wangen. Verstohlen sah ich immer wieder zu ihm hin. Er wischte sich mit ungeduldigen Bewegungen die Tränen weg, so als ob ihm seine eigene Rührung peinlich sei. Klammheimlich dachte ich mir, dass er Miriam nie seine Liebe gezeigt hatte – außer auf seine grobe Art. Womöglich der einzige Weg, seine wenigen Gefühle zu zeigen, die er hatte.

Am Ende des Gottesdienstes verließ er die Kirche hinter dem Sarg und führte die trauernden Freunde bis zum Friedhof. Ich gab Junior einen kleinen Schubs. »Geh zu deinem Vater. Er braucht dich jetzt und freut sich, wenn du an seiner Seite gehst.«

Der kleine Junge schüttelte entschlossen den Kopf und sah mich mit seinen großen Augen an: »Will nicht!«, erklärte er entschlossen. Ich wusste, dass ich ihn nicht zwingen konnte. Nicht, wenn ich ein laut heulendes Kind bei dieser Beerdigung vermeiden wollte. Also blieb ich mit ihm in der zweiten Reihe. Sah mit ihm an der Hand zu, wie der Sarg in die dunkle Grube hinuntergelassen wurde, wie Angus eine Schaufel voller Erde auf den Sarg seiner Frau warf. Und musste selber mit den Tränen kämpfen, weil ich an die fröhliche, unbeschwerte Miriam denken musste, die einst in unser Haus gekommen war. Ihr hatte das Abenteuer Westküste nichts Gutes gebracht. Nur Unglück und Tod. Dabei wollte sie nichts als Freude und Liebe. Ich drückte die schmalen Schultern von Junior. Jetzt musste er also irgendwie alleine mit seinem launischen Stiefvater zurechtkommen. Gut, dass Ava dieses Drama nicht mitbekommen hatte.

Bei dem anschließenden Leichenschmaus fanden sich Geschäftspartner und Freunde von Angus ein. Noch deutlicher hätte es nicht werden können, dass Miriam keine Freunde in Seddonville gehabt hatte. Nur Ava und mich.

»Und was machst du jetzt? Betty heiraten?« Mit Erschrecken erkannte ich den Pfandleiher Turnbull, der Ava keinen einzigen Cent gegeben hatte. Er hatte dem Wein reichlich zugesprochen und schlug Angus mit einem anzüglichen Grinsen auf die Schulter. »Bei der hast du doch sowieso in den letzten Monaten mehr Zeit verbracht als bei deiner Miriam!«

Angus schüttelte mit einer heftigen Bewegung die verschwitzte Hand von Turnbull ab. »Das kann man doch nicht vergleichen! Betty ist keine Frau zum Heiraten, das ist etwas ganz anderes als bei meiner Miriam.«

Turnbull zuckte mit den Achseln. »Mehr Spaß hat man mit Betty als mit einer Miriam … Auf jeden Fall brauchst du bald wieder eine Frau. Dein Stiefsohn braucht schließlich eine Mutter.«

»So sehr eilt das nicht«, winkte Angus ab. »Mein Hausmädchen kann sich erst einmal um ihn kümmern. Dann sehe ich weiter.«

Merkwürdig. Er redete über mich, während ich direkt daneben stand und bei seinen Gästen den Wein nachschenkte. Ihm war das gewiss nicht einmal wirklich bewusst. Jetzt mischte sich ein kleiner Mann mit einem merkwürdig mausartigen Gesicht in das Gespräch. »Was wird denn jetzt aus Ihrer Mine?«, wollte er wissen.

»Wenn ich Glück habe, dann kauft die Coal Company dieses Loch«, knurrte Angus. »Ich finde keine Arbeiter. Die Coal Company stellt jeden ein, der eine Hacke halten kann. Und die Maoris glauben, dass Matakite verhext ist.«

Der Mann zückte einen kleinen Block. Ein abgekauter Bleistift tauchte in seiner Hand auf und schwebte wartend über dem Papier. »Das habe ich noch gar nicht gewusst – die Company will wirklich Matakite kaufen? Wie weit sind die Verhandlungen? Kann ich das schon schreiben?«

Angus zuckte mit den Schultern. »Von mir aus kannst du das schreiben. Die zwei Arbeiter, die ich bisher anstellen konnte, können auch aus der Zeitung erfahren, dass sie doch keinen Vertrag mit mir haben.«

Der Mann zitterte fast vor Aufregung über diese unerhörte Neuigkeit. »Und was sind Ihre Pläne in der Zukunft, Mr. MacLagan? Was nehmen Sie als Nächstes in Angriff?«

»Ich verschwinde. Ich habe die Schnauze voll von der Westküste.« Angus stieß diese Sätze mit einem Zorn aus, dass sich alle Köpfe ihm Raum zu ihm umdrehten. Offensichtlich hörten die meisten seiner Bekannten jetzt zum ersten Mal von seinen Umzugsplänen.

»Und wo geht es hin?« Ich hatte den Eindruck, dass dieser Reporter regelrecht nach Neuigkeiten gierte. Was natürlich Unfug war, es handelte sich eben einfach um einen besonders neugierigen Journalisten.

»Das habe ich noch nicht entschieden«, erklärte Angus. »Es wird noch eine Weile dauern, bis ich meine Angelegenheiten hier geregelt habe. Erst dann werde ich entscheiden, wo ich meine Zukunft sehe.«

Das war wirklich überraschend, aber mir fiel ein gewaltiger Stein vom Herzen. Wenn Angus aus dieser Gegend verschwand, dann konnte ich hier leben, ohne ihn immer wieder sehen zu müssen – und an diese schreckliche Nacht in der Küche erinnert zu werden. Mit ein bisschen Glück musste Anaru nie etwas erfahren … Anaru, dem ich seit Tagen immer wieder gesagt hatte, dass ich ihn nicht treffen könnte, weil ich mit der Beerdigung zu viel zu tun hätte. Aber nach dem heutigen Tag würde er diese Ausrede wohl kaum mehr gelten lassen.

Der Reporter klappte sein Notizbuch wieder zu und wandte sich zum Gehen. »Sie müssen verstehen, dass ich noch kurz in der Redaktion vorbeischauen muss. Die Nachricht vom Verkauf von Matakite wird viele interessieren, da bin ich mir sicher!«

Damit verschwand er. Angus sah ihm nicht lange hinterher. Stattdessen schwenkte er sein Glas in meine Richtung. »Ich möchte mich betrinken!«, rief er dabei. »Wer hilft mir, die Trauer über meine arme Miriam zu ersäufen?«

Ich war wenig überrascht, dass sich einige Männer bereiterklärten, sich gemeinsam mit Angus zu betrinken. Wenn es kostenlosen Alkohol gab, dann war den meisten von ihnen der Anlass reichlich egal. Bis spät in die Nacht holte ich anfangs Wein und später Whisky und füllte die Gläser der besoffenen Männer. Marama schickte ich bei diesem Trinkgelage nach Hause – ich hatte zu viel Angst um sie. Wer weiß, was den Männern beim Anblick einer jungen Maori alles einfiel? Irgendwann stellte ich die Flaschen einfach auf den Tisch und sah nach Junior. Der lag mitten im Zimmer auf einem Teppich und war eingeschlafen. Vorsichtig legte ich eine Decke über ihn. Er wachte auf und fing leise an zu weinen. Ich setzte mich zu ihm und begann, seinen Rücken zu streicheln, bis er wieder einschlief. Dann legte ich mich daneben auf den Boden und war innerhalb weniger Minuten tief und fest eingeschlafen. Egal, was Angus von zu viel Liebe hielt und wie sehr er die Verhätschelung von seinem Stiefsohn fürchtete: Heute Nacht wollte ich Junior nicht alleine lassen.

In den nächsten Tagen lenkte mich nichts mehr von den Ereignissen rings um Miriams Tod ab. Ganz allmählich musste ich einen Plan für meine Zukunft entwerfen. Angus würde irgendwann wegziehen – aber wollte ich wirklich so lange unter einem Dach mit ihm wohnen? Gleichzeitig fühlte ich mich für Junior verantwortlich.

Der Kleine hatte nur noch mich auf dieser Welt, Angus unternahm nichts, um seine Zuneigung zu gewinnen.

Angus selber benahm sich, als ob rein gar nichts vorgefallen wäre. Er war höflich, aber distanziert und stellte nur die nötigsten Fragen. Wir begegneten uns wie zwei Fremde. Ich fühlte mich damit nicht unwohl. Auf eine Entschuldigung wartete ich allerdings vergeblich – ich rechnete damit auch nicht.

Anaru traf ich zwei Tage nach der Beerdigung. Er hielt mein Gesicht in beiden Händen und musterte mich aufmerksam, als wir uns wiedersahen. »Du siehst müde aus«, stellte er schließlich fest. Dann fuhr er über meine Lippe, die immer noch etwas aufgesprungen war. »Was ist dir passiert?«

»Als ich Miriam gefunden habe, bin ich die Treppe hinuntergestürzt. Ich war so schrecklich in Panik, bin so sehr erschrocken …« Diese Antwort hatte ich mir vorher schon zurechtgelegt. Ich hasste es, Anaru anlügen zu müssen. Aber ich durfte nicht riskieren, dass er die Wahrheit erfuhr. Er würde mit seiner ganzen Wut und seinem Hass auf Angus losgehen. Das konnte nur in einer Katastrophe enden … Was half es mir, wenn Angus zwar tot war, mein Anaru aber im Gefängnis steckte? Er durfte die ganze Wahrheit nie erfahren.

Er sah mich prüfend an, seine hellen Augen schienen mir direkt ins Gewissen zu sehen. Für einen Augenblick war ich mir sicher, dass er meine Lüge durchschaut hatte. Dann streichelte er nur über meine Wange. »Du hast viel mitmachen müssen, das war bestimmt eine schlimme Zeit für dich.«

Er nahm mich in den Arm und hielt mich fest. Langsam schloss ich die Augen und atmete aus. Seine Berührung war wie eine heilende Medizin für meine Seele. Nach einer kleinen Ewigkeit hob er ein wenig mein Kinn an, um mich zu küssen. Von einer Sekunde auf die andere machte ich mich steif. Vorsichtig löste ich mich aus seiner Umarmung und sah ihn mit einem entschuldigenden Lächeln an.

»Es tut mir leid, aber ich kann gerade nicht … Der Anblick von Miriam war so schrecklich, ich kann ihn einfach nicht vergessen. Und ich will dich nicht küssen, während ich an ihr blaues Gesicht denke.«

Anaru nickte verständnisvoll und nahm mich wieder in den Arm. »Dann lass dich wenigstens ein bisschen von mir trösten. Ich halte dich ganz einfach fest in meinen Armen, ja?«

Ich schmiegte mich an seine Brust. »Das wäre schön«, murmelte ich noch. So standen wir bestimmt eine halbe Stunde, bis wir uns endlich voneinander lösten und Hand in Hand einen Spaziergang machten.

»Was hast du denn jetzt vor?«, fragte Anaru schließlich. »In der Zeitung stand, dass MacLagan seine Mine verkaufen und der Westküste den Rücken kehren will. Kein Verlust, wenn man mich fragt – aber damit ist deine Zeit bei ihm dann wohl sicher vorbei, oder?«

»Ich denke schon«, erwiderte ich. »Ich habe mit ihm noch nicht darüber gesprochen, es war viel zu viel mit der Beerdigung zu tun. Aber ich kann mir nicht vorstellen, ihm in ein anderes Haus zu folgen, um dort auch für ihn zu arbeiten. Nein, das will ich nicht.«

»Das ist schön«, lächelte Anaru und drückte sanft meine Hand. »Ich könnte mir auch nicht vorstellen, von dir für eine längere Zeit getrennt zu sein.«

Schweigend gingen wir zurück zum Anwesen der

MacLagans. Dabei hing jeder seinen eigenen Gedanken nach. Anaru dachte sicher über eine wunderbare Zukunft mit mir nach. Und ich fürchtete, dass Angus wieder zu Hause sein würde oder dass ich gezwungen sein könnte, mit ihm zu sprechen. Ich konnte und wollte ihm einfach nicht in die Augen sehen!

Wir verabschiedeten uns mit einem kleinen, unschuldigen Kuss, ich winkte und rannte die Treppe nach oben. Für die Nacht legte ich den Riegel an meinem Zimmer vor – nur so konnte ich überhaupt ein bisschen Schlaf finden. Allein der Gedanke, dass Angus unter dem gleichen Dach mit mir schlief und nur ein paar Treppenstufen entfernt war, sorgte dafür, dass ich immer wieder aus dem Schlaf auffuhr und in das nächtliche Dunkel lauschte. Was, wenn er Spaß an der Vergewaltigung gehabt hatte? Mich als sein Eigentum betrachtete, das er einfach wieder benutzen konnte? Aber so sehr ich auch in die Nacht lauschte: Ich hörte seine Schritte nie auf der Treppe, er kam nicht zu mir.

So vergingen zwei oder drei Wochen. Allmählich wurden die Winde wieder rauer, und der Himmel sorgte häufiger für einen gewaltigen Regen. Ich erinnere mich, dass ich an einem Vormittag gemütlich mit Marama in der Küche saß und wir gemeinsam eine Tasse Tee tranken – einer der wenigen wirklich friedlichen Momente in diesem Herbst. Da spürte ich ein merkwürdiges Ziehen in meinem Bauch. So, als ob eine kleine, heiße geballte Faust tief in meinen Eingeweiden sitzen würde. Einen Moment lang dachte ich noch, dass ich wohl meine Periode bekommen würde. Rechnete kurz nach – und stellte fest, dass ich schon eine komplette

Woche überfällig war. Was war das dann also für ein Gefühl? Unauffällig legte ich meine Hand auf meinen Bauch. Ich kann es nicht beschreiben – aber in diesem Augenblick war ich mir einfach absolut sicher, dass ich schwanger war. Die kleine Faust war das Ergebnis dieser unglückseligen Nacht hier in dieser Küche. Unauffällig sah ich auf den Boden, erinnerte mich an den Zorn und die Gewalt in Angus' Augen. So hatte er also ein Kind gezeugt: Ohne Liebe und mit nichts als Gewalt.

»... in den Garten?« Marama sah mich fragend an. Sie hatte die ganze Zeit weiter geredet, ich hatte nicht zugehört. Entschuldigend lächelte ich sie an. »Verzeih, ich war gerade in Gedanken. Was hast du gesagt?«

Ungeduldig wiederholte Marama, was sie gerade eben schon einmal gesagt hatte. Irgendetwas Belangloses über das Anpflanzen von Gemüse oder von Blumen. Immerhin schaffte ich es dieses Mal, ihr zuzuhören und eine intelligente Antwort zu geben. Zum Glück kam in diesem Augenblick Junior in die Küche, in beiden Händen ein Stück Brot, das wir am Morgen zusammen gebacken hatten. Wenigstens hatte er seinen Appetit wieder gefunden.

Unwillkürlich erinnerte ich mich an die ersten Monate von Avas Schwangerschaft. Sie hatte so sehr auf ein Kind gewartet, dass sie kaum wagte, sich zu freuen – und immer wieder sagte, man könne noch nicht absolut sicher sein. Und jetzt saß ich hier, höchstens seit vier Wochen schwanger und hatte keinen Zweifel. Trotzdem stand ich auf und beschloss, die alte Amiri zu besuchen. Sie konnte mir meinen Verdacht bestätigen – oder mich vielleicht beruhigen, mir erklären, dass ich nur ein Opfer meiner tiefsten Ängste geworden war.

»Ich muss etwas besorgen!«, erklärte ich und rannte aus dem Haus. Marama sah mir verwirrt hinterher.

Nur eine Stunde später saß ich in dem kleinen Holzhäuschen, in dem Amiri lebte. Sie tastete meinen Bauch ab und sah mich prüfend an. Dann nickte sie. »Dein Gefühl hat dich nicht getrogen. Weiß Anaru schon davon? Ihr werdet sicher bald heiraten.« Sie lächelte. »Ein gesundes Kind wird die Krönung eurer Liebe sein!«

Erschrocken holte ich Luft. Amiri hörte das und sah mich prüfend an. Die Runzeln um ihre Augen wurden tiefer. »Es ist kein Kind der Liebe?«, fragte sie. Eigentlich war es eher eine Feststellung. Ich schüttelte den Kopf und sah auf den Boden, in den ich vor Scham am liebsten versunken wäre. »Nein.« Meine Antwort war eher ein Flüstern. »Anaru darf nichts wissen. Er würde in seinem Zorn einen Menschen töten, damit wäre sein Leben zerstört. Das darf ich nicht zulassen, es sind schon zu viele Leben vernichtet worden.«

Amiri wiegte ihren Kopf bedächtig von einer Seite zur anderen. Ihre dünnen, grauen Zöpfe schwangen dabei hin und her. »Mein Kind, man kann viel geheim halten. Aber wie willst du eine Schwangerschaft verheimlichen? Noch drei Vollmonde, und jeder kann sehen, dass dein Leib voller wird. Die Wahrheit kommt immer ans Licht – aber in diesem Fall weißt du es vorher. Du kannst nur noch zwei Monde schweigen – und hoffen, dass niemand sieht, wie deine Brüste voller werden.«

Betroffen sah ich auf meine Hände. Sie hatte recht. Was sollte ich tun – Anaru doch die Wahrheit sagen? Angus die Wahrheit sagen und ihn bitten, mir zu helfen? Immerhin war mein Unglück seine Schuld. Langsam stand ich auf und sah Amiri flehend an. »Du sagst niemandem etwas, ja? Ich muss mir erst selbst klar darüber werden, was ich eigentlich machen will. Es muss eine Lösung geben, es muss einfach ein Weg aus dem Unglück führen!«

Amiri nickte und sah mich wieder mit ihrem weisen, kleinen Lächeln an. »Alles, was in dieser Hütte geschieht, bleibt in dieser Hütte, das kannst du mir glauben. Ich bin hier, wenn du einen Rat nötig hast, du kannst immer kommen.«

Dankbar griff ich nach ihren Händen. »Danke, Amiri«, flüsterte ich noch, bevor ich mich wieder auf den Weg zurück nach Seddonville machte.

Alles war unverändert. Die Bäume standen hoch am Wegesrand, die Wolken fegten über das Meer, es roch leicht nach Algen und stark nach feuchter Erde. Alles wie immer, nur meine Welt war völlig aus den Fugen geraten.

In den nächsten Tagen versuchte ich, mir alle Möglichkeiten auszumalen.

Ich könnte Anaru einfach sagen, dass es sein Kind sei. Womöglich merkte er nicht, dass ich dann einen Monat zu lange schwanger wäre und das Kind erst nach zehn Monaten auf die Welt kam? Aber dann stellte ich mir den Augenblick vor, in dem ich ihm seinen Sohn oder seine Tochter in den Arm drückte. Wie konnte ich mit dieser Lüge leben? Wie sollten wir glücklich werden, wenn ich die ganze Zeit in meinem Herzen ein Geheimnis trug? Und noch schlimmer: Was, wenn mein Kind dann aussah wie das Kind eines Weißen? Das konnte ich Anaru wohl kaum erklären … Nein, ich konnte ihm nicht einfach mein Kind als sein eigenes unterschieben.

Vielleicht könnte ich Betty um Hilfe bitten. Sie wusste sicher, welche Ärzte einer Frau bei einem solchen Problem helfen konnten. Immerhin führte sie das Bordell, ihre Mädchen mussten öfter in andere Umstände kommen, und in dem Bordell waren keine Kinder zu Hause. Zumindest hatte nie jemand von Kindern gesprochen, wenn von Betty die Rede war. So schwer es mir fiel, aber ich machte mich auf den Weg. Natürlich versicherte ich mich erst, dass Angus in dieser Nacht bei uns im Haus war. Aber ich konnte beruhigt sein: Als ich über die Treppe nach unten schlich, hörte ich aus seinem Zimmer ein regelmäßiges Schnarchen. Es war noch fast Nacht, als ich den Zug nach Westport nahm. Als ich ankam, lag über den Straßen eine fahle Morgendämmerung. Ich sah mich um. Das Bordell sah keinen Deut anders aus als die umliegenden Häuser – aber jeder in Westport wusste, welchem Zweck dieses Haus diente. Zaghaft klopfte ich an Bettys Tür. Es dauerte eine Ewigkeit, bis ich Schritte auf der Treppe hörte.

Es öffnete eine blasse Frau mit verquollenen Augen und wirren, roten Haaren, die mich einen Augenblick lang missmutig musterte. »Keine Ahnung, wen du suchst – aber er ist nicht hier. Niemand ist mehr hier. Um diese Zeit schlafen wir.«

Damit wollte sie die Tür vor meiner Nase zuschlagen. Ich machte schnell einen Schritt nach vorne und hielt meine Hand in den Spalt. »Nimm deine Hand weg!«, fauchte sie mich an. »Ich will wieder ins Bett, dein Mann ist nicht hier. Verschwinde.«

Ich räusperte mich verlegen. »Es geht nicht um meinen Mann«, flüsterte ich. »Es geht um mich.«

Sie sah mich etwas genauer an. »Die Männer begehren euch Maori-Weiber nicht, ich brauche keine von euch hier in meinem Haus«, sagte sie schließlich. Sie sah mich noch einmal genauer an. »Aber du hast einen schönen Busen. Vielleicht kann ich doch etwas mit dir anfangen.«

Verlegen zog ich meine Jacke vor der Brust zusammen. Seitdem ich ein Kind erwartete, hatte meine Oberweite enorm zugenommen. Es war ein Wunder, dass Anaru noch nichts bemerkt hatte.

»Sie verstehen mich falsch«, flüsterte ich. »Ich brauche einen Rat, keine Arbeit.«

Betty warf noch einen Blick auf meine Oberweite, dann schüttelte sie den Kopf. »Den Rat, den du suchst, kann ich dir nicht geben. Damit mach ich mich strafbar – ich möchte auch nicht, dass irgendjemand weiß, dass du hier gewesen bist. Geh dahin, wo du herkommst. Mach schon.«

»Aber Sie müssen mir doch helfen können!« Ich fing an zu weinen. »Ich bin nicht schuld, aber Master Angus hat zu viel getrunken, und dann hat er …«

»Master Angus?« Mit einer einzigen schnellen Bewegung zog sie mich in den Hausflur.

Hier sah sie mich genau an. »Du bist also das Hausmädchen, das bei ihm angestellt ist? Er hat mir von dir erzählt.«

»Von mir erzählt?«, fragte ich. Was sollte Angus schon von mir erzählen?

Sie nickte und winkte mir zu, dass ich ihr folgen sollte. »Sicher. Du bist der einzige Mensch, der mit dem kleinen John zurechtkommt.«

Für einen winzigen Moment war ich überrascht.

Dann fiel mir ein, dass Angus Junior immer nur John nannte.

»Hat er noch mehr erzählt?«, fragte ich vorsichtig.

Sie musterte mich noch einmal. »Ich hab gedacht, dass du hübscher bist. Er hat immer von der Maori erzählt, die so verführerisch durch sein Haus läuft. Und jetzt schieß los: Wo soll ich dir helfen? Bekommst du ein Kleines?«

Ich nickte nur.

»Von Angus?«

Wieder ein Nicken.

»Warum hast du ihn rangelassen? Hast du gehofft, dass er dich heiratet?«

Heftig schüttelte ich den Kopf. »Ich wollte nicht!«, rief ich. »Aber er hat einfach …« Mir kamen die Tränen – diese Wahrheit konnte ich einfach nicht aussprechen.

»Kindchen, so sind Männer. Was sie nicht bekommen, das holen sie sich einfach. Besonders, wenn es Männer wie Angus sind. Bei denen ist ein Nein nichts wert.«

Während sie redete, machte sie einen Kaffee an dem kleinen Herd. Ich sah ihre nackten Beine an, die aus ihrem verwaschenen rosa Nachthemd ragten. Krampfadern zeichneten sich überdeutlich ab. Betty war eindeutig nicht mehr die Jüngste. Was die Männer nur an ihr fanden?

Schließlich stellte sie eine Tasse von dem dunklen Gebräu vor mir ab. »Trink!«, forderte sie mich unwirsch auf, setzte sich mir gegenüber und musterte mich noch einmal eingehend, bevor sie weiterredete.

»Du kannst zu Eloise gehen. Eine Hexe, kennt Kräuter und weiß, wie man ein Balg wegmachen kann.«

Tief in mir krampfte sich etwas zusammen, als ich das Wort »wegmachen« hörte. Es klang schrecklich, so als ob man ein fauliges Stück Obst wegschneiden würde. Trotzdem fragte ich weiter. Jetzt gab es keinen Weg zurück. »Wo kann ich Eloise finden?«

»Sie wohnt in einer Hütte Richtung Süden, ein paar Kilometer, nachdem du Westport hinter dir hast. Kannst du gar nicht verfehlen. Ist so'n dunkles Haus unter einem Baum. Sieht unheimlich aus. Aber die meisten Mädchen überleben. Hab' aber auch schon erlebt, dass eine verblutet ist. Kann passieren. Und Geld will sie auch. Aber das kann Angus dir ja geben.«

Ich biss mir auf die Lippen. Dafür müsste ich ihm erst einmal von dem Kind erzählen – und das wollte ich unbedingt vermeiden. Betty erriet sofort, was ich dachte.

»Musst es ihm halt sagen. Ist ja nicht deine Schuld, wenn der geile Bock dich bespringt. Hätte ja auch zu mir kommen können, ich freu mich immer, wenn er da ist. Guter Kunde!«

»Ich will aber nicht ...«, begann ich müde, aber sie wehrte nur ab. »Du kannst das sicher nicht zahlen. Hol dir das Geld!«

Langsam stand ich auf und reichte ihr meine Tasse. »Ich muss jetzt gehen«, erklärte ich. »Es wird allmählich hell, mich soll niemand hier sehen.«

Sie sah mich wieder aus ihren müden Augen an. »Ist mir recht. Von mir weißt du aber nichts. Du bist nie hier gewesen, verstanden?«

Ich nickte nur und ließ sie dann in ihrer Küche sitzen. Vorsichtig schob ich mich durch die Eingangstür und sah mich in alle Richtungen um. Die Straße war leer, keiner würde mich sehen. Also machte ich mich so schnell es ging auf den Heimweg. Zeit für ein Frühstück mit Junior und Marama. Und für ein Gespräch mit Angus – aber diesen Gedanken schob ich erst einmal weit weg.

Natürlich habe ich an diesem Tag nicht mit ihm gesprochen. Und am Tag darauf auch nicht.

27.

Stattdessen ging ich zu Eloise. Heimlich hoffte ich, dass sie Mitleid mit mir haben würde. Es war schließlich eine Sache, wenn ein leichtes Mädchen aus Bettys Haus das unerwünschte Ergebnis ihrer »Arbeit« loswerden wollte – und eine ganz andere Sache, wenn ein Mädchen, dem Gewalt angetan worden war, die Folgen dieser Tat ungeschehen machen wollte. Als ich an ihr Häuschen kam, stand sie in ihrem üppigen Kräutergärtchen und zupfte kleine Blätter von einem mickrigen Strauch. Als ich mich neben sie stellte, sah sie kaum zu mir auf. Eine Frau mit hellen Augen und Unmengen von Sommersprossen. Nicht mehr ganz jung, aber auch nicht alt.

»Wer schickt dich?«

»Niemand. Aber ich brauche Ihre Hilfe …«

Für den Bruchteil einer Sekunde hielten ihre Finger über dem nächsten Blättchen inne. Dann zupften sie so schnell weiter wie zuvor. »Hast du Geld?«

»Nur ein paar Dollar …«

»Dann kann ich dir auch nicht helfen.« Die Blättchen landeten weiter in dem flachen Korb, aber Eloise hatte mir ihren Rücken zugedreht.

»Aber mein Master hat …«

Sie drehte sich um und sah mir direkt ins Gesicht. »Deine Geschichte interessiert mich nicht. Sie interessiert mich nie. Es ist immer tragisch, und immer sind die Frauen eigentlich unschuldig, und immer bin ich der letzte Ausweg. Wenn ich immer, wenn ich Mitleid empfinde, eine Ausnahme mache – dann würde ich sehr bald kein Geld mehr verdienen. Außerdem habe ich keine Freude daran, die kleinen Dinger zu töten. Ich komme dafür wahrscheinlich in die Hölle. Und deswegen will ich jetzt wenigstens reich werden.« Damit drehte sie sich wieder um und zupfte weiter mit ihren geschickten, flinken Fingern an ihren Blättchen.

Einen kleinen Moment lang blieb ich noch stehen und wartete. Dann wurde mir klar, dass Eloise wegen mir ganz sicher keine Ausnahme machen würde. Sie hatte womöglich schon längst vergessen, dass ich hinter ihr stand …

Zögernd drehte ich mich um und verließ den Garten wieder. Ich brauchte dringend Geld. Geld, das ich nur von Angus bekommen konnte. Er musste doch daran interessiert sein, dass ich keinen Balg in die Welt setzte!

Es vergingen noch einmal zwei Wochen, bis ich mir keinen anderen Ausweg mehr wusste, als an der Tür zu seinem Arbeitszimmer zu klopfen.

»Was willst du?« Er sah mich aus seinen dunklen Augen an. Ich konnte nicht erkennen, was in ihm vorging.

Ich setzte mich auf den Stuhl vor seinem Schreibtisch, obwohl er mich nicht dazu aufgefordert hatte.

»Ich muss mit Ihnen sprechen«, erklärte ich dazu. Und dann platzte ich einfach ohne weitere Umschweife mit der Wahrheit heraus. »Ich bin schwanger!«

Überrascht sah er mich an. »Von mir?«

Ich nickte. »Ich habe mit keinem anderen … Sie müssen der Vater sein.«

Er rechnete kurz nach. »Es muss um Weihnachten herum auf die Welt kommen.« Es klang wie eine Feststellung, nicht wie eine Frage.

Ich zuckte mit den Achseln. So weit hatte ich mir bisher nicht erlaubt zu denken. »Ich will es aber nicht bekommen«, sagte ich trotzig. »Ich will heiraten, Anaru weiß von nichts, da kann ich doch nicht plötzlich mit einem dicken Bauch herumlaufen.«

Nachdenklich spielte Angus mit seinem Ehering. Erst jetzt merkte ich, dass er ihn immer noch nicht abgelegt hatte. Dann sah er mich lange an, bevor er endlich antwortete. »Was, wenn Anaru deinen Bauch nicht sehen würde? Wenn er von diesem Kind nichts erfahren würde?«

»Wie soll das gehen? Er ist schließlich nicht blind!«, gab ich verwirrt zurück. Worauf wollte Angus jetzt nur hinaus?

»Ich meine, wenn er dich auch nicht mehr sieht?« Er sah meine fragende Miene und lehnte sich zurück. »Ich habe Matakite verkauft. Das Geld muss ich in den nächsten paar Tagen von der Company bekommen. Eigentlich wollte ich erst in ein oder zwei Monaten an die Ostküste reisen. Aber wenn wir schneller weg sind, dann würde niemand deinen Bauch sehen. Du bleibst mit mir und Junior an der Ostküste, in Christchurch oder so, bis du dein Kind bekommen hast. Dann warten wir noch ein bisschen, bis du wieder aussiehst wie früher – und dann kannst du nach Hause kommen, ohne dass dein Anaru jemals etwas erfahren muss!«

»Ich will das Kind aber nicht!«, wiederholte ich eigensinnig.

»Und so hast du es dann auch nicht. Du musst es nur auf die Welt bringen. John hat dann einen kleinen Bruder, die beiden können zusammen aufwachsen, und mit ein bisschen Glück hat das Geheule von dem Jungen endlich ein Ende. Ich heirate dann eine passende Frau an der Ostküste, die die Kinder aufzieht, und alles wird gut.« Er sah mich an, als ob er mir ein Geschenk auf dem Silberteller präsentierte.

»Ich habe von einer Frau gehört«, begann ich. »Sie heißt Eloise, und sie könnte mein …«

»Ich weiß, wer Eloise ist«, unterbrach Angus mich. »Sie soll meinen Sohn nicht mit ihrem Zauber töten!«

»Aber ich will das Kind nicht in meinem Bauch haben!«, wiederholte ich noch einmal. »Ich will nicht, dass es lebt.«

»Und ich zahle nicht dafür, dass es stirbt.« Angus sah mich entschlossen an. »Du kannst dir Eloises Künste ohne mich gar nicht leisten!«

Da hatte er wahrscheinlich recht. Meine Ersparnisse waren in der Zeit, in der Ava mir keinen Lohn mehr hatte zahlen können, gewaltig zusammengeschmolzen. Jetzt reichten sie kaum noch für ein neues Kleid.

»Sie können mich doch nicht zwingen, Ihr Kind zu bekommen«, flehte ich. »Das geht doch nicht. Ich wollte mit Ihnen doch nicht … Und jetzt werde ich noch einmal bestraft?«

»Es soll dein Schaden nicht sein«, erklärte er. »Ich

bezahle dich dafür, dass du mein Kind bekommst – und auch für die Zeit danach. Genug, dass du und dein Anaru gut leben könnt. Wenn du willst, kann ich euch auch das Haus von den Densons schenken. Dann habt ihr erst einmal keine Sorgen – und keine Sorge: Von mir wird Anaru nie etwas erfahren. Es bleibt unser Geheimnis!«

»Warum sind Sie denn so versessen auf dieses Kind? Es ist doch nur ein Mischling. Und Sie haben doch schon Junior!« Meine Stimme klang so verzweifelt, wie ich mich fühlte.

Angus schüttelte den Kopf. »Was, wenn ich nie wieder ein Kind bekomme? Wenn John und dein Kind die Einzigen in meinem Leben sind, die ich habe? Ich habe noch viel vor in meinem Leben, ich möchte Erben haben. Männer, die meine Firma weiterführen, wenn ich einmal nicht mehr bin. Die dafür sorgen, dass mein Name nicht vergessen wird!«

»Das verstehe ich nicht. Sie kümmern sich doch überhaupt nicht um Junior. Sie lieben ihn nicht einmal. Also warum?« Noch bevor er antworten konnte, fiel mir noch etwas ein. »Was machen Sie, wenn ich ein Mädchen bekomme? Und dieses Mädchen womöglich genauso aussieht wie ich?« Ich sah an mir herunter. Alles an mir sah aus wie eine Maori. Die dunklere Haut, die schwarzen Augen und die langen, ebenso schwarzen Haare, die ich seit dem Vorfall in der Küche nur noch in zwei dicken Zöpfen trug. Dazu der etwas stämmigere Körperbau – in den Augen der meisten Weißen war ich keine Schönheit.

Angus lachte. »Lass das mal meine Sorge sein. Niemand wird auf einen falschen Gedanken kommen. Schließlich habe auch ich dunkle Haare und Augen, und meine Haut ist alles andere als milchweiß. Die Familiensage erzählt, dass unter meinen Vorfahren ein Soldat der Spanischen Armada war. Als sein stolzes Boot unterging, wurde er an Land gespült, und meine Urahnin kümmerte sich liebevoll um ihn. Keiner weiß, ob das stimmt – aber es würde auf jeden Fall erklären, warum auch mein Kind nicht blass und britisch aussieht. Wenn es ein Mädchen ist, dann kümmere ich mich ebenso um sie. Mein Risiko. Du weißt, ich liebe riskante Geschäfte …«

Schweigend saß ich auf dem Stuhl vor seinem Schreibtisch. Meine Finger malten die Schnitzerei der Armlehne nach, während ich versuchte, einen Ausweg zu finden. Meine letzte Hoffnung war Eloise gewesen. Doch ich konnte sie nicht bezahlen, und sie hatte es abgelehnt, eine Ausnahme für mich zu machen. Außerdem fühlte es sich nicht richtig an. Was konnte schon mein unschuldiges Kind dafür, dass es nicht in Liebe gezeugt worden war?

Mühsam zwang ich meine Finger zur Ruhe und sah Master Angus an. »Wann soll der Umzug sein?«

Er musterte meine Taille. »Noch sieht man nichts, mach dir keine Sorgen. Es ist Winter, du kannst immer eine Strickweste tragen.«

»Mein Verlobter neigt dazu, mich etwas genauer anzusehen!«, erklärte ich. »Es ist ein Wunder, dass er meine neue Figur noch nicht bemerkt hat. Aber es wird nicht mehr lange dauern, und er wird Verdacht schöpfen.«

Ich hatte kein Verlangen danach, Angus zu erklären, dass Anaru wieder auf vertraute Nächte mit mir hoffte und ich ihn wohl nicht mehr ewig würde vertrösten können. Wie lange konnte mir der Schreck über Miriams Tod noch in den Knochen sitzen?

Ein Achselzucken war Angus' Antwort. »Wir können schon nächste Woche aufbrechen. Daran soll unser Geschäft nicht scheitern. Wir müssen womöglich anfangs in einer Pension wohnen, aber das sollte kein Problem sein.«

»Und was bekomme ich?« Mit aller Kraft bemühte ich mich darum, eine möglichst harte Verhandlungspartnerin zu sein. So einfach sollte Angus seinen Willen nicht bekommen.

Er sah mich zum zweiten Mal abschätzig an. »Du wirst in den nächsten Monaten weiter so bezahlt, als wärst du mein Hausmädchen. Bei freier Kost und Logis, versteht sich. Aber du musst nichts mehr tun, außer dich um John zu kümmern. Außerdem zahle ich den Arzt oder die Hebamme bei der Geburt.«

Ich sah ihn schweigend an. Er erwiderte den Blick, dann seufzte er. »Dazu eine Prämie von hundertfünfzig Dollar, wenn das Kind gesund ist. Und du es schaffst, dich bis zur Geburt nicht zu zeigen. Ich möchte nicht, dass jemand über eine schwangere Maori und anschließend ein Neugeborenes in meinem Haus schwatzt. Wenn es geht, würde ich gerne sagen, dass Miriam bei der Geburt gestorben ist und den Kleinen als meinen armen Sohn, der eine Halbwaise ist, präsentieren. Du könntest dann die Amme sein, niemand würde Verdacht schöpfen.«

Unglaublich, wie Angus in den wenigen Minuten, die unser Gespräch dauerte, einen ganzen Plan entwarf. Immerhin hatte er bis vor wenigen Augenblicken noch nicht einmal gewusst, dass ich ein Kind erwartete. Ich dachte über sein Angebot nach. Dann sah ich ihn herausfordernd an.

»Und das Haus? Sie haben gesagt, ich kann auch noch das Haus haben.«

Mit einem Lächeln nickte Angus. »Ich kann das Denson-Haus nicht brauchen. Vielleicht bringt es dir und Anaru Glück, wer weiß …« Er hielt mir seine Hand hin. »Es ist also abgemacht?«

Bevor ich einschlug, zögerte ich noch einen Moment. Ich wollte ihn nicht berühren, er war widerlich, und ich hatte Angst. Also sah ich ihn an. »Und Sie versprechen mir, dass Sie mich in Ruhe lassen? Ich meine, so etwas wie in der Küche …« Ich wurde drängender. »Das versprechen Sie mir doch, oder?«

Er nickte nur. »Mein Wort drauf.« Das Grinsen, das er mir zuwarf, sah wie ein Zähnefletschen aus. »Keine Sorge, ich finde schwangere Frauen sowieso abstoßend. Das durfte schon Miriam spüren.«

Sein Wort war nicht das Schwarze unter dem Fingernagel wert, wie ich bei seinem Benehmen John Denson gegenüber gemerkt hatte. Aber was sollte ich schon tun? Ich schlug ein und schwor mir, dass ich ihn mit diesem Handschlag das letzte Mal in meinem Leben berührt hatte. Ich verkaufte ihm das Kind, das ich nicht haben wollte.

Es verging wirklich nur eine Woche, bis wir Richtung Christchurch aufbrachen. Marama sollte noch ein Weilchen in dem Haus in Seddonville nach dem Rechten sehen – zumindest, solange Angus noch zwischen Seddonville und Christchurch hin und her pendelte. Dann würde Angus sie entlassen. Nur so konnte er sicher sein, dass mein Geheimnis an der Ostküste bleiben würde. Anaru begleitete mich nach Westport zur

Abfahrt des Überland-Busses. Er verstand meine Entscheidung nicht, egal, wie oft ich sie ihm erklärte. »Wir werden uns ein Jahr lang nicht sehen können«, sagte er immer wieder wie ein trotziges Kind. Dabei war er über Angus' Großzügigkeit erstaunt: Immerhin bekam ich das Haus der Densons und Geld dafür, dass ich Junior zwölf Monate lang die Eingewöhnung in sein neues Zuhause erleichterte.

»Aber dann können wir heiraten. Wenn ich nach Hause komme, haben wir ein Zuhause, wir haben beide Geld gespart, wir können Kinder haben, ohne uns überlegen zu müssen, mit welchem Geld wir ihnen Kleidung kaufen. Ist das nicht wunderbar?« Ich umarmte ihn. Vorsichtig. Er sollte sich schließlich nicht bei der allerletzten Berührung das erste Mal über meinen sich allmählich rundenden Bauch wundern. Oder endlich doch meine anschwellenden Brüste bemerken.

Zum Glück für mich war er viel zu sehr in seinem Abschiedsschmerz gefangen, um für Veränderungen meines Körpers empfindlich zu sein. Während mein Gepäck in unser Abteil geladen wurde, sah er mich mit Tränen in den Augen an. Umarmte mich, küsste mich und murmelte: »Ich bleibe dir treu, ich warte auf dich – aber wenn dieses Jahr erst vorbei ist, lasse ich keinen Tag mehr ziehen. Dann will ich mein Leben mit dir verbringen und jeden Tag genießen …«

Ich erwiderte seinen Kuss und sagte lieber nichts von Treue. Immerhin verließ ich ihn, um das Kind eines anderen zur Welt zu bringen. Aber ich strich ihm noch über sein glänzendes schwarzes Haar und sah ihm in die Augen. »Ich freue mich auf das Leben mit dir, Anaru. Und ich schwöre, nichts wird uns mehr trennen können …«

Der Fahrer von unserem Bus forderte uns ein letztes Mal zum Einsteigen auf, wir mussten auf unsere Plätze – und damit verließ der Bus Westport in Richtung Osten. Ich hielt Junior im Arm, der neugierig aus dem Fenster starrte, und hing meinen Gedanken nach. Würde ich wieder zurückkommen, war ich nicht mehr dieselbe – aber ich durfte Anaru niemals erzählen, was wirklich vorgefallen war …

Die Fahrt über die Neuseeländischen Alpen dauerte damals eine Ewigkeit. Es dämmerte, als wir endlich in Christchurch ankamen. Ich hielt Junior auf meinem Arm, machte aber mindestens so große Augen wie er. Bis zu diesem Zeitpunkt war Westport die größte Stadt, die ich je gesehen hatte. Christchurch war riesig dagegen. Viele Autos, wenige Kutschen, sogar eine Trambahn. Die Menschen hasteten durch die Straßen, ohne dass ich erkennen konnte, was ihr Ziel war. Immer wieder flüsterte ich Junior beruhigend ins Ohr, dass er sich ganz bestimmt schnell an all diese Menschen gewöhnen würde – aber in Wirklichkeit wollte ich nur mich selbst beruhigen. In diesen Menschenmassen musste man sich doch einfach verirren!

Angus bestellte ein Taxi, das uns zu einer kleinen Pension brachte. Auch auf dem Weg konnte ich die Augen nicht von den vielen Häusern und den hastenden Menschen nehmen.

An der Pension angelangt, fragte Angus nach den beiden Räumen, die er reserviert hatte. Einen für sich selbst, den anderen für seinen Sohn mit Kindermädchen. Der Mann an der Rezeption sah ihn freundlich an. »Und die Reservierung lief auf ihren Namen, Mister …?«

Er sah ihn fragend an.

Angus zögerte keine Sekunde mit seiner Antwort: »George Cavanagh.«

28.

Sina entfuhr ein Schreckensschrei. »Nein!«

Ruiha unterbrach ihre Erzählung und sah sie ruhig an. »Doch. Er hat einfach seinen Namen gewechselt, so wie andere ein frisches Hemd anziehen oder die Unterwäsche wechseln. Ich nehme an, er fürchtete, dass seine Beteiligung an dem Matakite-Unglück eines Tages doch noch auffliegen würde.«

Sina schüttelte noch einmal den Kopf. »Das ist es nicht.« Ihre Stimme bekam einen anklagenden Ton. »Du hast es die ganze Zeit gewusst. Und du hast mir keinen Ton gesagt!«

»Nicht die ganze Zeit.« Ruihas Stimme blieb gelassen. »Erst als du mir Brandon vorgestellt hast, wurde mir klar, wie eng deine Geschichte mit meiner verwoben ist. Doch dann hielt ich es erst recht für wichtig, dass du die ganze Geschichte kennst …«

Auf Sinas Stirn zeichnete sich weiter eine steile Falte ab. »Das ist es nicht. Du hast gewusst, warum George Cavanagh mich vom ersten Blick an nicht leiden konnte – und dass …« Erschrocken legte Sina die Hand an ihren Mund. Erst in diesem Augenblick wurde ihr die ungeheuerliche Wahrheit, die Ruiha ihr soeben eröffnet hatte, in vollem Umfang klar. Mit großen Augen sah sie die alte Frau an. »Ist Brandon etwa mein Cousin?«, stammelte sie. Tränen stiegen ihr in die Augen. »Dürfen wir deswegen nicht zusammen sein? Hat der alte Cavanagh sich deswegen zwischen uns gestellt?«

Ruiha legte beschwichtigend ihre Hand auf Sinas Arm. »Nein. Du bist mit Brandon nicht verwandt. Er ist nicht der Sohn von Junior. Erinnere dich: Brandons Vater heißt Ewan.«

Verwirrt erwiderte Sina Ruihas Blick. Was hatte Brandon noch einmal von seinem versoffenen Onkel erzählt? Der sich nur in den Häfen des Pazifiks aufhielt und nur wenig richtig machte? John. John, der nur dazu taugte, eine Schnapsflasche aufrecht zu halten. »Der kleine Junior ist heute ein Säufer …«, murmelte sie – um nur einen Wimpernschlag erneut aufzufahren. »Aber das bedeutet, dass Ewan … dein Sohn ist?« Fragend sah sie die alte Frau an.

Die erwiderte einige Augenblicke schweigend ihren Blick und nickte dann langsam. Ihre Stimme klang brüchig, als sie endlich etwas sagte. »Brandon ist mein Enkel.« Es schien fast, als ob sie ihren eigenen Worten nicht traute, denn sie wiederholte noch einmal: »Er ist mein Enkel. Aber ich habe nichts von ihm geahnt. Bis zu dem –«

Für einen Moment herrschte Schweigen zwischen den beiden Frauen. Vorsichtig fragte Sina noch einmal nach: »Und du hast nichts von seiner Existenz gewusst? Du hast niemals nach Ewan gefragt?«

Langsam schüttelte Ruiha den Kopf. »Hätte ich nach ihm geforscht, dann wären längst verheilte Wunden aufgerissen. Und Anaru durfte bis zu seinem Tod nicht erfahren, was eigentlich das Geheimnis meines Jahres in Christchurch war. Sein Zorn wäre niemals verjährt, er hätte Angus – oder George – ganz sicher heimgesucht und meine Schande gerächt. Nein, ich wollte mein Leben leben, wollte glücklich sein und hab mich nicht mehr um das Schicksal meines Erstgeborenen gekümmert. Angus MacLagan habe ich in dem Moment aus meinem Leben gestrichen, in dem ich den Zug zurück nach Westport bestiegen habe. Ich war dankbar, von ihm nichts mehr hören zu müssen.« Sie sah Sina aus ihren dunklen, tief liegenden Augen fragend an. »Macht mich das zu einem schlechten Menschen?«

»Nein«, lächelte Sina. »Ich habe Ewan kurz kennengelernt, er wirkte nicht unglücklich … Offensichtlich hat es den kleinen Junior schlimmer erwischt. Wenn alles, was Brandon erzählt hat, wahr ist, dann hat er wohl nie wieder Fuß fassen können. Armer Wurm.«

Sie sah sinnend in den Garten, als ihr noch etwas aus Ruihas Erzählung einfiel. Sie deutete auf das Haus mit seinen grau verwitterten Steinmauern und den blau gestrichenen Fensterläden und der Tür, von der die Farbe blätterte. »Ist das hier wirklich das Haus, in dem vor über sechzig Jahren John und Ava gelebt haben? Hier war meine Großmutter zu Hause?«

Ruiha nickte. »Ich habe nicht mehr darüber nachgedacht, bis ich angefangen habe, dir meine Geschichte zu erzählen. Aber es ist wahr: Dieses Haus habe ich von Angus bekommen. Der Lohn für meine Dienste. Anfangs habe ich mich unwohl gefühlt, habe immer damit gerechnet, dass Ava oder John um die Ecke kommen und mich fragen, warum ich nicht in meiner

Kammer unter dem Dach bin.« Sie lächelte entschuldigend. »Dann habe ich mich daran gewöhnt. Hier habe ich meine und Anarus Kinder bekommen, sie sind unter diesem Dach aufgewachsen. Ich habe nur noch selten an die Vergangenheit gedacht. Du kannst das noch nicht wissen, aber mit drei Kindern zählt erst einmal nichts außer der Gegenwart.«

Sina war immer noch fassungslos ob der Wendung, die die Geschichte von Ava plötzlich genommen hatte. Nie war ihr klar gewesen, dass die Erklärung für George Cavanaghs Verhalten so einfach sein könnte. Und erst ganz allmählich wurden ihr wirklich alle Konsequenzen bewusst. »Brandon und Hakopa … sie sind Cousins. Seit Jahren sind sie befreundet, und nie haben sie etwas geahnt. Das ist doch …« Sie bemerkte Ruihas zurückhaltenden Blick.

»Du hast nicht vor, es ihnen zu sagen, oder?«

Die alte Frau strich sich mit beiden Händen durch die Haare. Eine Geste, die sie sicher schon als junges Mädchen gemacht hatte, wenn sie über etwas nachdachte. Als Angus MacLagan ihr vorgeschlagen hatte, sein Kind der Gewalt auszutragen, war sie sich sicher auch mit genau dieser Bewegung durch die Haare gefahren. »Die Wahrheit ist so lange nicht an das Tageslicht gekommen. Ich habe Angst, welche Kreise das zieht. Wenn Brandon erfährt, dass er mein Enkel ist, dann hört Ewan, wer seine wahre Mutter ist. Wie kann ich ihm in die Augen sehen? Ich bin die Mutter, die ihn einfach im Stich gelassen hat, er muss mich hassen!« Sie zögerte. »Ich kann ihm die ganze Wahrheit erzählen, aber damit würde genau das passieren, vor dem Angus so schreckliche Angst hat. Die alten Geschichten und Albträume würden plötzlich über die ganze lange Zeit hinweg in die Gegenwart reichen und alles zerstören. Seine Familie, die er sich in Charteris Bay aufgebaut hat, und auch meinen Frieden, den ich hier in Seddonville gefunden habe.«

Sina runzelte die Stirn. Offenbar hatte Ruiha sich schon länger damit beschäftigt, was passieren würde, wenn die Wahrheit ans Licht käme.

»Was passierte denn in dem Jahr in Charteris Bay?«, fragte sie schließlich.

»Das ist eigentlich schnell erzählt«, meinte Ruiha mit einem Blick auf die kleine Armbanduhr, die sie an ihrem schmalen Handgelenk trug. »Wir blieben ein paar Tage in der kleinen Pension, dann fand Angus ein Haus in Charteris Bay, das er mieten konnte. Hier sind wir eingezogen. Ich habe mich als Kindermädchen um Junior gekümmert, ein junges Ding, das er einstellte, kümmerte sich um den Haushalt. Sie merkte wohl ziemlich schnell, dass ich etwas Kleines erwartete – aber sie ging einfach davon aus, dass ich von meinem Verlobten in Seddonville schwanger war und stellte weiter keine Fragen. Angus fuhr oft an die Westküste, ich war die meiste Zeit mit Junior und meinen Gedanken alleine. Angus ließ alle in dem Glauben, dass seine Frau Miriam noch in Seddonville wohnte. Wenn jemand nachfragte, dann erklärte er immer, dass Miriam schwanger sei und der Arzt ihr das Reisen und andere Anstrengungen untersagt hatte. Ein geschickter Schachzug: So war es für jeden verständlich, dass ich ihr das Kind abgenommen hatte – sie sollte ihre Ruhe haben. So vergingen die Monate. Mein Leib wurde immer schwerer und runder, aber niemand schien es zu bemerken. Eine Maori wurde von den meisten einfach übersehen … Da hat sich in den letzten Jahrzehnten nicht allzu viel geändert.«

»Wie ging es denn Junior in der Zeit?«, wollte Sina wissen.

»Unverändert. Er wollte von Angus nichts wissen, klammerte sich an mir fest und weinte nachts.« Ruiha biss sich auf die Lippen. »Vielleicht habe ich mich zu wenig um ihn gekümmert, vielleicht hätte er noch mehr Liebe gebraucht. Ich weiß es nicht. Aber ich war meistens mit mir selbst beschäftigt – immerhin trug ich ein Kind in meinem Bauch, das ich nicht lieben wollte, aber das sich trotzdem immer mehr in mein Bewusstsein schlich. Ich erinnere mich, dass ich ihn oft im Garten fand. John saß häufig einfach auf einem Stuhl und starrte in Richtung Horizont – so als ob er dort irgendetwas sehen würde, das ihm sehr viel schöner als seine Wirklichkeit vorkam. Aber ich bin mir nicht sicher, ob ich damit nicht zu viel Tiefgründigkeit in einem kleinen Jungen gesehen habe, der einfach nur sehr einsam war.« Sie zuckte mit den Achseln. »Und dann brachte ich Ewan zur Welt.« Ihre Stimme verriet keine Gefühle.

Sinas Neugier gewann die Oberhand. »War es eine leichte Geburt? War Angus dabei?«

Mit einem milden Lächeln sah Ruiha sie an. »Du willst alles ganz genau wissen, oder? Ja, es war eine leichte Geburt. Es dauerte nur drei oder vier Stunden, bis Ewan da war. Die Hebamme hatte wenig zu tun, sie musste ihn nur abnabeln – und lief dann auch schon weiter zur nächsten Geburt. Anaru hat sehr viel später Witze darüber gemacht, dass ich Kinder in der gleichen Zeit zur Welt bringen konnte, in der andere einen

Braten zubereiten. Zu deiner anderen Frage: Angus war tatsächlich im Haus. Er wartete in seinem Arbeitszimmer, bis die Hebamme gegangen war und kam dann mit einem zufriedenen Gesicht zu mir. ›Ich habe dir gesagt, dass ich einen Sohn bekommen würde!‹ Dann nahm er das kleine Bündel in den Arm und sah es mit einem liebevollen Blick an. So, als ob er ahnen würde, dass er das einzige leibliche Kind seines Lebens in den Händen hielt. ›Er soll Ewan heißen, wie mein Großvater!‹, erklärte er noch. Dann tätschelte er mir die Wange, als ob ich eine wertvolle Zuchtstute sei, und murmelte noch ein ›Gut gemacht!‹. Ich würgte fast, als er mich berührte.«

»Wie lange bist du noch geblieben?«, wollte Sina wissen.

»Drei Monate. Er kündigte unser Hausmädchen, entlohnte es hoch und nahm ihr das Versprechen ab, dass sie niemals ein Wort über ihn verlieren würde. Dann ließ er noch eine Woche ins Land gehen, fuhr an die Westküste. Als er wiederkam, brachte ich ihm Ewan an den Bahnhof, und er brachte ihn heim – er erzählte jedem, dass seine Frau bei der Geburt gestorben sei. Eine tragische Geschichte. So ein gutaussehender Witwer, der sich rührend um seinen Sohn kümmert, ist natürlich bei den jungen Damen der Gesellschaft beliebt. Es vergingen keine sechs Wochen, schon verlobte er sich mit einem jungen Ding. Bridget war fröhlich und unbeschwert, kümmerte sich liebevoll um Ewan und versuchte wenigstens ihr Glück mit Junior. Ich hatte ein gutes Gefühl, sie mit den Kindern alleine zu lassen. Außerdem kaufte Angus sich in dieser Zeit sein erstes großes Schiff, das künftig Kriegsmaterialien über den

Pazifik bringen sollte. Das Geld, das ihm die Coal Company für Matakite gezahlt hatte, reichte dafür aus. Denn zwei Jahre, nachdem Ewan zur Welt kam, brach der große Krieg aus. So wie Angus es schon so viele Jahre vorhergesehen hatte ... Meine Sehnsucht nach Anaru war größer, als meine Sorge um mein Kind und den kleinen Junior. Vielleicht habe ich mich schuldig gemacht, als ich die beiden Kinder verließ ...«

»Wenn ich das richtig sehe, dann hat sich in der ganzen Geschichte nur einer schuldig gemacht: Angus«, erklärte Sina.

Ruiha wiegte nachdenklich den Kopf. »So einfach sollte ich es mir nicht machen. Welche Mutter verlässt einfach ihren Sohn, ohne noch einen einzigen Blick zurückzuwerfen? Ich kehrte nach Seddonville zurück – das Haus der Densons war inzwischen in meinen Besitz übergegangen – und konnte es kaum erwarten, endlich meinen Anaru zu heiraten. Alles, was ich wollte, war, das schreckliche letzte Jahr ungeschehen zu machen. Nie wieder wollte ich an die Nacht in der Küche, den Tod von Miriam, die Monate in Christchurch und meinen unglücklichen Sohn denken. Das ist mir auch gelungen. Anaru und ich heirateten, und ein knappes Jahr später kam schon unser erster Sohn zur Welt. Zwei weitere Kinder folgten, und mein Glück erschien mir vollkommen. Alle drei wurden gesunde, gute Erwachsene, die heute ihren Platz im Leben haben – inzwischen habe ich sogar schon Enkel, die fast erwachsen sind. Der einzige Schatten, der in dieser Zeit auf mein Leben fiel, war der Tod von Anaru vor drei Jahren. Sicher, wir sind beide alt gewesen – aber ich hätte nie gedacht, dass er mich eines Tages alleine lässt.

Eines Morgens war ihm nicht wohl, er schimpfte darüber, dass der Fisch vom Vortag wohl nicht ganz frisch gewesen sei. Dann brach er zusammen. Einfach so.« Sie deutete auf einen Farnbaum am Ende des Gartens. »Dort hinten knickten seine Beine ein, als ob er von einer Gewehrkugel getroffen sei. Der Notarzt konnte nur noch seinen Tod feststellen. Herzinfarkt. Selbst wenn der Arzt früher gekommen wäre – er hätte ihn nicht retten können.« Sie sah nachdenklich zu dem Farnbaum hin. Eine Weile lang schwiegen die beiden Frauen, bis Ruiha weiterredete.

»Ich vertreibe mir die Zeit in meinem Garten, helfe hin und wieder in dem kleinen Antiques-Laden aus. Aber mein eigentliches Leben ist mit dem Tod Anarus vorbei. An diese lang vergessene Zeit mit Ava, Angus und Miriam habe ich nicht mehr gedacht, bis du in den Laden gekommen bist. Du hast mich in meiner Ecke nicht gesehen – aber ich konnte dich beobachten und habe ständig erwartet, dass du mich ansiehst und mich begrüßt. So, als ob es möglich wäre, dass Ava quer durch die Jahrzehnte auf einen Besuch kommen könnte.«

»Wie kam das Fotoalbum in den Laden?«, fragte Sina, obwohl sie sich die Antwort fast denken konnte.

»Ich habe irgendwann angefangen, dieses Haus hier gründlich aufzuräumen. Wenn meine Kinder einst alles erben, dann sollen sie nicht ständig über die Geheimnisse der Vergangenheit stolpern. Also habe ich alles in diesen Laden getragen. Nicht auf einmal, aber immer wieder ein paar Stücke, von denen nur noch ich wusste, was sie bedeuteten. Das Fotoalbum lag schon lange in dem Laden. Die Leute liebten es, darin ein wenig zu blättern, aber niemand wollte es kaufen. Genauso wie du. Du hättest es ja auch liegen lassen, wenn ich es dir nicht aufgedrängt hätte.«

Sina zuckte mit den Achseln. »Sicher. Was soll ich mit Erinnerungen an ein anderes Leben? Ich möchte mein Leben lieber mit eigenen Erinnerungen füllen.«

Nachdenklich sah Sina in den Garten. »Was machen wir jetzt? Brandon muss unbedingt erfahren, warum sein Großvater bei meinem Anblick so furchtbar erschrocken ist. Dabei hätte ich nie in der Vergangenheit geforscht, wenn er Brandon und mir nicht unsere Liebe verboten hätte. Dann wäre das Fotoalbum wohl wirklich irgendwo auf dem Speicher gelandet und hätte dort so lange auf jemanden gewartet, der nach der Wahrheit sucht, bis niemand mehr diese Wahrheit kennt.« Sie sah Ruiha an. »Du sagst doch immer, dass die Wahrheit sich ihren Weg sucht. Was spricht denn dagegen, dass jetzt endlich alle erfahren, was mit ihrer Familie geschehen ist – glaubst du nicht, dass Ewan auch ein Recht darauf hat, von seiner wirklichen Mutter zu erfahren?«

Ruiha sah Sina müde an. »Das mag sein, aber gib mir noch ein paar Tage Zeit. Dann bin ich vielleicht bereit dafür.«

Sina nickte. »Ich muss erst einmal mit Brandon sprechen. Er muss so schnell wie möglich aus Vanuatu zurückkommen. Stell dir vor, wenn er erfährt, dass du seine Großmutter bist!« Sie legte mit einer impulsiven Bewegung ihre Hand auf die knotigen Finger der alten Frau. »Was für eine Familie, die da zusammenkommt!«

Ruiha zog ihre Hand vorsichtig aus Sinas Griff. »Verzeih, wenn ich mich nicht freuen kann. Ich sehe immer nur, dass Ewan erst jetzt erfährt, wie sehr ich ihn verletzt habe. Wer weiß, vielleicht habe ich ihm schon immer gefehlt? Und ich habe keine Ahnung, wie seine Kindheit war … Brandon hat nicht viel erzählt, oder?«

»Nein«, gab Sina zu. »Womöglich wurde in dieser Familie nicht so sehr über die Vergangenheit gesprochen …«

»Sprich mit Brandon«, schlug Ruiha vor. »Geh nach Christchurch, erzähl ihm meine Geschichte – aber eines musst du mir versprechen: Du gehst nicht zu Angus und sagst ihm, dass du jetzt die Wahrheit kennst. Geh vor allem nicht alleine zu ihm. Er ist gefährlich, vor allem, wenn er in die Enge getrieben wird. Das musst du mir glauben!«

»Er ist doch jetzt ein alter Mann …«, winkte Sina ab. »Ich glaube nicht, dass er stärker ist als ich. Vor allem sind jetzt die Wildwest-Methoden der ersten Hälfte dieses Jahrhunderts vorbei. Neuseeland zählt inzwischen zu den zivilisierten Ländern, oder nicht?«

»Neuseeland mag zivilisiert worden sein, das stimmt. Aber Angus MacLagan lässt sich nicht zähmen. Die Fassade der feinen Kreise und des Erfolges ist bei ihm nur hauchdünn. Wenn er sich auch nur ein bisschen in seiner Sicherheit und seinem Wohlstand bedroht fühlt, dann wird er wieder zeigen, wie gut er sich wehren kann.« Ihre Stimme klang müde. »Und jetzt lass mich bitte allein. Es hat mich sehr angestrengt, diese alten Geschichten beim Erzählen noch einmal durchleben zu müssen. Lass mich ausruhen. Wenn du willst, kannst du mich mit Brandon besuchen. Dann sehen wir weiter.«

Sie lehnte sich erschöpft in ihrem Stuhl zurück und schloss die Augen. Zögernd stand Sina auf. Konnte sie die alte Frau jetzt wirklich alleine lassen? Wie zur Antwort wedelte Ruiha noch einmal mit der Hand. »Jetzt geh schon.«

Vorsichtig lehnte Sina sich nach vorne und streichelte der alten Frau über die faltige Wange. »Danke«, flüsterte sie. »Danke, dass du uns allen eine Vergangenheit zurückgegeben hast.«

Als Ruiha keine Reaktion zeigte, verließ Sina den Garten und schloss sorgfältig das Gartentor hinter sich. Langsam ließ sie ihre Blicke über das Haus wandern. Jetzt sah sie es mit völlig anderen Augen: Hier hatte einst ihre Großmutter gelebt, und es waren anfangs auch sehr glückliche Jahre. Sie sah den grauen Stein und die abblätternden Fensterläden an. Ein paar Wege zogen sich durch den Garten, zwischen den Beeten und hinunter zu dem großen Farnbaum am Ende des Grundstücks. Ob das wohl alles schon vor über sechzig Jahren so ausgesehen hatte? Oder hatte Ruiha im Lauf der Jahre diesem Haus und dem Garten ihren Stempel aufgedrückt? Weder das Haus noch die wunderschönen Pflanzen verrieten Sina ihr Geheimnis. Die Schatten der Vergangenheit zeigten sich nicht. Keine glückliche junge Frau mit meergrünen Augen und einem spielenden Sohn, keine fröhliche Blondine, die sich in einen geheimnisvollen, dunklen Mann verliebt. Und auch keine junge Maori, die von der Zeugin einer Familientragödie zum Opfer wurde.

Mit einem letzten langen Blick und einem Schulterzucken machte sie sich wieder auf den Weg zu Mary-Ann. Ein Blick auf ihre Armbanduhr ließ sie ihre Schritte beschleunigen. Es war wirklich schon sehr spät …

29.

Als sich die Tür zu dem kleinen Häuschen in Christchurch öffnete, atmete Sina erst einmal tief durch. Hier konnte sie jetzt in aller Ruhe über Ruihas Geschichte nachdenken. Nur einen Augenblick später sah sie misstrauisch in Richtung Küche. Es roch nach Tomaten, Basilikum, Parmesan – eindeutig stand eine leckere Pasta in der Küche auf dem Herd. Sina machte ein paar schnelle Schritte, rannte fast, riss die Tür auf.

Auf dem Herd brodelte eine Tomatensoße, auf dem Tisch standen schon zwei Teller mit Weingläsern bereit – und auf einem der Stühle saß Brandon. Er hatte seine Füße auf einen Stuhl gegenüber gelegt, hatte eine aufgeschlagene Zeitung in den Händen und sah sie aus seinen unglaublichen grauen Augen an. Einen Moment lang bemerkte Sina noch seine dunkelbraune Haut und dazu die fast weißblonden Haare – die langen Wochen in der Südsee hatten ihm offensichtlich gutgetan. Bevor sie noch etwas sagen konnte, flatterte die Zeitung zu Boden, Brandon sprang auf und schloss sie in seine Arme. Auf ihre Lippen drückte er einen langen, leidenschaftlichen Kuss, der ihr nicht nur den Atem raubte, sondern auch erst einmal die Sprache verschlug. Als sie sich für einen Augenblick voneinander lösten und tief in die Augen sahen, brachte sie nur ein »Ich dachte, du bis in Vanuatu?« heraus.

»Und ich dachte, du bist hier«, lachte Brandon. »Ich sitze hier schon seit gestern und hoffe, dass du endlich nach Hause kommst. Im Krankenhaus haben sie nur gesagt, dass du ein langes Wochenende freigenommen hast. Wo kommst du her?« Er küsste sie noch einmal. »Ach, egal! Hauptsache, du bist da.« Wieder nahm er sie in den Arm und zog sie dabei sanft in Richtung Schlafzimmer. Sina folgte ihm willig. Mit einem Mal erschien ihr die Gegenwart mit Brandon sehr viel wichtiger als Geschichten über Großmütter und Großväter aus einer längst vergangenen Zeit.

Hastig öffnete sie Brandons Gürtel und zog seine Jeans nach unten. Er stöhnte auf und zerrte gleichzeitig ihr T-Shirt über ihren Kopf. Mit zärtlicher Liebe hatte das nichts zu tun. Die beiden wollten nur noch eines, und das wollten sie beide: unbedingt wieder eins sein und damit die lange Zeit des Wartens und des stillen Verlangens endlich beenden. Nach einigem Kampf mit Reißverschlüssen, Ärmeln und Hosenbeinen sanken sie auf das Bett. Nackt. Sina drängte sich mit aller angestauten Sehnsucht der letzten Wochen an ihn und zog ihn auf sich. Sie liebten sich hastig, verzweifelt und so, als hätten sie keine Zeit. Viel zu schnell mussten sie schwer atmend und verschwitzt voneinander ablassen. Brandon wälzte sich auf den Rücken und streichelte ihren Bauch. »Du hast keine Ahnung, wie sehr ich dich vermisst habe!«, murmelte er zärtlich.

Sie grinste ihn an. »Eine kleine Ahnung habe ich nach

deiner Begrüßung schon.« Sie richtete sich auf. »Und ich möchte ja nicht unromantisch sein, aber solltest du dich nicht um dein Essen kümmern? Als ich gekommen bin, roch es viel zu lecker, als dass wir es jetzt einfach anbrennen lassen sollten.«

Mit einem Fluch sprang Brandon aus dem Bett und rannte in die Küche. Sina sah ihm einen Augenblick hinterher, dann zog sie ein frisches T-Shirt aus dem Schrank und folgte ihm. Er stand am Spülstein, einen dampfenden Topf in der Hand, auf dessen Boden eine schwärzliche Masse unheilvoll qualmte und alles andere als Appetit anregend roch. Er sah sie mit einer entschuldigenden Miene an. »Jetzt habe ich mir unser Willkommensessen seit gestern Abend in allen Farben ausgemalt – und alles ist angebrannt.« Er schnitt eine Grimasse. »Ich fürchte, wir müssen doch zu dem Thailänder um die Ecke gehen.«

Sina schüttelte den Kopf. »Viel zu viel Aufwand. Was hältst du davon, wenn wir uns das Essen bringen lassen? Ich muss dir so viel erzählen – und ich will alles aus Vanuatu wissen, alles! Sind die Frauen der Südsee wirklich so schön?«

»Woher soll ich das wissen? Ich saß doch die ganze Zeit auf meinem großen, lecken Schiff und habe auf die Reparaturmannschaft gewartet. Alles, was ich tun konnte, war, in der Sonne zu braten, an dich zu denken und jeden Tag ein gutes Buch zu lesen.«

»Und jetzt ist das Ding repariert, und du bist nach Hause gefahren?« Sina sah verwirrt aus. »Das geht doch gar nicht so schnell!«

Brandon schüttelte den Kopf. »Nein. Das Ding ist immer noch leck. Aber ich habe mir die Erlaubnis geholt, wenigstens für zehn Tage nach Hause fahren zu dürfen. Noch einmal zwei Monate ohne dich hätte ich nicht durchgehalten.«

Sina schenkte ihm ein Lächeln. Nach dem ersten Rausch des Wiedersehens konnte sie jetzt nur noch an Ruihas Geschichte denken. Sie musste sie Brandon erzählen. Unbedingt. Aber jetzt sofort? Sie genoss doch gerade die friedliche Stimmung, das Wiedersehen … Vielleicht sollte sie ihm doch erst morgen beim Frühstück die Wahrheit über seine und ihre Familie erzählen? Noch einen unbeschwerten Abend und eine sorglose Nacht genießen. Für sich beschloss Sina, dass ein Geheimnis, das seit über einem halben Jahrhundert ruhte, getrost noch eine weitere Nacht nicht angerührt werden konnte.

Tatsächlich verbrachten sie einen wunderbaren Abend und eine leidenschaftliche Nacht – erst beim Frühstück beschloss Sina, dass sie ihre Geschichte unmöglich weiter für sich behalten durfte. Sie nahm einen großen Schluck Kaffee, bevor sie einen Anfang suchte.

»Du hast noch gar nicht gefragt, wo ich gestern überhaupt hergekommen bin!«

Schuldbewusst nickte Brandon. »Stimmt, habe ich ganz vergessen. Aber vielleicht willst du es mir ja auch gar nicht erzählen?«

»Doch«, erklärte Sina. »Aber es ist ein wenig kompliziert, deswegen habe ich bis heute gewartet. Ich bin vor ein paar Tagen noch einmal an die Westküste gefahren …«

»Und bist wieder bei dieser schrulligen Alten gewesen?« Brandon sah sie mit einem nachsichtigen Lächeln an. »Ich hoffe, ihre Geschichte hat wenigstens endlich ein Ende gefunden. Ich fürchte, Ruiha ist einfach nur eine einsame, alte Frau, die mit dir ein Opfer gefunden hat, das bereit ist, sich ihre Geschichte anzuhören …«

»O nein, so einfach ist es nicht«, erklärte Sina. »Und die Geschichte ist auch noch nicht zu Ende. Ich versuche am besten, die ganze Geschichte für dich zusammenzufassen.«

Brandon verdrehte die Augen. »Darf ich mir erst noch einen frischen Kaffee machen? Es könnte sonst sein, dass ich bei dieser alten Geschichte einfach einschlafe …«

»Du kannst dir gerne einen Kaffee machen«, erklärte Sina, ohne sich auf seine Scherze einzulassen. »Aber ich verspreche dir, dass du wach bleiben wirst.«

Damit fing sie an zu erzählen. Brandon hörte anfangs mit leicht gelangweilter Miene und dann mit zunehmendem Interesse zu. Bei der Geschichte von Avas Abreise schüttelte er immer wieder den Kopf. Dann ließ Sina die Bombe platzen – mit dem Umzug nach Christchurch und der Namensänderung von Angus MacLagan. Sie beobachtete ihn genau, als sie erklärte, dass Angus sich ab sofort George Cavanagh nannte.

Er hob abwehrend die Hand. »Das kann nicht sein!«, erklärte er in einem Ton, der keinen Widerspruch duldete.

»Es ist aber so«, meinte Sina schlicht.

»Ich kenne meinen Großvater«, meinte Brandon. »Er mag ein alter Sturkopf und ein Patriarch sein. Das stimmt. Es kann auch sein, dass sein Ehrgeiz riesengroß ist. Das muss sogar so sein, sonst hätte er nicht diese erfolgreiche Reederei. Aber mein Großvater ist kein Frauenschläger, kein Vergewaltiger, kein Kinderdieb, kein Lügner. Alles, was Ruiha da erzählt, hat sie sich nur ausgedacht. Wetten, sie hat den Namen Cavanagh erst eingebaut, nachdem sie mich kennengelernt hat? Hat diese Frau denn nur einen einzigen Beweis für ihre hanebüchenen Geschichten?«

»Beweise?« Sina war verwirrt. »Wer würde sich so eine Geschichte denn ausdenken? Von Vergewaltigung, Tod und Unglück erzählen, bloß weil es irgendwie spannend ist? Das macht doch niemand! Außerdem gibt es doch die alten Bilder.«

»... von einer Frau, die dir sehr ähnlich sieht. Das ist schon alles. Wer sagt dir denn, dass diese Frau wirklich Ava hieß? Was, wenn alles nur der Phantasie dieser Maori entspringt? Denk doch mal nach: Wie groß ist die Wahrscheinlichkeit, dass du irgendwo an der Westküste ein Fotoalbum findest und dann ausgerechnet mich kennenlernst und damit meinen Großvater an die längst vergangene Geschichte erinnerst? Die Chancen für so etwas sind doch verschwindend gering.«

»Aber es passt doch alles«, wehrte Sina sich. »Meine Großmutter, die nie über ihre Vergangenheit erzählt hat. Mein Großvater, der uns kurz vor seinem Tod sogar verwechselt hat ...«

»Das mag sein«, beharrte Brandon. »Aber andere Fakten passen doch überhaupt nicht zusammen. Schau mich doch einmal genau an. Ich soll der Enkel einer Maori sein? Das ist lächerlich! Du hast doch gesehen, wie Maoris aussehen. Ich habe weder dunkle Haut noch schwarze Augen.« Er lachte auf. »Ich der Cousin von Hakopa? Lächerlich! Keine Frage, ich liebe ihn wie einen Bruder. Aber in unseren Adern fließt ganz bestimmt nicht dasselbe Blut.«

Er redete sich immer mehr in Rage. Auf seiner Stirn

trat eine Ader hervor. »Wenn du wirklich glaubst, was diese Ruiha erzählt hat – wie konntest du seit gestern schweigen? Für dich behalten, dass mein Vater das Ergebnis einer Vergewaltigung ist, mein Großvater ein übler Verbrecher und mein versoffener Onkel das Opfer einer Verschwörung gegen den guten Ruf eines rechtschaffenen Minenbesitzers? Wie hast du dir das gedacht? Wir essen nett miteinander, haben Spaß beim Sex – und dann erklärst du mir, dass alles, was ich seit knapp dreißig Jahren glaube, nicht stimmt?«

Er erhob sich vom Frühstückstisch und fing an, seine Sachen in die Tasche zu schmeißen, die nur halb ausgepackt immer noch im Flur stand. Dabei schimpfte er immer lauter vor sich hin. »Das ist doch lächerlich. Du kennst uns doch alle nicht. Aus heiterem Himmel kommst du aus Deutschland, stellst eine Ähnlichkeit mit einer Frau in den Dreißigerjahren fest – und beschließt dann, dass alles anders ist, als wir dachten.« Er baute sich vor Sina auf. »Ich kann damit umgehen, dass dir das Wort Liebe nicht über die Lippen kommt. Aber ich kann nicht damit leben, dass du mir meine Wurzeln nehmen willst. Das ist die Basis meines Lebens, ich muss wissen, woher ich komme. Und jetzt stelle ich fest, dass mein Platz wirklich erst einmal bei meiner Familie ist.«

»Du kannst doch nicht einfach so gehen!«, rief Sina. Sie war immer noch verblüfft über seinen plötzlichen Wutanfall.

»Doch. Schau mir dabei zu!« Mit diesen Worten öffnete er die Tür, schulterte seine Reisetasche, ging die Eingangstreppe hinunter und drehte sich noch ein letztes Mal um. »Sina, ich liebe dich aus vollem Herzen, ich möchte mein Leben mit dir verbringen. Aber mit einer

Frau, die solche Lügen glaubt und mir erst einmal nichts davon sagt … Ich brauche Zeit mit meiner Familie.«

Damit drehte er sich um und verschwand. Mit Tränen in den Augen sah Sina ihm hinterher. Mit allem hatte sie nach ihren Enthüllungen gerechnet – aber nicht mit dieser Reaktion. Hatte er denn recht? War sie womöglich einer großen Lüge aufgesessen? Sie dachte an die alten Zeitungsartikel und dann an die müden Augen von Ruiha, nachdem sie ihre Geschichte erzählt hatte. Nein, diese Frau konnte nicht lügen. Es war ein Wunder, dass sie mehr als ein halbes Jahrhundert über die Geschehnisse in der Nacht vor Miriams Tod geschwiegen hatte. Aber mehr Geheimnis traute Sina ihr einfach nicht zu …

Langsam ging Sina zurück in das kleine Häuschen. Gedankenverloren räumte sie ihre Reisetasche aus, die sie am Vorabend einfach hatte fallen lassen. Dabei fiel ihr Blick auf das zerwühlte Bett. War es wirklich ein so großer Fehler gewesen, Brandon nicht sofort alle Einzelheiten von Ruihas Geschichte zu erzählen? Lächelnd strich sie das Laken glatt. Wann denn? Die große Wahrheit zwischen zwei Küssen hauchen? Als sie fertig ausgepackt hatte, ging sie in die Küche und spülte ab. Aber irgendwann war auch das letzte Glas trocken poliert und im Schrank verschwunden. Sina setzte sich auf die kleine Terrasse und trank einen Schluck von ihrem frisch aufgebrühten Tee. Wohin mochte Brandon verschwunden sein? Und – wie lange würde er sich wohl verstecken? Sie versuchte, sich in seine Situation hineinzuversetzen. Wie schlimm mochte es ihn getroffen haben, die Wahrheit über seinen Großvater zu erfahren? Es war eine Sache, seine große Liebe gegen den Großvater zu verteidigen und sich dabei möglichst rebellisch zu fühlen. Doch es war eine ganz andere Sache, wenn plötzlich die Behauptung im Raum stand, der Ruhm der Familie gründe sich auf Betrug und Verbrechen.

Sina nahm einen weiteren Schluck von ihrem Tee. Es zerriss ihr fast das Herz, von Brandon so kurz nach ihrem leidenschaftlichen Wiedersehen schon wieder getrennt zu sein. Aber sie musste ihm Zeit geben. So viel Zeit, wie er benötigte. Ihn zu nichts drängen, ihn nicht zwingen, der hässlichen Wahrheit ins Gesicht zu sehen. Ihre Aufgabe war in diesem Augenblick wohl das ruhige Abwarten. Da mussten ihre Gefühle erst einmal ein bisschen zurückstehen.

Seufzend stellte Sina die Tasse wieder ab. Morgen begann ohnehin wieder ihr Dienst im Krankenhaus. Wenn sie sich ordentlich in der Arbeit vergrub, dann würden ein paar Tage ohne Brandon sicher schnell vorübergehen. Oder?

30.

Brandon warf sich hinter das Steuer seines Leihwagens, den er sich vor zwei Tagen am Flughafen genommen hatte, und atmete tief durch. Er konnte es immer noch nicht fassen, was Sina ihm da so nebenbei beim Frühstückskaffee erzählt hatte. Sie, die immer so unterkühlt alle Möglichkeiten bedachte und selten irgendetwas sofort glaubte, hatte dieser Ruiha ohne Bedenken alles abgenommen. Was konnte diese alte Frau nur gegen George Cavanagh haben, dass sie ihn dermaßen beschuldigte?

Brandon drehte den Zündschlüssel des Wagens um und fuhr los. Er hatte kein Ziel, er wollte einfach nur vermeiden, dass Sina ihn immer noch vor dem Haus hinter dem Lenkrad seines Autos bemerkte. Immerhin hatte er gerade einen lautstarken Abgang hingelegt, um ihr deutlich zu machen, dass er es nicht hinnehmen würde, wenn sie seine Familie verletzte.

Ohne sich darüber im Klaren zu sein, wo er eigentlich hinwollte, bog er in den nächsten Kreisverkehr ein. Warum nur hatte er Sina jemals darin bestärkt, sich um das Geheimnis hinter diesen alten Bildern zu kümmern? Wen interessierten schon diese uralten Geschichten? Er schüttelte den Kopf. Nichts von dem, was Sina erzählt hatte, konnte wahr sein.

Ehe er es sich versah, stand er vor dem Bürogebäude der Reederei seines Großvaters. Der leuchtend blaue Schriftzug verriet es jedem schon von Weitem: Pacific Shipping Company. Keine weltbewegende Sache, als Kind war Brandon hunderte Male hier gewesen. Er stieg aus seinem Auto aus und machte sich langsam in Richtung Eingangstür auf. Sicher, er sollte sich kurz melden und nach dem Fortgang der Reparaturen der »Pacific Princess« fragen. Aber eigentlich war das nicht sein Ziel. Er ging durch die Drehtür in die klimatisierte Eingangshalle. Schon als Kind hatte ihn das immer beeindruckt – der kühle, polierte Marmor und die vielen Vitrinen, die im Raum verteilt standen. In jeder war die Miniatur eines Schiffes der Reederei zu sehen – auch die Schiffe, die schon lange nicht mehr im Dienst waren, sondern schon längst als »Seelenverkäufer« unter der Billigflagge von Drittweltländern die Weltmeere unsicher machten. So funktionierte das Spiel. Wenn die Sicherheitsstandards von Neuseeland angehoben oder die Wartung und Instandhaltung zu teuer wurde, dann wurden die alten Schiffe nicht etwa verschrottet, sondern verkauft und unter neuem Namen auf Reise geschickt. Das machte die Meere nicht sicherer, aber den Gesetzen Neuseelands war Genüge getan. Nachdenklich sah Brandon die Schiffe aus der Mitte des letzten Jahrhunderts an. Da war die »Pacific Lady« oder die »Pacific Bridget« – ja, seine Großmutter war Namensgeberin eines der ersten Schiffe gewesen. Daneben fiel ihm allerdings erst jetzt zum ersten Mal die »Pacific Miriam« auf. Brandon runzelte die Stirn. Er hatte zwar gehört, dass Bridget keine eigenen

Kinder bekommen konnte. Dass Ewan und John von Georges erster Frau Miriam waren …

Aber woher konnte diese alte Maori das wissen? Brandon beschloss, dass er dem Archiv der Reederei einen kurzen Besuch abstatten sollte. Der alte Pförtner winkte ihm zu. »Ich habe dir noch gar nicht zu deinem Kapitänspatent gratuliert! Wie war die Jungfernfahrt mit der ›Princess‹?«

Brandon lachte den alten Mann an. Der saß hier am Empfang, so lange er denken konnte. »Bis Vanuatu war alles wunderbar. Dann hat mich eine Sturmbö erwischt, und die ›Princess‹ hat sich den Bauch an der Kaimauer verkratzt. Ich hoffe, dass sie bis nächste Woche wieder repariert ist – dann bringe ich sie erst mal wieder nach Hause.«

»Mach dir keine Sorgen! Dein Großvater gibt trotzdem mit dir an, als ob er den nächsten Nobelpreisträger zum Enkel hätte! Ich wette, du wirst bestimmt bald die ›Queen‹ steuern.« Die dunklen Augen des Mannes zwinkerten Brandon an.

Brandon lachte und machte eine abwehrende Handbewegung. »Die ›Queen‹ ist mir erst einmal eine Nummer zu groß …«

In diesem Augenblick kam ihm ein Gedanke. »Wie lange kennst du meinen Großvater eigentlich?«

Der Pförtner musste nicht lange nachdenken. »Dreißig Jahre. In den Sechzigern habe ich bei ihm angeheuert. Und als ich es nicht mehr geschafft habe, zur See zu fahren, da hat er mir diesen Job hier gegeben. Dein Großvater sorgt für seine Leute!«

Vorsichtig fragte Brandon nach. »Und was ist mit den Leuten, die nicht zu ihm gehören?«

»Wehe ihnen!« Der alte Mann lachte und zwinkerte wieder. »Damals war das Geschäft mit der Schifffahrt noch ein echtes Hauen und Stechen. Da bekam nicht immer der Günstigste oder der Schnellste den Auftrag – sondern oft genug der mit den härtesten Ellenbogen. Und dein Großvater hatte Ellenbogen aus Titan!« Seine Stimme klang bewundernd.

Brandon zwang sich zu einem oberflächlichen Ton. »Hat er bis heute!«

Er winkte dem alten Mann zum Abschied zu, überlegte noch einmal kurz, wie er wohl hieß – Glenn? Clive? – und stieg in den Aufzug. Doch statt direkt zu seinem Vater zu gehen, drückte er dieses Mal den »B«-Knopf. Ab in den Keller. Wenigstens einen einzigen Blick auf das verstaubte Archiv wollte er werfen. Wenig später betrat er den düsteren Raum. Im funzeligen Licht sah er die Stahlregale und meterweise Akten.

Neugierig ging Brandon die Regale entlang und strich sich ratlos durch die Haare. Hier konnte er nichts auf die Schnelle herausfinden. In dieses Archiv musste man sich wahrscheinlich stundenlang einarbeiten – und selbst dann war es fraglich, ob er hier ein Geheimnis lüften würde. Immerhin war das Archiv erst entstanden, als die Reederei gegründet wurde. Da war Ruiha schon lange wieder an der Westküste – wenn ihre Geschichte denn überhaupt stimmte.

Ganz allmählich erreichte Brandon die hintersten Regale. Der Staub zeigte, dass hier schon länger niemand mehr für Ordnung gesorgt hatte. Ein abgegriffener, dunkelgrüner Ordner wies die Jahreszahl 1937 auf. Das Jahr der Gründung der Pacific Shipping Company.

Brandon nahm den Ordner und trug ihn zu einem

Tisch unter dem schwachen Licht und fing an zu blättern. Der Kauf des ersten Schiffes, der »Pacific Lady«. Die ersten Aufträge. Kohle von Westport nach Australien, später nach Indien. Er blätterte weiter. Der Anstellungsvertrag der ersten Sekretärin. Des ersten Kapitäns, der nicht mehr für ein Honorar, sondern für ein Monatsgehalt arbeitete.

Eine Kopie der Überschreibung des Hauses in Seddonville an eine Ruiha Taumaunu. Handschriftlich darauf die Bemerkung »Bezahlung für die Arbeit als Kindermädchen« in der unverwechselbaren steilen Handschrift seines Großvaters. Brandon stockte der Atem. Daher kannte Ruiha also seine Familie. Er versuchte, sich zu beruhigen. Das konnte auch bedeuten, dass sie wirklich das Kindermädchen von John gewesen war. Aber war das auch wirklich der Beweis für den Rest der Geschichte? Er legte die Kopie zur Seite.

Er blätterte weiter. Nichts mehr. Reparaturen für lecke Tanker und Lastkähne nach einem schweren Sturm. Ein Totalverlust nach einem Angriff durch die Japaner. Gewinne. Kalkulation für ein zweites Schiff, Anmeldung der »Pacific Shipping Company«. Die Jahresabschlussrechnung

Gedankenverloren schlug Brandon den Ordner wieder zu. Immerhin war der Kontakt von Ruiha zu seiner Familie das erste Mal ordentlich belegt. Das Kindermädchen. Genau, wie sie es Sina erzählt hatte. Aber war deswegen Onkel John wirklich der Onkel von Sina?

Brandon stellte den Ordner wieder an seinen Platz zurück, steckte die Kopie der Urkunde in die Brusttasche seines Hemdes und stieg wieder in den Aufzug. Ihm war jetzt die Laune vergangen, es war ihm nicht länger danach zumute, bei seinem Vater vorbeizuschauen. Stattdessen stieg er im Erdgeschoss aus, ging mit einem Nicken an dem Pförtner vorbei und setzte sich wieder in sein Auto. Egal, wie weit die Fahrt war: Er musste jetzt mit Ruiha sprechen. Wenn er ihr in die Augen sehen konnte, dann würde er wissen, ob ihre Geschichte wahr war. Er konnte sich immer noch nicht vorstellen, dass sein Großvater zu all den Verbrechen fähig war, deren Ruiha ihn bezichtigte. Aber es musste einen Grund geben, warum diese alte Frau ihn so sehr hasste ... Er drückte das Gaspedal durch und fuhr in Richtung Westen.

Die Canterbury Plains mit ihren goldgelben Wiesen leuchteten in der Nachmittagssonne, als er vorbeifuhr. Allmählich wurde es hügeliger, und mit der Dämmerung erreichte er schließlich Arthur's Pass. Zum Glück war er die zahllosen Kurven schon häufig gefahren – trotzdem war es Nacht, als sich die Straße endlich hinunter zum Meer senkte. So dringend Brandon Ruiha sehen wollte und so schwer es ihm auch fiel – er konnte die alte Frau unmöglich am späten Abend besuchen. Fast automatisch wollte Brandon schon zu Hakopas Hütte fahren, als ihm plötzlich einfiel, dass er seinen Freund jetzt auf keinen Fall sehen konnte. Wie sollte er sich verhalten? Sollte Ruiha doch recht haben – auch wenn das für ihn immer noch unvorstellbar war –, dann wäre sein bester Freund auch sein Cousin. So gering die Chancen dafür standen, so wenig wollte Brandon sich Hakopa gegenüber verstellen. Er hatte keine andere Wahl: Er musste in ein Hotel. Während er die Straße nach Seddonville fuhr, hielt er Ausschau nach einem Schild, das eine billige Bleibe für die Nacht versprach. Er musste nicht lange suchen – die Westküste begrüßte jedes Jahr unzählige Touristen aus aller Welt, da gab es auch ausreichend Unterkunftsmöglichkeiten.

Er hielt unter einem Schild »Motel – Vacancy«. Minuten später saß er in einem schmucklosen Hotelzimmer. Auf einem kleinen Tisch stapelten sich die Prospekte, die die Schönheiten der Westküste anpriesen. Daneben eine abgegriffene Fernbedienung, eine Bibel und ein Telefon. Er sah sinnend den Hörer an. Ob er Sina doch anrufen sollte? Aber was konnte er seiner Freundin schon sagen? Ihm tat sein plötzlicher Aufbruch schon fast leid, aber er wusste immer noch nicht, ob er ihre Geschichte glauben sollte, oder ob er sie für die ungeheuerlichste Lüge des Jahrhunderts hielt. Er verwarf den Gedanken an einen Telefonanruf und merkte gleichzeitig, dass er einen gewaltigen Hunger hatte. Zum Glück bot das kleine Diner, das neben dem Motel lag, Essen rund um die Uhr an.

Die Bedienung musterte ihn neugierig, als er das leere Diner betrat und nach einem Stück Quiche mit Salat fragte. Als sie ihm den Teller mit dem in der Mikrowelle aufgewärmten Lauchkuchen hinschob, konnte sie sich wohl nicht mehr beherrschen.

»Du bist aber kein Tourist, oder?«

Er schüttelte den Kopf. »Nein, aus Christchurch.«

»Und – gefällt dir die Gegend hier? Bist du auf Urlaub?«

Er schüttelte den Kopf. »Urlaub? Sicher nicht.«

»Was dann?« Sie hatte ein Opfer gefunden und war offensichtlich wild entschlossen, dass er ihre langweilige Schicht ein wenig interessanter machen konnte. Brandon warf ihr einen Blick zu. Sie sah hübsch aus. Rote

Locken, hellblaue Augen, blasse Haut. Er zuckte mit den Achseln. Ein bisschen Unterhaltung war besser, als ein einsamer Abend vor dem Fernseher. »Ich will rauskriegen, ob eine Geschichte, die ich gehört habe, wahr ist«, sagte er schließlich.

»Warum hast du denn Zweifel?« Sie setzte sich zu ihm, die Tür im Blick, um andere Kunden rechtzeitig zu sehen.

»Es ist so unwahrscheinlich – es ist eine Geschichte über meinen Großvater, von der ich mir nicht vorstellen kann, dass sie stimmt. Und sie muss vor sechzig Jahren hier in der Gegend passiert sein.« Ihm war nicht klar, warum er dieser Frau so viel anvertraute.

»Wer war es denn?« Sie sah sein überraschtes Gesicht und lachte. »Ich will mit meiner Frage nicht unverschämt sein, aber meine Familie lebt schon seit über hundert Jahren an diesem Fleck. Meine Großmutter hat immer viel erzählt, es kann also sogar sein, dass ich dir weiterhelfen kann.«

Neugierig geworden sah Brandon sich um. Tatsächlich, das kleine Haus, in dem das Diner untergebracht war, sah schon ziemlich betagt aus. »Ihr lebt aber nicht mehr hier?«, fragte er nach.

»Nein.« Sie deutete in das Dunkel hinter dem kleinen Haus. »Wir haben am Ende des Gartens ein modernes Häuschen. Aber dieses alte Ding hier zieht viele Touristen an. Man sieht unserem Häuschen an, dass es schon seit der Pionierzeit Neuseelands steht und schon viel erlebt hat. Und meine Mutter erzählt dann immer gerne die Geschichte von Oma, die hier in den Zwanziger- und Dreißigerjahren eine ziemliche Berühmtheit war.«

»Wie hieß sie denn?«

Der Rotschopf lachte. »Das sage ich dir erst, wenn ich weiß, wie dein Großvater hieß ...«

»George Cavanagh.« Die Frau schüttelte den Kopf. »Nie gehört.«

Brandon ließ es auf einen Versuch ankommen. »Angus MacLagan?«

Jetzt zog sie eine Augenbraue hoch und sah ihn fragend an. »Hatte dein Großvater etwa zwei Namen?«

Brandon lachte. »Das weiß ich nicht. Es kann auch sein, dass die beiden Namen von völlig unterschiedlichen Männern sind. Jetzt sag schon: Kennst du diesen Angus?«

»Ich nicht«, schüttelte die Frau den Kopf. »Aber meine Großmutter hat oft von ihm erzählt. Er war wohl wirklich berühmt-berüchtigt hier. Ein Mann, der atemberaubend gut aussah und dafür gesorgt hat, dass alles zu seinen Gunsten lief.«

»Und was hatte deine Großmutter mit ihm zu tun? Außerdem musst du mir jetzt verraten, wie sie hieß!«, beharrte Brandon.

»Eloise. Sie kam aus Frankreich hierher.« Brandon runzelte die Stirn. Der Name war irgendwo in Sinas Geschichte aufgetaucht – er konnte sich nur nicht mehr erinnern, in welchem Zusammenhang. Hieß die Chefin des Bordells nicht so? Er war sich nicht sicher.

»Was hat sie denn gemacht?«, fragte er.

»Sie war eine echte Kräuterhexe. Sie hat vor allem den Frauen hier in der Gegend geholfen. Deswegen heißen wir ja auch so.«

Zum ersten Mal fiel Brandons Blick länger auf die Speisekarte. »Diner for Witches« stand da. Hexen-Imbiss. Nett. In dieser Sekunde fiel es ihm auch wieder ein. Die

Frau, die Abtreibungen zu einer Zeit vornahm, als das noch mit dem Tod bestraft wurde.

»Was wurde aus deiner Großmutter?«, wollte er wissen.

Die junge Frau lachte. »Sie verkaufte ihre Kräuter bis in die Fünfzigerjahre hinein. Dann ging sie in ein Altersheim. Vor zwanzig Jahren starb sie an Altersschwäche. Und wahrscheinlich auch aus Ärger darüber, dass die Menschen sie immer weniger benötigten. Die modernen Zeiten waren nichts für Eloise. Sie träumte immer noch davon, dass man sie brauchte, um Liebestränke zu brauen oder Kinder zu verhindern ...«

»Und woher kannte sie Angus MacLagan?«

Der Rotschopf lachte. »Tja, wenn er wirklich so gut aussah und so ein Schwerenöter war, dann hat sie wahrscheinlich mehr als einmal den Frauen aus der Not geholfen, die er aus Versehen mit einem dicken Bauch beglückt hat.« Sie sah sein betroffenes Gesicht und hörte auf zu lachen. »Es tut mir leid, wenn dir das nahegeht. Ich finde nur, dass es schon so lange her ist, dass es keinen Einfluss mehr auf uns haben sollte. Wie sieht dein George Cavanagh denn aus? Denn Angus MacLagan hat Oma mehr als einmal beschrieben. ›Ein stolzer Spanier‹ hat sie immer gesagt. Ich habe sie immer im Verdacht gehabt, in diesen Angus heimlich verliebt gewesen zu sein ...«

»Du hast deine Großmutter gerne gehabt«, stellte Brandon fest.

»Sicher. Sie hat sich und meine Mutter in einer schwierigen Zeit alleine durchgebracht. Als kleines Mädchen saß ich oft bei ihr und habe mir ihre Geschichten angehört. Das war besser als jedes Märchenbuch ...«

Sie brach ab, weil durch die Tür vier Halbwüchsige hineinkamen, sich an einen Tisch fallen ließen und lauthals nach Bier und Burgern verlangten. Mit einem fröhlichen Lächeln verschwand sie in der Küche und ließ Brandon alleine vor seinem leeren Teller sitzen. Er zerkrümelte gedankenverloren das letzte Stück Baguette zwischen seinen Fingern. Was war es schon für ein »Beweis«, dass es diese Eloise wirklich gab? Wahrscheinlich war ihre Geschichte an der Westküste so bekannt, wie an anderen Orten die Geschichte vom Weihnachtsmann. Das konnte Ruiha also einfach nur geschickt in ihre Geschichte hineinverwoben haben. Und keiner konnte ihm sagen, ob Angus MacLagan und George Cavanagh ein und dieselbe Person waren. Es wäre etwas anderes, wenn er ein Foto finden würde … Aber da hatte Sinas altes Album nichts hergegeben. Darin fanden sich nur Bilder von Ava und dem kleinen Junior. Und ob der wirklich später sein Onkel John wurde, das konnte man beim besten Willen nicht sehen. Vor allem, wenn man bedachte, dass Brandon sich nicht an John erinnerte. Er kannte nur ein Bild, das John irgendwann mit Mitte zwanzig zeigte. Danach: nichts mehr. Nur noch die Erzählungen über den Säufer in der Familie …

»Na, genug Brösel fabriziert?« Die Rothaarige ließ sich wieder bei ihm nieder. Im Hintergrund sah Brandon, wie die vier späten Besucher vor großen Burgern und gewaltigen Haufen von Zwiebelringen saßen, die sie möglichst schnell in sich hineinschaufelten.

Brandon schob verlegen die Reste seines Baguettes zusammen. »Entschuldigung. Aber ich habe mir überlegt, wie man es anstellen kann, die Vergangenheit von diesem Angus MacLagan und George Cavanagh herauszufinden.«

»Leider ist Oma tot – sonst müsstest du nur ein Bild von deinem alten Herrn dabeihaben. Sie hätte das sicher hingekriegt … So kann ich dir leider nicht helfen.« Für einen Augenblick saßen sie schweigend da.

Dann stand Brandon auf und streckte der Frau die Hand hin. »Ich sollte ins Bett. Hat mich aber gefreut, dich kennenzulernen. Falls ich mal wieder in die Gegend komme … Wie heißt du denn?«

»Lissy. Von Eloise …« Sie grinste ihn schräg an und schüttelte ihm die Hand. »Ich würde mich wirklich freuen, die Fortsetzung zu hören!«

Damit verabschiedete Brandon sich und ging in sein tristes Hotelzimmer. Wieso nur hatte alles und jedes, das er im Moment sah und erlebte, mit Ruihas Geschichte zu tun? Der letzte Gedanke, bevor er einschlief, galt jedoch Sina. Wie mochte es ihr im Augenblick nur gehen?

31.

Die Uhr hatte noch nicht einmal neun geschlagen, als Brandon vor der Haustür von Ruiha stand. Der blaue Lack platzte schon an einigen Stellen ab und zeigte, dass die Tür irgendwann einmal weiß gewesen sein musste. Brandon zögerte. Was erhoffte er sich von der Alten? Eine Erklärung, warum sie solche Märchen über seinen Großvater verbreitete? Die Gewissheit, dass George vor sechzig Jahren nicht nur unter einem anderen Namen gelebt hatte, sondern auch ein anderer Mensch war?

Nach einem kurzen Moment des Zögerns zuckte er ganz leicht die Schultern und griff an den Türklopfer. Der bronzene Ring lag schwer in seiner Hand, als er ihn bewegte. Wahrscheinlich hatte schon Ava in den Zwanzigerjahren diesen Ring, der von zwei Delfinen umfasst wurde, in der Hand gehalten. Das dumpfe Klopfen dröhnte durch das Haus. Nichts rührte sich. Brandon ließ den Ring erneut auf das Holz schlagen. Nichts. Keine schlurfenden Schritte, keine knarzende Treppe. Bis zu diesem Augenblick hatte Brandon keine Sekunde darüber nachgedacht, was er wohl machen wollte, wenn Ruiha nicht zu Hause war. Erst jetzt fragte er sich, ob sie vielleicht bei einem ihrer Kinder zu Besuch war – oder auch einfach nur zum Einkaufen. Ratlos drehte er sich wieder um.

Eine Nachbarin, die gerade mit ihrer kleinen Tochter die Straße entlangging, winkte ihm zu. »Ich habe sie gestern Abend noch gesehen. Sie muss zu Hause sein! Vielleicht klopfen Sie noch einmal – Ruiha hört nicht mehr so gut!«, rief sie ihm zu.

Brandon nickte, drehte sich um und klopfte noch einmal. Das Resultat blieb das Gleiche. Nichts rührte sich. Vorsichtig ging Brandon um das Haus herum und spähte in die Fenster. Dabei fühlte er sich wie ein Einbrecher. Auf dem Küchentisch stand eine geblümte Kaffeetasse. Wenn Ruiha in Urlaub gefahren wäre, dann hätte sie die doch aufgeräumt? Brandon sah in das nächste Fenster. Eine kleine Bibliothek, leer. Dann stand er auf der Veranda und sah in das Wohnzimmer hinein. Einen Augenblick lang konnte er nichts Auffälliges entdecken. Die Topfblumen waren gut gegossen, die Zeitung lag in einem ordentlichen Stapel neben der Couch, der Fernseher war ausgeschaltet. Brandon wollte sich schon beruhigt abwenden, als ihm plötzlich eine blau-rot karierte Decke auf dem alten Sessel am Kamin auffiel. Er sah etwas genauer hin. Unter der Decke war ein Körper zu erkennen. Der Kopf war hinter der Lehne verborgen. Brandon klopfte mit dem Knöchel gegen die Glastür. Erst leise, dann lauter. Die Gestalt unter der Decke rührte sich nicht. Mit einem Mal wurde es Brandon eiskalt. Was, wenn die alte Frau dringend Hilfe benötigte. Er klopfte noch einmal. »Ruiha? Mrs. Wharekawa?«

Nichts rührte sich.

Versuchsweise drückte Brandon jetzt gegen die Glastür. Sie gab nicht nach. Gutes, solides Handwerk.

Er sah sich die Fenster im Erdgeschoss noch einmal genauer an. Diesmal hatte er Erfolg. Das Fenster in der Küche war gekippt. Schnell griff er durch den Spalt, legte den Hebel um und öffnete das Fenster vorsichtig nach innen. Zum Glück hatte Ruiha nichts Zerbrechliches auf dem Fensterbrett abgestellt, so segelten nur ein paar Zeitungen und Notizzettel auf den Boden.

Brandon sprang durch das Fenster und lief so schnell er konnte zum Wohnzimmer. Von der Tür aus konnte er erkennen, dass es wirklich Ruiha war, die so bewegungslos auf ihrem Sessel lag. Er klopfte noch einmal an den Türrahmen und rief leise: »Ruiha!?« Aber wieder zeigte die alte Frau keine Reaktion.

Brandon ging langsam näher und legte ihr vorsichtig die Hand auf den Arm, um sie zu wecken. Erschrocken zog er seine Hand zurück. Der Arm war eiskalt. Ruiha hatte die Augen geschlossen, ein leichtes Lächeln spielte um ihre Lippen – aber sie schien nicht mehr zu atmen. Brandon legte ihr die Finger an den kalten Hals. Er spürte keinen Puls mehr. Das Herz der großen Kriegerin hatte in dieser Nacht aufgehört zu schlagen.

Ratlos sah Brandon einen Moment auf sie herab. Dann griff er zu dem Telefon, das auf dem kleinen Couchtisch stand und wählte erst die Notrufnummer. Als ihm versichert wurde, dass ein Notarzt unterwegs war, wählte er die Nummer von Hakopa. Er war sich sicher, dass die Notärzte nur noch Ruihas Tod feststellen würden.

Hakopa war zum Glück in seinem kleinen Büro und meldete sich sofort. »Ja?«

»Hier ist Brandon. Du musst sofort zu deiner Großmutter kommen. Ich habe sie gerade eben gefunden. Ich glaube, sie ist …«

Brandon schaffte es nicht, das Wort »tot« über seine Lippen zu bringen. Er ahnte, wie sehr Hakopa an der Frau hing. Im Hörer hing für einen Augenblick nur Schweigen. Dann meldete sich Hakopa mit einer merkwürdig veränderten Stimme wieder. »Ich komme. Wo bist du denn? Und warum hast du sie gefunden … Ach, egal.«

»Ich bin bei ihr im Haus.«

»Ich bin in einer halben Stunde da.« Mit diesen Worten legte Hakopa auch schon auf.

Brandon setzte sich auf den freien Sessel im Wohnzimmer und betrachtete das friedlich-freundliche Gesicht von Ruiha. Wenn es wahr war, dass ein Leben das Gesicht eines Menschen prägt, dann war diese Frau hier ein besonders heiterer und glücklicher Mensch gewesen. Sie sah nicht aus wie eine Frau, die Lügen und Unwahrheiten verbreitete. Es war allerdings auch sehr schwer, sich vorzustellen, dass sie einen Sohn in der Obhut eines brutalen Menschen zurückgelassen hatte – nur um ihr eigenes Glück zu finden. Noch einen Moment lang erschien Brandon das Wohnzimmer wie ein Hort des Friedens. Dann hörte er die Sirene des Krankenwagens, der schnell näher kam. Noch bevor sie vor dem Haus waren, stand er auf und ging zur Haustür, um die Sanitäter ins Haus zu lassen. Sie nickten ihm nur zu und stürmten an ihm vorbei, als er rief: »Ihr findet sie hinten im Wohnzimmer. Auf dem Sessel.«

Aber auch das Tempo der Sanitäter ließ nach, als sie die friedlich lächelnde Frau entdeckten. Einer von ihnen legte seine Hand an ihren Hals, und er nickte Brandon zu. »Sie haben angerufen? Sie hatten leider recht. Sie muss schon vor Stunden gestorben sein. Wir müssen nur noch auf den Arzt warten, damit er offiziell den Tod feststellen kann. Mein herzliches Beileid.«

Die Beileidswünsche kamen ihm eine Spur zu routiniert über die Lippen. Brandon wehrte trotzdem ab. »Ich kannte sie gar nicht. Ich wollte sie heute nur besuchen – und als sich niemand auf mein Klopfen hin gemeldet hat, habe ich mir Sorgen gemacht …«

Der Sanitäter nickte. »Bei so alten Leuten kann es immer sein, dass sie hilflos irgendwo in ihrem Haus liegen, da haben Sie recht. Bei dieser Lady sieht das aber sehr friedlich aus.«

In diesem Augenblick hielten zwei weitere Autos vor dem Haus. Der Notarzt und der alte Jeep von Hakopa. Er musste gegen jede Geschwindigkeitsbegrenzung zwischen seinem Büro und Seddonville verstoßen haben.

Er nickte Brandon nur kurz zu und wartete schweigend, bis der Notarzt Ruiha untersucht, ihren Tod offiziell festgestellt und den Totenschein ausgeschrieben hatte. »Sie sind der Enkel? Kümmern Sie sich um die Tote?«

Hakopa nickte. »Ich und meine Familie, machen sie sich keine Sorgen.«

Schweigend sahen die Freunde zu, wie Sanitäter und Notarzt ihre Taschen wieder packten und das Haus verließen. Erst als die Tür ins Schloss gefallen war, drehte sich Hakopa zu Brandon um. »Was hast du heute denn bei ihr gewollt? Ich dachte, du findest es lächerlich, was meine Großmutter Sina zu erzählen hatte.«

Verlegen hob Brandon die Schultern. »Ich war in der Gegend …« Er brach ab. Was sollte es bringen, seinen besten Freund anzulügen? »Nein. Die Wahrheit ist Folgende: Ruihas ganze Geschichte, die sie Sina erzählt hat, geht auch uns beide etwas an. Ruiha hat Sina erzählt, was vor sechzig Jahren passiert ist.« Er deutete auf das Haus, in dem sie standen. »Warum das Haus in den Besitz deiner Familie gekommen ist. Wer mein Großvater wirklich war. Und vor allem …« Er sah Hakopa gerade in die Augen, um seine Reaktion zu sehen, » …hat sie erzählt, dass mein Vater ihr Sohn ist. Wenn sie recht hat, dann sind wir Cousins.«

Hakopas Augen wurden groß. »Was?« Er ließ sich langsam auf einen Küchenstuhl sinken. »Aber sie wäre doch nie ihrem Mann untreu gewesen. Soweit ich weiß, gab es im Leben meiner Großmutter nur Anaru!«

»Das stimmt wohl auch«, meinte Brandon. »Sie hat nicht freiwillig mit meinem Großvater geschlafen.« Seine Stimme wurde leiser, fast unhörbar. »Er hat sie vergewaltigt. Und das hat sie Sina erzählt – ich konnte es nicht glauben und wollte von Ruiha selber hören, warum sie solche Geschichten verbreitet. Jetzt weiß ich gar nichts mehr. Was ist die Wahrheit? Was ist Lüge?«

Hakopa stand wieder auf, füllte den Wasserkocher und schaltete ihn an. Mit gemessenen Bewegungen bereitete er den Tee vor, schüttete schließlich das Wasser auf die Blätter und beobachtete die Sekundenzeiger, bis drei Minuten vorüber waren. In der ganzen Zeit erfüllte nur das Singen des Wassers und das Ticken der Uhr den kleinen, sonnigen Raum. Dann holte Hakopa tief Luft.

»Ich schlage vor, ich telefoniere mit meiner Mutter, um ihr vom Tod ihrer Mutter zu erzählen. Dann kümmere ich mich um ein Beerdigungsunternehmen – und sorge dafür, dass Ruiha bis morgen hier in ihrem Haus aufgebahrt bleiben kann. Wenn das alles getan ist, dann setzen wir uns in den Garten, und du erzählst mir alles, was Sina dir gesagt hat. Und dann überlegen wir uns, wie wir die Wahrheit herausfinden können.« Er zeigte nach oben. »Das Haus hat einen großen Speicher, auf den seit Jahrzehnten einfach alles, was man nicht mehr brauchen kann, gebracht wurde. Ich kann mir gut vorstellen, dass da oben Beweise für die Wahrheit liegen. Ein Leben hinterlässt immer Spuren, manche mehr, manche weniger tief – wir müssen nur nach ihnen sehen.«

Brandon nickte. »So machen wir es. Kann ich dir helfen?«

Die nächste Stunde verbrachte er damit, Beerdigungsinstitute in Seddonville und Westport anzurufen. Hakopas Mutter kam und weinte haltlos über dem Leichnam ihrer Mutter. Hakopa nahm sie sanft in den Arm. »Wenigstens ist sie jetzt bei ihrem Anaru!«, murmelte er immer wieder in ihr Haar. Das schien seine Mutter zu beruhigen. Gemeinsam brachten sie Ruiha in ihr Schlafzimmer und bahrten sie auf dem Bett auf. Dann machte sich Hakopas Mutter daran, ihre Brüder und die übrige Verwandtschaft zu benachrichtigen.

Die beiden Freunde ließen sie mit dieser Aufgabe allein und gingen in den Garten. Schweigend setzten sie sich an den Tisch, an dem auch Sina und Ruiha schon so viele Stunden miteinander verbracht hatten.

»Also – jetzt erzähle mir doch einfach der Reihe nach, was Sina angeblich von meiner Großmutter erfahren hat. Dann können wir uns überlegen, was wir damit anstellen ...« Hakopa sah Brandon auffordernd an. Der nickte und fing an zu erzählen. Immer wieder runzelte er die Stirn und dachte nach, um alle Einzelheiten so genau wie möglich wiederzugeben – auch wenn er wusste, dass Sina schon einiges weggelassen hatte. Es vergingen ein oder zwei Stunden, bis er aufhörte.

Hakopa fingerte nachdenklich an dem Jadestück herum, das er um seinen Hals trug. »Sie hat wirklich zeit ihres Lebens nie etwas angedeutet. Wir waren alle immer der Meinung, dass sie ein besonders schönes, ruhiges Leben an der Seite von ihrem Anaru geführt hat. Schwer zu glauben, dass sie so ein Geheimnis mit sich herumgetragen hat, ohne ein Wort zu sagen.«

Brandon nickte. »Und warum hat sie sich ausgerechnet Sina anvertraut? Nur wegen der Ähnlichkeit mit Ava? Was hat Ruiha denn von ihrer Jugend erzählt?«

Hakopa lächelte. »Nicht viel. Sie ist früh in den Dienst von John Denson getreten, hat bei seiner Frau erst gelernt, wie man kocht, und hatte wohl auch viel Spaß. Als John Denson starb, hat sie seinen Sohn bei Angus MacLagan weiter betreut. Bis Angus an die Ostküste zog. Da ging Ruiha noch mit und bekam als Lohn das alte Haus der Densons – in dem sie bis zum Schluss gelebt hat.«

Brandon dachte an die Hausüberschreibung, die er im Archiv der Pacific Shipping Company gefunden hatte. Zögernd nahm er das alte Dokument aus seiner Tasche und reichte es Hakopa. Der las es sich stirnrunzelnd durch und gab es dann Brandon zurück.

»Es beweist, dass sie das Haus von George Cavanagh überschrieben bekommen hat. Das Haus, das auch ein George Cavanagh gekauft hat, wie wir aus Ruihas Erzählung wissen. Aber ob deswegen dieser Angus und dieser George dieselbe Person ist? Dafür müssten wir wohl ein Foto sehen … es ist immerhin möglich, dass die beiden einfach nur Geschäftspartner waren.«

Er sah zum Haus hin. »Lass uns in den Speicher gehen. Mit ein bisschen Glück finden wir einen Hinweis. Irgendetwas, das die Geschichte meiner Großmutter besser belegt als diese Kopie. Obwohl die schon ein ziemlich deutlicher Hinweis ist …« Hakopa rempelte seinem Freund mit einem schiefen Grinsen in die Seite. »Dann wären wir plötzlich verwandt. Wäre das nicht cool?«

Für eine Sekunde konnte Brandon das Lachen nicht unterdrücken. »Ja«, grinste er. »Dabei benehmen wir uns doch schon seit Jahren wie Brüder!«

Als sie zurück ins Haus kamen, wurden sie mit einem Schlag wieder ernst. Inzwischen waren auch die beiden Geschwister von Hakopas Mutter angekommen, saßen am Bett ihrer Mutter und hielten sich an den Händen. Ein Haus der Trauer.

Schweigend gingen Hakopa und Brandon am Schlafzimmer vorbei und kletterten die schmale Stiege mit den ausgetretenen Stufen unter das Dach empor. Einen Moment sah Brandon in die kleine Kammer, die von dem Flur abging. »Hier muss sie als Dienstmädchen gewohnt haben«, flüsterte er. Neugierig machte er einen Schritt in den Raum hinein – aber der verriet nichts mehr von den Ereignissen vor sechzig Jahren. Er war völlig leer, weder Schrank noch Bett zeugten von Ruihas Anwesenheit als verschrecktes vierzehnjähriges Mädchen.

Hakopa öffnete die zweite Tür. Ein großer, staubiger Speicher mit unzähligen Kisten, einem Fahrrad ohne Reifen, einem alten Basketballkorb, einem windschiefen Schrank und zwei oder drei Matratzen, die an die Wand gelehnt standen.

»Wo fängt man da nur an?«, murmelte Brandon. In ein paar Tagen musste er wieder nach Vanuatu fliegen – und dieser Speicher sah aus, als ob er Arbeit für mehrere Monate bereithielt.

Hakopa deutete in die entfernteste Ecke des Speichers. »So schlimm ist es gar nicht. Alles, was hier vorne liegt, haben wir nach Anarus Tod hochgeräumt, das verrät uns nichts über die Vergangenheit – es sei denn, wir sind an den letzten zehn Jahren interessiert. Aber ich habe gesehen, dass da hinten noch richtige Holzkisten und Lederkoffer liegen. Ich denke, die könnten aus den Zwanziger- und Dreißigerjahren sein.«

Er hatte recht. Minuten später hatten sie die ersten Koffer nach vorne ins Licht gezogen und geöffnet. Alte Kinderkleidung, liebevoll zusammengelegt. Ein Beißring mit einem silbernen Hasen, in ein zartes Batisttuch gewickelt. Wer hatte diese Dinge hier verstaut? Ava? Brandon strich gedankenverloren über die kleinen Leibchen. Hatte die womöglich sein Onkel John getragen – damals, als er noch ein geliebter, lange ersehnter kleiner Junge war?

Er sah den Koffer weiter durch und schloss ihn dann wieder. Was sollte nur aus diesen Erinnerungen an längst vergangene Tage werden? Als Nächstes nahm er sich eine alte Holzkiste vor, während Hakopa einen weiteren abgeschabten Lederkoffer öffnete. Die Kiste war mit schweren Beschlägen versehen und öffnete sich unter seinen Bemühungen nur widerstrebend. Brandon schob einen groben, dunkelblauen Schal zur Seite, der über den Inhalt gelegt war. Er sah einen kleinen Tischkalender aus dem Jahr 1934. Ohne recht zu wissen, was er sich davon versprach, nahm er ihn zur Hand und blätterte ein wenig darin herum. Von der letzten Seite löste sich ein kleines Rechteck und fiel vor seine Füße. Ein Foto. Ein ernster, dunkelhaariger Mann sah ihn herausfordernd an – ein unglaublich gutaussehender Mann mit einem energischen Zug um das markante Kinn. Seine schwarzen Augen schienen den Betrachter mit ihrem Blick geradewegs zu durchbohren. Brandon fuhr sich mit der Hand über sein eigenes kräftiges Kinn. Er kannte diesen Blick. So sah George Cavanagh bis heute alle Menschen an, die in sein Gesichtsfeld traten. Mit genau diesem Blick hatte er Sina gemustert und dann beschlossen, dass Brandon sie nie wiedersehen sollte. Brandon drehte das Bild um. Die Aufschrift in einer geschwungenen Frauenhandschrift war immer noch gut zu lesen.

»Angus, 1934.«

Er drehte das Bild wieder um. Es gab keinen großen Zweifel mehr daran, dass sein Großvater wirklich derselbe Mann wie dieser Angus MacLagan war, der hier in der Gegend einst gut bekannt gewesen war.

In diesem Augenblick hob Hakopa einen Stapel Briefe in die Höhe. Sie waren mit einem dunkelroten Band zusammengebunden. »Sieh dir das an«, sagte er. »Das sind Briefe von deinem Großvater – George Cavanagh. Alle adressiert an Ruiha.« Er sah sie noch einmal durch und schüttelte wieder den Kopf.

»Was ist damit?«, wollte Brandon wissen.

»Sie sind alle verschlossen. Kein einziger wurde von Ruiha jemals geöffnet. Aber gleichzeitig brachte sie es wohl nicht über das Herz, sie wegzuwerfen. Und deswegen liegen sie noch hier in diesem Koffer, zwischen alten Kleidern und abgetragenen Pullovern …« Hakopa entdeckte das Foto zwischen Brandons Fingern. »Und was hast du da entdeckt?«

»Das, was ich wollte: ein Bild von Angus MacLagan. Und wenn ich mich nicht wahnsinnig täusche, dann ist er wirklich derselbe Mann wie mein Großvater. Angus MacLagan hat sich tatsächlich in George Cavanagh umbenannt!«

Für einen Moment waren die beiden jungen Männer sprachlos. Dann nahm Brandon den Stapel Briefe in die Hand und sah sie durch. Neugierig untersuchte er die längst verblassten Poststempel. »Er hat ihr noch rund zwanzig Jahre lang geschrieben!«, meinte er schließlich verdattert. »Der letzte Brief in diesem Stapel ist von 1958!«

Hakopa biss sich auf die Lippen. »Ich nehme an, so lange hat er benötigt, um zu begreifen, dass sie wirklich nicht mehr zurückkommt.«

»Aber ... er hat sie doch brutal misshandelt. Sie gezwungen, sein Kind zu bekommen – er kann doch nicht gleichzeitig auf ihre Freundschaft gehofft haben, oder?«

Hakopa hob ratlos die Hände. »Dein Großvater war zu so vielen Dingen fähig, warum nicht auch dazu?«

Ganz allmählich formte sich in Brandons Kopf ein klarer Gedanke. »Ich muss zu ihm fahren!«, sagte er. »Ich muss ihm sagen, was ich weiß! Er soll mir erklären, wie er so viele Leben zerstören konnte!«

»Und dann?«, fragte Hakopa nach. »Wie soll es dann weitergehen?«

»Keine Ahnung«, erklärte Brandon. »Aber das muss ich einfach tun. Das bin ich Ruiha schuldig. Ihr Leben war immer überschattet von den Untaten meines Großvaters. Und John – er hat sich nie davon erholt, dass seine

Mutter ihn zurückgelassen hat. Unsere Familien leiden bis heute unter meinem Großvater! Er soll mir wenigstens erklären, warum!«

Hakopa legte seine Hand auf den Arm seines Freundes. »Du solltest aber auch dankbar sein. Durch die Wahrheit, die Ruiha jetzt endlich losgeworden ist, sind wir zu einer Familie geworden. Ich freue mich darüber, dass wir künftig gemeinsam einen Haka tanzen können!«

Ein bitteres Lächeln spielte um Brandons Lippen. »Und es wird mir eine Ehre sein, bei der Beerdigung meiner Großmutter einen echten Haka zu tanzen – mit dir an meiner Seite. Aber jetzt muss ich erst einmal nach Christchurch. Kannst du das verstehen?«

Langsam nickte Hakopa. »Ja. Aber achte darauf, dass du das Gute nicht zerschlägst, wenn du dem Bösen auf den Grund gehen willst. Vergiss nie: Die Zukunft ist wichtiger als die Vergangenheit!«

»Aber die Wahrheit muss endlich ans Licht!«, knurrte Brandon und erhob sich mit dem Foto und den Briefen in der Hand. »Ich bin bald wieder zurück, das verspreche ich dir. Aber jetzt muss ich los!«

Hakopa versuchte nicht, seinen Freund aufzuhalten. Er nickte ihm nur zu und hob die Hand zum Abschied. »Bis bald, Brandon. Ich freue mich darauf, dich im Marae als meinen neuen Cousin vorzustellen. Und vergiss nicht: In ein paar Tagen wird die Beerdigung sein …«

»Wie könnte ich das vergessen?«, erwiderte Brandon. »Sie ist meine Großmutter!«

Damit drehte er sich um und kletterte die schmale Stiege wieder nach unten, vorbei an dem Leichnam der Frau, von der er jetzt wusste, dass sie seine Großmutter war. Er nickte zum Abschied den Trauernden zu und ging hinaus auf die Straße. Noch hatte er kein Recht, sich unter diese Familie zu mischen. Noch musste er zunächst die letzten Fragen über seine eigene Familie klären.

32.

Er hielt vor dem schmiedeeisernen Tor, der Motor seines Leihwagens erstarb mit einem letzten Seufzen. Brandon hatte das Gaspedal fast die komplette Strecke von der Westküste nach Christchurch durchgedrückt. Für einen Moment sah er aus dem Wagenfenster auf das leuchtend blaue Meer. Die Bucht von Charteris Bay sah so malerisch aus wie immer. Aber für Brandon sah in diesem Augenblick alles verändert aus. Hier hatte die schwangere Ruiha gesessen und wahrscheinlich genauso wie er, die hellen Schaumkronen auf den kleinen Wellen betrachtet und das gleißende Licht auf dem Meer gesehen. Aber für sie war alles anders gewesen. Fremd, feindlich und ein Gefängnis, bis sie endlich den ungeliebten Sohn auf die Welt gebracht hatte. Bis dahin war ihr eigener, geschwollener Körper wie eine Art Fessel gewesen …

Brandon drehte den Kopf und sah das große Haus seines Großvaters mit völlig neuen Augen. Es lag hoch oben in der Abendsonne, am Ende eines lang gestreckten Gartens. Die großen Fenster sahen geradezu arrogant über die Bucht hinweg. Davor ein gepflegter Rasen, sanft abfallend und nur ab und zu von ein paar zerzausten Palmen, Rimus und Pohutukawa-Bäumen durchbrochen. Der Pool, in dem er als Kind so viele Stunden gespielt hatte, war von hier unten nicht zu sehen. Brandon atmete tief durch. Nach so vielen Stunden im Auto ging die Sonne gerade unter, und es gab keinen Grund, die Begegnung mit seinem Großvater noch länger hinauszuschieben.

Er stieg aus seinem Wagen, öffnete das schwere Tor – es war schon immer unverschlossen gewesen – und ging durch den Garten zur Eingangstür. Brandon drückte auf die blanke Glocke aus Messing und hörte irgendwo in den Tiefen des Hauses ein Läuten. Schnelle Schritte näherten sich. Fiona, die Haushälterin. Wie lange war sie eigentlich im Dienste seines Großvaters, überlegte Brandon noch einen Augenblick.

Dann schwang die Tür auf, und sie sah ihm mit einem freundlichen Lächeln entgegen. »Wir haben heute Abend gar nicht mehr mit deinem Besuch gerechnet!«, rief sie. »Aber komm nur mit. Dein Großvater wird sich freuen, dich zu sehen. Er ist noch in seinem Arbeitszimmer.«

Damit lief Fiona ihm auch schon voraus, gerade so, als ob er den Weg durch das Haus nicht kennen würde. Brandon ging einfach hinterher.

Sein Großvater sprang aus seinem bequemen Sessel auf, als Brandon den Raum betrat.

»Dass du heute noch herkommst!«, rief er. »Dabei habe ich ja gewusst, dass du ein paar Tage Urlaub von deiner Schiffswache in Vanuatu genommen hast.« Er umarmte ihn und wunderte sich offensichtlich nicht, dass Brandon diese herzliche Begrüßung kaum erwiderte. »Setz dich!« Damit wies er auf den Sessel ihm gegenüber. »Fiona, bring uns doch eine gute Flasche Wein und zwei Gläser! Du bleibst doch ein wenig?« Er sah seinen Enkel fragend an.

Brandon nickte nur, während er sich langsam niederließ und dabei seinen Großvater betrachtete.

Erst jetzt bemerkte George Cavanagh Brandons Schweigen. Er runzelte für einen Augenblick verwundert die Stirn. »Was ist passiert? Du siehst aus, als ob du heute schon dem Teufel begegnet wärst.«

Brandon hatte sich keine Rede für diesen Augenblick zurechtgelegt. Und so platzte es einfach aus ihm heraus. »Wer ist Angus MacLagan?«

Für einen winzigen Moment erstarrte das Gesicht seines Großvaters. Dann machte er eine abwiegelnde Handbewegung. »Ein Bekannter aus längst vergessenen Tagen. Woher kennst du den Namen?«

Brandon zögerte. Die Antwort war so selbstverständlich aus dem Mund seines Großvaters gekommen, dass er für einen kurzen Augenblick bereit war, zu glauben, dass es die Wahrheit war. Aber dann erinnerte er sich an das Foto, an die Briefe, die er in der Tasche seiner Jacke stecken hatte.

»Du erinnerst dich noch an Sina? Die attraktive Deutsche, mit der ich mich auf keinen Fall wieder treffen sollte?« Er merkte selber, dass seine Stimme nicht so selbstbewusst klang, wie er es sich erhofft hatte.

Sein Großvater nickte. »Sicher erinnere ich mich an sie. Hübsches Ding. Hättest du sie weiter getroffen, dann wäre nichts als Unglück passiert, glaube mir …«

»Ich habe sie weiter getroffen!«, unterbrach Brandon den alten Mann. »Und sie konnte einfach nicht verstehen, warum du sie ablehnst. Sie war sich von Anfang an sicher, dass es dafür einen Grund geben musste. Und Sina ist ziemlich hartnäckig. Wenn sie sich etwas in den Kopf gesetzt hat, dann bleibt sie dran.«

»Du hast dich meinen Wünschen widersetzt?«, brauste sein Großvater auf.

In diesem Augenblick öffnete sich die Tür, und Fiona kam mit einem Tablett mit zwei Weingläsern und einem gekühlten Sauvignon Blanc aus Marlborough herein. Sie lächelte freundlich, schenkte ein und verließ den Raum wieder. Die beiden Männer schwiegen, während sie sich in dem Raum aufhielt. Erst als die Tür sich mit einem leisen Klicken hinter Fiona schloss, sprach der alte Mann weiter. »Du hast mir versprochen, dass du diese Sina nicht wieder triffst – und du hast immer noch Kontakt mit ihr? Über ein Jahr später?«

»Ich habe nicht nur ein bisschen Kontakt mit ihr«, erklärte Brandon. »Wir leben zusammen. In dem Haus, das du mir bezahlt hast. Ich habe nicht verstanden, warum ich diese Frau nicht wieder treffen durfte. Und du solltest aus meiner Kindheit wissen, dass ich schon immer mit Anweisungen Probleme hatte, deren Sinn ich nicht begriff.«

»Ich kann nicht glauben, dass du mein Vertrauen so missbraucht hast«, flüsterte der alte Mann. »Ich habe noch nie jemandem in meiner Familie so vertraut wie dir –«

»Sina forschte weiter, die ganze Zeit«, unterbrach ihn Brandon. »Und dabei fand sie heraus, wer dieser Angus MacLagan war. Ein mieser Kerl. Ein Lügner und Vergewaltiger.«

»Und was geht mich das an?«, schrie sein Großvater.

»Ich bin nicht für jeden entfernten Bekannten aus der Zeit vor dem Weltkrieg verantwortlich!«

»Doch«, antwortete Brandon. Mit einem Mal war er sich ganz sicher, dass er die Wahrheit aussprach. »Für diesen bist du verantwortlich. Angus MacLagan bist du.«

Einen Augenblick hörte man in dem Arbeitszimmer nichts außer dem Ticken der Uhr.

Dann erklang wieder die Stimme des alten Mannes. Sie zitterte vor Zorn. »Du glaubst wohl jede Lüge, die dir dieses infame deutsche Flittchen auftischt, oder? Was kommt als Nächstes? Du erzählst mir, dass die Reederei mir gar nicht gehört?«

»Doch«, erklärte Brandon. »Nach allem, was Sina herausgefunden hat, gehört die Reederei wirklich dir. Du hast sie allerdings mit Geld aufgebaut, das du nach dem Unglück in Matakite durch deine hinterhältigen Machenschaften bekommen hast. Nur so war es möglich, dass Ava Denson völlig leer ausging, nach Deutschland zurückgehen musste – und dir sogar ihren einzigen Sohn anvertrauen musste.«

Die schwarzen Augen von George Cavanagh sprühten vor Zorn. »Und wer hat sich all diese rührenden Geschichten ausgedacht? Deine Sina?«

»Nein, Sina hat sich nichts ausgedacht. Sie hat nur durch einen Zufall herausgefunden, dass an der Westküste eine Frau lebte, die ihr verdächtig ähnlich sah. Ava. Das, was du wohl schon beim ersten Blick auf Sina gesehen hast, hat Sina erst nach Monaten der Suche herausgefunden. Sie hatte keine Ahnung, dass ihre Großmutter jahrelang in Neuseeland gelebt hatte. Ava hatte das in ihrer Familie nie erzählt …«

»Und jetzt hat sie kurz vor dem großen Sprung ins Grab doch noch die Klappe aufgerissen, oder was?« Brandon erkannte seinen Großvater in seinem Zorn fast nicht wieder. Eine Ader auf seiner Stirn war dick angeschwollen. Er musterte seinen Großvater und spürte, wie ihn mit einem Mal eine große Ruhe überkam. Mit dem letzten Satz hatte er schon fast zugegeben, dass er Ava wirklich kannte – und dass die Geschichte alles andere als erfunden war.

Brandon schüttelte langsam den Kopf. »Nein. Ava ist schon lange tot, und sie nahm ihr Geheimnis mit ins Grab. Sie heiratete einen Berliner Arzt, Hubertus Gehrling, der sie aufrichtig liebte. Sie bekamen noch eine Tochter – aber die hat niemals erfahren, dass sie in Neuseeland noch einen Halbbruder hat. Und Avas Enkelin ist Sina – sie sehen sich zum Verwechseln ähnlich, wenn man den alten Fotos trauen darf. Und genau deswegen hast du auch sofort gesehen, dass mit Sina eine Gefahr für dein Leben voller Lügen droht. Aber nein … Ava hat nichts verraten.«

»Woher hat Sina dann diese Geschichten? Es mag ja sein, dass sie eine Großmutter hatte, die nicht mit dem nötigen Mumm ausgestattet war, um in diesem Land Erfolg zu haben. Nicht jeder hat den Pioniergeist gehabt, um auch nach Niederlagen wieder aufzustehen … Aber diesen Blödsinn von dem Lügner und Vergewaltiger Angus MacLagan – das ist doch lächerlich!«

»Nein, diese Geschichten sind von Ruiha. Du musst sie kennen, ich habe sie im Archiv der Reederei gefunden. Da ist eine Quittung. Du hast sie als Kindermädchen wirklich fürstlich entlohnt: Sie bekam ein Haus in Seddonville …«

George Cavanagh machte eine wegwerfende Bewegung. »Ich hatte keine Verwendung mehr für diese Hütte, was habe ich mit Seddonville zu schaffen. Und so habe ich eine Menge Geld gespart, dieses Maori-Mädchen ließ sich doch wirklich mit einem baufälligen Haus abspeisen.« Er sah seinen Enkel selbstbewusst an, lächelte sogar. »Ruiha lebt also noch? Das wundert mich nicht, sie war ein zäher Brocken. Die überlebt uns noch alle.«

Langsam griff Brandon in seine Jackentasche und holte den Stapel Briefe und das Bild hervor. Bedächtig legte er beides neben die Weinflasche und schüttelte den Kopf.

»Nein, Ruiha überlebt dich nicht. Sie ist letzte Nacht gestorben.«

Brandon sah, wie sein Großvater während eines einzigen Augenblicks zu einem Greis wurde. Sein Gesicht versteinerte, seine Mundwinkel sanken nach unten, und seine Augen wurden wässrig. Mit einem Mal war jeder Widerspruch und alle Energie verschwunden. Mit zittriger Hand griff er nach dem Bild, sah es an, als ob er sein eigenes Porträt das erste Mal sehen würde. Dann nahm er die Briefe. Unverkennbar seine Handschrift. Und ebenso unverkennbar niemals geöffnet. Der alte Mann sah sich trotzdem jeden einzelnen Brief genau an, so als ob er es einfach nicht fassen konnte, dass sie sich über mehr als zwanzig Jahre hinweg schlicht geweigert hatte, seine Nachrichten zu lesen. Langsam rann eine Träne über sein plötzlich eingefallenes Gesicht. Es schien Brandon, als sei eine Ewigkeit vergangen, bis der alte Mann seine Stimme wiederfand.

»Wie … wie ist sie denn gestorben?«

»Ganz friedlich auf ihrem Sessel vor dem Kamin. Sie

wollte sich offensichtlich gestern Abend ein wenig ausruhen, dabei ist sie einfach eingeschlafen.«

George Cavanagh hob das Bündel Briefe auf, das in seinem Schoß lag. »Und wo hast du dann diese Briefe gefunden?«

»Auf dem Speicher. Ruihas Enkel ist mein Freund Hakopa – den habe ich dir schon vor Jahren vorgestellt. Du hast nur nicht geahnt, wer er eigentlich ist. Wir haben gemeinsam nach einem Beweis gesucht, dass Ruihas unglaubliche Geschichte wirklich wahr ist. Und wie es aussieht, haben wir ihn gefunden.«

»Auf dem Speicher«, wiederholte der alte Mann. Wieder traten Tränen in seine dunklen Augen. »Sie hat die Erinnerung an mich einfach auf den Speicher gelegt?«

»Schon das ist doch eigentlich ein Wunder, findest du nicht?«, fragte Brandon. »Ich hätte es eher verstehen können, wenn sie jeden einzelnen Brief und jedes Foto von dir in den Ofen geschmissen hätte. Aber offensichtlich war sie der Meinung, dass sie vielleicht irgendwann doch noch mit ihrer Vergangenheit aufräumt. Was sie ja auch getan hat – als sie Sina ihre eigene, Avas und Miriams Lebensgeschichte erzählt hat.«

»Ich wollte das alles nicht«, erklärte George Cavanagh. Seine Stimme klang mit einem Mal brüchig. »Sicher, ich wollte Erfolg, und ich wollte Geld verdienen. Aber ich habe nicht gewollt, dass Matakite einstürzt. Ich war mir sicher, dass John Denson nur ein Sicherheitsfanatiker war, der viel zu viele Stützpfeiler verbaut hätte. Nach dem Unglück war John tot – ihn hat es nicht mehr stören können, dass sein Andenken beschmutzt wurde.«

»Und Ava?«, fragte Brandon nach. »Was hat sie getan, dass du ihr wirklich alles geraubt hast?«

»Sie hat mich immer behandelt wie ein Stück Dreck. Sie war eine so wunderschöne Frau, und sie war so glücklich mit ihrem John. Ich habe sie beneidet. Dann wurde ihr Leben auch noch mit der Geburt von John junior gekrönt … Das wollte ich auch!«

»Und deswegen hast du ihr alles genommen? Nur aus Neid?« Brandon konnte nicht glauben, was er da hörte.

»Was war mit Miriam? Mit Ruiha? Du hast das Leben von drei Frauen zerstört, und dir fällt nichts anderes ein als ein banales ›Ich war neidisch auf ihr schönes Leben‹? Die Matrosen versenken die ›Pacific Princess‹ doch auch nicht, bloß weil sie dir deine schöne Reederei neiden!«

»Miriam? Ein blondes Dummchen, das nicht für dieses Land geboren war. Und Ruiha?« Wieder Tränen. Brandon war über sich selbst überrascht, wie sehr ihm der Gefühlsausbruch seines Großvaters egal war. »Ruiha war perfekt«, erklärte der alte Mann schließlich in schwärmerischem Ton. »Aber an sie kam ich einfach nicht heran. Ruiha liebte ihren Anaru, und damit war ich aus dem Spiel. Außerdem hätte ich mich niemals offiziell mit einer Maori zeigen können. Die Zeiten waren damals noch nicht so.«

»Und deshalb hast du sie vergewaltigt und geschlagen?« Zum ersten Mal wurde Brandon lauter. »Und noch viel schlimmer: Du hast sie gezwungen, dieses Kind der Gewalt auch auf die Welt zu bringen!«

»Ich wollte ihr nie Schmerzen zufügen«, erklärte der alte Mann. »Als ich es getan habe, war ich betrunken, war nicht bei Sinnen. Es tat mir leid. Aber ich wollte auch unbedingt dieses Kind. Ich war mir sicher, dass ein Kind von mir und Ruiha zu einem wunderbaren Menschen heranwachsen würde – nicht zu so einem weinerlichen Jungen wie der kleine John. Und ich hatte recht! Dein Vater trägt das Beste von beiden Seiten in sich!«

»Aber er weiß nichts von seinem Erbe!«, erklärte Brandon. »Du hast ihm nie gesagt, wer seine wahren Eltern sind. Er wuchs heran in dem Glauben, dass seine Mutter bei seiner Geburt starb, und du hast ihm nie gesagt, dass seine Mutter in Seddonville lebt. Vielleicht – nein: ganz sicher! – hätte er Ruiha gerne kennengelernt. Und Ruiha wäre sicher ruhiger gestorben, wenn ihr Sohn ihr verziehen hätte.«

»Die Wahrheit sagen? Wann denn? Zwischen Hauptgang und Nachspeise den beiden Jungen sagen, dass ich sie adoptiert hatte? Dass ich sie liebte wie meine eigenen Kinder, das hat es mir so schwergemacht, ihnen ihre Herkunft zu erklären.«

Brandon schnaubte durch die Nase. »Bei meinem Vater mag das sogar stimmen. Wenigstens zum Teil. Aber John? Der war doch nur der Versager, sonst hättest du ihn nicht einfach so abgeschrieben, es hingenommen, dass er sich immer nur an irgendeinem Tresen auf einer Pazifikinsel festhält. Das soll Liebe sein? Einen Sohn einfach verloren geben?«

»Mit John ist das alles nicht so einfach«, wehrte George Cavanagh ab. »Aber Ewan … das hätte ich nicht übers Herz gebracht.«

Brandon lehnte sich langsam in seinem Sessel zurück und musterte seinen Großvater. »Was ich nicht verstehe: All die Jahre hattest du keine Angst, dass irgendjemand aus Seddonville auftaucht und dich hier in deinem neuen Leben enttarnt? Das hätte doch ständig passieren können!«

»Das war der Grund, warum ich so ungern auf große Feste gegangen bin, kaum Interviews gegeben habe und mich auch sonst von den Medien fernhalte.« Der alte Mann zuckte müde mit den Schultern. »Wie man sieht, waren all meine Sorgen unbegründet. Letzten Endes hat mein Enkel sich in eine deutsche Touristen verliebt, und das war das Ende.«

»Du hast immerhin versucht, Sina von mir und von Neuseeland fernzuhalten. Leider hast du unterschätzt, wie sehr wir uns ineinander verliebt haben. Und wie stur Sina sein kann, wenn sie sich ungerecht behandelt fühlt.«

George Cavanagh sah eine Weile sinnend vor sich hin, bevor er noch einmal anfing zu reden. »Wann ist Ruihas Beerdigung?«

»In zwei oder drei Tagen. Wieso?«

»Vielleicht sollte ich hingehen«, murmelte George Cavanagh.

Brandon hob abwehrend die Hände. »Dort könntest du nur hingehen, wenn du vorher allen und jedem aus den Familien erklärt hast, was vor sechzig Jahren in Seddonville vorgefallen ist. Aber wenn du das tust, dann bin ich mir sicher, dass sie dich erst recht nicht an Ruihas Grab stehen haben wollen. Ihr beide habt nie euren Frieden miteinander gemacht, du hast dich nie entschuldigt für dein unentschuldbares Verbrechen. Wenn es eine Gerechtigkeit gibt, dann müsste sie aus dem Grab herausjagen, mit ihrem Finger auf dich zeigen und dich all der Verbrechen bezichtigen, die du begangen hast.«

Bitter schüttelte George seinen Kopf. »Aber ich würde mich so gerne noch verabschieden …«

»Dann rede mit meinem Vater. Sag du ihm, warum

er zeit seines Lebens ein ›dunkler Typ‹ war, erklär ihm, dass er jetzt die Chance hat, auf die Beerdigung seiner Mutter zu gehen. Aber du? Deine Sünden wiegen zu schwer.«

Wieder füllten sich die Augen von George Cavanagh mit Tränen. Brandon, der den alten Patriarchen in seinem Leben noch nie hatte weinen sehen, war überrascht über diese abgrundtiefe Bestürzung. Fast trotzig hob er noch einmal den Kopf. »Du urteilst nur über meine damaligen Taten. Und doch sind gute Dinge daraus hervorgegangen. Ohne mein Verbrechen gäbe es weder dich noch deinen Vater … Aber ihr seid doch ein guter Beitrag zu dieser Welt, oder etwa nicht?«

»Das rechtfertigt kaum deine Untaten, Großvater«, erklärte Brandon noch einmal. Dann erhob er sich. »Ich möchte jetzt Zeit mit Ruihas Familie verbringen. Und ich werde ihnen auch genauer erzählen, welche Rolle du in Ruihas Leben gespielt hast. Hier in Charteris Bay überlasse ich es dir selbst, wie viele deiner Geheimnisse du endlich mit deinen Söhnen teilen willst. Bei der Beerdigung werde ich sehen, ob mein Vater anwesend ist oder nicht. Dann erst kann ich entscheiden, ob nicht doch etwas Gutes aus allen Untaten erwachsen ist – oder ob wir einfach nur vergessen müssen.«

Er stand auf und sah seinen Großvater von oben herab an. »Du hast dich früh entschieden, kein Mitleid mit Schwächeren zu haben. Jetzt musst du damit leben, dass andere auch kein Mitleid mit dir haben.«

Mit diesen Worten schob er sich durch die Tür, ging durch die verlassenen Gänge des Hauses und öffnete schließlich die Eingangstür. Als er seinen Blick über den dunklen Garten schweifen ließ, hörte er von fern die

Brandung des Meeres. Er sah auf die Straße, die der Mond auf das Meer zeichnete. Täuschte er sich, oder spielte in der Bucht eine Schule Delfine? Leise lächelnd ging er zu seinem Auto, während das Kreuz des Südens hoch über ihm am Himmel hing. Jetzt wollte er mit Hakopa so viel verlorene Zeit nachholen, wie nur irgend möglich. Einen Haka für Ruihas Beerdigung einüben. Und dann, wenn alles erledigt war, endlich Sina anrufen und ihr sagen, dass er den Rest seines Lebens mit ihr verbringen wollte.

33.

Der Briefkasten: leer. Der Anrufbeantworter: leer. Brandons Platz am Esstisch: leer. Ihr Bett: leer. Zornig warf Sina sich auf ihren leuchtend gelben Lieblingssessel in der Ecke. Seit fünf Tagen kam sie jeden Abend müde und gespannt aus der Arbeit heim. Müde, weil die Hektik in der Notaufnahme ihr oft zwölf Stunden lang höchste Konzentration abverlangte. Gespannt, weil sie damit rechnete, dass Brandon wieder zu Hause sein würde. Die Füße auf dem Tisch, eine Zeitschrift auf den Knien und eine Pastasoße auf dem Herd. Und ein Lächeln für sie in den Augen. Stattdessen: nichts. Keine Nachricht, keine Entschuldigung, keine Erklärung. Sicher, sie hatte sich anfangs überlegt, dass ihr Freund Zeit brauchte, um über die Vergangenheit seiner Familie nachzudenken. Aber gleich fünf Tage? Immerhin musste Sina auch damit fertigwerden, dass Ava ihren Sohn einfach seinem Schicksal in Neuseeland überlassen hatte, niemals daran interessiert war, wie es ihm weiter ergangen war. So wie es aussah, hatte sie nicht einmal ihrem zweiten Mann von ihrer Vergangenheit am anderen Ende der Welt erzählt! Das war doch auch für sie als

Enkelin schwer zu verarbeiten, oder? Und vor allem: Wie konnte Brandon es wagen, sich einfach überhaupt nicht zu melden? Sie wusste doch, dass er in ein paar Tagen wieder nach Vanuatu musste, um dann den reparierten Tanker zurück in seinen Heimathafen Auckland zu steuern. So wenige Tage Urlaub, die er angeblich nur für sie genommen hatte – und dann saß er schmollend in der Ecke und wollte lieber über eine Vergangenheit nachdenken, die er angeblich sowieso nicht glaubte.

Sina seufzte. Wo mochte die Ecke denn sein, in die er sich wie ein angeschossenes Reh zurückgezogen hatte? Bei seinen Eltern. Lächelnd schüttelte Sina den Kopf. Kaum. Und den Großvater hatte er wohl auch nicht besucht, um ihn nach Miriam MacLagan zu fragen. Wer blieb also? Sein bester Freund.

Plötzlich sah sie es kristallklar vor sich: Brandon war garantiert in Paparoa bei Hakopa. Nicht nur ein Freund, sondern auch ein Cousin – aber ob Brandon ihm das wohl sagte? Überhaupt: Hatte Brandon womöglich ein Problem damit, dass in seinen Adern das Blut von Maoris floss? Er hatte ihr gegenüber nie eine rassistische Äußerung gemacht – aber das hatte wenig zu sagen. Sie hatten sich nie ausführlich über Maoris unterhalten.

Gedankenverloren malte Sina mit ihren Zehen Kringel in die Luft. Wenn er in Paparoa war und seine Zeit mit Hakopa verbrachte, war es dann nicht ihre Aufgabe, ihn aus seinem Selbstmitleid zu reißen? Sie hatte jetzt zwei Tage lang frei. Nach sieben Tagen Dienst und Bereitschaft rund um die Uhr nur fair. Ihr Körper schrie zwar nach ein paar Stunden Schlaf – aber sie hatte das dumpfe Gefühl, dass sie dem nicht nachgeben durfte. Sie musste nach Paparoa.

Brandon hatte den Hillman vor der Tür stehen lassen. Auf See hatte er ihn nicht gebraucht, und in den letzten Tagen hatte er sich von seinem Kapitänsgehalt ja auch ein richtiges Mietauto leisten können und deswegen die alte Schrottlaube großzügig ihr überlassen. Sie schnappte sich den Schlüssel vom Tisch. Was konnte schon passieren? Wenn sie Pech hatte, dann würde sie eben ein paar Stunden im Auto gesessen und ihren Schlaf geopfert haben. Ein kurzer Besuch bei Ruiha war dann sicher trotzdem noch drin – und womöglich hatte die alte Frau sogar eingesehen, dass sie der Wahrheit nicht mehr im Weg stehen durfte. Sie musste doch eigentlich einem Treffen und einer Versöhnung mit Ewan entgegenfiebern.

Im besten Fall würde Sina Hakopa und Brandon vor Hakopas Hütte beim Grillen erwischen, die beiden hätten sich längst ausgesprochen, und sie würden einen gemütlichen Abend miteinander verbringen. Egal, wie sie es drehte und wendete: Brandon war es ganz sicher wert, ein paar Kilometer extra zu fahren …

Sina stand lächelnd auf, griff sich noch eine Handvoll CDs aus dem Regal und machte sich auf den Weg. Der Abend war noch jung, wenn sie Glück hatte, war sie noch vor Mitternacht bei Hakopa. Und vor allem bei Brandon.

Ein paar Stunden später verfluchte sie sich. Arthur's Pass war schon bei Tageslicht nur etwas für konzentrierte Autofahrer. Bei Nacht war er wirklich nur noch kurvig und steil. Tagsüber hatte sie die traumhafte Landschaft der Neuseeländischen Alpen bewundert: goldenes Gras und tiefdunkle Wälder, dazu Bäche und Flüsse – und über allem die schneebedeckten Gipfel der Southern Alps.

Jetzt sah sie nur wenige Meter im funzeligen Scheinwerferlicht ihres altersschwachen Hillmans. Dazu machte sich die Müdigkeit unverschämt breit. Ihre Lider wurden mit jedem Kilometer schwerer. Sie hielt an einer Tankstelle nach dem Pass an – zum Glück wurde trotz der späten Stunde noch Kaffee verkauft. Zumindest nannte die Frau an der Kasse das bittere Gebräu, das sie ihr reichte, so. Sina schüttete üppig Milch hinein, sonst hätte sie die schwarze Brühe nicht trinken können. Mit einer Grimasse zwang sie den letzten Schluck durch ihre Kehle. Die Verkäuferin sah sie mit einem mitleidigen Blick an. »Wo soll es denn heute Nacht noch hingehen?«

»Paparoa«, antwortete Sina knapp und schnappte sich noch eine Cola aus dem Kühlregal.

»Das ist aber noch eine tüchtige Strecke, Schätzchen. So wie du aussiehst, solltest du lieber ein bisschen an der Matratze horchen, bevor du weiterfährst.«

Sina schüttelte stur den Kopf. »Ich habe mir vorgenommen, heute noch anzukommen!«

Ein Blick auf die Uhr ließ die Verkäuferin heiser auflachen. »Das schaffst du doch sowieso nicht mehr. In einer halben Stunde ist Mitternacht. Es kommen noch viele Kurven, das kann gefährlich sein … Morgen bist du in einer einzigen Stunde an deinem Ziel.« Sie sah Sina aus ihren glanzlosen, dunklen Augen an. Erst jetzt bemerkte Sina die fahle Haut und die grauen Strähnen in dem schwarzen Haar. »Sie schlafen doch auch nicht genug!«, antwortete sie.

Die Frau schüttelte den Kopf. »Unsereins bekommt nicht so tolle Jobs. Ich bin nicht die Einzige, die zwei Sachen macht, damit sie über die Runden kommt. Nicht so schlimm.«

Eine Maori. Sina hatte sich noch nicht viel mit dem Leben der Maoris in Neuseeland beschäftigt. Waren sie wirklich benachteiligt? Oder was meinte die Frau mit »unsereins«? Die bleierne Müdigkeit machte ihr auf jeden Fall klar, dass sie recht hatte. Es war Wahnsinn, jetzt einfach weiterzufahren. »Haben Sie etwa ein Zimmer für mich?«, fragte sie nach.

Mit einem bedauernden Lächeln schüttelte die Frau den Kopf. »Leider nein. Aber vielleicht kannst du ja auf der Rückbank von deinem Auto eine Mütze Schlaf nehmen?«

Sina nickte. »Ja. Mal sehen.«

Sie fuhr nur noch ein paar Kilometer, bis sie endgültig aufgab und das Auto auf einen Parkplatz lenkte. Die Rückbank sah zwar unbequem aus – und vor allem zu klein –, aber sie konnte nicht mehr. Wenn sie jetzt noch weiterfuhr, dann würde sie womöglich bald weiße Mäusen auf der Motorhaube tanzen sehen …

Kindergeschrei. »Was macht die Frau da? Ist sie tot?«, quäkte eine Stimme. Sina öffnete langsam die Augen. Die Sonne stand schon hoch am Himmel und schien unbarmherzig durch die Heckscheibe direkt in ihr Gesicht. Sina setzte sich mühsam auf. Jeder einzelne Muskel in ihrem Rücken protestierte. Zwei Kindergesichter starrten durch ein Fenster in das Innere des Autos. Mit einer Grimasse versuchte Sina, sie zu erschrecken – aber sie blieben stehen und drückten sich die Nasen an der

Scheibe platt. Mit einem Ruck öffnete Sina die Tür. Frische, klare Morgenluft drang in das Innere des Hillmans, und mit einem Mal fühlte Sina sich wieder besser. Sie streckte sich. Ihr Magen knurrte, hoffentlich kam möglichst bald ein Imbiss. Oder wenigstens ein Supermarkt, in dem sie ein paar Früchte und einen Joghurt kaufen konnte. Die Kinder scheuchte sie mit einem »Keine Sorge, ich lebe!« zurück zu den Eltern. Und dann schob sie sich hinter das Steuer. Höchste Zeit, dass sie endlich bei Hakopas Hütte ankam.

Zwei Stunden, ein Joghurt und drei Äpfel später bremste sie vor der kleinen Hütte. Auf der Wäscheleine hingen drei verlorene Boxershorts und ein kurzärmliger Neoprenanzug. Im Gras lag ein Surfboard, das vom häufigen Gebrauch schon unzählige Kratzer trug. Der Grill war kalt, daneben lagen zwei leere Bierdosen und ein ganzer Stapel mit leeren Paua-Muscheln, die in allen Farben des Regenbogens im Sonnenlicht glänzten. Insgesamt sah es trostlos und verlassen aus.

Trotzdem klopfte Sina an die Tür. »Hallo!«

Keine Antwort. Sie spähte durch das Fenster. Im Spülstein ein paar dreckige Teller und Gläser, mitten im Raum ein T-Shirt, offensichtlich einfach so hingeworfen. Weit und breit kein Mensch. Mit einem tiefen Seufzer ließ Sina sich auf die Bank vor der Hütte fallen. Hakopa war sicher nicht hier. Und es gab auch keine Spur, die zeigte, wo sie Brandon finden würde. Der ganze weite Weg – und nun konnte sie nur noch nach Hause fahren. Wenn Christchurch nach der Flucht von Brandon denn noch ein Zuhause war …

Nachdenklich stieg sie wieder in ihr Auto und fuhr die Straße entlang. Nach wenigen Minuten sah sie das

Marae, bei dem sie vor langer Zeit ihr erstes Hangi gegessen hatte. Es schien ihr eine Ewigkeit her zu sein. Vor dem großen Gemeindehaus saßen ein paar dunkel gekleidete Frauen. Sina kniff ihre Augen zusammen. Eine von ihnen sah genauso aus, wie Hakopas Mutter. Mit einem Ruck brachte Sina das Auto zum Stehen und sah noch einmal genauer hin. Das musste tatsächlich Hakopas Mutter sein!

Ohne lange nachzudenken, sprang Sina hinter dem Lenkrad hervor und ging zu den Frauen hinüber. Sie sahen ihr neugierig aus dunklen Augen entgegen. Die letzten Schritte wurde Sina langsamer. Was machte sie nur hier? Sie lächelte verlegen und reckte Hakopas Mutter ihre Hand entgegen. »Hallo. Ich weiß nicht, ob Sie sich an mich erinnern …«

Mit beiden Händen umgriff die Frau Sinas Hand. »Natürlich erinnere ich mich! Du bist das deutsche Mädchen, das Brandon letztes Jahr bei unserem Hangi für den Kindergarten dabeihatte! Was verschlägt dich denn hierher?«

»Ich bin auf der Suche nach Hakopa …«, erklärte Sina zögernd.

»Ist er nicht in seinem Häuschen?«, fragte sie erstaunt.

Heimlich musste Sina grinsen. Nur eine liebende Mutter konnte die Hütte, in der Hakopa hauste, ein Häuschen nennen. Aber diesen Gedanken behielt sie lieber für sich, als sie antwortete: »Da war ich schon. Aber da sieht es ganz verlassen aus.«

Die ältere Frau warf einen Blick auf ihre Freundinnen, die alle interessiert zuhörten. Ganz offensichtlich hielten sie das Auftauchen von Sina für eine spannende Unterbrechung in ihrem Alltag. »Ich bin gleich wieder da«, erklärte Hakopas Mutter resolut in Richtung der lauschenden Frauen und zog Sina am Arm ein paar Schritte weiter. »Sie wollen einfach alles wissen – ich finde aber, sie müssen nicht alles hören«, murmelte sie. Dann musterte sie Sina.

»Du willst doch nicht wirklich zu Hakopa, Kindchen?«

»Nein. Eigentlich suche ich Brandon«, gab Sina zu. »Ich habe einfach gehofft, dass er sich bei seinem Freund herumtreibt.«

»Habt ihr Ärger miteinander? Oder warum hat er dir nicht gesagt, wo er ist?« Hakopas Mutter schien keine Angst davor zu haben, zu persönliche Fragen zu stellen.

»Nicht wirklich. Es ist nur so, dass ich ein paar Sachen über seine Familie herausgefunden habe, die er nicht hören wollte.« Überrascht hielt Sina inne. Was hatte diese Frau an sich, dass sie ihr einfach die Wahrheit sagte? Sie sah in die dunklen Augen – und plötzlich wusste sie, woher die Vertrautheit kam. »Sie sind die Tochter von Ruiha, oder?«, platzte sie heraus.

»Ja«, nickte die Frau mit einem unerklärlich traurigen Gesicht. »Woher kanntest du meine Mutter?«

»Kannte?« Sina war durch die Vergangenheitsform überrascht.

Ernst musterte die ältere Frau Sina. »Du weißt es noch nicht? Ruiha ist vor drei Tagen sanft entschlafen. Morgen wird die Beerdigung sein.« Sie sah unendlich traurig aus. Unwillkürlich legte Sina eine Hand auf ihre Schulter, während sie versuchte, ihren eigenen Schock zu überwinden.

»Das tut mir so leid«, murmelte sie. »Ich habe Ihre Mutter sehr geschätzt, sie war eine großartige Frau. Ich war in den letzten Monaten öfters bei ihr. So wie es aussieht, hat sie vor Jahrzehnten als Hausmädchen bei meiner Großmutter gearbeitet. Durch Ruiha habe ich überhaupt erst erfahren, dass meine Großmutter in Neuseeland gelebt hat!«

»Ach, du bist Avas Enkelin?« Um die Augen der Frau bildeten sich Lachfältchen. »Wenn das kein Zufall ist!«

»Ruiha hat Ihnen von Ava erzählt?« Sina sah Hakopas Mutter neugierig an. Was mochte Ruiha über ihre Vergangenheit erzählt haben? Aber die Antwort war ernüchternd. »Sicher hat sie das, sie hat ja auch jahrelang für Ava gearbeitet! Aber sonst hat sich meine Mutter immer bedeckt gehalten. Wenn ich neugierig war, dann hat sie immer nur erklärt, dass es sich nicht gehört, über ehemalige Dienstherren zu tratschen. Was ich persönlich immer sehr schade fand. So ein paar spannende Geschichten haben noch niemandem geschadet. Aber jetzt zu dir. Leider kann ich dir nicht sagen, wo Hakopa steckt, er meldet sich nicht bei mir ab. Er wollte wohl ein bisschen alleine sein und Ruihas Tod verarbeiten.«

Mit einem Kopfschütteln wollte Sina sich schon verabschieden. Da legte ihr die Frau die Hand auf den Arm. »Aber wenn es wirklich wichtig ist und Brandon und Hakopa sich für ein paar Tage zurückgezogen haben, um alleine zu sein – dann gibt es nicht viele Orte hier an der Westküste, an denen sie stecken könnten.« Sie lächelte verschwörerisch. »Die beiden haben dir doch sicher schon Perfect Strangers gezeigt? Ich weiß, es ist schwer zu finden. Aber wenn du es bis in die alte Jadehöhle schaffst, dann hast du gute Chancen, dass du sie findest …«

»Dass ich nicht selber daran gedacht habe!« Sina schlug sich gegen die Stirn. »Sie haben mir schon bei meinem ersten Besuch diesen Strand gezeigt. Später war ich mit Brandon noch einmal allein dort …« Sie brach ab und wurde rot. Verzweifelt bemühte sie sich um ein möglichst neutrales Gesicht, als sie weiterredete. »Und ich habe mich jedes Mal gefragt, woher sie wissen, wo man parken muss. Diese Parkbuchten gibt es häufig, und für mich sah es wie jeder andere Aussichtspunkt auch aus!«

»An einen alten Farnbaum ist ein Strick gebunden. In Augenhöhe, blauer Polyester. Hakopa tut gerne so, als ob ihm seine Maori-Gene den Weg zum alten Jadetrail weisen und erzählt dann die Geschichte vom Einswerden mit der Natur. Aber so ganz unter uns kann ich dir verraten, dass nur der Strick ihm den Weg weist.«

»Danke«, sagte Sina. »Danke!«

»Erzähle ihm aber nicht, dass du diesen Tipp von mir hast!«, rief Hakopas Mutter ihr noch hinterher, als Sina zurück zum Auto lief. »Er möchte bestimmt, dass alle Mädchen weiterhin seine Verbundenheit mit der Natur bewundern. Er hat mir mal gesagt, das würde seine Chancen erheblich erhöhen.«

»Das Geheimnis ist bei mir gut aufgehoben!«, rief Sina über ihre Schulter und warf sich hinter das Steuer. Stotternd sprang das altersschwache Auto an. Sina wendete auf der Straße und gab Vollgas. Allerdings nicht lange. Keine fünfzehn Minuten später schlich sie die Straße hoch über dem Meer entlang und starrte die Stämme der Farnbäume an. Kein blauer Strick, egal, wie intensiv sie in die grün wuchernde Hölle blickte. Sie wollte schon fast aufgeben, als sie ihn plötzlich entdeckte. Natürlich nicht mehr in Augenhöhe, sondern gut zwei Meter über dem Boden. Nun, so ein Baum wuchs ja auch im Laufe der Zeit.

Sina parkte den Hillman, schulterte ihren kleinen Rucksack und machte sich entschlossen auf den Weg.

»Als ob ich es nötig hätte, einem Mann so nachzuklettern«, knurrte sie leise vor sich hin.

Beim Anblick des steilen Abstiegs wurde es ihr wieder mulmig. Was, wenn sie hier abstürzte und niemand wusste, wo sie steckte? Entschlossen schob sie solche Gedanken beiseite und kletterte los. Das hier war schließlich keine Tour in den Hochalpen, sondern nur eine etwas steilere Küste. Hakopa war sogar mitten in der Nacht nach oben geklettert!

Eine halbe Stunde später stand sie auf dem Strand. Zwei gelangweilte Seehunde sahen ihr mit großen, feuchten Augen entgegen und dachten offenbar nicht einmal an Flucht. Die feinen Kiesel waren zum Teil mit feuchtem Seetang bedeckt, die Brandung war noch höher als bei ihrem letzten Besuch. Ein paar spitze Felsen ragten in der kleinen Bucht aus den Wellen empor. Traumhaft. Aber weit und breit kein Brandon und kein Hakopa. Langsam bewegte Sina sich in Richtung der halb versteckten Höhle, vorbei an dem malerischen Wasserfall, der von weit oben mit seinem kristallklaren Wasser direkt auf den Strand sprühte. Bei der Erinnerung an ihre nächtliche Dusche musste Sina lächeln. Dann kam sie um die letzte Biegung und stand in der großen Öffnung der Höhle. Ihr Blick fiel auf die Feuerstelle. Ein paar Äste glimmten noch, daneben lagen zwei Isomatten mit Schlafsäcken, zwei Rucksäcke, dicke Trekkingstiefel, Jeans und T-Shirts. Wo auch immer die Männer waren –

sie hatten nicht viel an. Sinas Blick wanderte hinaus auf den tobenden Pazifik und auf die spitzen Felsen. Konnte man hier wirklich ins Wasser gehen, ohne sein Leben zu gefährden?

Sie kniff die Augen zusammen, um in der schräg stehenden Nachmittagssonne, die die Wasseroberfläche gleißen ließ, überhaupt etwas zu sehen. Waren das zwei Köpfe? Von Menschen oder von Seehunden? Sie war sich nicht sicher und ging näher an das Ufer heran. Die Wellen leckten ihr über die Schuhe, während sie intensiv das Wasser absuchte. Wo waren Hakopa und Brandon nur? Ihr Lager hatte sie ja nun entdeckt.

Als sie ihre Suche schon fast aufgeben wollte, sah sie plötzlich zwei Silhouetten auf einem der großen Steine, die aus der Brandung ragten. Zwei Männer, die dicht beieinander standen und auf das Meer hinausblickten. Zumindest sah es nicht so aus, als ob sie in Not wären. Eher im Gegenteil, die beiden schienen zufrieden mit ihrer Situation und machten auch keine Anstalten, etwas daran zu ändern.

Mit einem Seufzer ließ Sina sich auf den Strand fallen. Die kleinen, rund geschliffenen Kiesel waren bequem, und der Anblick der hohen Wellen und tosenden Brecher hatte schon nach wenigen Minuten etwas Beruhigendes. Nachdenklich sah Sina vor sich hin und strich sich gedankenverloren die blonden Haare hinter die Ohren. Was wollte sie hier eigentlich? Brandon dazu bringen, ihre Version seiner Familiengeschichte zu akzeptieren? Oder Brandon erklären, dass ihr seine Familie völlig egal war. Alles, was sie wollte, war ein Leben mit ihm. Ob sie ihm das wohl klar machen konnte?

Noch völlig in ihre Gedanken versunken sah sie, wie

zwei braun gebrannte Körper in den Wellen auftauchten. Mit kräftigen Armschlägen kraulten beide Richtung Ufer, tauchten unter den größten Wellen einfach hindurch und waren nur Augenblicke später direkt vor ihr. Sina blieb einfach sitzen, während Brandon und Hakopa auf sie zukamen und schließlich tropfend vor ihr standen.

»Wie hast du hierhergefunden?«, fragte Hakopa ohne lange Vorreden.

»Ich war doch schon zweimal hier – so einen schönen Ort würde ich immer wiederfinden«, erklärte Sina. »Und dass ihr hier seid, war nicht schwer zu erraten. Geht ihr nicht immer nach Perfect Strangers, wenn ihr ein Problem habt? Außerdem hat mir deine Mutter einen Tipp gegeben …«

»Darauf hätte ich sofort gewettet«, grinste Hakopa. »Normalerweise findet allerdings niemand diese Bucht wieder. Wo hast du meine Mutter gesehen?«

»Am Marae.« Obwohl sie Hakopa antwortete, sah sie Brandon an. Der stand halb hinter seinem Freund versteckt und sah sie ernst an. Fast so, als ob sie ein unberechenbares Tier wäre.

Hakopa spürte, dass er zwischen den Fronten stand und fühlte sich unbehaglich. Er deutete auf den Wasserfall, murmelte etwas von einer Dusche nach dem salzigen Meerwasser und verschwand. Brandon und Sina blieben alleine am Strand zurück. Für einen Moment breitete sich das Schweigen zwischen ihnen aus wie ein ruhiger See. Er setzte sich langsam neben sie.

»Du hast mich also gefunden.« Keine Frage, sondern eine Feststellung.

»Ja. Du musst in ein paar Tagen zurück nach Vanuatu – und ich wollte dich nicht einfach ziehen lassen.«

»Ich wäre nicht gegangen, ohne mich zu verabschieden«, verteidigte Brandon sich.

»Hast du nicht gesagt, du würdest jetzt Zeit mit deiner Familie verbringen?« Sina merkte, dass ihre Stimme ein wenig strenger klang, als sie eigentlich geplant hatte. Brandon schien es zum Glück nicht zu merken.

»Ich verbringe Zeit mit meiner Familie!«, versuchte er sich zu verteidigen.

Sina deutete in Richtung des Wasserfalls. »Weiß er es denn schon? Was habt ihr beide während der letzten Tage gemacht?«

Ein trauriges Lächeln. »Seine Großmutter ist gestorben. Ich habe sie gefunden – und später haben Hakopa und ich auf dem Speicher nach einem Beweis für deine Version unserer Familiengeschichte gesucht …«

Er brach mitten im Satz ab.

»Und? Was habt ihr gefunden? Hat Ruiha überhaupt etwas aus der Zeit mit Angus aufgehoben?« Sina hätte Brandon am liebsten geschüttelt, damit er schneller antwortete.

Brandon nestelte in seinem Rucksack und reichte Sina das Foto und die Briefe, die er seit ihrer Entdeckung ständig mit sich herumtrug. »Sie hat tatsächlich alles Mögliche aufgehoben. Kinderkleidung, Schuhe – und eben auch diese Sachen hier. Das Foto ist der Beweis, dass Angus MacLagan und mein Großvater ein und dieselbe Person ist.«

»Das sagst du jetzt einfach so?« Sina konnte es kaum glauben, was sie da hörte. »Warum hast du mich nicht angerufen?«

Brandon hob die Hände. »Ich habe es vorgehabt, wirklich. Aber nach Ruihas Tod hatte ich das Gefühl, dass ich mir erst einmal über meine eigenen Wurzeln im Klaren sein muss, bevor ich wieder an die Zukunft denke.«

»Außerdem musste er mit mir üben!« Mit Schwung setzte sich Hakopa zu ihnen. Sina hatte keine Ahnung, wie viel er von den letzten Sätzen mitbekommen hatte. Sie hob eine Augenbraue. »Üben? Das sah gerade eben nach Synchronschwimmen aus – aber das übt ihr doch nicht wirklich?«

Hakopa sah Brandon einen Moment lang an, bevor er antwortete. »Nein. Wir wollen morgen bei Ruihas Beerdigung einen Haka tanzen. Gemeinsam. Vielleicht kann sie uns ja irgendwo sehen, und sie spürt dann, dass die beiden Welten, in denen sie gelebt hat, endlich eins geworden sind.«

Brandon schwieg, während Hakopa redete. Er bohrte seine Zehen in die nassen Kiesel am Strand, sah sinnend zum Horizont, strich sich mit einer Hand durch das feuchte blonde Haar – und schwieg.

Hilfe suchend sah Hakopa Sina an. »Kannst du mir weiterhelfen? Er kam vor zwei Tagen hier an, hat die ganze Zeit wie ein Wasserfall geredet – und kaum betrittst du den Strand, schon wird aus meinem Freund eine stumme Muschel. Was ist los?«

»Worüber habt ihr denn in den letzten beiden Tagen geredet – außer über den Haka?«, wollte Sina wissen.

»Nichts Weltbewegendes«, zuckte Hakopa mit den Achseln. »Darüber, was bei uns Maoris die Familie bedeutet, wem wir trauen und wem nicht – ob wir uns immer noch diskriminiert fühlen … solche Sachen. Brandon hat da viel zu lernen, wenn er künftig zu unserer Familie gehören will.«

Sina legte ihre Hand auf Brandons Hand. Sie fühlte sich nach dem Bad in dem eiskalten Pazifik immer noch klamm an. »Was bedrückt dich?«

»Ich habe keine Probleme damit, meine neue Familie zu umarmen. Ich finde meine Maori-Wurzeln spannend und betrachte es als eine große Ehre, dass ich bei Ruihas Beerdigung den Haka tanzen darf. Aber wie steht es mit meiner alten Familie? Alles gründet sich auf Gewalt und Verbrechen. Wie soll ich damit umgehen? Meinem Vater sagen, wer er wirklich ist? Das Erbe der Reederei einfach hinnehmen? Wieder auf der Brücke der ›Princess‹ stehen und den Tanker meines Großvaters kommandieren – so, als ob nie etwas passiert wäre? Ich habe das Gefühl, ich muss mich selbst ganz neu finden, alles in Frage stellen, was ich bisher als festes Fundament gesehen habe.«

Zu ihrer Überraschung sah Sina Tränen in seinen Augen glänzen. Unwillkürlich legte sie ihre Arme um ihn. »Es war die Entscheidung deines Großvaters, dieses Leben zu führen. Niemand hat ihn dazu gezwungen, er ganz allein wollte reich und berühmt werden. Als er beides geschafft hatte, wollte er nur noch seinen Frieden … Aber das ist seine Geschichte.« Sie nahm Brandons Gesicht zwischen ihre Hände. »Es kommt darauf an, dass wir beide uns gefunden haben, dass wir glücklich werden, dass ich dich liebe …« Mitten im Satz verstummte sie. Das hatte sie noch nie jemandem gesagt. Mit diesem Satz wurde man verletzlich und angreifbar, das durfte man lieber gar nicht sagen …

Verwundert erwiderte Brandon ihren Blick. »Ich dachte, so etwas kommt niemals aus deinem Mund? Du bist doch die Herrin der großen Gefühle, die Frau, die niemals sagt, wie es ihr wirklich geht.«

Mit einem Schlag fühlte sich Sinas Mund ganz trocken an. »Ich sage es nur, wenn ich mir ganz sicher bin«, murmelte sie schließlich. »Du bist der Erste, mit dem ich den Rest meines Lebens verbringen will. Es ist mir doch völlig egal, ob du ein viertel oder ein halber Maori bist, ob dein Großvater eigentlich lebenslänglich verdient hätte oder ein Heiliger war. Es geht mir nur um dich! Dich!«

Für einen Moment hörten beide nur die Brandung, das Schreien der Möwen und hin und wieder das entfernte Bellen eines Seehundes. Dann räusperte sich Hakopa.

»Ich würde mich ja wieder dezent zurückziehen und euch alleine lassen. Aber dieses Mal geht das nicht, dieses Mal geht die Geschichte auch mich etwas an. Außerdem sollten wir den Haka noch einmal üben …«

Er sah Sina und Brandon an, die sich immer noch an den Händen hielten. Und mit einem Schlag breitete sich ein Grinsen in seinem Gesicht aus. »Hey, jetzt sind wir alle miteinander verwandt. Ist das nicht einfach unglaublich!« Er sprang auf und umarmte sie. »Das ist etwas zum Feiern. Egal, wie tragisch und traurig diese Tage sind, aber die Wahrheit ist doch auch, dass unsere Familien plötzlich viel größer werden!«

34.

Unter den sechs Männern sah Brandon wie ein Fremdkörper aus. Alle sechs trugen weiße Hemden, schwarze Hosen und waren barfuß. Mehr Ähnlichkeit gab es nicht. Fünf von ihnen hatten schwarze Haare, dunkle Augen und eine olivfarbene Haut. Brandon mit seinem blonden Wuschelkopf und seinen grauen Augen sah nicht im Entferntesten wie ein Cousin der anderen aus. Und doch war er genau das. Er war – ebenso wie die anderen – ein Enkel der verstorbenen Ruiha, zu deren Ehre sie heute tanzten.

Es begann so wie in Sinas Traum, der sie in Neuseeland so lange verfolgt hatte. Alle sechs standen breitbeinig nebeneinander und klopften sich rhythmisch auf die Brust und die Oberschenkel. Dazu stießen sie Rufe aus, die wie eine wütende Kampfansage klangen.

Anders als in ihrem Traum, schien die Sonne von einem wolkenlosen Himmel, wirkte der Tanz wie eine Darbietung zu Ehren einer Toten – nicht wie eine Anklage gegen den Himmel und die Ungerechtigkeit der Welt.

Während Ruihas Enkel Abschied von ihrer Großmutter nahmen, ließ Sina ihren Blick über die Trauergemeinde schweifen. Da waren Hakopas Mutter und ihre beiden Brüder. Gestern erst hatten sie den dreien von Ruihas Geheimnis erzählt. Dem Schock wich bald die Trauer darüber, dass Ruiha ein so gewaltiges Geheimnis ihr ganzes Leben lang mit niemandem hatte teilen können.

Dann kam die ohnmächtige Wut auf George Cavanagh, der so leichtherzig mit dem Leben der anderen Menschen gespielt und sich dann einfach in eine neue Existenz geflüchtet hatte. Etwas später verspürten die drei Geschwister dann Freude darüber, dass ihre Familie noch größer war, als sie immer angenommen hatten. Sina konnte sich nicht erinnern, dass sie jemals irgendwo so herzlich aufgenommen worden war wie bei Ruihas Kindern und Kindeskindern. Bis weit in die Nacht hinein hatten sie noch zusammengesessen und Geschichten aus Ruihas Leben und dem ihrer Kinder und dem Leben von Brandon und Sina ausgetauscht. Keine Sekunde zweifelte jemand an Brandons Recht, zu Ehren seiner Großmutter den Haka mitzutanzen.

Sina sah sich weiter um. Anarus Verwandte, die offensichtlich überrascht von Brandons Teilnahme waren. Sie würden wahrscheinlich nie den wahren Grund erfahren. Ruihas Familie hatte am Vortag beschlossen, dass sie die alten Geschichten lieber ruhen lassen wollten.

»Wenn Ruiha nicht die Leben der anderen aufstören wollte, dann sollten wir das respektieren«, hatte ihr ältester Sohn Rawiri erklärt. »Warum sollten wir im Nachhinein ein dunkles Jahr in ihrem Leben alles überschatten lassen?«

Brandons Anwesenheit wollten sie einfach mit seiner tiefen Verbundenheit mit seinem Freund und dessen

Familie erklären. »Wir machen aus ihm einfach einen weißen Maori!«, hatte Rawiri gelacht.

Sina lächelte noch bei der Erinnerung. Die Lösung klang so naheliegend und einfach, dass sie sich fast ärgerte, nicht selbst darauf gekommen zu sein.

Etwas abseits sah sie Mary-Ann. Sie hatte mit ihr nur telefoniert und genau erklärt, warum sie dieses Mal nicht in Seddonville wohnen würde. Mary-Ann war verständnisvoll wie immer. Und sie hatte es sich nicht nehmen lassen, heute höchstpersönlich hier aufzutauchen. »Ich kenne deine Ruiha zwar nicht«, hatte sie erklärt. »Aber sie hat ganz bestimmt dafür gesorgt, dass das letzte Jahr in meinem Leben spannender war als alle anderen zuvor!«

Sina sah wieder zu Brandon hin, der sich immer noch im Takt mit seinen neuen Verwandten bewegte. Es sah ganz mühelos aus, als fielen ihm all die besonderen Bewegungen nicht schwer. Erst gestern Abend hatten sie einen Moment für sich gefunden, in dem sie über ihre Zukunft reden konnten.

Brandon war bis zuletzt hin- und hergerissen gewesen: Konnte und wollte er wirklich wieder für die Pacific Shipping Company arbeiten und damit auch seinem Großvater verzeihen – oder kündigte er, verzichtete auf sein Erbe und suchte nach einer anderen Stelle auf einem Supertanker einer anderen Reederei? Sina wollte ihm weder das eine noch das andere raten. Die Reederei einfach zu verlassen, bedeutete auch, seinem Vater in den Rücken zu fallen. Denn der würde die Reederei schon bald übernehmen – und hatte sich immer darauf verlassen, dass er mit Brandon einen zuverlässigen Berater an seiner Seite haben würde.

Überhaupt: Ewan Cavanagh. Er ahnte immer noch nichts von seinen Wurzeln. Brandon hatte bis in die frühen Morgenstunden unablässig darüber nachgedacht, ob er seinen Vater nicht doch herbeirufen sollte, um ihm die Möglichkeit zu geben, sich von seiner leiblichen Mutter zu verabschieden. Aber irgendwann hatte er den Kopf geschüttelt. »Mein Großvater weiß, wann Ruiha beerdigt wird. Wäre es ihm wichtig gewesen, dann hätte er meinen Vater hierherschicken können. Und mein Vater … Wenn es für mich schon so schwer war, die Wahrheit zu akzeptieren – wie hart wäre es dann erst für ihn? Zu erfahren, dass nicht die wunderschöne Miriam bei seiner Geburt gestorben ist, sondern eine Maori sich nach der Geburt nicht mehr um ihn gekümmert hat …« Brandon hatte sich auf die Lippen gebissen. »Ich werde es ihm irgendwann erzählen, das verspreche ich. Aber heute schaffe ich es einfach nicht.«

Und damit war auch die Entscheidung für oder gegen die Pacific Shipping Company erst einmal auf einen späteren Zeitpunkt verschoben. Erst wenn Ewan die Wahrheit kannte, wollte Brandon gemeinsam mit seinem Vater über die Zukunft der Reederei nachdenken.

Nur in einer Sache, die sie gestern noch besprochen hatten, waren sie sich absolut einig gewesen: Sie wollten nicht mehr getrennt leben. »Es ist mir egal, ob ich für dich nach Deutschland ziehen muss oder ob du dich als Ärztin in Neuseeland niederlässt. Ich möchte dich nicht mehr verlieren. Ich liebe dich!«, hatte Brandon Sina erklärt.

Und zum ersten Mal in ihrem Leben war ihr die Antwort leichtgefallen. Sie hatte sich vorgebeugt und ihm einen langen, leidenschaftlichen Kuss gegeben. Dann hatte sie ihm in seine leuchtenden Augen gesehen und mit fester Stimme geantwortet. »Und ich liebe dich, Brandon. Mit dir möchte ich alt werden, Kinder kriegen und glücklich sein.« Sie sah ihn aus ihren einmaligen grünblauen Augen an, die in diesem Moment so ruhig wie das Meer nach einem Sturm wirkten. »Wenn du es willst, dann will ich das auch.« Ein verschmitztes Lächeln machte sich in ihren Augen breit. »Aber unter einer Bedingung: Wenn wir ein Mädchen bekommen, dann will ich es Ava taufen!« Er hatte ihren Kuss erwidert und erst dann geantwortet. »Ich freue mich über eine kleine Ava. Aber sie soll zwei Namen haben: Ava Ruiha. Ist das in Ordnung?«

»Und ob das in Ordnung ist!«, hatte Sina gelacht. Damit waren ihre Küsse leidenschaftlicher geworden. Und irgendwann in dieser Nacht hatte Brandon gemurmelt: »Warum sollten wir dann nicht gleich versuchen, eine kleine Ava entstehen zu lassen?«

Und Sina hatte ihn tief in sich aufgenommen und sein Lächeln erwidert. »Ich könnte mir keinen besseren Zeitpunkt denken, als ausgerechnet am Vorabend von Ruihas Abschied eine starke, schöne Urenkelin zu zeugen!« Als sie das sagte, kam es ihr wie ein Versprechen vor. Ein großes, heiliges Versprechen.

Als sie später in der Nacht noch einmal aufwachte, erinnerte sie sich plötzlich an den verschütteten Eingang der Mine, die seit so vielen Jahren die Erinnerung an das schreckliche Unglück in sich barg. Und mit einem Mal wusste sie auch, was sie unbedingt machen musste: In Matakite einen Gedenkstein errichten. Eine steinerne Erinnerung an die Männer, die an diesem Tag ihr Leben lassen mussten, weil ein anderer Mann den großen

Traum vom großen Reichtum verfolgte. Sina lächelte, als sie wieder einschlief. Morgen nach der Beerdigung würde sie sich einen Steinmetz suchen, der ihren Wunsch nach einem Ort des Gedenkens umsetzen würde.

In dieser Nacht quälten sie keine Träume von einem bösen Haka-Tänzer mehr. Sie schlief tief und sicher in Brandons Armen. Die Geister der Vergangenheit hatten endlich Ruhe gefunden.

Sina ließ erneut ihren Blick über die Trauergäste wandern, während die letzten Takte des Hakas verklangen. Ganz hinten stand ein hoch gewachsener, älterer Mann. Seine gepflegten Haare fielen ihm in weichen Locken bis auf die Schultern, seine Augen lagen hinter den Gläsern einer Sonnenbrille verborgen. Sie schätzte ihn auf Anfang oder Mitte sechzig. Seine gebräunten Hände lagen locker ineinander verschränkt.

Sina runzelte die Stirn. Sie konnte sich nicht vorstellen, was dieser distinguierte Mann mit Ruiha zu tun haben sollte. Er sah gebildet und wohlhabend aus, nach einer der reichen Familien Neuseelands.

Er schien ihren Blick zu spüren und wandte ihr sein Gesicht zu. Einen Moment lang schien er zu erstarren. Dann griff er langsam an seine dunkle Sonnenbrille und zog sie sich vom Gesicht.

Sina erstarrte.

Er hatte grünblaue Augen.

Wie Ava.

Wie sie selbst.

N
0
200 km
Cape Reinga
Whangarei
Great Barrier Island
Coromandel Peninsula
Nordinsel
Auckland
East Cape
Bay of Plenty
Hamilton
Tauranga
Whakatane
Rotorua
New Plymouth
Napier
Hawke's Bay
Hastings
Wanganui
Palmerston North
Tasman See
Nelson
Seddouville
Westport
Picton
Cook Strait
Wellington
PAPAROA NATIONALPARK
Kaikoura
Arthur´s Pass
Christchurch
Milford Sound
Südinsel
Pazifischer Ozean
Queenstown
Dunedin
Invercargill
Foveaux Strait
NEUSEELAND
Stewart Island